SCIENCE FICTION

Herausgegeben
von Wolfgang Jeschke

Von Curt Siodmak erschienen in der Reihe
HEYNE SCIENCE FICTION & FANTASY:

Donovans Gehirn · 06/3003
Hotel im Weltraum · 06/3007
Hausers Gedächtnis · 06/3413
Die Stadt im All · 06/3506
Ich, Gabriel · 06/4290

und in der BIBLIOTHEK DER SCIENCE FICTION LITERATUR

Das dritte Ohr · 06/23
Donovans Gehirn · 06/34

CURT SIODMAK

ICH, GABRIEL

Science Fiction Roman

Originalausgabe

WILHELM HEYNE VERLAG
MÜNCHEN

HEYNE SCIENCE FICTION & FANTASY
Band 06/4290

Titel des Originalmanuskripts
I, GABRIEL
Deutsche Übersetzung von Walter Brumm
Das Umschlagbild schuf Klaus Holitzka

Redaktion: Wolfgang Jeschke

Printed in Germany 1986
Satz: Schaber, Wels
Druck und Bindung: Elsnerdruck, Berlin

ISBN 3-453-31298-8

1

Seit mehr als zwei Jahren plagt mich ein Alptraum, der sich wie ein Film abspult, immer gleich anfängt und stets mit meinem unfreiwilligen Schrei endet. Obschon gepeinigt von dem Traum, erörtere ich im Schlaf seine Ursprünge und erkläre mir vernunftgemäß, daß es nur eine Phantasie sei, und daß der Alptraum, sobald ich zu erwachen wünschte, nur noch das matte Echo eines Schreckens sein würde, der das Tageslicht nicht ertragen könne. Doch während ich die Entstehungsgeschichte meines wiederkehrenden Traumes aufzudecken suche, ist mir klar, daß wach zu sein den Schrecken des Alptraumes in mein Bewußtsein projizieren würde.

Bei Nacht hockt der Inkubus auf meinem Gesicht. Solange der Dämon mich niederhält, ist die Aufgabe, den psychischen vom somatischen Traumreiz zu trennen, aufgeschoben. Ich mag mich nicht der Tatsache stellen, daß die Explosion, Malcolms Tod und meine eigentliche Entstellung tatsächlich geschehen sind. Soviel ist deutlich.

In meinem Traum sehe ich mich im Laboratorium. Die Vorstellung ist meinem Gedächtnis statisch wie eine Fotografie eingeprägt. Ich beobachte mich selbst als Zuschauer. Die Augen abgeschirmt von einer dicken Schutzbrille, betrachte ich winzige, in Kunststoff geätzte elektrische Schaltkreise, so unendlich kleine Halbleiterelemente, daß sie nur durch Vergrößerungsgläser gesehen werden können. Das Laboratorium ist vollgestopft mit Geräten und Elektronik. Malcolm und ich arbeiten an Miniaturcomputern, die, durch Isotopen aktiviert, von äußeren Energiequellen unabhängig sind. Die allgemeine Richtung der Technik geht zur Entwicklung immer kleinerer Geräte und Maschinen.

In der Ecke entzündet Malcolm die nadeldünne Flamme eines Schweißbrenners. Die Intensität der bläulichgrünen Flamme ist von blendender Helligkeit.

In meinem Traum zerplatzt das Laboratorium in einer hochroten Wolke. Ich werde gegen die Wand geschleudert, dann schlägt das Echo der Explosion von der Decke zurück. Mein Gesicht brennt, und Flammen tanzen auf meinen Händen, als steckten Kerzen auf meinen Knöcheln. Als ich mich taumelnd aufrichte, spiegelt sich mein Gesicht in einem Stück zerbrochenen Fensterglases. Aber es ist kein Gesicht mehr, es ist eine Masse rohen, blutigen Fleisches. Wo mein Mund gewesen ist, zuckt eine Flamme. Dann erst höre ich mich schreien.

Dies ist mein wiederkehrender Traum. Er beginnt mit dem Bild des Laboratoriums und endet mit diesem verrückten Schreien, das mich unweigerlich aufweckt. Sofort verschwindet der Dämon, der auf meinem Gesicht gehockt hat. Ich finde mich in meinem Bett, schweißdurchnäßt. Für einen Augenblick wage ich mein Gesicht nicht zu berühren, weil ich sonst die Wahrheit entdecken könnte. Aber der dumpfe Schmerz in Schläfen und Wange erinnert mich daran, daß der Traum die Wiederholung der Wirklichkeit gewesen ist.

Ein Spiegelbild im Fenster starrt mich an, eine abscheuliche Maske, die nur entfernt einem menschlichen Gesicht gleicht. Mund und Lippen sind aus verpflanztem Gewebe künstlich nachgeformt, das bis auf den Knochen geschmolzene Fleisch ersetzt durch Hauttransplantate, die sich, von roten Narben kreuz und quer durchzogen, straff über den Schädel spannen. Kein Fetzen Fleisch ist darunter zurückgeblieben. Mein Gesicht ist unbeweglich bis auf die Augen, die von der Schutzbrille vor der Zerstörung bewahrt worden waren. Ich sehe in ein Gesicht, das nicht meins ist – die Karikatur eines blutlosen, bleichen Todes, wie Bruegel oder Bosch ihn in ihrer immerwährenden Furcht vor dem künftigen Leben ersonnen haben könnten.

Außerhalb meines Fensters erstreckt sich die Wüste, besetzt mit Saguaro-Kakteen, die mich an Dämonen mit erhobenen Armen und Schwänzen gemahnen. Die Sonne, noch unter dem Horizont, entsendet ein Lichtspektrum von durchsichtigen grünen und roten Tönen in den Himmel. Bald wird sie über den Horizont springen und die Luft in einer Hitze vibrieren lassen, die mein Haus wie eine Wand umschließt.

Ich bin gern von Wänden umgeben. Das ist meine freie Wahl. Die Welt jenseits der Wüste interessiert mich nicht mehr. Seit meiner Rückkehr von Brentwood House, wo ich zu dem Zweck, mich mit meinem Gesicht abzufinden, wenn man es ein Gesicht nennen kann, eine Therapie durchgemacht hatte, bin ich nicht mehr fort gewesen. Eine undichte Stelle in einem kleinen Eisenfaß mit einer hochätherischen Flüssigkeit hatte mein Leben auf ein Abstellgleis rangiert.

Jedesmal, wenn ich in meiner Arbeit auf ein neues Problem stoße, denke ich an Malcolm. Unsere Zusammenarbeit war unfehlbar. Als Dozent an der Universität Berkeley erkannte ich sofort den Genius in diesem jungen Mann, der mein Assistent geworden war. Unsere unterschiedlichen Interessen verschmolzen. Er war wie der Teil einer Rechnung, von der ich einige Zeichen zu deuten wußte; die fehlenden steuerte er bei. Wir arbeiteten zusammen wie zwei Hände desselben Körpers. Und da wir in unserer Forschung eine uns beide befriedigende Aufgabe gefunden hatten, wurde uns die Außenwelt unklar und reizlos.

Es mag sein, daß diese Hingabe an unsere Forschungsarbeit eine Flucht vor uns selbst war, aber der beste Anreiz, vorauszueilen, besteht darin, daß man vor etwas davonläuft. Das Ergebnis zählt, nicht die Antriebskraft, die es hervorgebracht hat. Die Forschung auf dem Gebiet der Gedankenübertragung war in unserem Leben zur Hauptsache geworden, zum einzigen Gegenstand unserer Gespräche. Wir fachsimpelten fortwährend, und mit Leidenschaft, als befürchteten wir, daß die Zeit für unseren Gedankenaustausch zu Ende gehen könnte.

So ist es gekommen. Malcolm ist tot. Mit seinem Tod hat die Welt sich noch weiter von mir entfernt. Und da ich mit Menschen kaum noch Umgang habe, habe ich mehr Zeit als früher, Zeit, die oft an Gespräche, Vorlesungen, Konferenzen und Zerstreuungen verschwendet worden war. Jetzt lasse ich mir keine Zeit mehr stehlen. Mein Gesicht ist die Barriere, die andere Menschen von meinem Haus fernhält, und ich zeige mich ungern mit der schwarzen Maske wie der eines Scharfrichters. Die Abgeschlossenheit von den Ablenkungen der Welt hilft mir, meine Werte zu entdecken. Bisher bin ich noch auf kein Problem gestoßen, so komplex es auch war, das ich nicht zu lösen vermochte. Und meine Entstellung ist zu einem wirksamen Schutz meines Eremitendaseins geworden. Dennoch höre ich in meinen Träumen, wenn ich schutzlos bin, diesen Schrei.

Ich schlafe nicht viel – drei oder vier Stunden sind genug. Wie die sich ständig wiederholenden Tätigkeiten des täglichen Lebens ist der Schlaf verlorene Zeit.

Morgens um sechs Uhr hält Kaweahs alter Buick vor dem Haus. Kaweah ist eine Indianerfrau aus dem Reservat. Jeden Tag kommt sie mit dampfendem Kühlwasser vorgefahren, um das Haus in Ordnung zu halten und Nahrungsmittel in die Tiefkühltruhe zu stapeln. Sie bringt auch die Post, Briefe von Universitäten und Kliniken, die meinen Namen noch auf ihren Listen für Vorlesungen und Beiträge haben. Ich antworte nie darauf, und die einseitige Korrespondenz ist beinahe versiegt.

Kaweah bewegt sich geräuschlos; sie geht mir aus dem Weg, und wie gewöhnlich bleibe ich im Laboratorium, solange sie im Hause ist. Ich lege auch die schwarze Stoffmaske mit Augenschlitzen an, um sie nicht unnötig zu erschrecken. Wir sprechen selten zueinander. Sie besorgt ihre Arbeit in stets gleichbleibender Reihenfolge, was Überraschungen ausschließt. In der Küchenschublade ist immer genug Geld für ihren Lohn und die Haushaltsausgaben. Sie legt die Rechnungen und Kassenbons in die Schublade, aber ich sehe sie mir nie an und werfe das Bündel fort, wenn es zu dick wird. Kaweah ist eine schüchterne Person, und ich glaube nicht, daß sie für andere Leute als mich arbeiten könnte.

Ich wollte sie für mein Experiment in Anspruch nehmen,

befürchtete aber, daß sie ablehnen würde. Es kam darauf an, sie nicht zu ängstigen – eine beinahe unlösbare Aufgabe.

Ich rief sie zu mir, als sie in der Tür zum Laboratorium erschien. Kaweah war Ende zwanzig und dünn wie ein Schilfrohr. Die Sonne New Mexicos hatte ihre dunkle Haut ausgetrocknet, das Haar war glänzend schwarz und straff über den schmalknochigen Kopf gezogen. Trotz ihrer Jugend hatte sie ihre Blütezeit als Frau hinter sich und war eine Arbeitsmaschine geworden. Ich spürte die Bestürzung hinter ihren scharfgeschnittenen, emotionslosen Zügen.

»Kommen Sie herein und setzen Sie sich!« sagte ich durch meine Maske. Ich hörte meine eigene Stimme, eine infolge der Gewebeverpflanzung umschlagende, stockende Stimme. Kaweah rührte sich nicht vom Fleck. Ich wurde ungeduldig.

»Lieber Himmel, Sie brauchen keine Angst zu haben«, sagte ich mit kalkulierter Schroffheit. Wenn ich mich ärgerlich zeigte, würde mein Verlangen weniger bedeutsam erscheinen. »Ich werde Ihnen nichts tun. Ich brauche Ihre Hilfe.« Und um ihren Stolz zu wecken, fügte ich hinzu: »Warum fürchten Sie sich? Ich möchte nur dieses kleine Zubehörteil erproben, und das kann ich nicht allein. Sehen Sie, wie klein es ist? Es kann Ihnen nicht weh tun.«

Ich nahm die zwei winzigen Elektroden auf, kleine längliche Kapseln, das Ergebnis zehnjähriger Arbeit. Es waren Empfänger, die ihre eigenen Energiequellen und Verstärker enthielten.

»Nun setzen Sie sich schon, kommen Sie!« sagte ich, ruhig jetzt. »Ich möchte nichts weiter als diese beiden kleinen Dinger an Ihren Schläfen befestigen.«

Die Maske und meine starre Haltung mußten sie noch mehr geängstigt haben. Sie wollte davonlaufen, aber der Stolz hinderte sie daran. Jede Abweichung vom Alltagstrott beunruhigte sie. Veränderungen sind Gefahr; das Neue ist eine Bedrohung, das Unerwartete der Feind.

»Ich werde Sie nicht skalpieren«, scherzte ich, und endlich setzte sie sich. Die im Schoß gefalteten Hände zitterten ein wenig.

»Sie haben niemals andere Leute in meinem Haus gesehen«, fuhr ich fort, denn solange ich redete, hatte sie keine Zeit nachzudenken. »Ich hänge von Ihnen ab, daß Sie mir helfen. Sie werden überhaupt nichts merken. Sehen Sie – das ist alles!«

Ich befestigte die Elektroden mit Klebeband an ihrer bräunlichen Haut und trat zurück. Ich versuchte meiner Stimme einen Tonfall zu verleihen, wie man ihn gebraucht, wenn ein Kind beruhigt werden muß. »Ich weiß, daß ich Ihnen wie ein Zauberer vorkomme. Was wir nicht verstehen, erscheint uns wie Magie. Aber in dieser Welt gibt es keine Zauberei, nur Aberglauben und Mangel an Information. Die Beschränkungen des Menschen sind sein eigenes Werk.«

Ich schob die Bandkassette in den kleinen Recorder und schaltete den angeschlossenen Umformer ein. Die Kontrolllämpchen schienen wie winzige bewegte Perlen. Dann schaltete ich auch den Miniatursender ein, der seine verschlüsselte Botschaft ausstrahlte, während ich Kaweahs Reaktionen beobachtete.

Ihre Hände umklammerten die Armlehnen des Stuhles. Sie öffnete den Mund und schob die Lippen vor, daß die helleren Innenseiten vor den kräftigen Zähnen zu sehen waren. Die Muskeln ihrer Wangen arbeiteten, als sie vergeblich versuchte, den Redezwang zu unterdrücken. Ihr Kiefer bewegte sich im Kampf gegen die Macht, der sie nicht widerstehen konnte. Die minimale Energieleistung der Kapseln war stärker als ihre Gehirnimpulse. So wurde sie zu einer Gliederpuppe, die in stark akzentbehaftetem Französisch zu sprechen begann.

»Il est évident qu'il y a infinitement plus des saints obscurs que des saints publics. Nous savons de toutes parts qu'il y a innombrables saints secrets. Nous savons de certain qu'un très grand nombre peut, par une sortie d'affectation à Dieu, tourner sa maladie on martyre, faire sa maladie la manière même d'un martyre.«

Die Tonaufnahme war zu Ende. Kaweah verstummte, und ein Ausdruck völliger Verwirrung erschien auf ihren

Zügen. Sie hob die Hände zu den Elektroden an ihren Schläfen. Rasch trat ich zu ihr, bevor sie sie abnehmen konnte, und entfernte sie.

»Sie sehen«, sagte ich, »es hat überhaupt nicht geschmerzt. Oder haben Sie etwas gefühlt?«

»Ich hörte eine Stimme«, stieß sie hervor. »Wer war es?«

»Es war Ihre eigene Stimme.«

»Nicht meine«, widersprach sie. »Nein, ich habe nicht gesprochen.«

»Sie hörten die Stimme, wußten aber nicht, daß Sie selbst die Sprecherin waren.«

»Wirklich? Was habe ich gesagt?« Sie starrte mich an. Die abgrundtiefe Furcht kehrte in ihre Augen zurück. »Was machten Sie mich sprechen?«

»Es war nicht schmerzhaft, nicht wahr?«

»Nein ... aber ich redete ... gegen meinen Willen!«

»Schon gut.« Ich wollte dieses Gespräch, das sie nur beunruhigen konnte, möglichst rasch beenden. »Ich danke Ihnen. Sie haben mir sehr geholfen.«

Stechender Schmerz durchfuhr plötzlich meinen Schädel, und wie es während dieser Anfälle immer geschah, verschwamm mir vor den Augen, was ich sah.

»Gehen Sie nach Hause«, sagte ich. »Kommen Sie morgen wieder.«

Sie hörte die Qual in meiner Stimme und ging. Augenblicke später hörte ich die Gangschaltung ihres Buicks krächzen.

Ich ging ins Schlafzimmer und nahm die Demaroltabletten vom Nachttisch. Ich hielt sie nur als Vorsichtsmaßnahme in der Hand, gebrauchte sie als hypnotischen Brennpunkt, eine Art psychischer Krücke. Das Wissen, daß sie da waren, half mir den Schmerz überwinden.

Es besteht eine heikle Beziehung zwischen Schmerz und Krankheit, Schmerz und persönlicher Existenz. Ich kann meine Algophobie durch hypnotische Befehle beherrschen. Seit dem Unfall fällt der Schmerz wie ein Wolfsrudel über mich her, sobald meine Kontrolle nachläßt. Schmerz erklärt nicht alles. Seine Rolle besteht bloß darin, uns durch augenblickliche Empfindungen auf irgendwelche körperlichen Übel hinzuweisen. Aber chronische Schmerzen, »la couleur-malaise«, sind ihrer Natur nach völlig sinnlos. Schließlich gelang es mir, den Schmerz zurückzudrängen, bis er wieder hinter dem beständigen dumpfen Gefühl meiner verstümmelten Nervenfasern verschwand.

Kaweah hatte französisch gesprochen, eine Sprache, die sie nie im Leben gehört hatte. Sie war ihr drahtlos übertragen worden. Ich war im Besitz einer erschreckenden Entdeckung. Sollte es mir beschieden sein, jetzt zu sterben, so würde das Geheimnis mit mir untergehen. Ich dachte an Malcolm, und wie sein Genius die Möglichkeiten dieser Entdeckung aufzählen, ihren Weiterungen nachgehen, ihre Möglichkeiten berechnen und mit seinem chirurgischen Verstand sezieren würde. Ich mußte mit jemandem sprechen und beschloß James O'Brian anzurufen. Er mochte imstande sein, das Ausmaß dieses Phänomens zu erfassen. O'Brian war nicht kreativ, aber analytisch. Er beschäftigte sich mit der Vergangenheit, nicht mit der Zukunft. Ich kannte ihn seit unserer gemeinsamen Schulzeit. Er hatte Medizin studiert und war nun der Chef der Heilanstalt Brentwood House für geistig Zurückgebliebene. Brentwood House war nur sechzig Kilometer entfernt. Brian war ein Bindeglied zur Außenwelt.

Als ich den Hörer aufnahm, kam mir der Gedanke, daß ich nicht wirklich beabsichtigt hatte, alle Verbindungen zum Alltagsleben der Zivilisation abzubrechen. Wozu hätte ich sonst das Telefon behalten? Es hatte mir einst das Leben gerettet, als ich nach der Explosion Hilfe herbeigerufen hatte; ich hatte die Tasten mit dem Ellbogen bedienen müssen, da meine Finger von Brandblasen bedeckt und zu wund waren, etwas anzurühren. Jetzt diente es wieder einem Zweck.

Es meldete sich ein Mädchen in der Telefonzentrale der Anstalt.

Als ich nach James O'Brian fragte, überkam mich eine unheimliche Empfindung; ich wußte nicht zu sagen, ob sie Bedauern oder Freude darüber war, eine menschliche Stimme zu hören.

»Dr. O'Brian behandelt gerade einen Patienten«, sagte das Mädchen. »Könnten Sie vielleicht später noch einmal anrufen?«

Sie verdroß mich.

»Es ist wichtig«, sagte ich und spürte ihr Zögern. Kurz darauf meldete sich O'Brian.

»Patrick!« Seine Stimme verriet Freude. »Wie nett von dir, mich anzurufen. Ja, wirklich – was kann ich für dich tun?«

Sein Tonfall enthielt die Andeutung eines weichen Südstaatenakzents; er wußte, daß es ihm half, Härten zu glätten, Vertrauen zu erzeugen und die Dinge weniger wichtig erscheinen zu lassen. Aber mir zuliebe brauchte er dieses Theater nicht aufzuführen. Ich kenne seine beruflichen Eigenheiten besser als er selbst.

»Ich möchte, daß du auf dem schnellsten Weg hierher kommst«, sagte ich und verwünschte mich bereits, daß ich ihn angerufen hatte. Dennoch hörte sein scharfes Ohr die Dringlichkeit heraus.

»Es würde mir Freude machen, auf ein Gläschen und einen Imbiß vorbeizukommen, Patrick. Ja, gute Idee. Ich komme einfach mal vorbei.« Und er legte rasch auf, als fürchtete er, ich könnte es mir anders überlegen.

Ich war sechs Monate sein Patient gewesen, zuerst im Krankenhaus, dann in seiner Dienstvilla auf dem Anstaltsgelände von Brentwood House. Er hatte darauf bestanden, daß die plastische Chirurgie in seiner Anstalt durchgeführt werden solle. Ich wußte, daß er glaubte, ich benötige Psychotherapie, eine höfliche Umschreibung für die Aufgabe, verwirrte Leute zur Vernunft zu bringen. Brentwood House war für diese Phase der Erholung gut ausgerüstet. In seinen vier Wänden diskutierten wir meinen Fall mit einer Offenheit, die jeden anderen Psychiater erschreckt haben würde. Aber er wußte, daß ich so gut wie er imstande war, meine Beeinträchtigungen zu beurteilen. Sein Denken war langsam, doch vertrat er die Meinung, daß jemand, der langsam denke, gründlicher und klarer denken könne. Er rauchte Pfeife, weil er glaubte, das gemächliche Paffen gäbe seinen Gedanken das rechte Schrittmaß. Ich bin überzeugt, daß die Wachmannschaften in einem Gefängnis sich ebenso eingesperrt fühlen wie die Gefangenen, und daß die Ärzte einer Heilanstalt von der geistigen Verwirrung und Unausgeglichenheit ihrer Insassen beeinflußt sind. Die Grenzlinie zwischen Vernunft und Geistesgestörtheit kann nicht festgelegt werden. Die Psychiatrie soll sich mit dem Geist beschäftigen, doch hat niemand je einen Geist gesehen, der nicht mit einem Herzen, zwei Lungenflügeln und anderen verschiedenen Organen zusammenhing, die ohne Zweifel Einfluß auf die grauen Zellen ausüben.

Unsere Diskussionen über mich endeten gewöhnlich damit, daß wir ihn und nicht mich analysierten. Ich werde ohne die verwirrenden Gedanken eines Psychiaters mit meinen Problemen fertig.

Der Aufenthalt unter Geistesgestörten stellte mein vorübergehend verlorengegangenes inneres Gleichgewicht wieder her. Ich muß sein schwierigster Fall gewesen sein, teils weil wir seit Jahren befreundet waren, was seiner Autorität als Arzt hinderlich war, teils weil er weiß, daß mein Intellekt dem seinen überlegen ist.

Wäre es nach O'Brian gegangen, so hätte ich lieber einen vollständigen Nervenzusammenbruch erleiden sollen, als mich mit solcher Leichtigkeit dem Schicksal anzupassen. Ein Nervenzusammenbruch hätte ihm Gelegenheit gegeben, seine hochgeschätzte Schockbehandlung anzuwenden, die das Erinnerungsvermögen des Patienten beeinträchtigt. Er hätte außerdem die dominierende Rolle übernehmen und mir seine Therapien auferlegen können.

Alle Genies sind monoman, hatte er gesagt, und in seinen Augen war ich niemals normal gewesen; er wies darauf hin, daß ich in nur einer Phase meines Lebens unvernünftige Tendenzen und Interessen gezeigt hätte. Schließlich habe selbst Einstein ein Steckenpferd gehabt, nämlich das Geigenspiel. Wie gut er darin war, diskutierten wir nicht. Er zog die Ursache meiner Anhänglichkeit an Malcolm Unwin in Zweifel und nannte sie eine Besessenheit. Seiner Ansicht nach waren wir beide unfähig gewesen, den Strom der Gedankenverbindungen zu beherrschen, der uns in abstrakte Gebiete trieb, wo sein, O'Brians, Wissen ein Ende hatte. Wir waren in einen Bereich entkommen, wohin er uns nicht folgen konnte. Das verzieh er mir nie.

»Du versuchst vollständige Konzentration auf deine Arbeit bis zur Ausschließung anderer Gedanken zu erreichen. Das ist ungesund. Es führt zwangsläufig zu einem beständigen inneren Kampf. Außerdem finden deine Probleme ihren einzigen Ausdruck in der intellektuellen Sphäre, und du enthältst dich systematisch jeglicher Gemütsbewegung. Das ist gefährlich.«

»Gefährlich für wen?« hatte ich gefragt.

»Für deine geistige Gesundheit.«

»Definiere ›geistige Gesundheit‹«, hatte ich ihn herausgefordert. Er arbeitete mit Patienten, deren Intelligenzquotienten nahe Null anfingen und bis sechzig anstiegen. War diese Zahl erreicht, ließ man sie auf die Öffentlichkeit los. »Ich glaube, ich muß verrückt sein, um mit meinem neuen Gesicht leben zu können.«

Sofort wurde mir klar, daß ich einen Fehler gemacht und mir eine Blöße gegeben hatte. Ich hätte meine Besorgnis um mein Gesicht überhaupt nicht zur Sprache bringen sollen.

»Du glaubst an die Allmacht des Denkens, weil es dir ein Gefühl von Überlegenheit mir gegenüber verleiht«, sagte er, ohne seinen Vorteil auszunutzen. Er sondierte, wie weit er in seiner Analyse von mir gehen konnte. Er versuchte sogar, meinen Zorn zu erregen.

Ich wußte, daß er mich für einen zwanghaften Neurotiker hielt, sogar für paranoid. Zwanghafte Neurotiker sind im Ausdruck ihrer Gemütsbewegungen gehemmt. In meinem Fall hatte er recht. Normale Menschen sind imstande, aufsteigende Haßgefühle zu neutralisieren, zwanghafte Neurotiker nicht. Das macht sie gefährlich, und er fürchtete es. Aber er brauchte sich nicht zu sorgen. Ich hatte mich gut in der Hand, so gut, daß ich seiner berufsmäßigen Aggression keine Ansatzpunkte bot.

»Wenn du dein neues Gesicht hast, wird sich deine Einstellung zum Leben zwangsläufig ändern«, hatte O'Brian mir versichert. Er, der Psychiater, hatte mit dieser Bemerkung einen unverzeihlichen Fehler begangen. Er hätte in Betracht ziehen müssen, daß die plastische Chirurgie erfolglos bleiben könnte. Daß sie die Maske eines Ungeheuers schaffen würde, die ein empfindsamer Mensch niemals ertragen könnte.

Dr. Vainhuus, den ich von UCLA kannte, arbeitete an meinem neuen Gesicht. Wenn Qualen in Vergnügen umgewandelt werden könnten, ich hätte die erfreulichste Zeit meines Lebens gehabt. Schmerz kann durch Erwartung ertragen werden; Schmerz, der ohne Vorwarnung kommt und den Geist unvorbereitet findet, kann zerstören. Bevor Vainhuus seine Arbeit begann, erklärte er mir bis ins Einzelne die Qualen, die ich würde durchmachen müssen. Für ihn war die Operation eine Routineangelegenheit, für mich eine durch Neugier gepolsterte Erfahrung. Ich akzeptierte die damit verbundenen Schmerzen in dem Wissen, daß sie eines Tages vorüber seien und ich wieder ein Gesicht haben würde. Wie es aussehen sollte, war in Skizzen festgehalten und mir zur Billigung vorgelegt worden. Ich fand es amüsant, ein neues Gesicht geformt zu bekommen. Keiner meiner früheren Bekannten würde mich wiedererkennen. Ich hatte mich für eine griechische Nase und einen größeren Mund mit vollen Lippen entschieden. Am Ende der Vorbereitungsarbeiten für das neue Gesicht fand ich zu meiner Überraschung, daß die endgültige Skizze insgesamt Malcolm ähnelte! Das mochte Zufall gewesen sein – oder mein Wunsch, Malcolm zurückzugewinnen.

Die Operation wurde im Brentwood House vorgenommen. Sie schien gut zu verlaufen. Vainhuus begleitete jeden Schritt mit einer Belehrung, erläuterte mir, was er tat und wie zufrieden er mit seiner Verpflanzung von Hautteilen und der Gestaltung von Gewebe sei. Ich war nicht in der

Lage, mich selbst zu sehen und kam mir vor wie der Unsichtbare, denn die Teile meines Kopfes, an denen gerade nicht operiert wurde, waren in Verbände gehüllt. Vainhuus warnte mich auch vor der langwierigen Arbeit, die später mit der Entfernung des Narbengewebes vorgenommen werden müsse. Er zeigte mir einen Film von Menschen, die Verbrennungen erlitten hatten und durch plastische Chirurgie wiederhergestellt worden waren. Manche dieser Patienten waren fünfzehn Jahre und länger vor der Öffentlichkeit verborgen gehalten worden. Sie hatten ausnahmslos Verbrennungen dritten Grades, und die Arbeit an ihnen erforderte Zeit.

Bei mir ging es schneller. Eines Tages, als Vainhuus meine Verbände abnahm, um weiterzuarbeiten, sah ich ihn erbleichen. Ich fühlte mein Gesicht zerfließen, sich verbiegen, einfallen. Die Knochen waren zu schwach gewesen, die neue Struktur zu tragen. Innerhalb weniger Minuten verwandelten sich meine Züge vor Vainhuus und der erschreckten Schwester in eine Maske des Todes – die Maske, die ich jetzt trage. Vainhuus gab seine Arbeit an mir auf. Es gab keine Möglichkeit, die porösen Gesichtsknochen plastisch nachzubilden. O'Brian bestand darauf, daß ich in Brentwood House bliebe. Er wollte sich um mich kümmern.

Ich bedurfte keiner Fürsorge, blieb aber. Die Umgebung allgemeinen menschlichen Elends hatte eine stabilisierende Wirkung auf mich. Wenn jemand die Wahl hat, wie ein Ungeheuer auszusehen, aber einen Verstand wie den meinigen zu haben – oder die Züge eines Engels und zerfallene graue Zellen zu haben: was würde er wählen?

O'Brians Fürsorge erheiterte mich. Er verkündete, daß ich meine geistige Gesundheit nur retten könne, indem ich mich in Arbeit stürze. Ich hatte nie etwas anderes getan. Die Form meines Gesichts änderte nichts an dieser »Besessenheit«, wie er es nannte.

Wir sprachen über meine mutmaßliche Bipolarität, eine Bisexualität, die niemals aktiv geworden war, ihre Kompensation aber in meiner Freundschaft mit Malcolm gefunden hatte. Diese Enthüllung schockierte mich nicht, obwohl sie mich momentan überraschte. Immerhin, warum hatte die Wahl meines neuen Gesichts Ähnlichkeit mit Malcolm gehabt? Darüber dachte ich tagelang nach. Malcolm war zu gutaussehend gewesen, um derb oder handfest genannt zu werden. Seine Augen hatten einen eigentümlichen Glanz, als ob sie im Dunkeln leuchten könnten. Seine Haut war glatt wie die eines Mädchens. Dabei war er niemals effeminiert, nicht einmal, wenn er aufgeregt war. Aufregung verrät den bisexuellen oder homosexuellen Mann. Malcolm hatte unglaublichen Erfolg bei Frauen, was nicht überraschend war, da er sich nicht um sie bemühte. Sie liefen ihm nach wie hypnotisierte Hühner. Wenn wir über seine Abenteuer sprachen, dann geschah es ohne eine Spur von Eifersucht auf meiner Seite. Im Gegenteil, Malcolms Abenteuer amüsierten mich köstlich. Oder erfreute ich mich stellvertretend an seinen Erfahrungen? Ich glaubte es nicht. O'Brian war darin natürlich anderer Meinung. Mir war es aber gleich, was er von meinen Beziehungen zu Malcolm dachte; ich wußte nur, daß wir uns mit dem Fortschreiten unserer Arbeit mehr und mehr von anderen Menschen abgeschlossen hatten. Die Natur unserer Forschung mußte geheim bleiben. War diese Heimlichtuerei vielleicht Teil der Anziehung, die uns verband? O'Brian wollte nun wissen, woran wir gearbeitet hatten, und ich hatte es ihm nicht gesagt. Aus meiner Weigerung, darüber zu sprechen, konstruierte er den Beweis meiner angeblichen sexuellen Bindung an Malcolm. Nur wenn ich bereit wäre, über ihn zu sprechen und mich geistig von ihm zu lösen, würde er in Betracht ziehen, daß ich diese krankhafte Beziehung auch innerlich überwunden hätte. Das Wort ›krankhaft‹ war selbstverständlich seine Wahl.

Psychiater konstruieren ihren eigenen Dschungel. Sie fangen primitiv an, beziehen jede Phase des Verhaltens ihrer Patienten auf sexuelle Wünsche, und fügen dann geheime Verbindungswege hinzu, bis sie sich in ihrem eigenen Irrgarten nicht mehr auskennen, einem Labyrinth, das sie gründlich durcheinander bringt, und ihre Patienten auch.

Er fragte mich, warum ich nicht verheiratet sei. Ich stellte ihm die gleiche Frage. Auch er war Junggeselle. Er entschuldigte diesen Umstand damit, daß er einer jungen Frau nicht zumuten könne, auf dem Anstaltsgelände mit geistig Zurückgebliebenen zu leben. Daraus könne kein Eheglück entstehen, um so weniger, als sechzig Prozent seiner Patienten Kinder und Jugendliche seien. Wie könne eine Frau in solch einer Umgebung Mutter werden? Würde sie nicht überzeugt sein, daß ihr Kind wie eins von diesen geistig Deformierten sein würde? Seine Beredsamkeit war zu groß. Seine Dienstvilla lag in einer Reihe mit anderen Häusern, die von Ärzten und technischem Personal bewohnt wurden, und diese Leute hatten ihre vermehrungsfreudigen Ehefrauen bei sich. Nicht eine hatte weniger als drei Kinder. Manche adoptierten sogar Kinder. Es war, als spornte die Menge nutzloser Menschen, die in Brentwood House gesammelt wurden, dieser Abfall der Natur, die dort arbeitenden Leute dazu an, sie durch eine gesunde neue Aufzucht zu ersetzen.

Ich war so rücksichtsvoll, diesen Umstand unerwähnt zu lassen. Ich wollte ihn nicht beunruhigen, da seine Umgebung nicht geeignet war, normale Reaktionen hervorzurufen. Ich sagte ihm, daß Gedanken sich in Mikrowellen ausdrücken, meßbaren Ausstrahlungen, die auf das Gehirn wirken. Sie nutzen seine Klarheit und Widerstandsfähigkeit gegen das Verzerrte ab, bringen es schließlich dazu, Ideen anzunehmen, die in kranken Gehirnzellen entstanden sind. Zuletzt würde O'Brian, unvernünftigen Leuten ausgesetzt, selbst nicht mehr verhindern können, wie seine Insassen zu denken.

»Keine guten Aussichten«, räumte er ein, aber ich merkte, daß er mir nicht glaubte. Außerdem leitete er eine Anstalt für geistig Zurückgebliebene und keine Irrenanstalt. Aber ich weiß nicht, was schlimmer wäre. Verrückte sind oftmals hochintelligente Menschen. Sie können sogar Ärzte anregen.

Meine Ohren haben sich an entfernte Geräusche gewöhnt. Ich hörte O'Brians Wagen kommen, als er noch ein gutes Stück entfernt war. Irgendwie war ich nun doch froh, daß er mich besuchen kam. Ich war auch begierig, seine Reaktion auf meine Arbeit zu sehen.

2

»Der alte Getreue brauchte nicht länger als eine Stunde«, sagte ich, als O'Brian eintrat. Er rauchte seine Pfeife und trug eine Mütze, die einmal weiß gewesen, aber längst von der Wüstensonne vergilbt war. Ich argwöhnte, daß er diese Pfeife mit dem zerkauten Mundstück niemals gereinigt hatte. Sie entragte seinem Gesicht wie ein zweiter Rüssel. Der Gestank seines Tabakrauchs würde noch Tage zu riechen sein. Er war einen halben Kopf kleiner als ich, stämmig gebaut, nachlässig gekleidet. Er trug immer denselben Kaschmirmantel mit aufgesetzten Lederflecken an den Ellbogen.

Nachdem er seine Mütze auf einen Stuhl geworfen hatte, blickte er mit dem Neid eines Sammlers umher. Ich hatte die Wände des Hauses mit Navajoteppichen behängt, wo die langen Gestalten mit ihren winzigen Köpfen wie mystische Götter aussahen. Vor Jahren, als ich noch Zeit für Steckenpferde gehabt hatte, hatte ich alte Indianerkunst gesammelt, Plastiken, Töpferwaren und geflochtene Strohkörbe, Dinge, die O'Brian bewunderte. Für mich hatten sie ihren Reiz verloren, aber mein Haus war immer noch voll von ihnen. Als wären die Gegenstände sich bewußt, daß sie nicht mehr geliebt wurden, hatten sie einen Anschein von Verlassenheit angenommen.

»Ich werde dir dieses ganze Zeug testamentarisch vermachen, Jimmy«, sagte ich, als ich seinen Blick bemerkte. Er seufzte.

»Danke. Die einzige Schwierigkeit dabei ist, daß ich vor dir sterben werde.«

»Dann nimm die Sachen jetzt!«

»Nein. Ich will nicht, daß du in einem leeren Haus lebst. Und du brauchst diese Fastnachtsmaske nicht zu tragen, wenn ich da bin.«

»Ich möchte nicht, daß du meinen Anblick als peinlich oder unangenehm empfindest«, sagte ich. Ich verstand, daß er die Bedeutung meines Aussehens verringern wollte, indem er versuchte, sich darüber lustig zu machen.

»Wo ist Kaweah?«

»Ich habe ihr den Tag freigegeben. Sie wird morgen wiederkommen, denke ich. Ich habe sie schockiert.«

»Sie schockiert?«

»Warte ab, und du wirst auch überrascht sein. Du wolltest ein Gläschen trinken.«

Wenn er lächelte, bekam sein Gesicht einen jungenhaften Ausdruck.

»Weißt du, was ich die ganze Strecke hierher vor mir sah? Eine riesige Flasche Jack Daniels. Gereift, stark und mild auf der Zunge.«

Da er wußte, wo ich meine Spirituosen verwahrte, trat er ins Wohnzimmer und öffnete die Hausbar. In dem kleinen Kühlschrank fand er Eis und Wasser. Wie jemand, der ein Ritual befolgt, ließ er sich Zeit mit dem Füllen des Glases; dazu paffte er mystische Rauchwolken aus seiner Pfeife.

»Alkohol ist für dich ein Wiederholungszwang, der auf ungelösten Problemen beruht. Du behauptest, so etwas wie einen Alkoholiker gäbe es nicht«, bemerkte ich, und er lachte.

»Du bist beinahe so schlimm wie ich, versuchst hinter allem eine Bedeutung zu finden. Tatsache ist, daß ich das Zeug mag. Außerdem ist es die nächste Annäherung an ein Perpetuum mobile – jedenfalls für mich. Trink auch ein Glas!«

»Meine Probleme sind gelöst.«

»Auf deine gelösten Probleme!« Er hob sein Glas, und ich

nahm die Gesichtsmaske ab. Trotz seiner Selbstbeherrschung zuckte er zusammen.

»Man gewöhnt sich einfach nicht daran, nicht wahr?« sagte ich. »Aber es macht mir nichts aus, das Ding wieder übers Gesicht zu ziehen.«

»Laß nur, ich habe es schon überwunden«, sagte er. »Was ist das gelöste Problem? Ich weiß, daß du seit Jahren an einem gearbeitet hast. Ist heute der Tag der Offenbarung? Bisher hast du es geheimgehalten. Du kennst meine Theorie über dich und Malcolm. Herzlichen Glückwunsch. Ich bin sehr neugierig, Näheres zu erfahren, nach all dieser Geheimniskrämerei.«

»Ich möchte dir gern ein Tonband vorspielen«, sagte ich und hörte zu meiner Überraschung Obertöne von Erregung in meiner Stimme. Sie entgingen O'Brian nicht.

»Ein Tonband?« sagte er und nahm sein Glas in die Hand, als er mir ins Laboratorium folgte.

»Wie ist dein Französisch, Jimmy?«

»Drei Jahre an der Sorbonne und fünf Jahre eine französische Freundin. Ich bin praktisch ein Einheimischer.«

Ich schaltete das Gerät ein, und sofort drang Kaweahs mit einem harten Akzent behaftete Stimme aus dem Lautsprecher.

»Il est èvident qu'il y a infinitement pulus des saints obscurs que des saints publics.«

O'Brian lauschte aufmerksam den rauhen Sprachübungen der ihm unbekannten Stimme. Es war keine französische Stimme, und der Tonfall hatte einen Akzent, den er nie zuvor gehört hatte.

»Warum soll ich mir das anhören?« fragte er verdutzt, als die Stimme fortfuhr:

»Le dernier des malades peut, par une sortie d'affectation à Dieu, tourner sa maladie en martyre.« Der Geringste unter den Kranken kann durch die Art seiner Liebe zu Gott sein Leiden in ein Martyrium verwandeln, aus dem Leiden selbst die Substanz des Märtyrertums machen ... »Faire sa maladie la manière même d'un martyre.«

Die Stimme verstummte. Ich schaltete das Abspielgerät

aus. »Es handelt von Krankheit und Märtyrertum«, sagte er. »Warum Märtyrertum, und wessen Stimme ist es?«

»Kaweahs.«

Er sah mich verblüfft an.

»Du machst Witze! Weißt du, bei dir bin ich immer im Nachteil, weil du kein Gesicht hast und ich den Ausdruck darin nicht sehen kann. Das ist immer ein Vorteil für dich. Kaweah, die französisch spricht? Diese Frau hat in ihrem Leben kein einziges französisches Wort gehört!«

»Genau«, sagte ich. »Darum verwendete ich Französisch für das Experiment, eine Sprache, die mein Medium nicht kannte. Ich nahm ein paar Sätze von Pegues *Grundlegenden Wahrheiten* auf Band. Dieses Band überspielte ich Kaweah, die es durch verstärkte Impulse über Elektroden auffing. Sie war gezwungen, dieselben Worte auszusprechen, und dabei saß sie auf demselben Stuhl, wo du jetzt sitzt. Ich hätte sie wie einen Hund bellen oder wie eine Katze fauchen lassen können. Was immer auf diesem Band war, sie mußte es wiederholen.«

Vergnügt beobachtete ich sein Erschrecken und seine Besorgnis.

»Wenn ich dich recht verstanden habe, hast du die französischen Worte auf diese Indianerin übertragen. Soll das heißen, daß du mit dieser teuflischen Vorrichtung jedermann zwingen könntest, alles zu sagen, was du ihn sagen lassen willst?«

»Das beschreibt den Sachverhalt vollständig«, sagte ich. »Ich fing vor etwa fünfzehn Jahren an, mich mit dem Problem der Gedankenübertragung zu beschäftigen. Die letzten vier Jahre stand mir Malcolm als Assistent zur Verfügung. Ich denke, er war es, der viele der bestehenden Barrieren durchbrach. Aber wir konnten niemals sagen, wer von uns das Problem löste. Jetzt ist die Arbeit teilweise abgeschlossen.«

»Teilweise?« Seine Besorgnis schien zuzunehmen.

»Meine Technik ist noch unbeholfen. Sie muß durch weitere Erprobungen verfeinert werden. Ich werde noch kleinere Sender und Empfänger bauen müssen. Da wir einen ganzen Computer in der Größe einer Münze unterbringen können, ist die zu leistende Arbeit rein empirisch, eine Frage der Ausdauer.«

»Erstaunlich!« O'Brian trank sein Glas leer, ich glaube, um Zeit zu gewinnen und seinen Schock zu überwinden. »Es ist beängstigend in seinem Potential. Furchterregend.«

Ich mußte lachen, und die Anspannung der künstlich verpflanzten Muskeln schmerzte. »Recht hast du. Nun ist es auch um die letzte Freiheit des Menschen geschehen!«

»Was willst du mit der Entdeckung anfangen?«

»Ich werde sie Leuten übergeben, die davon Gebrauch machen werden. Dir, zum Beispiel. Du könntest die Technik an deinen Schizophrenen und Idioten ausprobieren. Was die Regierung damit anfangen würde, weiß ich nicht. Da jede Form von Macht zum Guten wie zum Bösen gewendet werden kann, wird man sie vermutlich zum Bösen anwenden. Jede gefährliche Entdeckung ist immer zuerst gegen den Menschen gewendet worden.«

»Aber wie konntest du? Du, ein Heiliger!«

O'Brians Antwort verblüffte mich.

»Ich bin kein Heiliger.«

»Warum wähltest du dann diese Zitate von Pegue? ›Es gibt mehr heimliche Heilige als bekannte. Der Geringste unter den Kranken kann durch die Art seiner Liebe zu Gott sein Leiden in ein Martyrium verwandeln, aus seinem Leiden die Substanz des Märtyrertums machen.‹ Beschreibt das nicht dich? Du, der Märtyrer, der die Macht hat, Gutes zu tun, der sein Martyrium in Heiligkeit umwandelt. Oder, besser gesagt, der sein Leiden in Märtyrertum umwandeln und ein Heiliger werden möchte.«

Er verdroß mich.

»Du unterstellst meinen Handlungen Absichten, die dir passen, und dann machst du dich mit deiner Analyse darüber her. Du langweilst mich, Jimmy!«

Er sah, daß er getroffen hatte. »Hör auf mit deinem Selbstmitleid!« sagte er. »Du hast dich lange genug bemitleidet. Stell dich den Tatsachen! Und stell dich, indem du es tust, der Welt, und nicht deinen Tagträumen! Du wähnst dich überaus intelligent, hast aber nicht den Mut, dich im gewöhnlichen Leben zu bewähren. Jeder, der zwei und zwei zusammenzählen kann, kann auch deine technische Neuheit oder die Mondrakete bauen, wenn er genug darüber nachdenkt. Du bist nur einer unter vielen. Nimm es leicht, alter Freund!«

»Wozu dieser Vortrag?« fragte ich, erstaunt über seinen Ausbruch.

»Siehst du nicht?« Er beugte sich vor und starrte in meine Totenmaske, als wolle er meine Gedanken lesen, aber man kann die Gedanken einer Maske nicht lesen. »Du bist kein Märtyrer. Deine Intelligenz und Erfindungsgabe sind eine reichliche Entschädigung. Was dir fehlt, ist Toleranz. Du könntest der Welt soviel geben, und du sperrst dich hier ein, weil die Welt dir Unrecht getan hat. Du bist ein eingebildeter Kerl, Patrick. Was willst du? Sei, der du bist! Tue etwas für die Menschheit!«

»Du redest Unsinn«, erwiderte ich, verärgert über seine albernen Anschuldigungen. »Wenn das eine Benefizvorstellung für mich ist, bist du ein schlechter Schauspieler.«

»Jetzt redest du Unsinn«, konterte er. »Selbst wenn es der Trick eines Psychiaters wäre, du weißt, daß ich recht habe.«

»Ich will nur meine Ideen verwirklichen und sie vom Zeichenbrett in die Praxis übertragen. Ich habe aufgehört, auf andere Leute zu hören. Sie können mir nichts sagen, was zutreffender wäre als das, was ich immer gewußt habe. Alle Fehler meines Lebens kamen daher, daß ich Rat annahm. Schließlich arbeite ich bei der Lösung dieser Probleme hart an den Grenzen meiner Fähigkeit. Warum sollten andere die richtigen Antworten wissen, wenn sie nicht einmal einen Teil meiner Arbeit kennen? Und nun erzählst du mir, du, der Herr der Schlangengrube, was ich tun sollte. Wie bist du zu dieser Klugheit gelangt? Durch Eingebung? Sicherlich nicht durch Einsicht.«

»Mein Rat hat nichts mit deiner Forschung zu tun, Patrick«, sagte er und paffte an der Pfeife, um seine Rede zu verlangsamen. »Ich möchte etwas zur Sprache bringen, was du vielleicht noch nicht erwogen hast, und ich weiß, wovon ich rede. Du bist am Durchdrehen, aber das scheint das Letzte zu sein, was du dir selbst eingestehen würdest. Du hast mir gesagt, die Wahnideen meiner Insassen würden mich als Arzt schließlich erledigen, weil ich nicht mehr fähig sein würde, zwischen vernünftigem Denken und paranoiden Ideen zu unterscheiden. Laß dir von mir sagen, solange ich noch nicht vollständig beeinträchtigt bin, daß dein Verstand, der sehr viel abstrakter denken kann als der aller anderen Menschen, die ich kennengelernt habe, und der außerdem das technische Wissen hat, diese Ideen in Geräte wie dieses Dingsda hier umzuwandeln, daß dein Verstand überschnappen wird, wenn du nicht wie ein menschliches Wesen lebst und unter andere menschliche Wesen gehst.«

»Um unter ihrer Dummheit und Ignoranz zu leiden und ihre Langeweile zu teilen?« sagte ich. Ich wußte recht gut, daß er mich auf seine Ebene hinabziehen wollte.

»Richtig, völlig richtig! Das wäre ein Ausgleich zu deiner Arbeit«, sagte er wie erwartet.

Seine Nähe störte mich, und ich stand auf. »Du brauchst was zu trinken! Ich werde dir noch einen bringen. Wenn du nüchtern bist, wird man nicht klug aus dir.«

Als ich zum Wohnzimmer ging, wo die Bar war, rief er mir nach: »Du kannst vor mir weglaufen, aber nicht vor dir selbst, und du weißt es.«

Er folgte mir.

»Hier ist dein Whiskey«, sagte ich. Ich hatte ihm einen kräftigen Schuß ins Glas getan, weil ich ihn zur Ruhe bringen wollte. Diese Diskussion störte mich mehr, als ich mir selbst eingestehen mochte.

»Ich brauche keinen«, sagte er, und funkelte mich an. Nie hatte ich mit Malcolm solch einen Streit gehabt. Ich war ziemlich sicher, daß O'Brian mich für paranoid hielt, aber er sollte auch wissen, daß viele große Ideen der Menschheitsgeschichte von Paranoikern ersonnen worden waren.

»Ich habe Jahre gebraucht, um mit mir selbst fertig zu werden. Nun kommst du daher und versuchst meine Abwehr umzustoßen, deren Aufbau dir einmal so sehr am Herzen lag.«

»Wieder der Märtyrer!« höhnte er. »Im Krankenhaus hatte ich mal einen Patienten, der an spinaler Paralyse im Sterben lag. Er konnte nicht mehr sprechen, nur noch mit einem Finger auf ein vor ihm ausgebreitetes Alphabet zeigen. Dieser Finger war das einzige, was er noch bewegen konnte. Weißt du, was er tat? Er diktierte Buchstaben für Buchstaben ein Buch, eine Arbeit über Philosophie, und eine gute!«

Ich fragte ihn, was diese Geschichte mit mir zu tun habe.

»Viel«, antwortete er. »Er bemitleidete sich selbst nicht eine Sekunde. Aber du tust es, sonst würdest du dich nicht hier vergraben und deine Arbeit zum Geheimnis erklären. Geh hinaus, und nimm Verbindung mit Leuten auf, die an ähnlichen Projekten arbeiten! Arbeite mit ihnen, wie du mit Malcolm gearbeitet hast! Tausche Ideen mit ihnen aus! Geh hin und halte Vorlesungen, wie du es früher tatest! Wenn du dein Gesicht nicht zeigen willst, versteck es hinter dieser Stoffmaske. Das wird dich noch interessanter machen. Schütz dich selbst, Patrick, bevor es zu spät für dich ist, zu tun, worum ich dich gebeten habe.«

»Du hättest Pfarrer werden sollen, statt Medizinmann in einem Heim für Idioten«, sagte ich. Mir war bewußt, daß ich aufgeregt war. Ein Beweis, daß es ihm gelungen war, meine Schale aufzubrechen. So lag er bloß, der Kern.

»Gegen Pfarrer ist nichts einzuwenden.« Erst jetzt nahm er das Glas, das ich vor ihn hingestellt hatte. »Ich möchte, daß du vor einer Gruppe von Leuten der Städtischen Klinik von Los Angeles über deine Arbeit mit Gedankenübertragung sprichst. Ich werde das für dich arrangieren. Du brauchst nicht vor bedeutenden Wissenschaftlern zu sprechen. Nur vor dem Personal, den Ärzten und Schwestern; erprobe dich an ihnen!«

»Warum sollte ich das tun?« erwiderte ich, plötzlich abgeneigt, die Schale meines Hauses zu verlassen. Das Haus war die Nuß, ich war der Kern ...

»Bei unseren freundschaftlichen Gesprächen in Brentwood House behauptetest du, daß du dich deiner neuen Persönlichkeit angepaßt hättest. Natürlich meintest du dein neues Gesicht. Du kannst diese Behauptung jetzt auf die Probe stellen. Oder brauchst du weitere Therapie?«

Ich zog die Stoffmaske über mein Gesicht, um es zu verbergen, ohne daran zu denken, daß es keinen Ausdruck zeigen konnte. O'Brian war schlau. Wenn er mit Logik nichts ausrichten konnte, packte er die Leute bei ihrem Stolz, und wenn das auch nicht ging, machte er sie uneins mit sich selbst.

O'Brian ging aus dem Wohnzimmer und ließ das halbleere Glas zurück, was er noch nie getan hatte. Er nahm seine abgenutzte Mütze vom Stuhl und wandte sich zur Tür. Die Vorstellung, allein im Haus zu sein, war mir auf einmal schrecklich. Es war unverzeihlich, daß er mich in diese Situation gebracht hatte.

»Einverstanden – aber nur, wenn du mit mir nach Los Angeles kommst«, sagte ich gegen meinen Willen.

»Selbstverständlich. Ich werde dein Chauffeur sein. Ich habe schon immer den Beruf wechseln und etwas Ordentliches machen wollen.« Mit breitem Lächeln zog er sich die Mütze über den eckigen Schädel, bis sie flott auf dem rechten Ohr saß. Er sonnte sich im Bewußtsein, gewonnen zu haben. »Nächste Woche, Patrick.«

Ich geriet in Panik. »Heute ist Samstag, die nächste Woche fängt morgen an«, sagte ich.

»So ist es.« Er grinste noch breiter und ging. Ich kehrte zurück zum Laboratorium.

Jede Reise ins Unbekannte hat ihre beängstigenden Aspekte. Bisher aber ist der Mensch immer imstande gewesen, mit seinen Entdeckungen fertig zu werden und hat sie unter Kontrolle gebracht – zumindest vorläufig. Obwohl dies die Regel gewesen ist, könnte eine Abweichung von ihr die Zivilisation und mit ihr die Menschheit vernichten.

Ich sah aus dem Fenster. O'Brians Wagen entfernte sich rasch auf dem langen dunklen Asphaltband der Fernstraße, über dem die Wüstenluft flimmerte. Die gelbgraue Einöde bot ein Bild immerwährender Beständigkeit. Nun aber war der Mensch gekommen, und mit ihm die Ungewißheit. Zu allen Zeiten hatte die Natur sich in einem Gleichgewichtszustand befunden und ihn selbst nach schweren Katastrophen wiedergefunden. Die Frage war nur, ob dies eine Regel war, die niemals durchbrochen werden konnte.

Ein Tier hat seine Funktion, ebenso ein Baum oder ein Grashalm. Jedes hat seinen bestimmten Platz in der Natur.

Aber das menschliche Gehirn ist ein Krebsgeschwür. In letzter Zeit hat es die Wände seiner Begrenzungen durchbrochen. Es ist nicht unsere Sache, in den Weltraum zu fliegen, den genetischen Kode zu entschlüsseln, Kräfte zu entfesseln, die unbegrenzt sind, das Gleichgewicht der Natur über den Haufen zu werfen und damit jede Existenz zu gefährden, wenn nicht zu zerstören. Diese monströse graue Materie hat angefangen, über ihre Grenzen hinauszudrängen und Werte und Begriffe zu vernichten, die Tausende von Jahren hindurch das Leben der Menschheit bestimmt haben. Das menschliche Gehirn ist nihilistisch geworden, richtungslos treibt es dem eigenen Untergang entgegen.

Wann hatte der Alptraum angefangen? Mit der Entdekkung der ersten Antibiotika? Der Atomspaltung? Der Eroberung jenes Vakuums über unserem Luftraum, wohin wir so wenig gehören wie der Fisch aufs trockene Land? Seit Jahrtausenden hat der Mensch sein Verhalten mit Hilfe von Tabus beherrscht, die er Religion, Moral, Ethik nannte. Jetzt zerbricht er sie, wirft sie fort, ohne eine Ahnung zu haben, wie er sie durch andere Werte ersetzen könnte.

In meiner Arbeit zerschlug auch ich die eingeführten Wahrheiten, die das Gefüge der Gesellschaft zusammenhalten. Aber es gibt kein Halten. Der Mensch hat den Punkt erreicht, an dem es kein Zurück mehr gibt; er kann den Geist nicht mehr in die Flasche bannen, aus der er ihn gerufen hatte.

Mir war bewußt, daß meine Entdeckung die Menschen zu Robotern verändern könnte. Wenn aber ich nicht den Weg ging, den ich freigemacht hatte, dann würde ein anderer darauf stoßen und ihn beschreiten.

Wenn ein Mensch, der zwei und zwei zusammenzählen kann, früher oder später eine Mondrakete zu bauen vermag, wie O'Brian gesagt hatte, dann konnte er auch das Gefüge der Welt zerbrechen. Sein krebsartiges Gehirn, auf seiner Suche nach Wissen und Erfolg unempfänglich für Gefahren, läßt sich nicht vom gesunden Menschenverstand bezähmen, jenem Tabu, das der Mensch erfunden hat, um sich innerhalb künstlicher Begrenzungen einzuschließen.

3

Ich fühlte mich ganz zwanglos, als wir durch den Korridor der Städtischen Klinik von Los Angeles gingen. Mein Gesicht war hinter der schwarzen Stoffmaske verborgen. Hier, unter den Kranken, den Verstümmelten, den Verbundenen und den Bettlägerigen nahm niemand Notiz von meiner Vermummung. Selbst wenn ich vom Kopf bis zu den Füßen in Verbände gehüllt gewesen wäre und Pfauenfedern im Rücken stecken gehabt hätte, würde niemand mich eines zweiten Blicks gewürdigt haben. Wenn Abweichung von der Norm monströs genannt werden konnte, war ich in der Welt der Monster akzeptiert.

»Ich könnte meinen Lebensunterhalt in einer Jahrmarktsbude verdienen«, sagte ich zu O'Brian.

Er antwortete nicht. Ich hatte auf der Fahrt von Desert Rock hierher nicht viel gesprochen. Er konnte meine Stimmung nicht erspüren, da er mein Gesicht nicht sehen konnte und meine Stimme keine Betonung hatte. Als wir durch den gefliesten Korridor gingen, bedauerte ich, gekommen zu sein. Warum sollte ich Krankenschwestern und

Stationsärzten einen Vortrag halten? Was war dadurch zu gewinnen? Als nächstes würde O'Brian versuchen, mich für Gespräche und die Zusammenarbeit mit Leuten aus der medizinischen Forschung zu gewinnen, mich einzubinden in ein Netz kollegialer Teilnahme und Überwachung. Eine wirkliche Zusammenarbeit, wie ich sie mit Malcolm gekannt hatte, konnte es jedoch nicht geben, weil es keinen zweiten Malcolm gab. Selbst wenn sich der eine oder der andere fände, wie könnte ich mich jemals wieder einem anderen Menschen anpassen? Anpassungen dieser Art waren nur möglich gewesen, solange ich menschlich ausgesehen hatte.

»Das ist dein Zimmer«, sagte O'Brian und öffnete eine Tür. Er hatte meine Koffer auf einen Tisch gestellt. Mit ihrem komplizierten Inhalt waren sie meine ganze Ausrüstung. Mein nächstes Sende- und Empfangsgerät würde in die Schatulle eines Juweliers passen.

»Wozu brauche ich ein Zimmer?» fragte ich kriegerisch. Ich glaube, alles, was O'Brian hätte sagen können, würde mich aufgebracht haben.

Auch er war am Rande seiner Geduld.

»Hör auf, gegen mich anzukämpfen!« sagte er. »Um Himmels willen, benimm dich wie ein menschliches Wesen!«

Wie ein menschliches Wesen – er zog eine Trennungslinie zwischen mir und anderen Leuten.

»Um sieben werde ich die Ärzte und Schwestern unten im Vortragsraum versammelt haben. Keine Fachleute auf deinem Gebiet. Es könnte dich interessieren, zu sehen, wie Laien auf deine Horrormaschine reagieren.«

»Du hast mich in diese Sache hineingesteuert. Je mehr ich darüber nachdenke, desto weniger gefällt es mir«, sagte ich und kam mir zugleich albern vor, weil ich wieder die Beherrschung verlor.

»Erzähl einfach, was du zu sagen hast. Ich werde Helga Coleman zu dir schicken.«

»Und wer ist Helga Coleman?« Er arbeitete wie eine Spinne, spann einen Faden um den anderen und klebte sie aneinander, bis er mich eingewickelt hatte.

»Die Krankenschwester, die ich zur Erprobung deiner Gedankenübertragungsvorrichtung ausgewählt habe. Du brauchst ein Demonstrationsobjekt, nicht wahr? Und vergiß nicht, deiner infernalischen Maschine einen Handelsnamen zu geben. Nenne sie meinetwegen ›Denkex‹ oder was! Laß sie patentieren, damit sie nicht in die falschen Hände gelangt!«

»Du scheinst dich davor zu fürchten«, sagte ich und nahm den Verstärker heraus, der in Watte verpackt war, ein Ding nicht größer als die Faust eines Kindes.

»Wenn es zutrifft, daß die Menschen das Unbekannte mehr fürchten als das Bekannte, dann bin ich vor Furcht wie versteinert«, antwortete er. »Du gehörst hinter Gitter, aber wenn man dich einsperren könnte, müßte man jeden Wissenschaftler ins Gefängnis stecken, da diese Rasse kein Gewissen hat.«

»Wenn wir ein Gewissen haben und die Zusammenarbeit verweigern, werden wir auf Eis gelegt. Es ist Sache der Gesellschaftswissenschaften, die Unordnung aufzuräumen, die wir zurücklassen. Wir haben keine andere Verantwortlichkeit, als die, unsere Einbildungskraft in praktische Anwendung umzusetzen. Aber wer ist Miß Coleman?«

»Eine unserer intelligenteren jungen Schwestern. Als frühere Mitarbeiterin eines Spezialisten für plastische Chirurgie ist sie verbrannte Gesichter gewohnt. Sei nett zu ihr und bring sie nicht in Verlegenheit!«

Er ging zur Tür und winkte mit seiner erloschenen Pfeife.

»Wir sehen uns um sieben«, sagte er. »Coleman wird dich zum Vortragsraum begleiten. In der Zwischenzeit kannst du dir ein Abendessen kommen lassen. Aber ich muß dich warnen, es wird natürlich lausig sein; sie machen es absichtlich, um die Patienten von längerem Verweilen abzuschrekken. Sie verteilen sogar Zündholzkärtchen mit dem Aufdruck: ›Warum nicht wieder einmal Essen gehen?‹«

Er lachte und ging. Hinter dem belanglosen Geplauder verbarg sich seine Besorgnis. Ich kannte O'Brian gut genug, um zu wissen, daß er sich wegen meiner Entdeckung Sorgen machte. Aber er wußte nicht, wie er mich aufhalten sollte.

Ich setzte mich nieder und fühlte, wie ich mich in meine Schale zurückzog, eine Empfindung, die sich immer dann einstellte, wenn äußerer Druck zu stark wurde. Ich konnte mich von meinen Empfindungen lösen wie ein Ringer, der dem Zugriff seines Gegners entschlüpft. Ich bin gern Zuschauer, Betrachter meiner eigenen Aktivitäten, so wie ich mich selbst in meinen Träumen sehe.

Es war mir klar, daß O'Brian mich als einen Paranoiker betrachtete. Paranoiker sind äußerst kluge Leute, die ihre Gedanken vor den scharfsinnigsten Psychiatern zu verbergen wissen. Ich faßte seine Meinung von mir als Kompliment auf. Paranoia könnte das Antriebsmittel von Genies sein. Oder sogar deren Ursache, die Wurzel, der wohlschmekkende Kern in der Nuß.

»Anders zu sein, ist Grund genug, sich verdächtig zu machen«, sagte ich laut zu mir selbst.

»Was sagten Sie, Dr. Cory?« ertönte eine Frauenstimme hinter mir. Ich wandte mein schwarzverhülltes Gesicht zur Tür. Dort stand ein Mädchen in Schwesterntracht. Warum klopfte sie nicht? Ich war kein Patient, dessen Zimmer gleichsam eine Diele für Krankenschwestern und Ärzte war!

»Sie müssen Miß Coleman sein«, sagte ich unbewegt, eingedenk der Fürsorge, die O'Brian ihr angedeihen ließ. Sie war anziehend, obwohl die Schwesterntracht jedes Mädchen besser aussehen macht. Sie war ziemlich groß, ihr Haar war sehr blond und umspielte weich ihr Gesicht. Die Taille war übertrieben schmal. Sie hatte den Gürtel ihres Kittels eng zusammengezogen, absichtlich, wie ich vermutete, um ihre Figur zu betonen. Sie hatte die durchscheinende Haut schwedischer Mädchen, die ihr Gesicht nicht der Sonne aussetzen, weil es keine gibt.

»Ich bin Helga Coleman. Ich hörte nur zum Teil, was Sie sagten, Dr. Cory. Ich dachte, Sie sprächen zu mir.«

Sie ignorierte die schwarze Stoffmaske, und ihre Beiläufigkeit war anerzogen und professionell. Vermutlich hätte sie genauso gesprochen, wenn ich Hörner und einen Schwanz gehabt hätte.

»Ich sagte, daß man in dieser Welt verdächtig ist, wenn man von der Norm abweicht. Verhält man sich konform, so füllt man den Platz im Puzzlespiel aus. Hat man einen anderen Rand, so paßt man nicht hinein.«

Sie lachte, und das Lachen verriet ihr Alter.

»Anders zu sein, hat viele Bedeutungen«, sagte sie. »Aber mir ist es gleich. Die Leute können denken, was sie wollen. Es ist so wenig Zeit im Leben, daß alle, die sich über belanglose Unterschiede aufhalten, ihre Zeit verschwenden.«

»Eine Philosophin! Dieser geriebene Dr. O'Brian hat mir eine Schwester geschickt, die nachdenkt.«

»Danke.« Sie trat näher und spähte in den geöffneten Koffer. »Das war seine Absicht. Ich habe meistens mit Patienten zu tun, die schwierig im Umgang oder, wie Sie, sehr klug sind. Mein Glorienschein hat einen beruhigenden Einfluß auf sie.«

»Wie sind Sie zu diesem Glorienschein gekommen?« fragte ich mit einem Blick zu ihrem blonden Haar, das kunstvoll auf ihren schmalen Kopf getürmt war. Nur ein Friseur konnte solche Arbeit leisten. Schlief sie wie die Chinesinnen auf einer besonderen Nackenstütze, um diese kunstvolle Konstruktion nicht durcheinander zu bringen?

»Ich bin von Natur blond«, sagte sie, und wieder lachte sie ihr entwaffnendes Lachen.

»Und warum sind Sie Krankenschwester geworden?« sagte ich, während ich das Material für den Test zusammensuchte.

»Ich bin als Presbyterianerin in einer presbyterianischen Familie aufgewachsen. Aber dann wurde ich Baptistin«, sagte sie, und die Fröhlichkeit verlor sich aus ihrer Stimme. »Ich möchte Jesus Christus dienen. Und wie kann man ihm besser dienen als dadurch, daß man Glück und Seelenfrieden in das Leben anderer bringt? Alle Menschen sind bedürftig. Sie brauchen nicht nur Nahrung und Kleidung, sondern auch Liebe und Freundlichkeit, Geduld und Verständnis. Selbst in einer großen Menschenmenge sind die Leute sehr einsam. Und Einsamkeit ist der erste Schritt zum Unglücklichsein. Deshalb möchte ich meinen Teil dazu beitragen, daß alle sich der Gemeinde des Erlösers zugesellen.«

Ich beobachtete sie durch die Schlitze meiner Stoffmaske. Sie sprach mit einer Überzeugung, die aus langem Nachdenken entstanden sein konnte. Oder vielleicht aus einem Schock, den sie früher in ihrem Leben erlitten hatte.

»Und selbstverständlich sind Sie nicht verheiratet, weil Sie keine Zeit für einen Ehemann hätten, nicht wahr? Sie möchten vielen Menschen dienen. Sie verschwenden sich! Das Leben ist mehr als ein Dasein für anderer Leute Launen und Wünsche. Menschen sind Blutsauger, müssen Sie wissen. Nichts ist ihnen lieber als anderer Leute Kräfte aufzusaugen. Sie sind wie Kieselsteine, gegen die man mit dem Fuß stößt; sie rollen ein Stück, dann verlangsamt sie ihre Trägheit und sie bleiben liegen bis zum nächsten Stoß.«

»Ich weiß, daß es ihnen mit dem, was Sie eben sagten, nicht ernst ist«, antwortete sie. Sie hatte gelernt, Meinungsverschiedenheiten zu umgehen. Aufmerksam studierte sie meine Stoffmaske, als ob ihre Wegnahme alle Fragen beantworten könnte. »Ich wünschte, Sie würden diese schwarze Maske abnehmen. Sie brauchen sich vor mir nicht zu verstecken.«

»Ich habe kein Gesicht und möchte nicht, daß Sie schreiend aus dem Zimmer laufen«, sagte ich, obwohl ich mich nicht bemitleiden wollte. O'Brian hatte mich dieses Fehlers bewußt gemacht.

»Das würde ich nicht tun«, sagte sie und bekräftigte: »Ich würde nicht weglaufen. Sie sind ein sehr interessanter Mann, also sorgen Sie sich nicht deswegen. Ich werde bleiben.«

Ihre Schmeichelei und herausgestellte Reinheit verdrossen mich. Wie Jeanne d'Arc war sie, wahrscheinlich durch ihre Mutter oder ihren Vater, mit Frömmigkeit durchtränkt worden, ein Gefäß des Heiligen Geistes. Aber es war auch möglich, daß ihr Vater angedroht hatte, er werde dem ersten

Mann, den er in ihren Armen ertappte, eine Kugel in den Leib jagen, und daß ihre Mutter an gebrochenem Herzen sterben würde, sollte sie je erfahren, daß ihre Tochter die Jungfräulichkeit ohne den Segen des Pfarrers verloren hatte. Hinter der elterlichen Beschützerrolle verbirgt sich nicht selten Eifersucht auf die Jugend der Kinder. Ich war überzeugt, daß Helga Coleman Jungfrau war, und daß ihre Jungfräulichkeit Teil der Panzerung war, die sie zur Schau stellte. Ich traue Leuten nicht, die ihre religiösen Überzeugungen wie eine Fahne schwenken. Aber ihr starres Denken hatte eine innere Stärke in ihr erzeugt, die meine Neugier erregte; ich überlegte, wieviel Widerstand wirklich hinter diesem hübschen Gesicht stecken mochte.

»Man braucht nicht in den Urwald zu gehen, um ein Missionar zu sein, man kann es hier machen«, sagte sie. »In Los Angeles gibt es mehr Heiden als in Afrika.«

»Wer nicht Ihres Glaubens ist, den würden Sie als einen Heiden bezeichnen, nicht wahr?« sagte ich. »Ist das nicht der Grundstein Ihrer Religion? Für Sie ist es wichtig, ob ein Mensch zur Taufe in einem Fluß untergetaucht wird und nicht mit Weihwasser oder Öl besprengt oder gar beschnitten wird. Das macht den ganzen Unterschied, ob einer in den Himmel aufgenommen wird oder nicht.«

»Woran glauben Sie?« fragte sie.

»Ein andermal werden wir über Religion diskutieren«, sagte ich. »Darin bin ich ganz gut. Als Agnostiker habe ich viele Leute zu meiner Denkart bekehrt. Aber zuvor wollen wir sehen, wie mein Gerät arbeitet.«

»Ich bin froh, daß Sie ein Agnostiker und kein Atheist sind. Das bedeutet, daß Sie suchen. Für jeden gibt es eine Antwort, und selbst wenn Sie meinen, daß Sie nicht nach ihr suchen, werden Sie finden, daß Sie es doch tun, und daß Sie niemals aufgeben werden, bis Sie diese Antwort gefunden haben. Ich bin fest überzeugt, daß Sie sie finden werden.«

»Ja, vielleicht. Auf Wiedersehen in der Kirche.« Ich hatte keine Lust, Zeit an ein Thema zu vergeuden, das mich nicht interessierte. Gott und die Suche des Menschen nach ihm gehören zu der Zeit meiner Eltern, die beide kleine Landärzte waren und in einer Praxis arbeiteten, die seit einer Generation keine frische Farbe mehr gesehen hatte. Ihr Leben verging im Gleichmaß ihrer Kuckucksuhr, die, indem sie die Stunden ausrief, menschliche Marionetten aus ihnen machte. In dem Maße, wie die Zeiger der Uhr über das gemalte Zifferblatt wanderten, gingen sie zu verschiedenen Routinebeschäftigungen über. Meine Eltern vermißten die Kirche nicht. Das Essen wurde täglich zur selben Minute auf den Tisch gestellt. Die wöchentliche Speisefolge war am Tag ihrer Eheschließung festgelegt worden, und seither gab es an jedem Wochentag die jeweils gleichen Speisen. Donnerstags waren es immer Kartofffelpuffer, und sonntags gekochtes Hühnchen. »Gott hat sich in meinem Haus niedergelassen«, pflegte mein Vater zu sagen, zufrieden mit seinem Los auf Erden.

Aber Gott war nicht in Formeln und Gleichungen zu finden, noch in Transistoren oder den ultrahohen Frequenzen, die das Universum durchdringen und Echos des Urknalls sein mögen, aus dem die Schöpfung entstand.

Der Mensch behauptet, daß es einen Gott geben müsse, denn wie anders könne das Universum sich in solcher Harmonie bewegen? Dabei vergißt er sich selbst die Frage vorzulegen, warum sein Gehirn so begrenzt ist, daß das Wirken der Natur ihn ständig von neuem verblüfft. Noch immer gebraucht er einen Vorschlaghammer, um Einsicht in die Geheimnisse der Natur zu gewinnen, und wundert sich dabei, warum seine Annäherungsmethoden so plump sind. Er hat noch nicht einmal das richtige Werkzeug für seine Arbeit entwickelt und ersetzt durch Symbole, was seinem Verstand entgeht. Die Möglichkeiten des Menschen sind nicht durch göttliche Gesetze begrenzt, wie mein Vater inbrünstig glaubte, der sein eigener Religionslehrer war. Der Mensch ist begrenzt nur durch den Umfang seiner Beobachtungen, seiner Annäherungen an das scheinbar Unlösbare. Das Wort ›Frequenz‹ und seine Ableitungen sind in meinem Leben so wichtig geworden wie die Heilige Schrift es für meine Eltern war und für diese zierliche blonde Missionarin an meiner Seite noch immer ist.

»Ich hoffe, mein Experiment schreckt Sie nicht«, sagte ich, da ich nicht wußte, wie tief ihr Mut in ihrem Glauben verankert war.

»Warum sollte ich mich fürchten?« fragte sie. »Gewiß, es gibt einige Dinge, die mich ängstigen, Dr. Cory. Gewalt, zum Beispiel, weil ich mich gegen Brutalität nicht verteidigen kann. Und ich fürchte Schmerz. Das ist für ein Mädchen nicht so ungewöhnlich. Aber was Sie von mir verlangen, ist weder mit Schmerz noch mit Gewalt verbunden.«

Sie blickte zu mir auf, und ihr Gesicht schien auf einmal blaß und klein. Sie sah nicht so hübsch aus, wie sie mir im ersten Moment erschienen war, als sie den Raum betreten hatte. Sie sah wie ein unterernährtes Kind aus, das Unfreundlichkeit erfahren hatte und sie fürchtete.

»Hat Dr. O'Brian Sie nicht gewarnt? Was hat er Ihnen gesagt?« Ich argwöhnte, daß O'Brian ihr vertrauliche Informationen gegeben hatte.

»Er hat mir nichts gesagt«, antwortete sie. »Ich weiß nur, daß Sie heute abend einen Vortrag über Ihr neuestes Experiment halten wollen und daß Sie zur Demonstration eine Assistentin benötigen. Er klärte mich auch über Ihren Unfall auf, aber das war notwendig. Eine Krankenschwester muß wissen, was von einem Patienten zu erwarten ist.«

»Bin ich denn ein Patient?«

»In gewisser Weise schon. Natürlich waren Sie mir von früher bekannt. Als Sie noch an der Universität von Berkeley lehrten, las ich Ihr Buch über ultrahohe Frequenzen und ihre Anwendung in der Gedankenübertragung. Und wissen Sie, wo ich darauf stieß?« Sie lachte, und die Züge eines mageren Kindes wurden wieder zu denen einer hübschen jungen Frau.

»Keine Ahnung«, sagte ich. »Es ist ein hochspezialisiertes Thema, das Laien nicht sehr unterhaltend finden werden.«

Sie konnte nicht älter als zweiundzwanzig oder dreiundzwanzig sein, redete aber, als hätte sie bereits alle Überreste jugendlicher Unreife abgeworfen. Vielleicht hatte sie das Stadium des Heranwachsens übersprungen und sich vom Kind unmittelbar zur Frau gewandelt, ohne die schwierigen und unangenehmen Übergänge der Pubertät.

»Für mich ist alles interessant«, sagte sie. »Alles Wissen ist in der Bibel enthalten. Als ich die biblische Geschichte studierte, mein Lieblingsfach, las ich Ihre Theorie über die Gedankenübertragung.«

»Was brachte Sie dazu, mein Buch zu lesen?« Ich begann sie wegen ihrer unbefangenen Neugier zu mögen.

»Oh, ich habe es nicht gelesen«, bekannte sie. »Ich habe im *Reader's Digest* darüber gelesen.«

»Im *Reader's Digest?*« Ich wandte mich verdutzt um, und sie lachte.

»Ja. Ihre Theorie wurde darin in volkstümlichen Begriffen erläutert. Ich glaube, der Artikel wurde veröffentlicht, weil er sensationell wirkte. Ich interessierte mich so dafür, daß ich mir Ihr Buch in der Universitätsbibliothek von Berkeley auslieh. Und wissen Sie – ich verstand kaum ein Wort davon!«

»Einige Abschnitte dieses Buches sind auch mir noch unverständlich«, scherzte ich. »Sie stehen also nicht allein.«

»All diese Kurven und unbekannten Begriffe! Wir Schwestern hier im Krankenhaus haben unsere eigene Fachsprache, die sich von der Redeweise der Schwestern anderswo unterscheidet. Auch die Ärzte haben ihre Ausdrücke, die sie erfinden. Wir verstecken uns hinter Worten, um den Patienten zu verheimlichen, wovon wir sprechen. Wenn Sie über die Sprechanlage einen Ruf nach Dr. Post hören, dann bedeutet es, daß eine interessante postmortale Sektion vorgenommen wird, zu der die Stations- und Fachärzte eingeladen sind. Wenn die Patienten wüßten, was sich hinter diesem Dr. Post verbirgt, würden sie nicht froh darüber sein. Eine Patientin bat mich einmal, sie mit ihm bekannt zu machen.«

»Was hat das mit meinem Buch zu tun?« fragte ich sie, bezaubert von ihrem Geplapper. Ich begriff jetzt, warum O'Brian sie ausgewählt hatte. Sie war nicht so klug, daß sie im Weg war, und nicht so dumm, daß sie mich langweilte.

»Auch Ihr Buch ist in der Fachsprache der Eingeweihten geschrieben. Ich wette, Sie haben viele Wörter selbst erfunden, um die Neugierigen fernzuhalten.«

»Neue Techniken und Medien erfordern die Erfindung neuer Wörter, die neue Begriffe und Ideen auszudrücken haben«, dozierte ich und setzte mich. Seit dem Tag der Explosion hatte ich mich nicht so entspannt gefühlt. Von jenem Tag an zähle ich die Geschichte. Für mich ist es das Jahr »eins« v.E. und n.E. – vor und nach der Explosion. Es bestand eine Welt, von der ich herzlich wenig wußte, eine Welt angenehmen Sichtreibenlassens und entspannter Zerstreuung. Eine Welt, deren unbedeutende Ereignisse Glück enthielten. Entspannung und Glück scheinen synonym zu sein. Dann kam mir meine Gesichtslosigkeit in den Sinn, die Schranke, die mich für immer von der Welt dieses Mädchens trennte, der hohe Zaun, der nicht überwunden werden konnte, und ich spürte den Schmerz in den Wangen, die übermäßig gespannte Haut, die vergeblichen Schreie meiner verstümmelten Nerven.

»Fürchten Sie nicht mein Gesicht?« fragte ich in einem Versuch, dieses Mädchen, das nicht eine Facette seines wahren Selbst zeigte, aus der Reserve zu locken. Sie zog ihre weichen Fühler ein, wie eine Schnecke, die auf Widerstand stößt.

»Ich habe es noch nicht gesehen«, antwortete sie. »Nehmen Sie die Stoffmaske ab, aber seien Sie nicht überrascht, wenn ich zusammenzucke. Das wäre nur eine natürliche Reaktion. Ich wäre nicht menschlich, wenn ich keine Empfindungen ausdrücken würde, nicht wahr? Wissen Sie, oft beobachte ich, wie abgehärtet wir in diesem Geschäft werden, das angeblich auf Mitleid und Hingabe beruht. Manchmal höre ich Schmerzensschreie gar nicht mehr. Wir lassen Kinder stundenlang schreien, weil wir wissen, daß wir nichts für sie tun können, besonders in Abteilung zwölf, der Station für Verbrennungen, wo die Schmerzen nie aufhören und nicht einmal Morphium helfen kann.«

»Ich weiß.« Und wieder war ich mir der ständigen Schmerzen bewußt, die sich gleich scharfen unsichtbaren Krallen in mein Gesicht bohrten und die ich ständig zu ignorieren versuchte.

»Es gibt drei Stadien, die man in unserem Beruf durchmacht, Dr. Cory, und die Erfahrung ist für Schwestern und Ärzte gleich. Zuerst sterben wir beinahe vor Mitleid mit dem Elend, das wir zu sehen bekommen. Wir weinen stundenlang, und selbst im Schlaf läßt uns der Jammer der Welt nicht los. Dann geben wir vor, gerührt zu sein und die Leidenden zu bemitleiden, aber es gibt ein drittes Stadium, das ich hoffentlich nie erreichen werde. Das ist die vollkommene Abhärtung, die Gleichgültigkeit gegenüber den Leiden anderer, die man nicht mehr als menschliche Individuen wahrnimmt, sondern nur noch als Krankheitsfälle. Vor ein paar Tagen assistierte ich einem Chirurgen. Als er den Patienten geöffnet hatte, bewunderte er die schönen Farben der Zersetzung. Können Sie sich das vorstellen? Wo hören wir auf, menschliche Wesen zu sein, frage ich mich. Aber da wir es mit Menschen zu tun haben, ist alles, was ihnen geschieht, Teil unserer mitmenschlichen Verantwortung. Warum sollten wir vor Entstellungen oder Schmerzen anderer zurückschrecken? Die Leute leiden ja nicht aus freien Stücken, noch sind sie häßlich, weil es ihnen so gefällt. Ich glaube, es ist nur die Furcht, daß es auch uns zustoßen könnte, was uns gleichgültig und grausam macht. Wir möchten vor der Verantwortung fliehen. Wir sind eigennützig. Und unsere Patienten nehmen es uns übel und vergessen dabei, daß auch wir nur aus dem gleichen Stoff gemacht sind wie sie selbst.«

»Wie alt sind Sie?« fragte ich sie. Sie verbreitete ihre Weisheiten allzu bereitwillig. Vielleicht führte sie mit O'Brian Diskussionen dieser Art. Ich glaubte in ihren Worten gleichsam ein Echo seiner Stimme zu vernehmen.

Sie lachte. »Ich wußte, daß Sie diese Frage stellen würden, denn manchmal rede ich zuviel und tue so, als ob ich alle Probleme im Leben gelöst hätte. In ein paar Monaten werde ich vierundzwanzig. Das ist nicht gar so jung. Ich versuche bloß zu verstehen, was mich beunruhigt. Kennt man die Wurzeln seiner Empfindungen, kann man sie beherrschen. Wenn ich gern etwas tun möchte, will ich wissen, warum ich es möchte, und wenn ich etwas nicht mag, suche ich auch nach dem Grund. Wissen Sie, als Sie sagten: ›Sie sind nicht verheiratet‹, da wußte ich, wie Sie es meinten. Nein, ich bin nie verliebt gewesen, ich meine ernstlich. Natürlich bin ich hin und wieder in den einen oder anderen verschossen gewesen, aber das war mehr Schwärmerei, wie in dem Fall, als ich einen Chirurgen anhimmelte, der mein Vater hätte sein können, oder einen Stationsarzt, weil er so ein nettes Lächeln hatte. Aber immer ging ich der Sache auf den Grund, und merkte bald, daß es überhaupt keine Liebe war. Anders als meine Liebe zu Jesus Christus, die nicht körperlich ist. Es ist die Liebe des Geistes. Er hat seine Schöpfung mit uns geteilt. Ich weiß, Sie stimmen meinen Überzeugungen nicht zu. Es ist meine Suche nach einer Antwort auf die Frage, warum ich geboren wurde. Eine Frage, die sich jeder stellen wird. Ich habe die Antwort gefunden.«

»Dann sind Sie eine in einer Million«, sagte ich, um sie zum Schweigen zu bringen. Sie setzte sich. Ich hatte den Eindruck gewonnen, daß sie eine Stärke bekundete, die sie in Wirklichkeit nicht besaß. O'Brian mochte wissen, wovor sie sich fürchtete; möglicherweise bestärkte er sie in ihrer religiösen Marotte. Aber ihr Schutzschild mochte unter Druck zerbrechen. Denn warum sollte sie soviel Aufmerksamkeit auf sich selbst verwenden, da sie doch Selbstlosigkeit zum Ziel ihrer Existenz erklärte: dieses vollkommen gepflegte und frisierte Haar, das gekonnte Make-up; sie mußte sich wenigstens eine Viertelstunde Zeit genommen haben, ihren Mund zu bemalen, denn bei genauem Hinsehen zeigte sich, daß ihre Unterlippe zu dünn war und verstärkt werden mußte, und daß ein sehr heller Lippenstift ihre durchscheinende Gesichtsfarbe betonte. Ihre Schuhe waren aus weichem Wildleder. Mir schien es, als ob sie in jedem Augenblick auf ihr Äußeres achtete. Warum sollte sie das tun, wenn sie wirklich nur an der Selbstlosigkeit interessiert war, die ihre Religion vorschrieb?

»Es ist sehr freundlich von Ihnen, daß Sie mir zuhören«, sagte sie. »Ich bin hergeschickt worden, um Ihnen zu helfen, nicht um Sie zu langweilen oder ungeduldig zu machen.«

Ich zog langsam die Maske vom Gesicht und sah sie erschrecken, wie ich vorausgesehen hatte.

»Es ist wirklich schlimm«, sagte sie schließlich. »Ich fühle mit Ihnen, Dr. Cory.«

»Sie brauchen mich nicht zu bemitleiden.« Ich war ärgerlich. »Wirklich, das ist das letzte, was ich von einer Krankenschwester möchte.«

Sie wandte sich zur Seite und räusperte sich, als müßte sie mit den Tränen kämpfen.

»Mitleid ist göttlich, Selbstmitleid ist teuflisch«, sagte sie: eine ihrer Grundwahrheiten, die sie in einem ihrer religiösen Traktate gefunden haben mußte.

»Sie reden wie Jimmy O'Brian.« Auf einmal konnte ich mir das Lachen nicht verbeißen, denn nun erriet ich, warum er mir dieses Mädchen geschickt hatte. Vielleicht war er derjenige, in den sie verschossen war, und da er sich als ein viel älterer Mann geschmeichelt fühlte, leistete er ihr sozusagen geistige Hilfestellung.

Sie trat näher und musterte mich mit klinischem Interesse.

»Knochenerweichung«, sagte sie. »Der Chirurg, der die plastische Operation ausführte, hatte nicht viel, womit er arbeiten konnte.«

»Richtig, Sie waren Assistentin bei einem Spezialisten für plastische Chirurgie«, sagte ich. »Wie groß ist meine Chance, ein richtiges Gesicht zu bekommen, Doktor?«

Sie wußte nicht recht, ob ich mich über sie lustig machte oder nicht, stellte sich aber der Herausforderung.

»Ich weiß es nicht. Vielleicht werden Sie andere Werte im Leben suchen müssen.«

»Wie lautet die Redensart? Zuerst kommt die Gesundheit, dann die Schönheit, der Rest ist schnöder Mammon. Sie sollten diese Schritte kennen, Miß Coleman. Die ersten beiden haben Sie. Der dritte ist für ein Mädchen nicht allzu schwierig. Tun Sie ihn, und Sie werden es geschafft haben. Aber gebrauchen Sie Ihr gutes Aussehen als Waffe, nicht als Krücke.« Ich versuchte sie herauszufordern, eine Reaktion von ihr zu bekommen und dadurch herauszufinden, wer sich hinter diesem Gesicht versteckte.

»Sie sind im Irrtum«, sagte sie und zog mir die Stoffmaske geschickt wieder übers Gesicht. »Sie verbergen sich gern hinter dieser Maske, nicht wahr? In unserer äußeren Erscheinung liegt kein wirklicher Wert. Das Königreich Gottes ist in uns. Suchen wir darum uns selbst zu erkennen, und wir werden wissen, daß wir die Stadt sind, und daß wir in der Stadt sind. Folgt mir, und ihr werdet mich verlieren; folgt euch selbst, und ihr werdet beides finden – mich und euch selbst.«

»Sie haben ein gutes Gedächtnis für all diese Weisheiten«, sagte ich mit jäher Ungeduld. Es mißfiel mir, daß sie an eine Tür klopfte, die ich für immer abgesperrt hatte.

»Sie werden diesen Gedanken in vielen Religionen finden, nicht nur in der meinigen.«

»Schon gut«, sagte ich und beendete den Ausflug in die weiße Seele des Mädchens. Ich ging zum Tisch und ergriff die Elektroden. »Setzen Sie sich dorthin! Ich muß diese Dinger mit Klebstreifen an Ihren Schläfen befestigen. Es wird nicht weh tun.«

Das gleiche hatte ich zu Kaweah gesagt, die nicht neugierig gewesen war, Näheres über den von mir geplanten Versuch zu erfahren. Aber dieses Mädchen war anders. Es mochte sein, daß ich sie schockierte, und sie mußte gewarnt werden.

»Es ist gut, daß wir dieses erhellende Gespräch hatten. Nun sind Sie mir nicht mehr fremd. Ich brauche Ihr Zutrauen, Miß Coleman.« Ich sagte es leichthin und versuchte meiner Stimme einen beiläufigen Tonfall zu geben, als ich mit den Elektroden zu ihr trat.

Das Wort ›Zutrauen‹ alarmierte sie sichtlich, und ich sprach in beruhigendem Ton weiter.

»Meine Entdeckung umfaßt Möglichkeiten, die ich erforschen muß. Ich verwende eine lebende Person als Empfänger für elektronische Kommandos. Die Impulse werden körperliche Reaktionen hervorrufen und die Versuchsperson veranlassen, auszusprechen, was sie über die Elektroden empfängt. Mit anderen Worten, das Medium wird automatisch die Worte wiederholen, die auf diesem Band aufgezeichnet sind, das hier im Recorder ist. Das Band wird die mechanischen Funktionen des Körpers lenken. Aber der Versuch hat keine Nachwirkungen auf die als Medium verwendete Person. In keiner Weise.«

»Wenn Sie meinen«, sagte sie zögernd, und ihr Gesicht war noch blasser als zuvor. »Aber Sie sagten, daß ich keine Willenskraft haben werde, dem zu widerstehen, was ich tun oder sagen werde, was es auch sein mag. Ist das nicht wie Hypnose?«

»In der Hypnose haben Sie Ihre Willenskraft noch. Aber diese Methode arbeitet nicht mit Suggestion.«

»Ich bin nicht sehr mutig, wenn es um Unbekanntes geht.«

»Ich werde Ihnen nur diese Elektroden an den Schläfen befestigen. Es sind Miniaturempfänger. Etwas Mechanisches.«

»Mit Klebeband?«

»Gewöhnlichem Klebeband. Ich wünschte, meine Stimme hätte die normale Modulationsfähigkeit einer menschlichen Stimme; dann würden Sie heraushören, daß ich ganz entspannt bin. Wir werden diesen Versuch heute abend bei meinem Vortrag wiederholen, und ich möchte sehr gern feststellen, ob er mit ihnen zufriedenstellend verläuft.«

»Was ist auf dem Band?«

Sie versuchte Zeit zu gewinnen, als hätte sie eine Operation vor sich.

»Wenn ich es Ihnen sagte, könnte Ihr Unterbewußtsein das Ergebnis verfälschen. Sprechen Sie französisch?«

»Nur was ich in der Oberschule gelernt habe.«

»Ich habe einen Versuch mit meiner indianischen Zugehfrau gemacht. Sie hat nie im Leben ein französisches Wort gehört, wiederholte aber flüssig den auf Band gesprochenen Text. Das heißt, das Band machte sie französisch sprechen.«

»Das ist ja schrecklich!« Endlich hatte sie einen Ausweg gefunden, der ihr erlaubte, den furchtsamen Empfindungen, die sie bedrängten, Luft zu machen, und sie nutzte die Gelegenheit. »Stellen Sie sich vor, daß eine Regierung Ihre Erfindung in die Hände bekommt. Man könnte jeder Person die Willenskraft nehmen, oder die Polizei könnte jeden dazu bringen, ein Verbrechen zu bekennen, das er nicht begangen hat! Das könnte Menschen zu Gliederpuppen machen!«

»Genau.«

Ich befestigte die Elektroden an ihren Schläfen. Meine Finger, schwielig von Narbengewebe, schoben ihr weiches Haar zurück. Das angenehme Gefühl, ihre Haut zu berühren, verwirrte mich momentan, und ich trat rasch zurück, als ich merkte, daß mich der Kontakt mit ihr erregte. Meine Gefühle waren offenbar nicht so vollständig ausgebrannt, wie ich mich selbst hatte glauben machen wollen.

»Es wäre das Beste, wenn Sie diese ... Entdeckung zerstören würden«, sagte sie, bedrängt von den gleichen Ängsten, die vorher ihren Beschützer umgetrieben hatten. »Was kann sie der Welt nützen?«

»Es ist nicht an uns, zu entscheiden, was für die Welt gut und was schlecht ist«, antwortete ich und trat zurück zum Tisch, wo ich meine Geräte aufgestellt hatte. »Sie wird ohne Zweifel von therapeutischem Wert sein und zu vielem führen, was ›gut für die Welt‹ ist, wenn dies ein Merkmal ist, das Ihrer Meinung nach jedem Fortschritt anhaften sollte. Sie könnte Verbrecher von ihren antisozialen Neigungen heilen, oder Erinnerungen und Sprachen in Gehirnen speichern, oder Patienten von pathologischen Ängsten befreien. Wie kann ich jetzt, am Beginn meiner Arbeit, schon übersehen, welches die Resultate sein werden? Ich kann mich dem Fortschritt nicht in den Weg stellen. Hätten wir nicht das Atom gespalten, so hätten es andere getan. Was hat ein Widerstreben, neue Gebiete zu erforschen, jemals bewirkt? Nicht einmal eine Verzögerung. Entdeckungen scheinen in der Luft zu liegen, wenn die Zeit reif für sie ist; oft kommen sie den verschiedensten Leuten gleichzeitig in den Sinn. Blicken wir zurück auf die Geschichte, so zeigt sich, daß dieselben Erfindungen beinahe gleichzeitig in verschiedenen Ländern gemacht worden sind, oft unabhängig voneinander. Könnten wir die anderen hindern, einen Weg zu beschreiten, dem zu folgen wir uns fürchten?«

»Sie haben recht«, sagte sie resigniert. »Wie die meisten Menschen bin ich abgeneigt, mich der Realität zu stellen.« Sie blickte auf, und ihre Augen, zu groß für ihr schmales Gesicht, sahen mich hilflos an. »Werde ich wenigstens wissen, was ich während des Versuchs sagen werde?«

»Das sollen Sie mir bitte hinterher sagen. Sie sind die erste intelligente Person, an der ich die Technik der Gedankenübertragung erproben werde. Ich werde Sie als meine Mitarbeiterin erwähnen«, scherzte ich, aber sie faltete die Hände im Schoß und preßte sie zusammen, bis die Knöchel weiß wurden. Ich war geneigt, das Experiment abzubrechen und mir eine andere Versuchsperson zu besorgen. Was wußte ich von ihr? Sie war kein Wissenschaftler, der sich mit Bedacht einem Versuch unterzieht und dessen Ausgang akzeptiert, von welcher Art er auch sein mag. Ich beschloß meine Vorgangsweise zu ändern. Wenn sie der Sender und ich der Empfänger wäre, würde ich die Information erhalten, die unmittelbar analysiert werden mußte. Es bedeutete lediglich die Übertragung der Elektroden von ihren Schläfen zu meinen und die Befestigung der Impulsgeber an ihr.

»Machen wir es anders«, sagte ich, zog die Elektroden von ihren Schläfen ab und befestigte an ihrer Stelle die Impulsgeber des Senders. »Nun werde ich wissen, was Sie denken, und das sollte Sie in keiner Weise beunruhigen.«

»Was ich denke?« rief sie erschrocken. »Würden Sie imstande sein, meine Gedanken abzusaugen?«

Ich klebte die kühlen Elektroden an meine Haut.

»Denken Sie nicht zu angestrengt«, sagte ich, »wenn so etwas möglich ist. Vielleicht kennen Sie die traurige Geschichte von dem Mann, dem gesagt wurde, es sei ihm erlaubt, an alles zu denken, nur nicht an Elefanten, und dem von diesem Augenblick an die Elefanten nicht mehr aus dem Sinn gehen wollten. Vermeiden Sie jede innere Anspannung.«

Ich sah sie lächeln. Sie sollte sich entspannen. Ängste verändern den Stoffwechsel, und ich brauchte eine unaufgeregte Versuchsperson.

Ich mußte noch immer mit Verstärkern arbeiten, um die winzigen Impulse, die von den Elektroden an Helga Colemans Schläfen ausgesendet wurden, erkennbar zu machen. Mein nächstes Problem wird die weitere Verkleinerung der Geräte sein. Da Gedanken elektische Entladungen des Gehirns sind, mußten ihre beinahe unmeßbaren Mikroampère verstärkt werden. Je kürzer die Frequenz, desto weiter ihre Reichweite. Die Gedanken des Menschen mochten sogar in den Raum hinausgehen. Theoretisch hören die Schwingungen ultrahoher Frequenzen niemals auf. Ein entsprechend empfindliches Instrument könnte sie aus dem Äther einfangen und durch Verstärkung wieder in die Reichweite menschlicher Sinne bringen.

»Gut so«, sagte ich. »Fangen wir an! Sie werden nichts fühlen. Sitzen Sie einfach ruhig und entspannt. Ich werde kein Band verwenden. Nichts ist vorweg aufgenommen. Sie sind das Band.«

Da ich der Empfänger war, konnte ich mich selbst mit klinischer Konzentration beobachten. Nun konnte ich selbst erfahren, was ich vom Medium wissen wollte. Ich brauchte mich nicht auf subjektive Informationen zu verlassen. Auf diese Weise mochte es möglich sein, Fehler zu eliminieren und persönliche Interpretationen und Gemütsbewegungen zu vermeiden. Aber auf den Ansturm dieses Experiments auf meine Sinne war ich nicht vorbereitet.

Ich setzte mich und schaltete den Verstärker ein.

Eine Empfindung, wie ich sie niemals erfahren hatte, durchdrang meinen Körper. Ich hatte den Eindruck, daß meine Nerven die Begrenzung des Körpers verließen und sich wie Fühler durch den Raum zu dem Mädchen erstreckten und mit ihr verschmolzen, als ob wir siamesische Zwillinge wären. Die Stärke des Eindrucks nahm noch zu, als ich den Verstärker auf seine maximale Leistung brachte. Augenblicklich fühlte ich, wie der chronische Schmerz sich auflöste, einer Wolke gleich, die im Sonnenlicht vergeht. Meine Sicht wurde unscharf, und als ich den Nebel zu durchdringen suchte, verschwand auch er wie die Kondensation von einem beschlagenen Fenster. Ich sah mich selbst auf dem Stuhl sitzen. Beobachtete ich mich durch die Augen des Mädchens? Mein Verstand schien klar – oder täuschte ich mich wie jemand, der die Welt unter dem Einfluß von LSD mit Röntgenaugen zu sehen glaubt, dabei aber einer subjektiven Illusion erliegt? Sofort traten die Abwehrmechanismen des Geistes in Aktion, der wissenschaftlich geschulte Verstand, der zweifeln muß, bevor er akzeptieren kann, und stellten diesen Eindruck in Frage. Zuerst glaubte ich, es sei ein pathologischer Sprößling meiner Phantasie. Aber die Erscheinung dauerte an: ich sah mich selbst, wie ich das Mädchen anschaute, das ich nicht sehen konnte, da ich am selben Platz saß, den sie besetzt hielt. Eine weitere Empfindung überflutete mich, eine beinahe orgiastische Welle von Wohlbefinden. Meine Müdigkeit, die ständigen Schmerzen, die ich wie ein Tierbändiger das aus seinem Käfig hervorbrechende Raubtier immer wieder zurückzudrängen versuchte, waren wie weggeblasen. Die gedämpften Geräusche des Krankenhauses wurden schärfer. Hörte ich mit ihren Ohren, jüngeren Ohren, die für Schallwellen empfänglicher waren, weil das Trommelfell noch auf Vibrationen reagierte, die ein älterer Mann wie ich nicht hören konnte? Ich betrachtete mich selbst vom Standort eines Zuschauers aus, indem ich meine Persönlichkeit, welche die Beobachtungen nicht beeinträchtigen sollte, ganz zurückzog. Ich sah mich selbst ganz klar, viel schärfer umrissen als ich mich jemals in einem Spiegel gesehen hatte; das zerstörte Gesicht, der Totenschädel auf einem menschlichen Körper. Da saß ich, die Elektroden an den Schläfen befestigt, und erlebte eine Kommunikation von eines anderen Körpers Nervensystem.

Ich berührte mich. Meine Hände waren nicht so schwielig, verdickt durch Narbengewebe, wie ich sie kannte. Der Druck auf meinem Gesicht, die Spannung der Haut, unter denen ich fortwährend zu leiden hatte, schmerzten nicht mehr. Das Körperbewußtsein des Mannes in mittleren Jahren, gekennzeichnet durch zunehmende Beschwerlichkeiten, hatte sich von mir gehoben, und ich fühlte mich gleichsam schwebend und vibrierend. Zugleich verspürte ich eine innere Spannkraft, einen Schwung, der schon vor Jahren in mir abgestorben war. Mein Geruchssinn war geschärft und ich bemerkte einen schwachen Geruch von Desinfektionsmittel, der mir vordem entgangen war. Als ich die rechte Hand zur Nase hob – und ich schien wie zuvor die volle Herrschaft über meine Bewegungen zu haben –, nahm ich auch einen Geruch wahr, der meiner Haut sonst nicht eigen war. Einen süßeren, zarteren Duft, vielleicht von einer Handcreme oder einem Parfüm.

Es bestand kein Zweifel, daß ich Helga Colemans Sinneswahrnehmungen durch mein Nervensystem erlebte.

»Sehen Sie mich?« fragte ich und betrachtete mich selbst durch meine Augen. Ich hörte meine eigene Stimme nicht, sondern die des Mädchens, welche die Frage stellte. Von mir gedachte Worte wurden von ihr ausgesprochen.

»Stehen Sie auf!« befahl ich ihr in Gedanken und sogleich fühlte ich einen Körper vom Stuhl aufstehen, einen Körper, der nicht der meinige war. Ich sah mich noch immer bewegungslos sitzen. »Gehen Sie!« befahl ich ihr stumm. »Kommen Sie näher!«

Meine Bewegungen – welche die ihrigen waren – waren

rasch und schwerelos, wie ich es vor diesem Experiment bei ihr bemerkt hatte. Ich sah mich heranrücken, als sie auf mich zutrat.

»Gehen Sie zurück, setzen Sie sich!« befahl ich in meinen Gedanken, und das Gespenst, das ich nicht sehen konnte, das aber mich sah, kehrte zum Stuhl zurück. Ich hob die Hand. Zuerst glaubte ich mich selbst zu berühren, aber es war der Körper des Mädchens, verschieden in der Elastizität, mit schmalen, geschmeidigen Schultern, festen und kleinen Brüsten, runden Hüften, zusammengepreßten Knien – Ich war ihr Körper! Dann falteten sich die Hände, und ich fühlte die Knöchel und einen dünnen Ring, den sie an der rechten Hand trug, sogar eine kleine rauhe Stelle am Zeigefinger, wo sie sich vielleicht geschnitten hatte und wo eine narbige kleine Verdickung zurückgeblieben war.

Ich saß bewegungslos und genoß das Wohlbefinden, ein Glücksgefühl, das meinen Körper durchdrang, eine Lebenskraft, an deren Rückkehr ich nie geglaubt hätte – die Geschmeidigkeit der Jugend, die ihrer eigenen Existenz nicht bewußt ist, da Euphorie ihr ständiger Begleiter ist. Obwohl ich gern noch lange in diesem Zustand geblieben wäre und durch ihren Körper gelebt hätte, zwang ich meine Gedanken zurück zum Versuch. Die Verstärkung mußte ausgeschaltet werden. Ich streckte die Hand aus und betätigte den Schalter. Sofort, als ob Blut prickelnd in ein eingeschlafenes Bein zurückströmt, spürte ich die Wiederkehr des Schmerzes. Die Spannung der künstlichen Gesichtshaut, die gewohnte Befindlichkeit meines Körpers stellte sich wieder ein. Meine Sicht, zuerst verschwommen, gewann ihre normale Schärfe, und ich sah Helga Coleman bewegungslos auf ihrem Stuhl sitzen.

»Sehr gut«, sagte ich, ging zu ihr und entfernte die Impulsgeber von ihren Schläfen. »Sie sehen, es hat nicht weh getan. Nun erzählen Sie mir, was Sie erlebt haben.«

Sie starrte mich an. In ihren Augen spiegelte sich ein Schrecken, wie ich ihn nie in einem menschlichen Gesicht gesehen hatte. Sie sperrte den Mund auf, aber kein Ton kam ihr über die Lippen. Sie starrte mich mit einem Entsetzen und einem Abscheu an, als sähe sie ein der Hölle entstiegenes Ungeheuer.

Ich streckte die Hand nach ihr aus, doch sie sprang auf und schrie wie ein gequältes Tier. Ohne dieses furchtbare Schreien zu unterbrechen, stolperte sie rückwärts, fiel, sprang wieder auf und warf sich, als ich ihr aufzuhelfen versuchte, mit ihrem ganzen Gewicht gegen die Tür. Die ganze Zeit starrte sie mich mit aufgerissenen Augen an. Blindlings tastete sie nach der Klinke.

»Miß Coleman!« sagte ich, aber der Klang meiner Stimme schien ihre Panik noch zu verstärken. Sie fand die Klinke, stieß die Tür auf und lief schreiend hinaus in den Korridor. Ihre Schreie, nur von kurzem Atemholen unterbrochen, verschmolzen im widerhallenden Korridor zu einem nicht endenwollenden Kreischen.

Ich folgte ihr bis zur Tür, dann blieb ich stehen; es würde die Sache nur noch schlimmer machen, wenn ich ihr nachliefe. Von allen Seiten kamen Schwestern aus Krankenzimmern und Seitengängen und stürzten auf sie zu. Zwei Ärzte und ein Pfleger vertraten ihr den Weg und hielten sie fest. Ich hörte, wie ihre Schreie in ein Schluchzen übergingen, dann folgten Worte, die mich verwirrten. »Ich bin tot!« rief sie immer wieder. »Ich bin tot!«

Ich trat in meinen Raum zurück und schloß rasch die Tür. Die erschreckten und empörten Blicke von Patienten und Krankenschwestern hatten mich gefunden.

Ausgelaugt setzte ich mich nieder. Ein scharfer Schmerz fuhr mir in einem jähen Anfall durch den Schädel und machte mich beinahe blind. Die Intensität des Schmerzes hängt ab von der Stärke des Gefühls und der Reaktion, aber der Schmerz, der mich jetzt überfiel, war keine isolierte Erscheinung. Er schien als Flucht vor der Realität zu dienen. Er lenkte meine Aufmerksamkeit vollständig ab und zwang mich, meine Qual durch Selbsthypnose zu beherrschen. Der Schmerz schob sich zwischen mich und diesen peinlichen Zwischenfall.

Stille breitete sich aus. Es war, als hielte das ganze Krankenhaus den Atem an und alles Leben verharrte in einem Schwebezustand.

Ich war auf eine erschreckende Entdeckung gestoßen. Um ihr Potential zu verstehen, mußte ich es nüchtern und emotionslos analysieren.

Die Disparität zwischen der Wirklichkeit, die das Mädchen erlebt hatte, und der wissenschaftlichen Abstraktion, die aufzuklären ich im Begriff war, besteht im Grunde aus Gleichungen von Menschen erdachter Symbole. Der richtige Ansatz setzt die Ordnung der Fakten in ihrem Bezug zur Realität voraus. Es ist die eigentliche Aufgabe der Wissenschaft, komplexe Formeln in arbeitsfähige Fakten umzusetzen. Wäre dies nicht gewährleistet, so bliebe von der Forschung nichts als beschriebenes Papier zur Erklärung der Naturgesetze. Doch allein durch die Anwendung dieser Gesetze zu praktischen Zwecken kann die Wissenschaft ihre Ergebnisse erzielen.

Nachdem sie ein mir noch unbekanntes Geheimnis erfahren hatte, war Helga Coleman zu einem wichtigen Teil meiner Forschung geworden, einem Bindeglied zum Unbekannten, einem lebendigen Teil der Formel, die ich aufzustellen suchte.

Ich hatte bewiesen, daß Gemütsbewegungen wie Gedanken künstlich von einer Person auf eine andere übertragen werden konnten. Sie ließen sich wie Blut aus einer Arterie absaugen. Mein eigenes abgenutztes Nervensystem war von dem eines jungen Menschen ersetzt worden!

Dies aber konnte nur der Beginn meines Experiments sein. Wie weit ließen sich die Grenzen vorverlegen? War das Phänomen eine Zufälligkeit gewesen, oder konnte es jederzeit wiederholt werden? Mit jeder Person oder nur mit bestimmten Medien? Ging ich zu schnell voran? Sollte ich innehalten, denselben Weg zurückgehen und den nächsten Versuch sorgfältiger vorbereiten?

Hastig legte ich die Gesichtsmaske an und knüpfte die Befestigungsschnüre zusammen. Ich fürchtete die an Metaphysik grenzenden Dimensionen meiner Forschung, lief ich doch Gefahr, auf ein Gebiet zu geraten, das ich immer gemieden hatte. Für mich hat Metaphysik denselben Begriffsinhalt wie Religion; ich sehe darin eine nebelhafte Suche im Unbekannten, die nicht nur auf unbewiesenen Vorstellungen beruht, sondern auch auf dem Glauben, dem mit logischen Begriffen nicht beizukommen ist. Das Datenmaterial muß unanfechtbar und nachprüfbar sein. Es darf keinen Raum für ungenaue Lösungen geben, die der Auslegungsfreiheit eines Forschers offen sind. Ich bin nicht der Meinung, daß es viele Zugänge zu einem wissenschaftlichen Problem gibt; es kommt darauf an, den direktesten Weg zu finden, der Fehler und falsche Folgerungen ausschließt.

Ein Wissenschaftler muß sich von Gefühlsregungen freihalten. Ich kann mir nicht erlauben, Mitleid für dieses Mädchen zu empfinden. Helga Coleman muß als Versuchsperson für einen genau bestimmten Zweck eingesetzt werden, wobei es keinen qualitativen Unterschied zu einem Versuchstier im Laboratorium gibt. Für Gefühle ist in der Forschung kein Platz.

Der Mensch wird die Geheimnisse der Natur enträtseln. Das Wort ›Geheimnis‹ bedeutet das Eingeständnis menschlicher Grenzen.

So argumentierte ich mich, während ich über die Auswirkungen des Ereignisses nachsann, in die Realität meiner Pflichten zurück.

Die Tür sprang auf. O'Brian stand in der Öffnung, gedrungen, die Schultern eingezogen, das Gesicht purpurrot und mit geschwollener Zornesader. Er glich einem Mann, der eine lange Strecke gelaufen und für eine solche Anstrengung nicht in Form war. Nachdem er einige Male tief geatmet hatte, trat er ein und schloß die Tür rasch hinter sich.

»Was ist mit dem Mädchen passiert?« fragte er mit halblauter Stimme, als habe er Angst, belauscht zu werden.

»Das möchte ich auch gern wissen.« Ich war damit beschäftigt, meine Versuchsausrüstung wieder in ihre schaumgummigepolsterten Behälter zu packen.

O'Brian setzte sich, als ob ich einer seiner Patienten wäre, und während er seine Pfeife mit Tabak aus einem Plastikbeutel stopfte, ließ er mich nicht aus den Augen. Ich kannte ihn gut genug, um zu merken, daß er sehr aufgeregt war. Aber die vertrauten Bewegungen des Pfeifestopfens beruhigten ihn und allmählich gewann sein Gesicht wieder die normale Farbe zurück.

»Was hast du mit ihr gemacht?« fragte er schließlich.

Ich war nicht gewillt, meine Erfahrung mit jemandem zu teilen.

»Nichts, was ich nicht an Kaweah ausprobiert hätte«, log ich. »Es sollte eine Probe für heute abend sein, aber wie es scheint, muß der Vortrag abgesagt werden. Die Assistentin, die du mir geschickt hast, hat mich im Stich gelassen.«

Es gibt keinen lebenden Menschen mit der Fähigkeit, die mit dem Bewußtsein verbundenen komplizierten Probleme zu durchschauen und die oftmals schockierenden Enthüllungen zu akzeptieren, die mit der Enträtselung unserer natürlichen Welt zwangsläufig offenbar werden. Ich muß jedermann, und das schloß O'Brian mit ein, wie Kinder mit unreifem Verstand behandeln. Die Menschheit ist nicht bereit, kampflos die von mir entwickelten revolutionären Ideen anzunehmen.

»Helga hat einen ernsten Schock erlitten«, sagte er.

Ich bewunderte seine Selbstbeherrschung. Jeder andere hätte getobt und gewütet, aber nicht O'Brian. Er konnte »in eine schreckliche Ruhe« übergehen, wie er mir einmal anvertraut hatte. »Ich habe umgekehrte Reaktionen«, hatte er hinzugefügt. Ich aber wollte weder ihn noch sonst jemanden als meinen Vertrauten. Was konnte sie ihm sagen? Sie hatte nicht mehr Informationen als O'Brian.

»Bist du sicher?« sagte ich eher beiläufig, bestrebt, die Sache möglichst im Sande verlaufen zu lassen.

»Ja«, antwortete er. »Ich gab ihr eine Ampulle Amytal. Sobald sie aufwacht, wird sie mir Näheres über ihre Erfahrung sagen. Warum rief sie wiederholt: ›Ich bin tot!‹?«

»Beweist das nicht, daß sie hysterisch ist? Kaweah war es

nicht. Aber deine Krankenschwester ist ein Grenzfall, und das muß dir bekannt sein. Diese religiöse Marotte ist nicht gerade eine allgemein verbreitete Erscheinung bei jungen Mädchen. Und mit ihrem sorgfältigen Make-up und dieser halb anlockenden und halb abweisenden Haltung widerspricht sie ihrer Heiligmäßigkeit. Ich habe sie beobachtet, Jimmy. Sie ist nicht sehr hübsch, aber wie sie sich darbietet, lenkt sie die Aufmerksamkeit auf ihre Vorzüge, wie das Haar und die schmale Taille. Ihre Brüste sind sehr klein und ausgepolstert.«

»Woher weißt du das?« fragte er überrascht.

Ich wußte es, aber wie konnte ich es ihm klarmachen? Ich war mit ihrem Körper vertraut und mußte sogar einen Anflug von Erregung unterdrücken, der sich in mein Bewußtsein einschleichen wollte. Sollte ich ihm verraten, daß ihre Schenkel einander berührten, ohne plump zu sein, daß ihr Bauch flach war, und daß sie keinen Strumpfgürtel trug? Sie hielt sich gerade, aber mit einiger Mühe, was ihren vierten Rückenwirbel und die Schultermuskeln anstrengte. Die Innenseiten ihrer Zähne waren glatt, mit Ausnahme einer unsachgemäßen Füllung nahe dem linken oberen Weisheitszahn.

»Wann kann ich mit ihr sprechen?« fragte ich. »Ich werde ihr die technischen Einzelheiten des Versuchs erläutern, und sie wird ihre unvernünftige Angst verlieren. Du sagtest mir selbst, daß es das Unbekannte sei, was die Leute in Schrecken versetze.«

»Ja, ich sagte etwas dergleichen. Das stimmt.« Er sah mich mit seinen blaßblauen Augen an und versuchte in meinen Gedanken zu lesen – den Gedanken hinter einer Maske. »Aber ich möchte nicht, daß sie dich sieht.«

»Ich muß erfahren, warum sie schrie, daß sie tot sei!«

»Sobald du fertig bist, werde ich dich nach Hause fahren«, sagte er und stand auf.

»Aber warum sollte ich das Mädchen nicht sprechen? Sie könnte mir wichtige Hinweise geben.«

Ich begann ihn zu hassen, ihn und seinen felsenharten

Dickschädel, der jede Feinfühligkeit zunichte machen konnte. Wie anders hätte Malcolm an seiner Stelle reagiert! Ich hätte es ihm nicht einmal zu sagen brauchen; er würde von selbst gewußt haben, daß ich mit dem Mädchen sprechen mußte.

»Du bist nicht aufrichtig mit mir«, sagte O'Brian. »Was verbirgst du?«

»Der Psychiater!« versetzte ich. »Hat sich eine Idee erst einmal in seinem Kopf festgesetzt, muß der Patient parieren. Die Inquisition ist von der Psychiatrie ersetzt worden!«

Welch ein geistiger Festschmaus würde es für ihn sein, wenn ich ihm erzählte, daß ich in Helga Colemans Körper gelebt hatte! Er würde es nicht glauben, aber seine erste Frage würde lauten: Hat es dir gefallen, wie eine Frau zu fühlen? Hätte ich seine Frage bestätigt, so wäre mein Fall für ihn gelöst, da er seine eigenen Fragen in dem Augenblick beantwortet, da er sie seinen Patienten stellt.

Mein Leben lang hatte ich den Wunsch, mit dem Gehirn eines anderen zu denken, um herauszubringen, wie andere Leute auf ihre Sinneswahrnehmungen reagieren. War ihr Denken stumpfer oder schärfer als meins? Wie war ihr Körpergefühl beschaffen? Nun hatte ich für kurze Zeit die fünf Sinne eines anderen Menschenwesens würdigen, ja auskosten können. Ich hatte mich jung gefühlt. Meine Schmerzen waren wie weggeblasen. Mein Tastsinn hatte in ihrer Haut gesteckt. Aber warum hatte sie gemeint, tot zu sein?

Ich mußte das erfahren.

»Was macht dich so aggressiv?« fragte O'Brian ruhig. Ich mochte aufgeregt auf ihn gewirkt haben, und er machte sich meine Unzulänglichkeiten natürlich zunutze, um mich in meine Schranken zu weisen.

»Du stehst der Forschung im Weg, Jimmy. Ich muß mit ihr sprechen.«

Er schaute mich lange an, ohne sichtbare Gefühlsregung.

»Nein«, sagte er schließlich. »Ich möchte nicht, daß du sie für deine Experimente gebrauchst. Aber ich wünschte, du würdest aufrichtig mit mir sein.«

Ich schloß meine Koffer, dankbar für mein undurchdringliches Gesicht und die Maske, die keine Reaktionen ausdrücken konnten. Aber er sollte mich nie wieder bei einer Gemütsbewegung ertappen.

»Da gibt es nichts zu erzählen«, sagte ich. »Meinetwegen, fahr mich nach Haus.«

4

Die Wurzeln menschlicher Sehnsucht gründen in der Unvollkommenheit und Unsicherheit des Lebens und in all dem, was im Inneren des Menschen verkrüppelt und verletzt ist. Aber nicht in meinem Fall. Eine Haltung wie jene, die ich zu meiner Forschungsarbeit einnahm, ist weniger eine Antwort auf äußere Anreize als das Ergebnis innerer Unzufriedenheit. Diese Unzufriedenheit, die mir wohl bewußt ist, beruht auf meiner Ungeduld, mich mit Problemen herumschlagen zu müssen, die durch empirische und technische Zugänge gelöst werden können. Ein paar Kratzer auf einem Kunststoffplättchen, ein paar feine Drähte, ein winziger elektrischer Strom, der durch eine geätzte oder aufgedampfte Schaltung fließt, könnten mir eine Antwort auf das Geheimnis Gottes geben.

Ich glaube, die Protestanten begingen einen Fehler, als sie sich den Papst vom Hals schafften und das Bild Gottes bewahrten. Sie hätten es andersherum machen sollen, sich Gott vom Hals schaffen und den Papst behalten. Die Pfarrer predigen, daß es unfromm sei und dem Menschen nicht zukomme, in Gottes Geheimnisse einzudringen. Sie nageln ein ›Betreten verboten‹-Schild zwischen Wissenschaft und Glauben. Es ist ihnen nicht bewußt, daß der Glaube ebenso wie der Terror die Selbstachtung auslöscht. Terror erdrückt das Ich, wie Helga Coleman mir vor Augen geführt hatte. Er verursachte, daß sie, eine Krankenschwester, die abstrakte Erfahrungen wie Tod und Schmerz gewohnt war, den Kopf verloren und schreiend davongelaufen war. Aber der Glaube ist noch entwürdigender, da er freiwillige Unterwerfung verlangt.

O'Brian fuhr mich von Los Angeles nach Haus. Unterwegs wurde wenig gesprochen, und ich spürte die Spannung zwischen uns. Er sagte kein Wort über Helga Coleman, und ich fragte ihn auch nicht, aber sie mußte sich wieder erholt haben; andernfalls hätte er es mir gesagt.

Er war beeinflußt von meiner Persönlichkeit, aber es ist auch schwierig zu leugnen, daß wir von jenen beeinflußt sind, die wir beeindrucken. Ich wußte, daß er mich haßte, da wir hassen, was wir nicht sein können. Er wäre gern imstande gewesen, mit meiner Genauigkeit zu denken. Da er dies nicht konnte, warf er sich zum Richter über meine Handlungen auf. Er erinnerte mich daran, daß ich zu hastig arbeitete, indem ich menschliche Versuchspersonen gebrauchte, statt mich der altehrwürdigen Vorsichtsmaßnahme des Tierversuches zu bedienen. O'Brian nahm jede Gelegenheit wahr, seine vermeintliche Überlegenheit hervorzuheben. Wenn er recht hatte, war Verlaß darauf, daß er es mir sagte. Aus vielen unserer Wortgefechte schien er als Sieger hervorzugehen.

Ich bin sehr froh, daß ich ihm nicht mehr über meine Experimente verraten hatte. Womöglich hätte ich mich sonst in einer Gummizelle wiedergefunden.

Aber sein Vorschlag, Gedankenübertragung an Tieren zu erproben, mochte seine Vorzüge haben. Je mehr ich darüber nachdachte, desto stärker wurde meine Neugierde angeregt.

Er setzte mich vor meinem Haus ab und fuhr davon.

Ich mußte ein paar Tage warten. Am Tag nach meiner Rückkehr führten Wolkenbrüche über dem Bergland zu Hochwasser in den trockenen Bächen der Wüste, und Kaweah konnte nicht kommen. Schwarzgraue, dahinjagende Wolken bedeckten den Himmel. Donner rollte, und Blitze veranstalteten ein feuriges Spektakel. Das meist trockene Bachbett hinter meinem Haus schwoll zu einem Fluß an, der lehmbraun und reißend an der Hintertür vorbeischoß. Ich beobachtete die Feuerwerke des Himmels. Sie schienen die Arbeitsweise eines Gehirns zu symbolisieren: Vorherrschende Finsternis, für Sekundenbruchteile erhellt von blendendem Lichtschein. Unser inneres Selbst ist ständig in einem Kriegszustand, und wir tasten im Dunkeln herum, den Feind zu finden. Nur das seltene Aufleuchten von Klarheit zeigt uns wie der Widerschein eines Blitzschlages den Weg, den wir gehen sollten.

O'Brians Idee bot aufregende Möglichkeiten. Was für ein Tier sollte ich für mein Experiment wählen? Eine Katze? Einen Hund? Ein Wildtier? Würde ich in der Lage sein, mit einem Katzengehirn zu denken, mit einer Hundenase zu riechen? Die Furcht des gejagten Tieres erfahren, oder die Zufriedenheit der Kuh, das heißt, wenn Kühe zufrieden sind. Es könnte ganz anders sein, und ich hatte die Gelegenheit, es herauszufinden.

Die Regenfluten liefen ab oder versickerten im porösen Boden. Über Nacht blühte die Wüste auf, die Ocotillosträucher wurden grün und entwickelten große rote Blüten, und der gelbe Wüstenboden bedeckte sich mit den Regenbogenfarben kleiner Blumen. Leben, das bisweilen jahrelang ruhte, war plötzlich explodiert. Gräser schossen auf und breiteten einen grünen Teppich bis zum Horizont.

Am Morgen hielt Kaweahs alter Buick wie gewöhnlich vor dem Haus. Sie hatte gemerkt, daß meine Zauberei ohne schädliche Folgen geblieben war, und hatte das Erlebnis in einem rückwärtigen Winkel ihres sanften Gemüts untergebracht. Aber sie hatte José, ihren Mann, bei sich. Ich hatte ihn vor der Explosion kennengelernt. Er ging mit einer Schaufel hinter das Haus und füllte die Erosionsrinnen auf, die das ablaufende Wasser in die Erde gerissen hatte.

Ich rief Kaweah aus dem Wohnzimmer, um sie nicht wieder zu ängstigen. Das Laboratorium mochte einen Beigeschmack von Gefahr für sie haben, und ich glaubte nicht, daß sie es jemals wieder betreten würde. Ich fragte sie, ob José mich fürchten würde, da er weder mein entstelltes Gesicht noch die Maske gesehen hatte. Sie schüttelte den Kopf. Offenbar diskutierten sie meine Angelegenheiten als eine Art von Unterhaltung. Vermutlich war alles, was Kaweah über mich wußte, auch José bekannt.

Sie rief ihm in der Sprache der Hopi etwas zu, und er kam sofort. Er schien auf die Begegnung mit mir vorbereitet. Er war ein untersetzter Mann mit scharfgeschnittenen intelligenten Zügen, ein reinblütiger Indianer und daher nicht unabhängig. Der Minister für Indianerangelegenheiten, sein weißer Vater, wachte über ihn.

Rassenunterschiede sind mit erheiternden und albernen Vorurteilen verknüpft. Ein Amerikaner wird sich damit brüsten, zu einem Achtel indianisches Blut zu haben. Ein Viertelindianer zu sein, ist noch immer eine Auszeichnung, obwohl die Leute anfangen, einen schief anzusehen. Ein Halbblut ist niemals voll akzeptiert, und der vollblütige Indianer teilt das Schicksal der Mexikaner, der Neger und aller übrigen Leute mit anderer Hautfarbe. Japaner und Chinesen hingegen sind akzeptiert.

Die Indianer selbst sind intolerant gegenüber Rassenmischungen. Sie legen Wert auf die hundertprozentige unvermischte Stammesherkunft, wenn es so etwas gibt.

José war stolz und würdevoll. Er hatte in der Kriegsmarine gedient, war aber lieber ins Reservat mit seiner Armut und der hohen Tuberkulosenrate zurückgekehrt, statt mit den Weißen Umgang zu haben. Wenn mein verborgenes Gesicht ihn überraschte oder neugierig machte, ließ er es sich nicht anmerken.

»Wie gut sind Sie mit Pfeil und Bogen?« fragte ich ihn und sein lederiges Gesicht dehnte sich in einem Lächeln.

»Damit hat schon mein Urgroßvater aufgehört, Dr. Cory«, sagte er. »Heutzutage haben wir nur noch kleine Bogen und winzige Pfeile, die die Touristen kaufen und mit nach Hause nehmen.«

»Können Sie mir einen großen Bogen und ein paar Pfeile mit hohlen Metallhülsen als Spitzen machen? Ich möchte Injektionsampullen mit Beruhigungsmittel hineinstecken und in ein Tier schießen. Ich will es nicht verletzen, muß es aber bewußtlos machen.«

»Ich würde ein Luftgewehr vorschlagen«, sagte er, und ich sah, wie sein Verstand arbeitete. Er dachte klarer als ich erwartet hatte. »Es ist genauer, nur müssen Sie nahe genug herankommen.«

»Ich möchte einen lebenden Koyoten«, sagte ich.

Der Gedanke war mir in diesem Augenblick gekommen, und ich hielt die Wahl für sehr gut geeignet.

»In diesem Fall könnten wir ein Stück Fleisch imprägnieren und als Köder auslegen, wenn Sie mir das Amytal geben.« Er sah meinen Augen die Überraschung an. »Ich war Maat in der Bordapotheke«, fügte er hinzu, ohne zu zeigen, daß er argwöhnte, ich hielte ihn für einen ungebildeten Reservationsindianer. Diese Leute haben eine Feinfühligkeit, die nach meinen Erfahrungen den meisten Weißen fehlt.

»Außerdem brauche ich einen Stier und eine Kuh, nach Möglichkeit in der Brunft«, sagte ich.

»Einen Stier gibt es hier in der Gegend nicht, und wir haben nur ein paar Kühe, aber ich könnte beides auf der Rinderauktion in Mojave City bekommen.«

»Sehr gut«, sagte ich, zufrieden mit ihm. »Ich werde Ihnen Thorozin und Librium für den Koyoten geben. Wenn Sie ihn mir lebendig bringen, zahle ich Ihnen fünfzig Dollar.«

»Das wird nicht nötig sein«, sagte er mit Würde. »Sie werden ein paar Jungen je einen Dollar dafür geben, daß sie den Köder beobachten und Ihnen das Tier bringen. Den Stier kann ich in meinem Lastwagen befördern. Sie wollen einen Stier, nicht einen Ochsen?«

Ich bejahte.

Er schien mir ein guter Helfer in meiner Arbeit zu sein. Es gibt bestimmte Dinge, die ich nicht erledigen kann. Von ihm konnte ich überdies erwarten, daß er wie Kaweah für sich bleiben und zu Außenstehenden nicht über Vorgänge und Beobachtungen in meinem Haus sprechen würde.

»Es wäre mir lieb, wenn Sie für mich arbeiten würden,

José«, sagte ich und bemerkte sofort eine Wachsamkeit in seinen Augen, die mich und mein Angebot besorgt und zurückhaltend beurteilte.

»Ich weiß nicht, Dr. Cory. Was sollte ich tun?«

»Sie brauchen nur so lange zu bleiben wie Kaweah. Sie könnten mit ihr kommen und gehen.«

Er antwortete nicht.

»Überlegen Sie es sich«, sagte ich. »Inzwischen hole ich das Beruhigungsmittel.«

Ich ging ins Labor und holte die Droge, die das Tier nicht töten, aber mit Sicherheit schläfrig machen würde. Es würde nicht weit kommen, bevor es einschlief. Tiere reagieren auf Narkotika viel rascher als Menschen. Manchmal tritt die Wirkung augenblicklich ein. Ich habe einen Löwen in dreißig Sekunden einschlafen sehen.

»Sie werden einen Käfig für den Koyoten brauchen«, sagte José, als ich zurückkehrte.

»Glaube ich nicht.«

Er ließ es damit bewenden und erwähnte seine Arbeit für mich nicht weiter. Seine Antwort würde sein, daß er entweder zurückkehrte oder wegblieb. Dann würde ich wissen, wie er entschieden hatte.

5

Heute rief O'Brian an, um sich zu »erkundigen, wie es mir gehe«. Aber ich wußte, daß er mich entweder überprüfen oder mir etwas sagen wollte. Als ich mich am Telefon meldete, muß er es sich im letzten Augenblick anders überlegt haben. Ich erkundigte mich nach Helga Coleman, und er antwortete bereitwillig, daß sie sich erholt habe. Er habe ihr eine Stellung in seiner Anstalt gegeben. Da er nicht mehr darüber sagte, wechselte ich das Thema und erzählte ihm, daß ich mit Tierexperimenten Fortschritte mache und weitere Versuche mit Menschen aufgeschoben habe. Wir unterhielten uns eine Weile wie zwei Fremde. Aber er hielt mit etwas zurück, was ich nicht erraten konnte. Schließlich beendete er das Gespräch ziemlich abrupt und legte auf.

O'Brian ist nicht unintelligent. Er muß von meinem Versuch beeindruckt gewesen sein und die Möglichkeit erwogen haben, mich an einem seiner Insassen arbeiten zu lassen, einer seiner menschlichen Kartoffeln, um herauszufinden, ob es auf Gedankenübertragung eine Reaktion geben könne. Vielen seiner Patienten fehlt es an Antrieb, an der Fähigkeit, Gemütsbewegungen zu erleben und zu verarbeiten. Gedankenübertragung könnte ein Weg sein, der zu Resultaten führt. Er hatte ein Haus voller autistischer Patienten, Kindern wie Erwachsenen, völlig in sich gekehrten Personen, deren schizophrene und psychotische Persönlichkeitsstrukturen keine menschlichen Kontakte zulassen und die nicht zwischen einem belebten und einem unbelebten Objekt unterscheiden können. Er arbeitete an Methoden, die ihm einen Zugang zu diesen Menschen verschaffen sollten. Dabei mußte ihm eingefallen sein, daß meine Methode der Gehirnerforschung ihre Vorzüge haben mochte.

Aber ich dachte nicht daran, ihm Angebote zu machen. Er sollte zu mir kommen.

Ich hatte mich mit der Realität auseinanderzusetzen und meine Welt der Wünsche und Träume zu verlassen. Die Realität besteht aus Kräften in einem ständig sich verändernden Gleichgewicht, und jede gegebene Situation neigt dazu, das Gegenteil hervorzubringen, um das Gleichgewicht wieder herzustellen. Aber der Beobachter bleibt in seiner ursprünglichen Umgebung. Er ist die Nabe des Rades.

O'Brian würde stets versuchen, meinen Zielen seine eigene Richtung zu geben. Ich konnte ihn nicht um Hilfe irgendwelcher Art ersuchen. Er ist ein Angestellter der Regierung und kann keinen Experimenten zustimmen, die sich möglicherweise als gefährlich erweisen könnten. Helga Colemans Nervenzusammenbruch hatte jede mögliche Chance zunichte gemacht. O'Brian ist kein absoluter König in seinem Reich, dessen Fenster nicht nur physikalisch vergittert sind. In regelmäßigen Abständen finden Versammlungen des medizinischen Personals statt, und außerdem mußte er Rücksicht auf seine Vorgesetzten nehmen, die unerprobte und neuartige Ideen wie die meinige stets durch bürokratische Fesseln zu behindern suchen.

Ich mußte auf eine Gelegenheit warten, die sich früher oder später ohne Zweifel bieten würde. O'Brian war gegen seinen Willen in meine Experimente verstrickt worden. Helga Coleman war die Nabelschnur, die uns zusammenhielt. Ich weiß nicht, wie stark seine Bindung an dieses Mädchen ist, und es kümmert mich nicht, oder nur insofern, als ich durch sie auf ihn einwirken könnte, meinen Wünschen nachzukommen.

Ich mußte sie wiedersehen und beschloß ihn zu bitten, sie bei seinem nächsten Besuch mitzubringen. Als Grund ließ sich anführen, daß es gut für sie sein würde, mich in meiner gefängnisartigen Umgebung zu sehen. Der Zauberer von Oz war nur so lange ein Schreckgespenst, wie das kleine Mädchen ihm nicht begegnet war.

Hinter dem Haus hielt ein Lastwagen. Ich blickte zum Fenster hinaus. Es war José, der den Stier brachte. Ein schwarzer Angus schwankte auf der kleinen Ladefläche des alten Lieferwagens. Ich weiß nicht, wie es José gelungen war, die kurvenreiche Strecke zu fahren, ohne den Wagen mit seiner schweren Last umzuwerfen.

Die Sonne stach herab wie die Flamme eines Schweißbrenners, und ich setzte meinen riesigen mexikanischen Hut auf, ein so großes Rad aus Stroh, daß der Rand beim Gehen um meine Schultern wippte. Meine Haut erträgt keine direkte Sonnenbestrahlung, ohne wie Papier über einem Feuer versengt zu werden. Der Hut und die Gesichtsmaske machten mich zu einer lächerlichen Vogelscheuche.

José führte den Stier am Nasenring über Planken, die er mitgebracht hatte und auf denen das Tier nun zögernd und vorsichtig balancierte. Es war ein junges Tier mit glänzendem Fell. Sein breitstirniger Schädel sah aus, als hätte er Glasaugen. Augen haben an sich keinen Ausdruck, sie sind leblos, was sich beweisen läßt, indem man die Umgebung abdeckt. Die Runzeln und Falten um den Augapfel mit seinen drei Schichten und drei durchscheinenden Refraktionsebenen sind es, die ihm einen vermeintlichen Ausdruck von Unschuld oder Schlauheit, Weisheit oder Wahn verleihen.

»Die Kuh bringe ich heute abend«, sagte José, ohne meine seltsame Erscheinung zu beachten. Ich wußte, daß es unter seiner Würde war, Neugierde oder irgendeine Gemütsbewegung zu zeigen, die meine Empfindlichkeit verletzen könnte. »Ich konnte sie nicht auf die Ladefläche bringen. Aber sie ist paarungsbereit.«

Er führte das Tier in den Garten und band es an einen Pfosten. Die eingezäunte Fläche hinter dem Haus konnte freilich kaum ein Garten genannt werden; sie war nicht viel mehr als ein Stück Wüste wie die vielen hundert Quadratkilometer menschenleerer Einöde, die das Haus umgaben. Früher hatte ich dort Kakteen gepflanzt, bezaubert von ihren verschiedenartigen und hexenhaften Gestalten. Einmal im Jahr bedeckten sie sich mit Blüten, deren Farbenpracht keine andere Blume übertreffen konnte. Aber das war lange her, als ich noch Zeit für Interessen erübrigen konnte, die nicht mit meiner Arbeit zusammenhingen.

»Da wird er zufrieden sein, er hat genug Schatten«, meinte José. »Ich werde jeden Tag kommen und ihn füttern.«

Das war seine Art, mir zu sagen, daß er für mich arbeiten wollte. Ich kenne mich mit Indianern aus. Sie geben ungern eine direkte Antwort auf irgendeine Frage; sie lassen sich Zeit, und wenn ihre Antwort kommt, ist sie in einem beiläufig hingeworfenen Satz versteckt.

Ich betrachtete den schwarzen Stier mit seinem ruhigen, lustlosen Blick, seinem Maul, von dem schaumiger Speichel troff.

»Er ist von der Fahrt aufgeregt, wird sich aber beruhigen,

sobald er Heu bekommt«, sagte José. Er wartete, daß ich ihm verriet, warum ich in meinem Hinterhof eine Rinderzucht anfangen wollte.

»Ich werde ihn eine Weile bewußtlos machen müssen«, sagte ich. Er nickte, hatte ohne Zweifel von Kaweah manches über die seltsamen Probierkünste gehört, die ich in meinem Laboratorium ausübte. Ich weiß nicht, was er dachte, doch war ich für ihn und seinen Stamm ein Hexenmeister, der an infernalischen Experimenten arbeitete. Hätte ich ihm erzählt, daß ich den Stier operieren und ihm Flügel ansetzen wollte, er hätte mir geholfen, ohne Überraschung zu zeigen.

Seine Bereitwilligkeit bewies mir, daß der Mensch unter bestimmten Umständen bereit ist, jede Idee zu akzeptieren, wie abstrakt sie auch sein mag. So löst er die Widersprüche auf, die ihn auf vielen Gebieten hemmen. Selbst José, ein Mann, der in einer Reservation aufgewachsen war, war extremen Veränderungen im Denken und in den Fakten des Lebens aufgeschlossen. Schließlich wird der Mensch mit einer gänzlich neuen Welt vertraut werden, charakterisiert durch das Auftreten verschiedenster Größenordnungen und weit auseinanderklaffender Dimensionen und Gedanken. Die abstraktesten Ideen, die heute nur mathematische Zeichen ohne Bilder sind, werden den Menschen künftiger Zeiten anschaulich sein. Meine Experimente werden so selbstverständlich akzeptiert wie heutzutage das Fernsehen. Aber bis dahin wird es keine Indianerreservate mehr geben. Es wird keine Indianer mehr geben, nur einen gigantischen Schmelztiegel vermischter Rassen.

Ich ging wieder ins Haus und zog eine Spritze mit einer starken Dosis Amytal auf. Während José beruhigend auf den Stier einredete, injizierte ich das Beruhigungsmittel in die lose Haut, und eine Minute später durchlief ein Zittern den mächtigen Körper, das Tier kniete langsam nieder, die schwarzen Augen schlossen sich, und er rollte sich auf die Seite. José band den Haltestrick vom Pfosten los.

Ich schlitzte die dicke Haut an der Schädelbasis auf und

schob die sterilisierten Impulsgeber hinein. Sie waren nicht größer als weiße Bohnen. Nachdem ich sie in das Fettgewebe zwischen Lederhaut und Unterhaut eingebettet hatte, nähte ich die Schnitte zu. Er würde beim Erwachen nichts fühlen. Zum Abschluß gab ich ihm eine Spritze mit einem Antibiotikum, falls er gegen die Titankapseln der Impulsgeber allergisch sein sollte.

Die Operation dauerte nicht länger als zehn Minuten. Der Stier schnarchte friedlich.

»Lassen Sie genug Heu für ihn da, José!« sagte ich. Mein Körper war in Schweiß gebadet, doch hatte die Explosion alle Schweißdrüsen meines Gesichts und Halses verbrannt, und meine Wangen waren wie das zum Zerreißen gespannte Kalbfell einer Trommel. Der Schmerz schnitt mein Gesicht in Fetzen; ich mußte zurück ins Haus. »Und lassen Sie ihm viel Wasser da. Nach dem Erwachen wird er durstig sein.«

Rasch kehrte ich zurück in mein verdunkeltes Zimmer. Die kühle Luft der Klimaanlage war wohltuend. Wie lang würde der Angus schlafen? Ich wußte nichts von der Wirkung, die zehn Kubikzentimeter Amytal auf einen tonnenschweren Bullen haben.

Ich wollte niemanden in der Nähe des Hauses haben, wenn er aufwachte. Wenn meine Erwartungen zutrafen, würde ich Gefühlsregungen erleben, die kein Mensch in der Geschichte der Medizin jemals aufgezeichnet hatte.

Ich hörte Kaweah und José miteinander reden, dann fuhr der Lieferwagen fort. Aus dem Schlafzimmerfenster konnte ich den Garten überblicken. Der Stier schlief mit halbgeöffnetem Maul. Die Zunge hing heraus, und Fliegen hatten sich darauf niedergelassen.

Ich unterdrückte meine Erregung und ging zurück ins Labor. Unsere Kenntnis von den sensorischen Reaktionen der Tiere ist trotz Pawlow und seiner Schüler gleich Null. Der Mensch kennt lediglich die Reaktionen von Tieren auf bestimmte Drogen oder auf mechanische Versuche. Aber er kennt nicht ihre Empfindungen, weiß nichts von ihrer

Schmerzwelle. Sein Wissen ist Anmaßung. Er registriert konditionierte Reflexe und interpretiert sie subjektiv.

Ich aber würde nicht nur in der Lage sein, die Eindrücke und Sinneswahrnehmungen des Stiers zu beobachten; ich würde er selbst sein!

Wieder überschritt ich die Grenze in die verbotenen Bereiche der Natur. Ein Mensch ist ein Mensch, ein Stier ein Stier, ein Vogel ein Vogel. Jeder mit seinen Gewohnheiten, seinen zwanghaften Reaktionen, seinen Instinkten, die nur seiner Art eigentümlich sind.

Es gibt keine bessere Möglichkeit, das Genie des Menschen zu messen, als durch seine Fähigkeit, Neugierde in einen schöpferischen Impuls umzuwandeln. Der geniale Forscher ist eine ebenso unbefriedigte Person wie der schöpferische Maler oder Schriftsteller. Alle haben einen grundlegenden Charakterzug gemeinsam: das Verlangen, erstarrte Begriffe zu durchbrechen und ihre eigene Welt zu schaffen, in der sie die letzten Antworten auf ihre Fragen zu finden wähnen. Es ist ein Glück für Wissenschaftler und Künstler, daß die Suche grenzenlos ist. Wenn alle Probleme gelöst werden könnten und keine neuen entstünden, ließe sich die vollkommene Welt schaffen. Doch würde es eine stagnierende Welt sein. Stagnation und Tod aber sind synonym.

Wie ein frommer Jude, der sich den Tefillin, seinen Gebetsriemen, umbindet, nahm ich die Elektroden aus ihrem gepolsterten Etui und befestigte sie an meinen Schläfen. Sicherheitshalber maß ich ihre Ausgabeleistung mit dem Geigerzähler. Ihre Ausstrahlung war nicht stärker als die eines Leuchtzifferblatts. Ich nahm den Verstärker mit mir, ging ins Schlafzimmer, legte mich aufgestützt auf mein Bett und beobachtete den schlafenden Stier in der rückwärtigen Einfriedung. Langsam drehte ich den Verstärker auf. Mein Herz pochte heftig gegen die Rippen. Mir war bewußt, daß ich eine Welt betrat, die dem Menschen seit der Schöpfung verschlossen war.

Mir ging der Gedanke durch den Sinn, daß ich schließlich

doch religiös sein könnte. O'Brian hatte diesen Punkt mit seinem Hinweis, daß ich für Kaweah einen Text über Märtyrertum aufgenommen hatte, indirekt angesprochen. Religion ist ein auf den Menschen beschränktes Leiden, das in keinem anderen Lebewesen gefunden wird. Der Mensch ist imstande, sich selbst zu hassen oder zu verabscheuen, denn seine Unzulänglichkeiten sind selbstverschuldete Unterlassungen, die oftmals nur in seinem Bewußtsein existieren. Ich wußte, daß ich zitterte, weil ich in der Kindheit von meinen Eltern, religiösen Leuten, die glaubten, daß Religion eine Angelegenheit Gottes, der Kirche und der heiligen Sache sei, einer Gehirnwäsche unterzogen worden war. Obwohl ich ihre Lehre später ablehnte, mußte etwas davon wie Teer an mir hängengeblieben sein. Ich sah meine Hände zittern und dachte, daß es in meinem Unterbewußtsein noch immer Wurzeln geben mußte, die gegen dieses Experiment ankämpften, welches meine Eltern Blasphemie genannt haben würden.

Mit höherer Verstärkung erfuhr mein Geruchssinn eine geradezu überwältigende Betonung. Ich war umgeben von Heuduft, aber es war nicht der Duft getrockneten Grases, wie ich ihn kannte. Er hatte eine durchdringende, würzige Qualität, die mir das Wasser im Munde zusammenlaufen ließ. Ich verspürte eine brennende Leere im Magen und fühlte mich zur Quelle dieses verlockenden Duftes hingezogen, der anders war als alles, was ich je in meinem Leben gewittert hatte. Und es war nicht das Heu allein, es war auch ein süßer, frischer Wassergeruch, der mich von dem Trog, den José aus dem Brunnen gefüllt hatte, mit einer fast körperlichen Intensität anwehte. Auch diese Wahrnehmung konnte nicht einfach Wassergeruch genannt werden, da ihm ein köstliches Aroma eigen war, wie Wasser es für mich nie gehabt hatte.

Leute, die Parfüms erfinden und mischen und deren Geruchssinn ausgebildet ist, winzige Duftnuancen und Abweichungen festzustellen, machen vermutlich ähnliche Erfahrungen wie ich in diesem Fall. Außerdem war ein dumpfiger, süßlicher Verwesungsgeruch gegenwärtig, ein abstoßender Gestank wie von einem Kadaver, der mir in Wellen unterschiedlicher Intensität zugetragen wurde.

Jetzt erst wurde mir bewußt, daß meine Augen fest geschlossen waren. Die Mischung von Düften und Gerüchen war überwältigend. Als ich die Augen öffnete, erblickte ich ein Universum glühender, flammender Farben, wie ich sie nie gesehen und von deren Existenz ich nichts geahnt hatte.

Vor mir wuchs rotes Gras. Auch die Perückenbäume waren rot, von einem gedämpften Zinnoberton. Zur Rechten lagen die starkduftenden Heubündel, die in verschiedenen Violettönen leuchteten, der Himmel war blaßorange, und das Haus am Ende der Einfriedung, orangegelb gestrichen, war lila, das Dach blau.

In einem der Fenster sah ich ein Gesicht – mein Gesicht, die Haut von fahlvioletter Farbe, die Narben darin grün. Der Stier, den ich nicht sehen konnte, erhob sich und wurde von der süßduftenden Flüssigkeit angelockt, die einen starken, reinen und frischen Duft ausströmte, einen Duft, den ich auf Kilometer hätte wittern können. Einen Augenblick lang sah ich den Kopf des Tieres gespiegelt in der glatten Oberfläche der durchsichtigen Flüssigkeit, die nicht wie Wasser aussah, sondern wie Metall, dann wurde der ruhige Wasserspiegel durchbrochen, und ich kostete etwas Neues und Erregendes. Der Geschmack war kräftig und frisch und erinnerte ein wenig an Seetang, enthielt aber eine würzige Beimischung, die ich nicht definieren konnte, nicht wie Melasse, aber ähnlich, doch zarter. Das Wasser oder was immer es war, floß in einem breiten Strom in meine Eingeweide, wie wenn eine kühle Flüssigkeit sich über eine warme Herdplatte ergießt. Der Wasserstand im Trog ging rasch zurück.

Verspätet wurde mir klar, daß ich mit den Augen des Stiers sah und mit seinem Geschmackssinn kostete. Ich sah die Welt in ihren Komplementärfarben. Was mein menschliches Auge als einen grünen Baum gekannt hatte, war zu einem roten geworden, der blaue Himmel eine Mischung von Gelb und Rot; mein eigenes Gesicht, gelblich und blaß, wie ich es kannte, zeigte in den Augen des Tieres eine violette Tönung. Ich starrte in das vielfarbige Märchenland ringsum, noch immer unfähig zu begreifen.

Der balsamische, aus vielerlei verschiedenen würzigen Köstlichkeiten gemischte Duft, der von dem violettfarbenen Heu ausging, erregte meinen Geschmackssinn. Speichel floß mir über die Lippen und aus der Nase. Oder waren es die Nüstern und das Maul des Stieres? Ich nahm eine gehörige Portion von diesem wohlriechenden Zeug, und es füllte meinen Mund – eine riesige Höhle – mit einem nie gekannten Wohlgeschmack. Es war eine Delikatesse jenseits aller Erinnerung, und hatte einen ätherisch duftigen Nachgeschmack. Hungrig stopfte ich mich voll, dann wandte ich mich dem betonierten Becken unter dem alten Gewächshaus zu. Das Hochwasser hatte dieses Becken, das einst als Seerosenteich angelegt worden war, mit stehendem Wasser gefüllt. Abgestorbene Pflanzenteile und ertrunkene Insekten trieben an der Oberfläche. Ich blies sie fort und tauchte die Nase in das Wasser, das ganz anders roch und schmeckte wie das Brunnenwasser, das José in den Trog geschüttet hatte. Es hatte einen Beigeschmack von Erde und Moder, war aber stark und mineralisch und durstlöschend.

Die Sonne sank rasch. Ich schaltete den Verstärker aus, der mich mit den Sinneswahrnehmungen des Tieres verband. Die Farben waren Zwischenfarben. Gerüche und Witterungen waren von einer unbekannten Qualität und Vielfalt. Was ich gesehen hatte – das Haus, die Bäume, die Heubündel, den Trog –, waren nicht dreidimensional, sie hatten eine vierte, räumliche Dimension, mehr Tiefe, vergrößert und stereoskopisch, als ob ich um die Dinge herumsehen, sie mit den Augen umarmen könnte. Ich würde nicht sagen, daß mein Sehvermögen schärfer gewesen wäre, es sei denn für bewegte Objekte. Unbewegte Objekte entgingen mir.

Erschöpft ließ ich mich aufs Bett zurücksinken. Zu viele Eindrücke hatten mich bestürmt. Ich versuchte sie zueinander in Beziehung zu bringen. Zuerst mußte ich zwischen mir selbst und dem Urheber dieser Sinneswahrnehmungen unterscheiden, der in diesem Fall der Stier gewesen war. Sollte ich meine Eindrücke als eine persönliche Erfahrung oder als die des Tieres bewerten? Um Verwirrung zu vermeiden, beschloß ich von nun an das Wort ›Tier‹ und nicht ›Ich‹ zu gebrauchen. Es war seine Wahrnehmung, dieses stereoskopische Bild. Seine Augen sehen anders, da sie viel weiter auseinanderstehen als meine; wie ein Feldstecher den Abstand zwischen den Augen erweitert und den Rahmen proportional vergrößert. Sein Gesichtsfeld umfaßte annähernd dreihundertsechzig Grad, und seine Augen registrierten Komplementärfarben. Farbensehen ist ein subjektives Phänomen, das nicht bei allen Tieren gleich sein mochte. Vielleicht sahen die Insekten Farben und nicht Formen. Obwohl wir den Farben Namen gegeben haben, bedeutet die Art und Weise, wie wir sie sehen, nicht zwangsläufig, daß diese Farben wirklich existieren.

Ich erinnerte mich an den Kadavergeruch, der das Tier gestört hatte. Er war von der Richtung des Zaunes gekommen, und ich konnte nicht umhin, ihn auf ein paar Arbeitshandschuhe zu beziehen, die ich getragen hatte und die meinen Menschengeruch bewahrten. Für ihn rochen sie nach Verwesung. War das die Witterung des Menschen, wie sie von Tieren wahrgenommen wird? Kein Wunder, daß sie ihn meilenweit riechen.

Vor mir öffnete sich ein weites Feld abenteuerlicher Entdeckungen. Jetzt war die Untersuchung der Sinneswahrnehmungen und Reaktionen von Tieren möglich. Man konnte auf Vermutungen verzichten. Der Beobachter würde imstande sein, sich selbst in die Lage des Versuchstiers zu versetzen. Oder der Versuchsperson. Die Empfindungen, die ich während meines Versuchs mit Helga Coleman erlebt hatte, waren kein Zufall gewesen. Von nun an konnte sich der Arzt in seinen Patienten versetzen, ohne von der subjektiven Information abhängig zu sein, die der Patient ihm in möglicherweise verzerrter Form zukommen ließ. Von nun an würde er in der Lage sein, einen Krankheitsfall präzise zu diagnostizieren. Hatte ich die Büchse der Pandora geöffnet? Aber so verhält es sich potentiell mit allen wissenschaftlichen Entdeckungen.

Ich blickte zu dem prachtvollen Tier hinaus, das im Schatten des halb eingefallenen Gewächshauses lag. Sein mächtiger Nacken war muskelbepackt, der kantige, leider enthornte Schädel wog annähernd so viel wie ein Mensch. Es wiederkäute.

Ich schaltete die Verstärkung wieder ein, und sogleich löste sich mein Schlafzimmer in grauen Dunst auf, und an seine Stelle trat der Garten mit seinem roten Gras und der blauen Erde. Der Bulle bewegte die Schultermuskeln. Sie waren wie Seile, die von einem Flaschenzug gespannt werden. Er hob den Kopf und stieß einen Ballen vorverdauter Nahrung auf. Das durch anaerobe Bakterien teilweise zersetzte Heu hatte einen scharfen Geschmack, der mit vielen unbekannten Komponenten gewürzt war. Seine flachen Zahnkronen und die dicke Zunge suchten verhärtete Stellen und mahlten sie klein. Ein großer Friede war über ihn gekommen. Es gab keine Erinnerung der Vergangenheit, noch Bewußtsein der Zukunft. Es gab weder Furcht noch Spannung oder Sorge, nur eine grenzenlose Euphorie der Zufriedenheit. Sein Sinn war nur darauf gerichtet, das aufgestoßene Heu zu zermahlen.

Die Luft war ein reichhaltiges Duftgemisch, dessen Bestandteile ich nicht unterscheiden konnte. Etwas Süßliches wie Blut mischte sich hinein. Der Stier schluckte und erhob sich. Der Geruch, obgleich noch schwach, wurde ausgeprägter. Er brüllte. Es war wie Luft, die aus einem Kompressor durch schwingende Saiten gepreßt wird. Er hatte eine jämmerliche Kastratenstimme, hoch und dünn. Dieses quietschende Brüllen drang in lächerlicher Kurzatmigkeit aus der mächtigen Brust. Unruhig schritt er zum Zaun. Diesen hätte er mit Leichtigkeit eindrücken können, aber er war sich seiner Stärke nicht bewußt. Als er den Kopf senkte, schlug das Brüllen zum Falsett um.

Dann erst hörte ich Joseś Lieferwagen.

Ich schaltete die Verstärkung aus. Sofort war ich wieder

im Schlafzimmer und sah den Bullen am Zaun stehen. José zog die Kuh am Strick über seine provisorische Rampe und führte sie zum Gatter.

Ich bedeckte mein Gesicht und ging hinaus.

»Sie ist brünstig«, sagte er. »Man merkt es, wenn der Stier auf diese Weise brüllt.«

Er führte die Kuh zum Garten.

»Halten Sie die beiden noch eine Weile getrennt«, sagte ich. Ich mußte zurück ins Schlafzimmer.

Ich versuche den geheimnisvollen Eindruck zu formulieren, nicht bloß zu erinnern, sondern den Teil hervorzuheben, der wissenschaftlich bedeutsam ist. Doch wie der Schmerz, überkommen mich auch Gemütsbewegungen bisweilen unversehens. Sie sind grundlegende Reaktionen auf unsere Sinneswahrnehmungen. Selbst wenn wir versuchen, sie mit Willenskraft und Logik zu beherrschen, bleiben sie wie Drogen, unberechenbar in ihren Wirkungen auf den Geist. Wir werden physisch oder psychisch von ihnen beherrscht. Ich bewegte mich auf schwankendem Boden. Wo beginnt unser persönliches Vergnügen, und wo endet wissenschaftliche Neugierde? Kann ein Arzt sich stets von angenehmen Empfindungen oder Lustgefühlen freihalten, wenn er einen schönen Körper berührt? Können seine sadistischen oder masochistischen Instinkte von seinen klinischen Beobachtungen vollständig getrennt sein? Wir können den verborgenen Begierden unseres Körpers nicht immer entgehen, solange unsere Drüsen funktionieren.

»Er wird nicht gleich über sie herfallen. Zuerst wird er Bekanntschaft schließen«, sagte José. »Katzen und Hunden ist es gleich, sie sind nur darauf aus, an das Weibchen heranzukommen. Bullen sind anders. Sie sind wählerisch. Man weiß nie, ob es klappt.« Er schmierte mir seine Erfahrung wie Butter aufs Brot.

Ich sah die Kuh im Garten stehen und den Stier anglotzen. Ich wünschte, ich hätte auch ihr Impulsgeber einpflanzen können, um festzustellen, von welcher Art ihre Gefühle waren. Der Stier hatte sein Gebrüll abgebrochen und sich wieder dem Heuhaufen zugewendet. Sie ging ihm nach und begann ihn abzulecken, zuerst die Schultern, und als er sich umwandte, den Kopf. José grinste.

»Liebe auf den ersten Blick. Aber ich weiß nicht, ob er nachgeben wird«, sagte er. »Stiere halten sich abseits von der Herde. Sie sind stolz. Kastriert man sie aber, verhalten sie sich wie Kühe. Sie sind ein Mann der Forschung, Doktor. Das sollte Ihnen zeigen, wo der männliche Stolz angesiedelt ist.«

Er grinste wieder. Seine Vertraulichkeit ärgerte mich.

»Kommen Sie morgen wieder und holen Sie die beiden ab«, sagte ich und zum ersten Mal bemerkte ich, daß er mich neugierig anschaute. Er hätte allzu gern gewußt, warum ich daran interessiert war, einen Stier mit einer Kuh zu paaren. Wäre er wie O'Brian Psychiater gewesen, so hätte er eine passende Antwort parat gehabt. Seinem Denken, das wir primitiv nennen, aber sind Abirrungen, wie wir sie selbstgefällig erwarten und als Tatsache annehmen, gänzlich fremd.

Er ging, nachdem er sich erkundigt hatte, ob ich ihn diesen Tag noch benötigte.

Ich war begierig, allein zu sein.

Das Warten ist es, was der Zeit Gewicht verleiht. Während ich auf meinem Bett lag und die beiden Tiere beobachtete, zog sich die Zeit schier endlos hin. Der Stier döste im Stehen, die Augen geschlossen. Die Kuh riß Heu aus dem Haufen und fraß. Die Sonne sank rasch hinter den Horizont. Ich hatte das Fenster geöffnet, und die heiße Luft wehte in fühlbaren Wellen herein.

Während ich bewegungslos dalag, verging die Zeit beinahe hörbar. Ich empfand eine Zufriedenheit, wie ich sie nie erlebt hatte. Ich hatte keinen anderen Wunsch als dazuliegen und mich nicht zu bewegen.

Ich dachte an meine Arbeit, die ich zielstrebig ausgeführt hatte. Aber wenn wir leidenschaftlich unseren Problemen nachspüren, ist damit nicht immer gesagt, daß wir sie tatsächlich lösen wollen. Ist es geschehen und eine Arbeit zum Abschluß gebracht, entstehen nur neue Probleme, und der ganze Prozeß beginnt von neuem, und in einer Wiederholung früherer Erfahrungen öffnet sich der gleiche Weg durch Ungewißheiten, Irrtümer und quälende Überlegungen. Oft verfolgen wir ein Ziel als Ersatz für ein anderes, das wir wirklich wünschen und nicht haben können. Und oftmals ist es die Aktion an sich, die uns wichtig ist, und nicht das Ziel, welches womöglich nur durch immense geistige Anstrengungen erreicht werden kann, Anstrengungen, die so schmerzhaft sind wie eine Geburt. Als ich nun auf meinem Bett lag und die zwei Tiere betrachtete, ließ ich meine Gedanken schweifen, und sobald ich die Kommunikation mit dem Stier durch die Verstärkung eingeschaltet hatte, fühlte ich mich treiben, nicht in einen Schlummer, sondern in einen mir unbekannten nebelhaften Zustand.

Der süßliche Geruch wehte mich an, ein aggressiver Blutgeruch. In dem Körper, der nicht der meinige war, verspürte ich ein mächtiges Anschwellen in der Leistengegend, eine Ausdehnung der Lungen, eine Bewegung von Muskeln unter der zähen und elastischen Haut. Der Stier stand auf, zuerst mit den Hinterbeinen, auf den Knien ruhend, dann mit einem Aufwerfen des massigen Schädels auch vorn. Der lange Schwanz zuckte und schlug um die Lenden. Eine Wolke kleiner schwarzer Fliegen erhob sich. Die Kuh kam in Sicht; langsam stapfte sie auf den Bullen zu. Die Farbe ihres Herefordshire-Kopfes war grün mit einem weißen Fleck, die Augen dunkelviolett, die Nüstern von einem helleren Grün. Sie stand still, als der Stier, den ich nicht sehen konnte, um sie herumging und sie beroch. Der Blutgeruch war stark wie ein körperlicher Schlag. Wieder stieß seine Kastratenstimme das jämmerlich quietschende Brüllen aus. Sie senkte den Kopf und stemmte die Klauen in den Boden, gefaßt auf den Angriff, zu dem sie einlud. Ihre Atmung wurde rauh und krampfhaft, ihre Nüstern wässerten, und vom Maul troff der Speichel. Sie bewegte den Kopf, und die violetten Augen waren jetzt schwarz.

Eine Erschütterung durchlief ihren Körper, als er auf ihrem Rücken landete, ihre Knie gaben unter dem enormen

Gewicht beinahe nach, und sie gab ein leises, schmerzliches Stöhnen von sich.

Von diesem Augenblick an bin ich unfähig, einen klaren Bericht des Geschehens zu geben. Die Welt explodierte in Geräuschen und brandenden Wogen, Empfindungen, die ich nicht einzuschätzen wußte. Aber gab es tatsächlich Geräusche? Oder war es eine dröhnende Stille? Ich weiß es nicht.

Ich weiß nur, daß Wolken aus vielen Farbtönen emporstiegen, ich fühlte eine Weichheit um mich, drang ein in eine sumpfige Wärme, die sog und pochte, sich zusammenzog und vibrierte, es gab eine Empfindung von Erhebung, aber nicht von Schweben, die zunehmende Spannung und Verengung eines fast unerträglichen Schmerzes, der kein Schmerz war, wie ich ihn kannte, sondern einer, zu dem ich hingezogen wurde wie in einen Tunnel von Qualen, die wiederum keine waren, sondern etwas, was es zu suchen und zu erleiden galt. Was immer es war, es stieg steil an, kroch aufwärts, vertikal, zog sich in die Länge wie eine Streckbank, quälend höher und höher steigend zu einem Gipfelpunkt, der in Sicht zu sein schien, zugleich aber langsam zurückwich, obwohl die Annäherung rascher vor sich ging als der Rückzug. Dann war der Gipfel erreicht, und die Wehen dieses gewaltigen Zusammenziehens und der schmerzhaften Krämpfe wurden zu etwas Fühlbarem, Dimensionalem, und ergossen sich in krampfhaften Zuckungen gießbachartig über den Kamm. Gleichzeitig schwoll die dröhnende Stille zu tosendem Donner an, und kurz vor dem letzten Eindruck, der eine Explosion vielfarbiger kreischender Regenbogen war, ertränkte tiefe Erschöpfung all meine Sinneswahrnehmungen in einem Teich, der sich mit Wellen flüssiger Beständigkeit lindernd über mir schloß.

Ich muß diese Worte wählen, da ich nicht weiß, wie ich meine Eindrücke anders ausdrücken könnte. Ich kann sie nicht mit mir bekannten Empfindungen vergleichen. Man muß ein neues Vokabular erfinden, das einer neuentdeckten Welt von Sinneserfahrungen angehört.

Ich muß das Bewußtsein verloren haben. Ich weiß noch immer nicht, wo ich die Trennungslinie zwischen meinen klinischen Beobachtungen und den phantasievollen Deutungen sensorischer Reize ziehen soll. Jedes überempfindliche Bewußtsein ist sehr subjektiv, und meine Erfahrung mochte sich anderen Menschen verschieden darstellen. Aber die Wissenschaft wird zu einer vermittelnden und objektivierenden Betrachtung orgiastischer Reaktionen in Lebewesen gelangen, trotz der subjektiven Eindrücke des mit dem Versuch befaßten Wissenschaftlers. Kinsey mußte sich auf Interviews verlassen, die Ergebnisse meiner Methode beruhen auf unmittelbarer Beobachtung und Einfühlung.

Wie lange ich besinnungslos gelegen hatte, kann ich nicht sagen. Tageslicht drang durch das offene Fenster. Ich muß die Kommunikation mit dem Stier automatisch ausgeschaltet haben. Dennoch fühlte ich mich ausgelaugt, als wäre mir das Blut ausgelaufen.

Kaweah arbeitete im Haus. Nicht lange, und sie klopfte an meine Tür, vielleicht in Sorge, daß mir etwas zugestoßen sein könnte, da ich sonst immer im Laboratorium bin, wenn sie eintrifft.

Ich schloß das Fenster und schaltete die Klimaanlage auf volle Leistung. Der Stier lag beim Wassertrog und schenkte der Kuh keine Beachtung, als sie gemächlich zu ihm kam und ihn beschnüffelte. Sein schwarzes Auge blickte unverwandt zu meinem Fenster.

Die emotionalen Reaktionen von Tieren übertreffen diejenigen des Menschen bei weitem. Der Mensch kann während des Geschlechtsverkehrs einen klaren Kopf behalten. Tieren ist dies nicht möglich. Die graphische Darstellung vom Augenblick der Penetration bis zu dem der Ejakulation erreicht bei Tieren einen weit höheren Gipfelpunkt als beim Menschen, da der freie Wille und folglich die Hemmungen fehlen. Dies ist selbstverständlich nur eine Mutmaßung. Feststellungen wie diese können nicht auf Grund einer einzigen Beobachtung gemacht werden. Eines aber ist gewiß: Ich hatte mich einer möglicherweise tödlichen Gefahr ausgesetzt, weil das menschliche Nervensystem nicht konditioniert ist, den Aufprall der emotionalen Energie, die ein Tier in besonderen Situationen entfaltet, aufzunehmen. Das gilt jedenfalls für diejenige eines Bullen.

Ich brauchte die beiden Tiere nicht für weitere Forschungen und beauftragte José, sie fortzuschaffen und wieder zu verkaufen. Er war noch auf der Suche nach einem lebenden Koyoten für mich. Ich hingegen hatte wenig Verlangen, mein Experiment mit einem Wildtier zu wiederholen.

Er half mir den Stier betäuben, und ich entnahm seinem Nacken die eingepflanzten Elektroden.

Sollte ich sie dem Koyoten einsetzen, würde ich sie niemals zurückbekommen.

6

Ich rollte die schnurgerade, mit Flugsand bestäubte zweispurige Fernstraße entlang, die sich bis zum Horizont erstreckte. Plötzlich verbreiterte sich diese Straße ohne erkennbaren Grund zu einer achtspurigen Autobahn, an der nach zwanzig Meilen die mit ›Brentwood House‹ beschilderte Ausfahrt lag.

Ich hatte die Wagenfenster geöffnet. Nachdem ich wochenlang wie ein Gefangener in meinem klimatisierten Haus eingesperrt gewesen war, gefiel mir die austrocknende Wüstenluft, wenn ich die grausame heiße Scheibe auch nicht ertragen konnte, die mit dem weißgelben Himmel eine einzige grelle Helligkeit bildete.

Ich überblickte die leeren Betonbänder der Fahrspuren und versuchte mich zu entspannen. Es bedarf eines entspannten Körpers, wenn man Probleme durchdenken will. Menschen, die immer angespannt sind, können nicht mit völliger Klarheit denken. Seit dem Unfall war ich immer gespannt, und ich sehne mich nach der Zeit zurück, als mein Körper zwanglos entspannt in den Schlaf sank. Ich habe alle Methoden ausprobiert, von Selbsthypnose bis zu gymnastischen Übungen, von mechanischen Hilfen wie dem Rückwärtszählen einer vielstelligen Zahl, bis der Geist die Koordination verweigert und den Körper in den Schlaf schickt, bis zu pharmazeutischen Hilfsmitteln. Einmal oder zweimal im Jahr gelingt es meinem Körper, die Muskeln zu entspannen und mich in einen weichen Abgrund von Seligkeit gleiten zu lassen. Ich bin mir solcher Augenblicke bewußt und versuche sie hinauszuziehen, indem ich zusammenhängende Gedanken aus meinem Bewußtsein zu drängen mich bemühe, aber es bleiben seltene Ausnahmen. Wie beneide ich Menschen, die sich ohne jede Anstrenung entspannen können! O'Brian sagte mir einmal, er habe in seinem ganzen Körper nicht einen gespannten Muskel. Das kann ich nicht glauben.

Krampflösende Mittel können Entspannung erzeugen, aber es ist nicht die Entspannung, die der Körper einem verschafft. Drogen erzeugen Betäubung, nehmen der geistigen Bewußtheit die Spitzen, bewirken Abstumpfung aber nicht das schmelzende Wohlbefinden eines entspannten Körpers.

Während des Experiments mit dem Stier hatte ich jenes seltene Gefühl von Euphorie erfahren, das mich wunschlos ließ.

Nach dem Unfall hatte Brian darauf bestanden, daß ich in Brentwood House bliebe. Die Anstalt hat ihren eigenen Operationssaal, Laboratorien und Krankenstationen für leidende oder hinfällige Insassen. Sie verfügt über die besten Einrichtungen, die allesamt durch das Steueraufkommen finanziert werden. 2500 geistig Behinderte leben in der Anstalt. Trotz mehr als hundert bekannten Arten geistiger Behinderung sind ihre Ursachen weitgehend unklar. Es gibt Mongolismus, das Down-Syndrom, welches das Ergebnis einer abnormen Chromosomenstruktur ist, Gehirnkrankheiten, Infektionen, Vergiftungen, Hirnverletzungen, Stoffwechselschäden, Gewächse und Mangelerscheinungen der inneren Sekretion, Epilepsien, die mit jedem neuen Anfall tiefer in die Idiotie führen. Es gibt auch die erstaunlichsten Fälle von Wasserköpfigkeit, Kinder, deren Köpfe sechsmal so groß sind wie ihre Körper. Sie sehen wie Puppen aus, manche lächeln sogar, wenn man zu ihnen spricht. Sie befinden sich im Endstadium ...

O'Brian hatte mich am Abend durch die Station geführt, vielleicht, weil er glaubte, daß das Elend Gesellschaft braucht, oder um mir zu zeigen, daß es schlimmere Fälle als den meinigen gebe. Schließlich war mein Geist nicht beeinträchtigt. Das war meine Meinung. Ich fragte mich, ob es auch O'Brians war.

Anfangs hatte ich einen eigenen Raum in einer Reihe kleiner Kammern, die den Geisteskranken zugewiesen werden, wenn sie sich auf dem Wege der Besserung befinden oder lernen, auf ihr Äußeres zu achten. Eifersüchtig wachen sie über dieses Privileg. Es gibt ihnen den Stolz und die Selbstachtung, die Grundlage menschlicher Würde sind. In anderen Stationen, wo die hoffnungslosen Fälle vegetieren, wissen die Insassen nichts von ihrer äußeren Erscheinung und schenken ihr keine Beachtung. Ein Tier reinigt sich nicht mehr, wenn es schwerkrank ist.

Ich hatte keine andere Wahl, als in Brentwood House zu bleiben, und es machte mir nichts aus. Ich vertraute O'Brian, der ein alter Freund war und mir versicherte, daß ich nirgendwo eine bessere Gesichtsplastik bekommen würde. Außerdem spielte die Hoffnung mit, daß ich bald wieder zu Haus würde leben und die gesichtschirurgischen Eingriffe als ambulanter Patient ausführen lassen könne. Aber O'Brian bestand darauf, daß ich bliebe.

Nach ein paar Wochen zog ich in seine Villa auf dem Anstaltsgelände. Es ist ein geräumiges, aber einfallslos entworfenes und errichtetes Haus inmitten Dutzender anderer, wo die Anstaltsärzte wohnen, die Psychologen und Forscher, Chemiker, die sich bemühen, die Ursachen abweichenden Verhaltens durch die Aussonderung von Enzymen aus dem Urin oder das Zählen von Proteinmolekülen zu finden, zu welchem Zweck sie ihre Proben wie abstrakte Gemälde einfärben.

Nach einer Weile schenkte O'Brian mir innerhalb des Anstaltsgeländes die Freiheit und ließ mich dort herumlaufen, wo ich wollte. Vielleicht dachte er sich dabei, daß seine Probleme mich schließlich interessieren würden. Ich weiß, daß er es gern gesehen hätte, wenn ich mich der Erforschung geistiger Defekte zugewandt hätte. Aber ich hatte andere Probleme im Sinn. Ich war nicht interessiert, den Intelligenzquotienten eines Idioten von 20 auf 45 zu erhöhen.

Glücklicherweise bin ich auf die technischen Hilfsmittel empirischer Forschung nicht angewiesen. Mein Laboratorium ist in meinem Kopf.

Nachdem der Stier und die Kuh wieder abtransportiert waren, fürchtete ich plötzlich das Alleinsein. Ich mußte aus dem Haus. Einen Umstand hatte ich nicht in Betracht gezogen: die Wirkung des Experiments auf meine Gemütsverfassung. Ich hatte eine enorme physische Gehobenheit erfahren und sehnte mich wie ein Drogenabhängiger nach der Wiederholung. Bedeutete dies, daß ich die sinnliche Existenz eines Stieres derjenigen eines Menschen vorzog?

Selbstverständlich war ich im vollen Besitz meiner geistigen Fähigkeiten. Die Wahl des weiteren Vorgehens lag ganz bei mir. Aber in der Weiterführung meiner Forschung könnte ich auf noch stärkere Gemütsbewegungen anderer Lebewesen stoßen, Emotionen, die meine Willenskraft überschwemmen und mich zu ihrem Sklaven machen würden.

Was ich brauchte, war ein zweiter Malcolm, mit dem ich meine Verantwortlichkeiten besprechen und teilen könnte. Es war ein Jammer, daß ich nur einen James O'Brian hatte, an den ich mich wenden konnte!

Ich hatte ihn mehr aus Höflichkeit angerufen, da ich wußte, daß ich ihn früher oder später brauchen würde, und unsere Beziehung erhalten wollte. Eine Mädchenstimme hatte sich am anderen Ende gemeldet, und ich hatte schnell aufgelegt. Es war Helga Coleman gewesen! Ich wollte nicht am

Telefon mit ihr sprechen. Ich wollte sie sehen, wenn ich zum erstenmal nach dem seltsamen Zwischenfall im Krankenhaus mit ihr zusammentraf. Wie nahe stand sie O'Brian? Warum war sie in seinem Haus?

Ich konnte sie zufällig treffen, indem ich einen privaten Besuch bei ihm vorgab. Das war der Grund meiner Fahrt nach Brentwood.

Der Anstaltskomplex mit seinen Dutzenden von T-förmigen Gebäuden, den Rasenflächen und gepflegten Zufahrtsstraßen, den Dienstleistungseinrichtungen und den Häusern für das Personal lag vor mir in einer kleinen Talmulde.

Ich schloß die Wagenfenster und schaltete das Kühlgebläse ein. Jetzt erst wurde mir die sengende Hitze bewußt, welche die aufsteigende Luft in sichtbaren Wellen vibrieren ließ.

Das Gelände lag verlassen. Niemand wagte sich ins Freie. Alles Leben wartete auf das Sinken der Sonne und das Nachlassen der Hitze.

Ich hielt vor O'Brians Haus. Vom Nachbarhaus drangen Stimmen herüber. Dort lebte Shari, der indische Psychologe, mit seiner Frau, einer Hawaiianerin und vier Kindern. O'Brian hatte mir erzählt, wie schwierig es sei, amerikanische Ärzte für die tägliche Routinearbeit in der Anstalt zu bekommen. Alle wollten in die Forschung und verabscheuten die mühselige und meist unergiebige Arbeit mit den Anstaltspatienten. Die Forschung habe eben ihren Reiz und ihre Muße, und manchmal auch noch den Ruhm. Deshalb sei er gezwungen, mehr und mehr ausländische Ärzte einzustellen.

Ich band die Gesichtsmaske fest und läutete. O'Brian hatte eine Teilzeit-Hausgehilfin. Es ist nicht gestattet, Patienten für irgendwelche Arbeiten einzusetzen, nicht einmal für Gartenarbeit, sonst würde Brentwood House bald von Sklaven in Gang gehalten.

Helga Coleman öffnete die Haustür. Sie trug Schwesterntracht.

Einen Augenblick lang starrten wir einander stumm an.

»Der Teufel ist gekommen«, sagte ich dann. »Aber diesmal habe ich die Hörner zu Hause gelassen.«

»Ich erwartete Sie«, sagte sie zu meiner Überraschung. »Bitte kommen Sie herein, Dr. Cory!«

Im Haus war es kühl und dunkel. Meine Augen waren noch von der Sonne geblendet, aber ich kannte mich aus.

»Sie erwarteten mich?« sagte ich, als sie die Tür zum Wohnzimmer öffnete.

»Sie riefen vor einer Stunde an, nicht wahr?« sagte sie.

»Wie konnten Sie das wissen? Ich habe meinen Namen nicht genannt ... nicht einmal den Mund aufgemacht.« Ihre Intuition war beunruhigend.

»Ich wollte Sie sprechen, und Sie wollten mich sprechen, ist es nicht so?« Mit einer Unbefangenheit, als wäre sie hier zu Hause, schloß sie die Läden, wo noch etwas Sonnenschein eindrang. Es gab keinen Zweifel, daß sie ein häufiger Gast in O'Brians Haus war.

Ich hoffte nur, daß sie mich mit ihren Gedanken über Religion und rechtes Handeln verschonen würde. Es ist erstaunlich, wie sehr religiöse Personen in jeder möglichen und unmöglichen Art und Weise mit sich selbst beschäftigt sind. Ihre Selbstlosigkeit konzentriert sich nicht auf andere, sondern darauf, wieviel Heiligkeit sie selbst aus ihrer frommen Güte gewinnen können.

Aber sie überraschte mich angenehm durch Sachlichkeit. Sie hatte sich von ihrem Schock erholt.

»Sie werden sich fragen, was ich in Jimmys Haus tue«, sagte sie.

Also ist es Jimmy, dachte ich, und war erheitert über meine bisherige Ahnungslosigkeit.

»Er kümmert sich um Sie, sucht Sie zu beschäftigen«, antwortete ich. »Das hat er mir selbst gesagt.«

»Frauen sind egoistisch, wissen Sie«, sagte sie, und zum erstenmal entdeckte ich eine Spur von Koketterie in ihr, die sich nicht so sehr in ihrer Stimme oder ihren Augen ausdrückte, als vielmehr in den Bewegungen ihrer schmalen Taille und ihrer Schultern. »Jimmy ist doppelt so alt wie ich, und ein Mädchen fühlt sich bei einem älteren Mann sicher. Wir essen hier ziemlich oft zu Mittag – selbst wenn das Dienstmädchen seinen freien Tag hat.«

In ihrer Stimme klang Spott an; sie machte sich lustig über Konventionen und die Klatschgeschichten, die in der geschlossenen Gesellschaft des Anstaltspersonals eine besondere Rolle spielen mußten.

»Ich dachte, nach Ihrer Erfahrung würden Sie nicht mehr mit mir sprechen«, sagte ich ohne Umschweife.

»Ich benahm mich albern, nicht wahr? Den Kopf zu verlieren und schreiend durch den Korridor zu laufen ... Aber Sie hatten mich wirklich schockiert. Ich war darauf nicht vorbereitet. Sie hätten mich warnen sollen.«

Ihre Schönheit war charismatisch und voller Veränderung. Schönheit braucht nicht die ganze Zeit schön zu sein, und ich konnte verstehen, was O'Brian in ihr sah. »Wie konnte ich Sie warnen? Ich wußte es selbst nicht«, sagte ich. »Was ängstigte Sie so sehr, daß Sie riefen, Sie seien tot? Sie können sich denken, wie Sie mich damit erschreckten.«

Sie dachte zurück und schien in sich zusammenzuschrumpfen.

»Es ist schwierig zu erklären«, sagte sie. »Jimmy und ich sprachen über das Wenige, woran ich mich erinnern kann. Ich bat ihn, er möge Sie einladen, um mein Gedächtnis aufzufrischen, und er rief Sie auch an, aber als er mit Ihnen sprach, erwähnte er nichts davon. Ich glaube, er denkt noch immer, eine Begegnung mit Ihnen könnte mit einem Schock für mich verbunden sein.«

»Ist es so?« fragte ich.

»Nein«, sagte sie freimütig. »Ich sagte Jimmy, daß es mir nichts ausmachen würde. Ich habe mich in Ihre Lage versetzt, Dr. Cory, und mich gefragt, wie mir zumute gewesen wäre, wenn ein albernes Mädchen schreiend vor mir davongelaufen wäre. Insbesondere vor einem Mann wie Ihnen, der ein schweres Los zu tragen hat und das Leben offensichtlich von einem anderen Standpunkt aus betrachtet.«

»Wie eine Zirkusabnormität?«

»Es ist nicht nötig, es so auszudrücken. Aber ich überlegte, wie ich empfinden würde, wenn ich kein Gesicht und Ihr Gehirn hätte. Wie enttäuschend die Erfahrung sein würde! Ich hätte mich nicht so benehmen sollen, aber ich konnte mir nicht helfen. Deshalb bestand ich darauf, daß Jimmy Sie anrufen sollte. Aber er hat seine eigenen Theorien. Er hat einen übertriebenen Beschützerinstinkt.«

»Was haben Sie ihm gesagt?«

»Nicht viel. Nur, daß Sie kleine Gegenstände an meinen Schläfen befestigten und sie dann an sich selbst gebrauchten, nachdem Sie sahen, daß mir die Sache nicht geheuer war. Und dann versuchte ich zu schildern, was geschah.«

»Das ist, was ich wissen möchte.« Ich hatte sie in die Enge getrieben.

Ihr Blick umwölkte sich; es war offenbar, daß sie höchst ungern an jenen Augenblick zurückdachte.

»Es war eine plötzliche Schwärze«, sagte sie. »Aber ich konnte noch sehen. Ich hatte keine Herrschaft über meine Augen oder meinen Körper. Es war, als ob ich in einem gläsernen Sarg steckte. Ich konnte mich nicht bewegen, konnte nicht einmal denken. Aber ich sah mich selbst! Das war der schlimmste Schock, daß ich mich sehen konnte. Wie war das möglich?«

»Entspricht das dem, was Sie Jimmy sagten?« Ich mußte in Erfahrung bringen, wie viele Stücke des Puzzlespiels sie besaß. O'Brian könnte in der Lage sein, sie zusammenzusetzen. »Aber warum riefen Sie, daß Sie tot seien? Weil Sie sich in einem gläsernen Sarg fühlten? Sie rannten doch, nicht wahr?«

»Ja, nachdem Sie mir diese Dinger von den Schläfen entfernten. Dann konnte ich mich bewegen. Und ich dachte: So muß es sein, wenn man tot ist, bewußt aber bewegungsunfähig. Albern, nicht? Tote denken nicht mehr. Ganz sicher sind sie nicht bei Bewußtsein. Aber es war schrecklich! Was haben Sie mit mir gemacht?«

»Nichts. Sie sind nervös und leicht erregbar. Es war Ihre Einbildungskraft, ganz gewiß. Hatte Jimmy keine Erklärung?« Ich log sie an, wie ich O'Brian angelogen hatte, um alle Spuren zu verwischen, die zu meinem Experiment führen könnten.

Sie schaute mich ungläubig an. »Nein, das kann ich mir nicht denken! Ich bin überzeugt, daß alles, was Sie tun, einen Zweck hat, Dr. Cory. Ich kann mir nicht vorstellen, daß Sie etwas tun würden, was Sie nicht bis zur letzten Konsequenz durchdacht haben.«

»Wie kann jemand so klug sein?« erwiderte ich. Ihr Vertrauen erheiterte mich. Es war Teil ihres Charmes, den O'Brian vor mir entdeckt hatte. Die Intensität, mit der sie lebte, war kein Willensakt. Es war eine kindhafte Fähigkeit, sich mit ungeteilter Kraft auf eine Person oder einen Gegenstand zu konzentrieren.

»Aber Sie sind so klug«, sagte sie einfach. »Und ich weiß, daß Sie Gabriel helfen können.«

Es war das erste Mal, daß ich diesen Namen hörte. Rückblickend ist mir bewußt, daß dieser Augenblick mein Leben vollständig veränderte. Ich frage mich, was geschehen wäre, wenn ich an diesem Tag nicht zu O'Brian gefahren wäre. Aber das Schicksal nimmt seinen bevorrechtigten Gang, und was immer uns widerfährt, ist die Kreuzung zweier verschiedener Ursachen. Ganz gleich, aus welcher Richtung sie kommen, wo sie sich schneiden, nimmt unser Leben einen anderen Verlauf. Wir sind machtlos in unserem Bemühen, das Schicksal zu beeinflussen. Bevor wir uns seiner Richtung bewußt werden, sind wir bereits zu tief verstrickt, um uns noch daraus zu lösen.

»Gabriel?« fragte ich.

»Ich bin Gabriels Pflegerin«, sagte sie und stand auf. »Jimmy hat mir diesen Posten verschafft. Ich wollte ihn zuerst nicht annehmen, da ich ungern eine private Pflegerin bin. Aber als ich ihn sah, konnte ich mich nicht verweigern. Sie müssen Gabriel helfen, Dr. Cory!«

In ihrem Blick war der unerschütterliche Glaube, daß ich Wunder wirken könne, als ob ich eine Heiligengestalt der katholischen Kirche wäre.

»Ist er einer von Jimmys Patienten?« fragte ich. »In diesem Fall wäre Jimmy besser als jeder andere befähigt, ihm zu helfen.«

»Ich bin sicher, daß Sie ihm helfen werden!« sagte sie ohne Logik. Ihr Wunsch beruhte allein auf ihrem Zutrauen. »Sehen Sie ihn an, und Sie werden wissen, warum Sie ihm helfen müssen!«

»Wollten Sie deshalb, daß ich nach Brentwood House komme?«

»Ja«, antwortete sie freimütig. »Sie dürfen mich alles über das Experiment fragen, das Sie durchgeführt haben, und wenn Sie es wollen, bin ich sogar bereit, ein weiteres durchzumachen. Aber ich möchte, daß Sie Gabriel helfen. Ihre Technik der Gedankenübertragung könnte ihm helfen. Sie könnte seinen Geist wiederbeleben.«

Also hatten sie und O'Brian meine Experimente diskutiert!

»Ist das alles, was er braucht?« Ich versuchte es ironisch zu sagen, aber meine beeinträchtigte Stimme konnte die Betonung nicht deutlich machen.

»Ja. Sein Verstand ist durch Enzephalitis zerstört.«

»Dann ist er offensichtlich ein Schwachsinniger«, sagte ich. »Warum sind Sie so besorgt um ihn?«

Mit einem Unterton von Verzweiflung sagte sie: »Ich liebe ihn.«

Es mußte ihr Ernst sein. O'Brian hätte niemals zulassen dürfen, daß sie ihren Gefühlen so unkontrolliert nachgab. Ihre Arbeit war die einer Krankenschwester und Pflegerin, doch nun wurde sie selbst zur Patientin.

Das Telefon läutete. Es war O'Brian, der aus seinem Büro anrief.

»Dr. Cory ist hier«, sagte sie und sah mich mit einem undeutbaren Ausdruck an. Wollte sie unser Gespräch vor ihm geheimhalten?

»Ja. Ich werde ihn mitbringen«, sagte sie und legte auf.

Wir gingen zum Verwaltungsgebäude, vorbei an den geparkten Privatwagen und Behördenfahrzeugen. Ich trug meinen Strohhut mit der breiten Krempe und die große grüne Sonnenbrille, die einen Teil meines Gesichts verdeckte. Mit ihrem blonden Haar und dem weißen Arbeitskittel schien Helga Coleman mit dem farblosen Himmel zu verschmelzen. Ein paar Anstaltsinsassen gingen umher. Eine runzlige Frau unbestimmbaren Alters kam auf mich zu, mir die Hand zu schütteln, und plapperte Worte, die nur für sie eine Bedeutung hatten. Helga Coleman winkte einem Mann in einer zerknitterten und unsauberen Pfadfinderuniform zu, der sofort herbeieilte und über die Notwendigkeit sprach, mehr Pfadfinder anzuwerben. Zwei Frauen schrien einander an. Die eine saß in der grellen Sonne auf einer Schaukel, die andere bewegte sie, indem sie sie immer wieder anstieß. In der Ferne sah man eine Gruppe von Kindern unter der Anleitung von Pflegepersonal Ball spielen; vielleicht übten sie für ein Wettspiel mit Kindern einer anderen Anstalt.

Das Leben hat seine verschiedenen Ebenen, und keiner von ihnen kommt ein besonderer Wert oder Verdienst zu. Wenn wir uns nicht erinnern können, sind wir vollständig mechanisch, wie diese zurückgebliebenen Menschen um mich her, die sich kaum bewußt waren, daß sie lebten. Einige konnten nicht einmal zwischen Nacht und Tag unterscheiden. Sie hatten keine Einsicht, die nur durch Selbsterinnerung möglich ist. Das ist der erste Schritt im Selbstbewußtsein, der in den meisten von O'Brians Patienten fehlte.

Ich blickte auf den blonden Kopf neben mir herab. Mit all ihrem Glauben an die himmlische Vorsehung war sie zu mir, dem Wissenschaftler gekommen. Die Wissenschaft beschäftigt sich mit dem ›Wie‹ und nicht mit dem ›Warum‹ im Leben. Da es ihr nicht gelungen war, dem ›Warum‹ im Leiden ihres Patienten Gabriel auf den Grund zu kommen, wollte Helga Coleman diese Frage nach dem ›Wie‹ lösen.

Für sie gab es eine göttliche Absicht, und es war ihr Ziel, diese Absicht zu verstehen. Aber im Fall Gabriels hatte sie die Suche nach der göttlichen Absicht vertagt, weil sie die himmlischen Antworten unvollkommen gefunden hatte und wünschte, daß ich mich des Problems annehmen sollte.

Glaube ist ein Luxus. Nur diejenigen, die wirkliche Kenntnisse haben, sind berechtigt zu glauben. Ich, der Wissenschaftler, sehe alles in mechanischer Beziehung. Dort liegen mein Wissen und mein Glauben. Eine Penicillinspritze hat mehr Wirkung auf einen entzündeten Blinddarm als eine Wallfahrt.

Helga Coleman war auf einer Wallfahrt nirgendwohin gewesen. O'Brian hätte niemals zulassen dürfen, daß sie sich so weit von der Realität entfernte. Warum hatte er sie nicht mit der Wahrheit aus ihrer Traumwelt geschockt, er, der so viel von Schockbehandlungen hielt?

»Warum fahren Sie nicht mit Gabriel nach Lourdes? Sie wollen ihm doch helfen, nicht wahr? Das würde zu Ihnen passen, da Sie an Wunder glauben«, sagte ich.

Sie blickte erstaunt auf. »Ich bin nicht katholisch.«

»Aber Sie glauben an Wunder. Es gibt Wallfahrtsorte, die näher liegen, wie die Madonna von Guadalupe. Jedes Reisebüro kann Ihnen Auskunft erteilen und alles Nötige organisieren.«

»Warum wollen Sie mich verletzen?« fragte sie ruhig.

»Ich möchte, daß Sie Gabriels Problem nüchtern betrachten«, sagte ich, O'Brians vernachlässigte Arbeit verrichtend. »Als ausgebildete psychiatrische Krankenschwester müssen Sie die Arbeitsweise geistiger Prozesse studiert haben. Es ist charakteristisch für übersensible Menschen wie Sie, in ihren Sympathiebekundungen für andere über jedes vernünftige Maß hinauszugehen. Haben Sie jemals daran gedacht, daß Ihr außerordentlicher Eifer und Mitleid ein Kompensationsmechanismus für unbewußten Sadismus und das Verlangen, Grausamkeiten zu begehen, sein könnte?«

»Ich weiß nicht, was Sie da reden!« Sie blieb schockiert stehen und schaute mich an. »Ich will nur helfen.«

»Haben Sie sich je gefragt, warum? In unseren geistigen Prozessen sind wir ständig bestrebt, unsere Wünsche zu befriedigen. Das haben Sie in der Ausbildung gelernt. Gelingt es uns nicht, suchen wir Befriedigung durch Kompensation, in irgendeiner Ersatzform. Warum betrachten Sie Ihre Tätigkeit als Krankenschwester nicht einfach als eine Arbeit wie jede andere, statt als eine himmlische Berufung?«

»Ich weiß nicht, worauf Sie hinauswollen«, sagte sie zornig. Ihr Gesicht sah klein und verkniffen aus.

»Sie sagten, daß Sie Gabriel lieben. Und es war Ihnen ernst damit! Wie könnte das möglich sein? Sie haben irgendwo den Halt verloren. Wenn die Natur will, daß die Kranken krank und die Schwachsinnigen schwachsinnig sind, warum dann um Wunder bitten, um sie am Leben zu erhalten, nachdem die Medizin alles in ihrer Macht Stehende getan hat?«

Sie gewann die Selbstbeherrschung zurück und ging weiter.

»Als Ihnen das Gesicht verbrannte, ließ man Sie nicht sterben, obwohl das der Wille der Natur gewesen sein mag.«

»Das ist etwas Mechanisches. Man macht es mit jedem, routinemäßig, aber in dem Augenblick, da er erkannte, daß er jede Möglichkeit erschöpft hatte, gab Vainhuus mich auf. Wäre mein Gehirn zerquetscht worden, ich würde gewiß nicht gewollt haben, daß man mich als Krüppel oder Schwachsinnigen am Leben erhält. Eine Behandlung oder Verwahrung, deren möglicher Erfolg sich darin erschöpft, daß die Kriechenden ein wenig schneller kriechen und die Idioten ein bißchen weniger idiotisch sind, ist sinnlos.«

»Dann empfehlen Sie Euthanasie?« Sie machte eine umfassende Geste zu den Insassen, die sich auf den schattigen Rasenflächen drängten.

»Wenn sie unheilbar sind, wie Ihr Gabriel.«

»Was gibt Ihnen die Gewißheit? Möchten Sie der Mann sein, der über Leben oder Tod solcher Menschen entscheidet? Der die Anweisung zur Tötung unterschreibt? Würden Sie das gern tun?«

Ich erkannte, daß sie nicht zu erreichen war. »Tut mir leid«, sagte ich. »Ich vergaß, daß es für jedermann einen vollkommenen Schutz gibt, und das ist Stillschweigen.«

Sie öffnete die Tür zum Verwaltungsgebäude.

»Ich muß zurück an meine Arbeit. Jimmy ist in seinem Büro. Sie kennen den Weg«, sagte sie kalt. »Aber wenn Sie Zeit haben, gehen Sie hinüber in Bungalow B, wo die autistischen Kinder sind. Vor ein paar Monaten galten sie noch als hoffnungslose Fälle. Schauen Sie sie sich jetzt an! Jemand hat einen Weg gefunden, sie zu erreichen. Könnte das nicht auch mit dem Rest der Menschen hier möglich sein?«

»Ein geschädigtes oder zerstörtes Gehirn können Sie nicht reparieren«, sagte ich.

»Man kann ein geschädigtes Herz reparieren. Warum nicht ein Gehirn?« erwiderte sie. »Wenn jemand es kann, dann Sie, Dr. Cory!«

Sie sah mich an, und ihre Augen hatten einen Ausdruck sanfter, wortloser Beredsamkeit. Dann ging sie fort, sehr aufrecht, mit geradem Rücken.

Das Mädchen in der Vermittlung winkte. Der »Mann mit der Maske« wie sie mich in der Anstalt nannten, war eine populäre Gestalt gewesen, zum Teil, weil mein Fall anders und interessant war, zum Teil, weil sie mich bemitleideten. Es ist erstaunlich, wieviel Mitgefühl in einer Anstalt für geistig Behinderte angetroffen werden kann, verglichen mit gewöhnlichen Krankenhäusern. Es scheint, daß Schwachsinnige, da sie hilflos und folgsam sind, gesunden Menschen ans Herz wachsen, ähnlich wie ein Tier seinem Eigentümer. Krankenhauspatienten sind fremde Gesichter, die kommen und gehen, während die meisten Insassen von Brentwood House ihr Leben in der Anstalt verbringen. Sie werden Teil der Familie.

Mullford, der Chemiker, schüttelte mir die Hand und sagte etwas Freundliches. Er hatte die Universität verlassen und diese schlechtbezahlte Stellung angenommen, lehnte sogar eine Verdoppelung des Gehalts anderswo ab, nur um in der Lage zu sein, seiner Forschung auf dem Gebiet der Chromatographie nachzugehen. Er arbeitete mit Hellman, dem hervorragenden Fachmann für Kateokinese. Im Vorbeigehen murmelte Hellman mir ein paar unzusammenhängende Worte zu, vertieft in seine Gedanken und vielleicht in Sorge, ich könnte ihn aufhalten. Beim Menschen hat die Frau sechsundvierzig Chromosomen, der Mann fünfundvierzig und ein rudimentäres, das »Y«, welches Hellman in seinem deutschen Akzent das »Vi« nannte. Sein Leben war der Erforschung der Frage gewidmet, warum bei Mongoloiden jede Zelle siebenundvierzig statt der normalen sechsundvierzig Chromosomen enthält, und warum dieses zusätzliche Chromosom neben den bekannten Anomalien wie Schwachsinn und mongoloides Aussehen Muskelschlaffheit, Herzfehler, Fehlbildungen des Darmes, auch eine verdickte Zunge und einen vergrößerten Abstand zwischen dem großen Zeh und dem nächsten hervorruft.

Auch Hellman war wie ich ein Anachoret geworden, eingeschlossen in seine monomanischen Gedanken. Es scheint das Schicksal des Forschers zu sein, daß er sich von den Zerstreuungen der Welt absondern muß.

Der Raum, wo die Fallgeschichten gespeichert waren, stand offen. Er war vollgestopft mit Akten, deren jede eine Tragödie enthielt, eine Lebensgeschichte, die sich selbst mit schablonenhafter Grausamkeit wiederholte. Aber sie enthielten auch in verborgenen Einzelheiten die Ursachen von Autismus, Schizophrenie und geistiger Zurückgebliebenheit. Ich hatte O'Brian vorgeschlagen, dieses unübersehbare Datenmaterial von einem Computer aufarbeiten und vergleichen zu lassen, wovon ich mir mehr Aufschluß und viel genauere Antworten versprach, als ein Psychiater finden könnte. Er hatte meinem Vorschlag sofort mit überschäumender Begeisterung zugestimmt und versucht, mich für diese Art von Arbeit zu interessieren, hatte mir sogar einen staatlichen Zuschuß in Aussicht gestellt. Aber ich hatte bei alledem seine Absicht gespürt, mich in der Anstalt zu beschäftigen, und war nicht in seine Falle getappt.

Das Verwaltungsgebäude hatte eine bessere Klimaanlage als die Gebäude, in denen die Anstaltsinsassen untergebracht waren. Es hatte auch nicht deren durchdringenden

Geruch ungesunder, ungewaschener Haut, vermischt mit dem schwachen Gestank von Ausscheidungen, einen Geruch, der mir nie aus der Erinnerung gewichen ist. Ich passierte den Operationssaal, den ich so gut kannte. Stundenlang hatte mir die große ovale Lampenbatterie in die Augen geschienen, während Vainhuus um die Wiederherstellung meines Gesichts bemüht gewesen war. Ich kannte die Zahl der Nieten, mit denen der äußere verchromte Ring befestigt war. Es waren zweihundertacht kleine und sechsunddreißig größere. Ich hatte sie immer und immer wieder gezählt, um meine Gedanken von den Händen des Chirurgen abzulenken, die in meiner Erinnerung Stahlklingen statt Fingerspitzen hatten.

Alle Türen bis auf diejenige zum Operationssaal waren offen. Ich weiß nicht, warum man im Verwaltungsgebäude nie hinter geschlossenen Türen arbeitete. Der katholische Anstaltsgeistliche, der wie eine Eule hinter seinem Schreibtisch hervoräugte, nickte mir flüchtig zu. Es gab auch einen protestantischen Anstaltsgeistlichen. Beide gingen mir seit dem Tag aus dem Weg, als ich ihnen erzählt hatte, daß die esoterischen Lehren der Kirchen dem Fortschritt moderner Wissenschaft angepaßt werden müßten. Nur wenn Religion und Wissenschaft im Gleichgewicht gewesen seien, habe die Welt eine Zeit des Friedens erlebt. Aber die beiden wollten nicht aus ihrem bequemen Schlaf aufwachen. Sie hatten sich wie Insassen in die Anstalt zurückgezogen. Ihre schwachsinnigen Pfarrkinder konnten nicht argumentieren. Die Psychiater und Ärzte waren zu beschäftigt. Nur ich hatte Zeit.

Der Rabbi, der vierzehntäglich nach Brentwood House kam, hatte Humor und eine recht irdische Weisheit. Es gab nicht viele Juden unter den Insassen, obwohl sie prozentual nicht weniger Geisteskranke haben als andere Religionen und Rassen, doch die Juden pflegen ihre Kranken in eigenen Anstalten.

Auch die Tür zu O'Brians Büro stand offen. Stühle standen in einem Halbkreis um seinen Schreibtisch. Es hatte eine Besprechung stattgefunden. Im Anschluß daran unterhielt sich O'Brian noch mit Biswell, einem athletischen jungen Neger, der in Haus acht arbeitete, wo die gewalttätigen Fälle in geschlossenen Abteilungen untergebracht waren. Biswell war Stationsarzt und schrieb an einer Doktorarbeit über Jacksons Untersuchungen der Gedächtnisfunktionen bei Geistesgestörten.

Noch ein paar Monate Aufenthalt in der Anstalt, und ich wäre mit den Krankheitsbildern und Verhaltensstörungen so vertraut wie die Anstaltsärzte geworden.

Während Biswell zu ihm sprach, winkte O'Brian mich näher.

Das Büro wies nicht eine Spur von persönlichem Stil auf. Eingerichtet mit verchromtem Metall und Resopal, spiegelte es allenfalls den neutralen Aspekt von O'Brians Persönlichkeit wider. Mit Ausnahme eines humoristischen Druckes, der eine bösartige Katze mit zurückgelegten Ohren und gesträubtem Nackenfell zeigte, waren die Wände kahl. Ablageschränke und ein paar kleinere, mit Papier überhäufte Tische standen herum.

Dafür war O'Brians Schreibtisch bis auf eine Rose in einer enghalsigen Vase leer. Diese einsame Rose sah fehl am Platz aus. Es gab keine Familienfotos von Angehörigen. O'Brian, ein Junggeselle, kannte möglicherweise kein Gesicht, das er gern anschauen würde.

»Ich lasse Oscar ungern in Alleinverwahrung«, sagte Biswell. »Würde es Ihnen etwas ausmachen, wenn ich Gabriel zu ihm verlegte?«

Es schien, daß ich im richtigen Augenblick hereingekommen war.

»Sehr unorthodox«, murmelte O'Brian.

»Bei den Frauen hat es geklappt, es könnte auch bei Oscar und den anderen funktionieren«, sagte Biswell. »Würden Sie so gut sein, Miß Coleman anzuweisen, daß sie ihn herüberbringt? Ich habe sie schon darum gebeten, aber sie verwies mich an Sie.«

»Gut. Vielleicht hilft es. Sagen Sie ihr, Sie hätten mit mir gesprochen. Ich komme in ein paar Minuten hinüber«, sagte O'Brian und bedeutete mir, mich zu setzen.

Es war wie ein Rätselspiel. Ich hatte die Überschriften des Programms nicht gelesen, und wußte nicht, wovon sie redeten.

»Ich würde Gabriel gern bei mir behalten«, sagte Biswell. »Nun, ich werde Oscar sagen, daß er mit Gabriel zusammenkommen wird. Vielleicht versteht er. Man kann nie wissen, wieviel sie verstehen und wieviel sie verstehen wollen. Danke, Doktor.«

Er ging. Im Vorbeigehen machte er eine flüchtige Geste des Wiedererkennens. Er war im Begriff, seine Fachausbildung zum Psychiater abzuschließen und war bereits sparsam mit den Bezeigungen seiner Gunst. Offenbar hatte er beschlossen, im Umgang mit mir gleichgültig zu sein.

Ich setzte mich. Im Büro war es kühl. Draußen zitterte die Luft in Wellen, und aus der Ferne drangen die frenetischen Schreie und Rufe der spielenden Kinder gedämpft ans Ohr.

O'Brian zog die Rose näher zu sich und betrachtete sie geistesabwesend.

»Endlich ist es Helga gelungen, dich hierher zu bringen«, sagte er.

»Ist diese Rose von ihr?« fragte ich.

»Meine Sekretärin stellt mir jeden Tag eine auf den Schreibtisch. Nein, sie ist nicht von Helga.«

Er sah mich voll an.

»Und ich bin aus eigenem Antrieb gekommen«, sagte ich. »Vielleicht hat sie mich durch Zauberei dazu bewegt, weil sie mich erwartete.«

»Sie wollte, daß ich dich anriefe, aber ich sah keinen Nutzen darin, nicht für dich, nicht für sie.«

»Muß alles einen Nutzen haben?« fragte ich. Ich hatte ihn noch nie unsicher gesehen und konnte mir nicht vorstellen, was ihn beschäftigte.

»Ich habe lange über dein Experiment nachgedacht«, sagte er und betrachtete seine Hände. »Ich bin überzeugt, daß es deine Pflicht ist, deine Forschung in den Dienst der

Regierung zu stellen. Sie muß unter ständiger Aufsicht sein. Du bist da auf etwas gestoßen, was nicht weniger durchschlagend ist als eine Atombombe.«

»Ist das dein Rat?« Sein Kleinmut konnte mir nur Verachtung abnötigen. Er war im langjährigen Regierungsdienst zum Beamten geworden und hatte seine ursprüngliche Initiative verloren. Was er jetzt noch brauchte, waren mehr Akten, die er horten konnte, und mehr Berichte in dreifacher Ausfertigung.

»Ich weiß, was du von mir erwartest«, sagte er in unverbindlichem Ton. »Du möchtest, daß ich dir einige meiner Patienten als Versuchskaninchen überlasse. Dies könnte ich ohne Zustimmung der Regierung nicht tun. Daher mein Vorschlag.«

Wie sehr wünschte ich, daß Malcolm an seinem Platz gesessen hätte!

»Weißt du, was mit dir geschehen ist, Jimmy?« sagte ich. »Du trocknest aus. Wenn ich zur Regierung ginge, würde irgendein Ausschuß ein halbes Jahr lang beraten und dann einen Stempel ›Streng geheim‹ auf alles drücken, was ich getan habe. Ich würde nicht einmal Erlaubnis erhalten, ohne ihre Zustimmung meine eigenen Papiere durchzusehen. Meine Arbeit würde beim FBI und der CIA landen.«

»Du brauchst Überwachung, Patrick!« sagte er mit plötzlicher Schärfe. »Du weißt nicht, was du tust!«

»Du meinst, man könne mir nicht trauen?« sagte ich bestürzt. Ich war auf seine Weigerung, mir zu helfen, vorbereitet, aber der Gedanke, daß er mir eine Regierungsbehörde in den Nacken setzen könnte, war mir nicht in den Sinn gekommen.

»Der Versuchsgegenstand ist zu groß, als daß man ihn einem Einzelnen überlassen könnte.« Ich hörte die Drohung heraus.

»Vergiß den Versuch, den ich mit Kaweah und Helga Coleman gemacht habe«, sagte ich so ruhig ich konnte, »aber laß dich von mir warnen: Solltest du Informationen über mich weitergeben, werde ich meine Ausrüstung zerstören.

Es wird keine Spur davon übrig bleiben. Und das Gehirn können sie mir nicht wegnehmen. Darin aber sind meine Ideen gespeichert.«

»In Ordnung. Wenn du versprichst ...« Er brach ab und schüttelte den Kopf. »Nein, Versprechungen sind Kindergartenzeug. Du würdest sie nicht halten. Ich werde den Weg gehen müssen, den mein Gewissen mir vorschreibt.«

»Zum Kuckuck mit deinem Gewissen!« sagte ich und stand auf. »Ich hatte dich für einen Freund gehalten.«

»Was hast du in der Städtischen Klinik mit Helga gemacht? Das war nicht der gleiche Versuch, den du mit Kaweah machtest«, sagte er. Auch darüber mußte er lange nachgedacht haben.

»Ich kann dich nicht daran hindern, Mutmaßungen anzustellen, Jimmy, und es hat keinen Sinn, dir etwas zu erzählen. Du glaubst nur, was du glauben willst. Du schielst! Ich sagte dir, daß du dein vernünftiges Urteil einbüßen würdest. Das schleichende Gift dieser Schlangengrube hat dir zugesetzt. Du siehst nur noch deine Routine und deine Alterspension, die dir sicher sein wird, wenn du die nächsten zwanzig Jahre ein braver Junge bleibst. Oder kann man sich in den Ruhestand versetzen lassen, wenn man dreißig Jahre im öffentlichen Dienst gearbeitet hat? Dann fehlen dir nur noch fünftausend Tage!«

Er beobachtete mich, wie er seine Patienten durch den Einwegspiegel beobachtete.

»Denk darüber nach, was ich gesagt habe!« Auch er stand auf. »Ich werde nichts unternehmen, bevor wir ein weiteres Gespräch geführt haben. Ich bin sicher, daß du dein Problem auf meine Weise sehen wirst.«

Ich hatte ihn einstweilen beruhigt. Er war zu einer Gefahr für mich geworden.

»Na schön, vielleicht ist etwas an dem, was du sagtest. Ich werde es mir durch den Kopf gehen lassen.« Es kam darauf an, ihn irrezuführen. Ich dachte nicht daran, auf seine alberne Forderung einzugehen.

Wir gingen aus dem Büro. O'Brian nahm einen Schlüsselbund mit sich. Wie in einem Gefängnis war jede Tür, die in eine andere Abteilung oder Station führte, zugesperrt. Die Insassen hatten keine Schlüssel.

Er spürte die Spannung zwischen uns. Er war selbstgerecht, von Vorurteilen befangen, überzeugt von seiner Unfehlbarkeit. Für ihn war jeder ein Patient. Nur er war der Arzt.

»Was ist mit Gabriel?« fragte ich, um irgend etwas zu sagen. »Was Biswell sagte, kam mir wie Chinesisch vor.«

Ich hatte sogar die Neugier, Gabriel zu sehen, verloren. Helga Coleman und ihr Liebhaber James O'Brian, die übelriechende Irrenanstalt, die sich Krankenhaus nannte, die vergebliche und sinnlose Pflege von Schwachsinnigen und Idioten als Lebensaufgabe, die bodenlose Nutzlosigkeit dieses ganzen kostspieligen Apparates langweilten mich.

»Du wirst einen seltsamen Fall sehen.« O'Brian wurde plötzlich lebhaft. Er öffnete eine Tür mit seinem Hauptschlüssel, und wir betraten einen langen Korridor. Hinter Glasfenstern dämmerten verkrüppelte Kinder mit Hasenscharten und wundgelegenen Stellen vor sich hin. Einige mußten bis zu ihrem Tode alle dreißig Minuten umgedreht werden. Ein paar Schwestern kamen uns fröhlich lächelnd entgegen. Sie schienen glücklich zu sein. »Gabriel hatte einmal einen guten Verstand. Alles in seinem Leben deutete auf eine glanzvolle Zukunft hin. Dann erkrankte er an lethargischer Enzephalitis, die sein Gehirn zerstörte.«

»Wie alt ist er?« fragte ich. Er könnte noch ein Junge sein. Das würde meinen Mutmaßungen eine neue Perspektive verleihen.

»Dreißig«, sagte O'Brian. »Sieht wie zweiundzwanzig aus. Du weißt, daß die Enzephalitis-Fälle sich in der äußeren Erscheinung sehr wenig verändern, wenn sie älter werden. Es soll den Fall eines Mädchens gegeben haben, das in seinem Anstaltszimmer am Fenster stand und auf seinen Verlobten wartete. Er kam nie zu Besuch. Mit achtzig soll sie noch immer dort am Fenster gestanden und auf ihn gewartet haben. Angenommen, sie sah wie eine Achtzehnjährige aus, als sie starb.« Er lächelte und zog den linken Mundwinkel schief, was ihm einen teuflischen Ausdruck verlieh. »Das war natürlich das viktorianische Zeitalter. Heutzutage wartet ein Mädchen nicht so lange.«

»Ein weiblicher Dorian Grey«, sagte ich und hoffte, ich hätte wieder ein gewisses Einverständnis hergestellt.

»Gabriel verlor den Verstand vor ungefähr fünf Jahren. Seine Mutter liebte ihn närrisch, beinahe inzestuös. Sie sorgte dafür, daß er nicht heiratete. Wie sich jetzt herausstellt, war das ein Segen. Er hätte genausogut Frau und Kinder zurücklassen können. Nach seiner Erkrankung behielt seine Mutter ihn zu Hause. Aber ihr Arzt bestand darauf, daß sie ihn in eine Anstalt geben müsse, was sie unter Druck auch tat. Andernfalls hätte auch sie womöglich den Verstand verloren. Aber sie willigte nur ein, nachdem sie die Erlaubnis erhalten hatte, eine private Krankenpflegerin für ihn einzustellen.«

»Helga Coleman«, sagte ich.

»Ja. Mrs. Deeping nahm sie selbst in Augenschein. Sie war zufrieden mit ihr.«

»Nachdem sie dich konsultiert hatte, nehme ich an, und du ihr Helga empfohlen hattest.«

Er blickte mich an.

»Natürlich. Die Stelle ist gut bezahlt. Obwohl wir keine Privatpatienten haben, nahmen wir ihn für eine Weile auf. Er wird in einem privaten Pflegeheim enden. Seine Leute haben Geld.«

»Warum nicht gleich ein Pflegeheim?«

»Mrs. Deeping wollte, daß er von fähigen Fachärzten beobachtet und behandelt wird. Sein Zustand wird sich nie bessern, aber sie weigert sich, die Hoffnung aufzugeben.«

Ein Kind, das einen Wagen mit Wäsche schob, stieß mit uns zusammen. Der kleine Junge war nicht größer als neunzig Zentimeter, und sein kleines, bleiches Gesicht war eigentümlich geformt. Die weit auseinanderstehenden Augen lagen flach in der Gesichtsoberfläche, ohne Einbuchtungen unter Stirn und Schläfen.

»Das ist Jerry«, sagte O'Brian und beugte sich mit einer Zärtlichkeit zu dem Jungen nieder, die ich bis dahin nie an ihm bemerkt hatte. »Sieht er nicht wie ein Reh von Walt Disney aus?«

»Er ist reizend, und so klug«, sagte die Schwester, die der Erscheinung nachgelaufen war; sie dirigierte ihn zurück zu seinem Zimmer und half ihm den Wagen schieben.

O'Brian sperrte eine weitere Tür auf, und wir verließen das Gebäude. Die Hitze über den Rasenflächen legte sich wie eine erstickende Decke auf mich. Sofort begann meine Haut zu brennen.

»Viele geistesgestörte Kinder stammen aus Familien, wo beide Elternteile hochintelligent sind. Ich habe den Verdacht, daß Gabriel ein autistisches Kind war, aber herauswuchs. Das läßt sich nicht mehr feststellen, denn seit der Enzephalitis würde Mrs. Deeping weder wissen noch zugeben, daß mit ihrem Sohn jemals etwas nicht in Ordnung gewesen sei. Wir haben auch noch nicht ermitteln können, was Enzephalitis ist. Ein Streptokokkus, oder vielleicht ein filterbares Virus. Man findet nichts als eine merkliche Stauung und Anschwellung in den Blutgefäßen des Gehirns und der Hirnhaut.«

Er hielt wieder eine seiner Vorlesungen, und ich hörte nicht hin. Wir hatten inzwischen Haus Nummer acht erreicht. O'Brian schüttelte den Schlüsselbund. Er sah mich an wie der Gefängniswärter, der er war.

»Hat einen Anstrich nötig«, sagte er mit einem kritischen Blick zum Gebäude. »Ist das älteste auf dem Gelände. Wir müssen etwas unternehmen.«

Er sperrte auf, und da war er wieder, dieser muffige, faulige Geruch in der Luft, der in allen Häusern allgegenwärtig war. Ein paar Techniker standen herum, einer machte Eintragungen in ein Buch, der andere putzte das Fenster der Kabine, die wie die Kommandobrücke eines Schiffs die Räume beherrschte.

Biswell kam zu uns.

»Sie bringt Gabriel herüber«, sagte er.

Es war nicht sehr hell in dem großen mittleren Raum, der von den Zellen der Insassen umgeben war. Die mit unzerbrechlichen Sichtfenstern versehenen Türen waren geschlossen. Spezialscharniere ließen mehrere Zentimeter Raum zwischen Tür und Rahmen. Die Insassen pflegten die Türen zuzuschlagen, während andere die Hände dazwischen hatten. Die Scharniere waren O'Brians Idee gewesen, nachdem er eine Epidemie zerquetschter Finger in der Anstalt gehabt hatte.

Eine Tür führte zur Krankenstation, die jedes Haus hat, eine andere in den Speisesaal mit seinem Selbstbedienungstresen. Alle Häuser waren Einheiten für sich.

»Ich habe die Tische in parallelen Reihen aufstellen lassen, Dr. O'Brien«, sagte Biswell, stolz auf seine Idee. »Im Fall einer Schlägerei kommen wir schneller an Ort und Stelle. Wenn Oscar da ist, gibt es Streit.«

Er spannte die schwellenden Muskeln unter dem weißen Arztkittel.

Ich war früher nicht in Haus acht gewesen.

Durch bruchsichere Scheiben grinsten mich Gesichter an, manche davon so schief und verzerrt, als hätte eine Hand Köpfe aus weichem Ton mutwillig deformiert. Einer der Männer hatte einen Sturzhelm auf, ein anderer trug eine Puppe mit zerbrochenem Kopf mit sich, einer drehte sich endlos um seine Achse, ohne das Gleichgewicht zu verlieren. Ein junger Mann saß mit geschlossenen Augen, hob die Hand zur Stirn und ließ sie in einem gleichmäßigen Rhythmus, den O'Brian ein Masturbationssymbol nannte, auf die Knie zurückfallen. Ich weiß nicht, wie O'Brian das ausgeknobelt hatte. Einige Männer saßen am Boden, einer auf einem Tisch, und dieser bedeckte sein Gesicht mit dem zerrissenen Hemd. Einer zeigte die grinsenden Züge eines idiotischen Clowns, aber in seinen Augen glomm feindselige Intelligenz.

»Das ist Oscar.« Biswell zeigte auf das tückische Gesicht. »Jetzt ist er ruhig und brav, weil ich ihm gesagt habe, daß ich Gabriel bringen werde.« Plötzlich brüllte er einem Pfleger zu: »Los, hol Willy raus, der reißt sich wieder die Flappe auseinander!«

Der Pfleger sperrte rasch mit seinem Schlüssel auf und zog einen jungen Mann in Jeans aus einer Zelle, dessen Mund stark blutete.

»Wir hatten hier mal einen«, erzählte Biswell, »der sich die Zehennägel ausriß. Eines Tages kriegte er eine Zange zu fassen und fing an, sich die Zähne zu ziehen. Er hatte keine protopathischen Schmerzrezeptoren.« Während er sich mit seinem Wissen brüstete, blieb er wachsam genug, den Pfleger zu beobachten, wie er den jungen Mann unter gutem Zureden zur Krankenstation führte.

Ich atmete durch den Mund, um den süßlichen Geruch aus der Nase zu halten, und fragte mich, wie lange ich noch in O'Brians privater Hölle würde ausharren müssen. Seine Aufopferung, die ohne Hoffnung und ohne Zukunft war, entzog sich meinem Verständnis. Aber war es Aufopferung, oder war er Beelzebub, die Verwirklichung des vollkommen objektiven Menschen? Des Teufels Obliegenheiten stagnieren wie O'Brians. Da der Teufel rationalistisch ist, legt er seine Schlüsse unvoreingenommen aus. In seinen Interpretationen der Welt ist er jedoch unheilbar starrsinnig. Auch diesen Zug hatte O'Brian mit ihm gemeinsam. Er konnte nicht mehr wachsen. Zu wachsen bedeutet das Emporsteigen zu einer höheren Ordnung des Denkens. Er steckte noch in der Schale wie der Kern in der Nuß, während ich meine Schale aufgebrochen hatte und mit ständig wachsender Beschleunigung in Bewegung war.

Meine Entdeckung, daß Gemütsregungen gespeichert werden können, ist eine grundlegende Entdeckung. Und jede neue Entdeckung dieser Art ist ein Riß im Damm stagnierender Vorstellungen und Begriffe. Nachdem die ersten Wassertropfen durchgesickert sind, weitet sich der Spalt immer rascher, bis der ganze Damm fortgespült ist und das angestaute Wasser sich in einer zerstörerischen Flutwelle talwärts ergießt. O'Brian wollte wie der holländische Junge sein, der seinen Finger in das Loch steckte, um den Dammbruch zu verhüten. Wie sehr irrte er sich! Auf dieser Welt läßt sich keine neue Kraft lange Zeit unterdrücken!

Ich war einfältig gewesen, mich ihm anzuvertrauen. Glücklicherweise hatte ich ihm wenig gesagt, doch selbst dies war zuviel. Er konnte es nicht verdauen und war in Panik geraten. Sonst hätte er nicht über Regierungsaufsicht gesprochen.

Aber ich durfte nicht in Desert Rock bleiben. Glücklicherweise war ich nicht durch Geldmangel festgehalten. Meine Patente in der Miniaturisierung von elektronischen Baugruppen brachten mehr ein, als ich in einem Menschenleben gebrauchen konnte. Ich konnte an einen Ort ausweichen, wo O'Brian mich niemals finden würde.

Als ich zu ihm hinsah, bemerkte ich in seinen Zügen wieder das Lächeln, mit dem er zuvor den schwachsinnigen kleinen Jungen begrüßt hatte. Dann sah ich durch das Türfenster Helga Coleman und einen hochgewachsenen jungen Mann auf das Gebäude zukommen. Sie hielt ihn bei der Hand. Er ging mit der Anmut eines Tänzers. Es gibt ein äußeres Zeichen von Schönheit in einem menschlichen Körper, das schon von weitem durch die Ausgeglichenheit der Haltung kenntlich ist, mit der die betreffende Person sich unbewußt bewegt. Alle Gliedmaßen scheinen sich im Gleichgewicht mit den Proportionen des Körpers zu befinden und bewegen ihn vorwärts, als ob er schwebte.

»Da ist Gabriel«, sagte Biswell.

Ich beobachtete die Annäherung der beiden mit wachsendem Interesse. Die Sonnenglut verhinderte, daß ich sein Gesicht sehen konnte, aber sein schwarzes Haar schimmerte wie eine japanische Lackarbeit. Irgendein Friseur mußte sich eingehend damit beschäftigt haben. Er war in einen einteiligen weißen Anzug gekleidet, dessen Gürtel mit einer großen silbernen Schnalle geschlossen war. Das Material, das wie Seide aussah, betonte seine Bewegungen und schmiegte sich wie eine zweite Haut dem Körper an, ohne allzu knapp zu sitzen. Der Anzug mußte von einem teuren Schneider auf Bestellung gefertigt worden sein.

Er balancierte gleichsam schwerelos auf seinen Füßen. Auf einer Gesellschaft in Berkeley hatte ich einmal einen russischen Tänzer gesehen, der sich mit dieser unbewußt-natürlichen Anmut eines vollkommenen körperlichen Gleichgewichts bewegt hatte. Auch er war weder effeminiert noch gekünstelt gewesen. Frauen hatten ihn umdrängt, waren wie Katzen um ihn gestrichen und hatten versucht, ihn wie zufällig zu berühren. Ihr Verlangen schien ihm nicht bewußt gewesen zu sein, und nicht einen Augenblick lang hatte ich den Eindruck gehabt, daß er eingebildet oder befangen gewesen wäre.

Dieser Mann, der an Helga Colemans Seite ging, erinnerte mich an jenen Tänzer.

Biswell öffnete ihnen die Tür.

Gabriels Gesicht zum erstenmal zu sehen, war erschreckend in der Weise, wie man vor plötzlicher Schönheit erschrickt. Es war nicht die regelmäßige Schönheit griechischer oder römischer Statuen, nicht die glatte Vollkommenheit eines Adonis. Die Knochenstruktur wirkte irgendwie asiatisch, hohe Backenknochen, dünne Haut, die straff über einen wohlgeformten Schädel gezogen war. Vor Jahren, als ich in Belgrad und Bukarest Vorlesungen gehalten hatte, hatte ich ähnliche Gesichter gesehen. Gabriel war kräftig gebräunt, was die Weiße seiner Zähne hervorhob. Die Augen waren wohl das auffälligste seiner Merkmale. Auch sie standen ein wenig schräg und waren von violettblauer Farbe. Obgleich nicht groß, waren sie wie durchscheinend, Fenstern gleich, die in seinen Schädel eingearbeitet waren.

Sein Blick begegnete dem meinigen. Es war weder Erkennen noch Leben darin, keine Empfindung und kein Bewußtsein. Vor seiner Krankheit mußte der Blick dieser Augen überwältigend gewesen sein.

Seine Schönheit war eine Laune der Natur, übertrieben in den interessanten Einzelheiten ihrer Züge. Ich verstand seine satanisch wirkungsvolle Anziehungskraft. Luzifer, Gottes meistgeliebter Engel! Ich verstand, warum dieser anmutige junge Körper von Personal und Insassen gleichermaßen verehrt wurde. Er war aufregend anzusehen, und gleichzeitig wohltuend.

Ich konnte mir Helga Colemans quälende Frustration vorstellen, die Frustration einer Frau, die praktisch im Besitz dieses fabelhaften Geschöpfes war, ohne ihm wirklich nahekommen zu können. Er war eine hohle Schale, die nicht mehr Gefühl enthielt als eine Figur in Madame Tussauds Wachsfigurenkabinett.

Stille senkte sich über den Raum und die angrenzenden Zellen, deren Insassen durch Türscheiben und Ritzen spähten. Nur der sich drehende Idiot fuhr in seinem makabren Tanz fort, blind und taub für seine Umgebung.

Nach meiner Reaktion auf Gabriel forschend, blickte Helga zu mir herüber. Sie hatte vergessen, daß mein leeres Gesicht keines Ausdrucks fähig war.

»Wie geht's ihm?« fragte O'Brian gewohnheitsmäßig. Ich war nicht imstande, seine Reaktion auf diesen Rivalen zu durchschauen, einen Rivalen, der mächtig war, da er an Helgas Mitleid appellierte.

»Ich sah ihn heute lächeln«, antwortete sie. Sie hielt Gabriel noch immer bei der Hand. »Er würde nicht lächeln, wenn er nicht auf etwas reagieren könnte. Es muß ihm besser gehen.«

Sie bat um Hoffnung, aber O'Brian machte sie mit einem Schlag gegen seinen Konkurrenten grausam zunichte: »Nein, ich glaube nicht, daß sein Zustand sich je bessern könnte.«

Helgas Blick suchte wieder mein Gesicht; ein schmerzlicher Ausdruck war um ihren Mund. Sie suchte nach einem Mittel, mich zu erreichen.

Wie sehr mußte sie diese lebende Puppe an ihrer Seite lieben! Sie war ihm nahe und dennoch Lichtjahre entfernt.

Ich verspürte nur noch den Wunsch, der Anstalt und ihrem Marionettentheater den Rücken kehren zu können. Gabriel hatte mich verwirrt.

Ich wollte nicht in diesen Morast kranker Gefühle hineingezogen werden.

7

Die Geisteskranken blieben stumm wie Tiere durch die unzerbrechlichen Scheiben in ihren Türen oder spähten durch die handbreiten Türritzen. Es war wie eine Jahrmarktsvorstellung. Nur waren die Monstrositäten die Zuschauer, und die ausgestellte Person ein schönes menschliches Wesen, makellos bis auf sein totes Gehirn. Bald fingen sie an, ihm Zeichen zu machen, Grimassen zu schneiden und zu winken oder einfach zu grinsen. Das Schauspiel wurde anstößig, nicht durch Gesten oder Worte, sondern durch seine Atmosphäre. Selbst die Pfleger und Techniker waren beeindruckt. Sie standen beisammen, um nicht Helga, sondern Gabriel zu betrachten, der bloß dastand und lächelte. Es war ein verführerischer Reiz in den Linien seines Körpers, der Form seines Kopfes, den tiefliegenden violettblauen Augen. Ich fragte mich, was wohl mit ihm geschehen würde, wenn man ihn in den Tagesraum führte und dem Betasten und der Verehrung der Schwachsinnigen überließe. Würden sie schließlich in Raserei geraten und ihn in Stücke reißen, weil jeder versuchte, auch ein Stück von ihm an sich zu bringen?

Keiner beachtete den Fernseher, der auf einem Sims hoch über ihren Köpfen flimmerte. Für sie war Gabriel eine bessere Unterhaltung. Vielleicht weckte er verschüttete Empfindungen in ihnen, Erinnerungen an Schönheit, Geschlechtlichkeit und vielleicht sogar Liebe.

O'Brian wurde aus dem Verwaltungsgebäude angerufen. Mrs. Deeping, Gabriels Mutter, war gekommen, ihren Sohn zu besuchen. O'Brian wies den Empfang an, die Besucherin in den Beobachtungsraum zu führen. Dieser war ausgestattet mit einem großen Einwegspiegel – transparant auf einer Seite, reflektierend auf der anderen. Bevor O'Brian einen neuen Arzt, eine Krankenschwester oder einen Pfleger einstellte, sah er sich durch den Spiegel an, wie sie mit Patienten umgingen. Wenn ein Arzt oder eine Schwester sich mit den Insassen allein glaubte, benahm er oder sie sich vermutlich anders als in O'Brians Gegenwart. Ließ man die Patienten allein in dem Raum, zeigten sie ihre abnormen Eigenheiten. Vor den Augen des beobachtenden Psychiaters, den sie nicht sehen konnten, grimassierten sie in den Spiegel, weinten oder starrten ihr jämmerliches Abbild mit leeren Blicken an.

Es stand im Einklang mit seinem Charakter, daß O'Brian von diesem ziemlich hinterlistigen Spionieren umfangreichen Gebrauch machte. Für ihn war es eine legitime Untersuchungsmethode.

»Ich möchte, daß du dir Phyllis Deeping ansiehst«, sagte O'Brian, als er die Tür der Geheimkammer für mich öffnete. »Die Angehörigen meiner Insassen sind manchmal gestörter als die Leute, die sie bringen. Ihr Leiden ist verborgen, aber vielleicht um so gefährlicher. Sie will ihren Sohn wiederhaben.«

»Was gibt es dagegen einzuwenden?« fragte ich. »Du kannst nur sechs Patienten im Monat aufnehmen. Du hast eine meilenlange Warteliste. Du sagtest mir, es dauere sechs Jahre, bis man Anstaltsinsasse in Brentwood werden könne. Mir scheint, andere haben einen Platz in der Anstalt viel nötiger als Gabriel Deeping.«

Er antwortete nicht. Ihn beschäftigte etwas anderes, und bald erfuhr ich, was es war.

»Es geht nicht um Gabriel, Patrick. Es geht um seine Familie. Er kann nicht zu Hause bleiben, ohne alles mögliche zu zertrümmern. Es ist auch nicht hilfreich, daß seine Mutter zweimal wöchentlich zu Besuch kommt. Sie sollte ihn vergessen und nicht sein Grab besuchen.«

Ich hatte ihn nie so negativ reden hören. Er hatte Gabriel offensichtlich aufgegeben. Die Behandlung von Enzephalitis ist hoffnungslos. Im chronischen Stadium hat man es mit der Entfernung von Infektionsherden, der Übersiedlung in ein warmes Klima und vielen anderen Methoden versucht. Sie helfen nur der Brieftasche des Arztes. Man kann den Betroffenen nicht einmal das Leben angenehmer machen, da sie den Unterschied nicht merken würden.

Zwei Frauen warteten im Beobachtungsraum. Eine, elegant in Weiß gekleidet, mochte Ende Vierzig oder darüber sein. Ihr Haar war bläulich, ihre Nase verriet ihr Geheimnis. Auch war ihr Gesicht geliftet worden. Es hatte das glatte, starre Aussehen einer Statue, die eigentümliche Leblosigkeit, die auch mein Gesicht hatte, freilich ungleich ausgeprägter. Aus einiger Entfernung war sie jedoch eine blendende Erscheinung. Auch hatte sie Gabriels Augen, die langen Wimpern und dichten Brauen. Die junge Frau bei ihr paßte zu ihrer Erscheinung: schwarzes spanisches Haar und eine kappenförmige Frisur um ihr zartes, feingeschnittenes Gesicht. Nicht ein Haar war, wo es nicht hingehörte. Im Kontrast zu ihren dunklen Augen war der leuchtend rot bemalte Mund wie eine Wunde. Der Zusammenprall von Farben war extrem. Ich war überzeugt, daß sie ihr Gesicht niemals der Sonne aussetzte, um den erstaunlichen Gegensatz zwischen schwarzem Haar und sehr weißer Haut zu erhalten.

»Mercedes Cordoba, seine Verlobte«, sagte O'Brian.

Ich hatte den Namen Cordoba schon gehört, wußte aber nichts damit anzufangen.

Ich war erstaunt. »Hat sie die Hoffnung noch nicht aufgegeben?«

»Du weißt, wie es ist, Patrick – selbst wenn sie einen Mann kennenlernte, der besser aussehen und klüger sein würde als Gabriel in seiner guten Zeit, würde er an den Gabriel ihrer Erinnerung nicht heranreichen. Sein Bild ist in ihrem Bewußtsein nicht verblaßt. Jedesmal, wenn Mrs. Deeping auftaucht, ist Mercedes bei ihr.«

»Makaber«, sagte ich. Es mußte sich aus meinem Mund einigermaßen seltsam anhören, aber O'Brian lachte nicht.

»Er ist nicht leicht zu vergessen.«

»Mag sein. Auch Miß Coleman klebt an dieser lebenden Statue.« Ich konnte mir die Erwähnung ihres Namens nicht verkneifen.

»Gestern abend rief mich Mrs. Deepings Mann an. Das tut er oft. Er will Gabriel nicht zu Hause haben.«

»Was für ein Vater!« sagte ich.

»Stiefvater«, berichtigte er mich.

Dann ging er hinaus. Ich setzte mich, die Vorstellung zu sehen. Ich war des öfteren in diesem Raum gewesen, und jedesmal hatte mich das Schauspiel seltsam berührt. Es ist etwas Aufregendes daran, ein heimlicher Beobachter zu sein. Man teilt Freuden, Geheimnisse, Kummer, ohne persönlich beteiligt zu sein.

Beide Frauen hatten Pakete mitgebracht. Ihre vom Lautsprecher verstärkten Stimmen hörten sich an, als wären sie neben mir.

»Warum muß ich hierher kommen?« beklagte sich Mrs. Deeping. »Wie erniedrigend! Kann ich meinen Sohn nicht bei mir zu Hause haben? Er hätte es viel besser.«

Die junge Frau antwortete nicht. Sie öffnete eines der Pakete und nahm einen Kaschmirpullover mit eingestrickten Marineabzeichen heraus. Mir wurde klar, woher Gabriel seine Kleider hatte, den weißseidenen Overall, den Gürtel mit der silbernen Schnalle, die italienischen Slipper.

Wie in einem Ritual packte sie die Sachen aus. Außer dem Pullover hatte sie einen Schal in lebhaften Farben, schottische Socken und Oberhemden.

O'Brian kam herein, übersprudelnd von Zuvorkommenheit. Er hatte wieder seinen gedehnten Südstaatenakzent bekommen.

»Ich hatte Sie heute erwartet, Mrs. Deeping«, sagte er und verbeugte sich vor den beiden Frauen, wobei er seine ausgegangene Pfeife schwenkte.

»Ich nehme Gabriel mit nach Haus«, erklärte Mrs. Deeping. »Ich weiß nicht, warum er auch nur eine Nacht länger hier bleiben sollte!«

»Es war Ihre und Ihres Mannes Entscheidung«, erwiderte O'Brian sanft. »Ich würde seine Einwilligung benötigen, um Ihren Sohn zu entlassen.«

»Ich bin seine Mutter«, sagte sie.

Es war klar, daß sie ungefestigt war. Sie war in ihren Sohn verliebt, und nicht nur in einer mütterlichen Weise. Wäre ich ihr Mann gewesen, so hätte auch ich darauf bestanden, daß dieser Idiot aus dem Haus bliebe.

Helga Coleman führte Gabriel herein. Ich weiß nicht, warum sie seine Kleider gewechselt hatte. Jetzt war er in einen flammendroten Blazer, ein am Hals offenes rohseidenes Hemd und Hosen aus dickem grünlichen Wollstoff gekleidet. Sie führte ihn zu einem Stuhl und brachte ihn zum Niedersitzen, indem sie auf seinen Arm drückte. Er blickte mit seinem männlichen Mona-Lisa-Lächeln, das nichts bedeutete, obwohl es ihm einen Anschein von überlegener Distanz und Erheiterung gab, in den Spiegel.

»Siehst du, was ich dir mitgebracht habe, Gabriel?« Mrs. Deeping hielt ihm den Pullover vors Gesicht. Es war wieder die Jahrmarktsbude, der falsche Schein. »Ich nehme dich mit nach Hause. Würdest du nicht gern heimkommen?«

»Bitte glauben Sie nicht, daß er Sie versteht«, sagte O'Brian geduldig. »Es hat keinen Sinn, daß Sie sich falschen Vorstellungen hingeben, Mrs. Deeping.«

Alles sah und hörte sich wie die fünfzigste Aufführung eines Stückes an. Die Schauspieler kannten ihre Rollentexte schon im Schlaf.

Die junge Frau konnte den Blick nicht von Gabriels Gesicht abwenden. Sie begann leise zu weinen. O'Brian wandte sich zu ihr und sagte in verändertem, beinahe ungeduldigem Ton:

»Wirklich, ich rate Ihnen davon ab, Miß Cordoba hierher zu bringen, Mrs. Deeping! Wir haben diese Szene oft genug erlebt. Es hat keinen Sinn, auch sie aus der Fassung zu bringen.«

Einmal hörte ich einen Arzt eine schwangere junge Frau anbrüllen, die zuviel aß. Er schrie sie vor anderen Patienten im Wartezimmer an. Schocktherapie!

Ich schaute Helga Coleman an. Sie durchbohrte die junge Frau mit ihren Blicken, unfähig, ihre Abneigung zu unterdrücken.

Drei eifersüchtige Frauen, die um einen Schwachsinnigen kämpften!

»Gabriel wird hier in Brentwood sehr gut umsorgt«, sagte Helga. »Er ist meine Pflege gewohnt.«

»Miß Coleman kann bei uns bleiben. Ich habe ein ganzes Stockwerk für Gabriel und sie, zwei Schlafzimmer, zwei Bäder und ein Wohnzimmer.« Mrs. Deeping redete schnell, als fürchte sie, unterbrochen zu werden. »Ich weiß wirklich nicht, warum mein Mann Einwände machen sollte. Gabriel würde sogar seine eigene Krankenschwester haben! Sie wollen mit uns kommen, nicht wahr, Miß Coleman?«

»Miß Coleman ist eine Angestellte unseres Hauses«, fiel O'Brian rasch ein. »Und ich kann diesen Patienten nicht entlassen, ohne mit Ihrem Mann gesprochen zu haben. Gabriel ist auf sein ausdrückliches Verlangen hier. Außerdem machen wir noch Versuche. Es besteht eine Aussicht auf Besserung.«

Seine Unaufrichtigkeit ärgerte mich. Dieser Idiot würde niemals auf etwas reagieren, nicht einmal auf Feuer. O'Brian wollte Helga bei sich behalten.

Alle schienen verrückt zu sein, Besucher, Krankenschwester, Patient und Arzt. Es war ein wildes Durcheinander von Eigennützigkeiten. Gabriel war die Schachfigur.

»Ich verlange, daß Sie ihn entlassen«, sagte Mrs. Deeping scharf, obwohl sie den Kampf verloren hatte. »Tun Sie es nicht, werde ich eine gerichtliche Verfügung erwirken!«

»Wenn Ihr Mann einen Entlassungsantrag unterzeichnet, werde ich Ihrem Wunsch selbstverständlich nachkommen«, sagte O'Brian, dem Mr. Deepings geheime Anrufe den Rükken gestärkt hatten.

»Er wird es tun. Und wenn nicht, werde ich mich scheiden lassen«, verkündete die verzweifelte Frau.

»Es ist Gabriels Essenszeit. Ich sollte ihn lieber auf sein Zimmer bringen.« Helga zog an seinem Ärmel, und Gabriel stand auf. Sie wußte mit ihm umzugehen. Er stand aufrecht und überragte die Leute ringsum.

»Ja, es ist seine Essenszeit. Wir bemühen uns um eine genaue Einhaltung des Tagesplans. Das könnte ein Zeitgefühl in ihm erzeugen«, sprang O'Brian ihr bei.

»Seine Geschenke«, sagte Mercedes. »Seine Geschenke, bitte!«

Sie hielt Helga die Sachen hin.

»Ich werde jemand schicken, der sie abholt«, sagte Helga, nicht gewillt, sich auf Kompromisse einzulassen, und führte Gabriel hinaus.

O'Brian nahm die beiden Frauen mit zu seinem Büro, wie ich vermutete. Die Geschenke blieben zurück wie Requisiten auf einer leeren Bühne. Der Vorhang fiel.

8

Als ich zu Hause anlangte, waren Kaweah und José bereits weggefahren. Im Garten fand ich einen Koyoten. José hatte ihm die Hinterläufe zusammengebunden und ihn an einen Pfosten gekettet. Das Tier sah wie ein kleiner Wolf aus, mit braungrauem Fell, das mit Erde verschmiert war. Sie mußten ihn am Boden entlanggeschleift haben. Seine Flanken hoben und senkten sich rasch, zwischen den gefährlich aussehenden Zähnen hing die Zunge heraus, und seine Augen waren halb geöffnet. Er lag in tiefer Bewußtlosigkeit.

Ich versuchte den unangenehmen Besuch in Brentwood House aus meinem Bewußtsein zu verdrängen. Ich hing von dieser meiner kleinen Welt ab, die am Vordereingang begann und beim Gartenzaun endete. Die Außenwelt ist diffus, verwirrt und desorganisiert. Sie ist mir verhaßt.

Aber auch Haß beruht auf Hoffnung. Haß verlangt Veränderung.

Als O'Brian versucht hatte, mich von meinem Haus fortzulocken, hatte er hervorgehoben, daß ein Mensch allein in schlechter Gesellschaft sei. Das mochte so sein, aber für mich ist das Beisammensein mit anderen Leuten schlechtere

Gesellschaft. Noch wünsche ich einen Hund, eine Katze oder irgendein Haustier zu besitzen.

Das Leben ist nicht einsam, wenn man Ziele hat. Ich wünschte, ich könnte ewig leben, soviel gibt es für mich zu tun. Ich bin in meiner Arbeit um Jahre zurück. Viele Probleme sind in meinem Verstand gelöst, aber die Mechanik empirischer Verwirklichung erfordert Zeit.

Das Alter verlangsamt die lästigen Begierden des Körpers. Ich freue mich auf den Tag, da meine endlich erlöschen werden. Dann werde ich in der Lage sein, noch objektiver zu denken.

Aber Gabriel wollte mir nicht aus dem Sinn. Seine leuchtenden Augen. Die tänzerische Anmut seines Körpers. Das Lächeln auf seinen Lippen suggerierte Distanz und Selbstgenügsamkeit. Für zehn Dollar praktizieren Bestattungsunternehmer ihren Kunden ein solches Lächeln ins Gesicht. Das Faultier, dieser urtümliche baumbewohnende Säuger, hat ein solch geringschätziges Lächeln in seinem haarigen Gesicht. Wieviel Geheimnis sehen wir in der Form eines Mundes!

Ich ging zum Laboratorium und suchte die Elektroden, ein kleines Skalpell, chirurgische Nadel und Faden zusammen, um dem Koyoten die Impulsgeber einzupflanzen, solange seine Bewußtlosigkeit andauerte.

Auf einmal verspürte ich einen Widerwillen gegen den Versuch. Würde ich mich in ein Wildtier verwandeln? Konnte mein Nervensystem diesen Schock ertragen?

Aber der Wissenschaftler ist Bannerträger seiner eigenen Forschung. Es gibt kein besseres Versuchskaninchen als den Forscher selbst. Er ist wie ein Rennfahrer. Wenn dieser Angst bekommt, das Gaspedal durchzutreten und mit Höchstgeschwindigkeit Kurven zu durchfahren, sollte er seinen Beruf lieber aufgeben.

Ich analysierte meinen Widerwillen und den Gedanken, daß Angst dahinterstecken könnte. Es geschah zum erstenmal in meinem Leben, daß ich die Konsequenzen für mich selbst in Beziehung zu einem Experiment überdachte.

Angst ist die Unterbindung wissenschaftlicher Neugier.

Ich durchschnitt den Strick, der die Hinterläufe des Koyoten zusammenhielt und nahm ihm die Kette vom Hals. Wenn er aufwachte, sollte er fortlaufen können. Um sicher zu gehen, daß er bis zum Abend durchschlafen würde, gab ich ihm eine Spritze Nembutal. Ich wollte nicht, daß er bei Tageslicht von Hunden gejagt oder abgeschossen würde. Ich nahm die Operation vor, setzte die Impulsgeber ein und ging zurück ins Haus.

Aber wieder zögerte ich, die Empfänger an die Schläfen zu kleben. Als ich mich endlich auf das Bett legte und den Koyoten beobachtete, kam mir wieder Gabriel in den Sinn.

Gabriel war zwanzig Jahre jünger als ich. Er war der ansehnlichste Mann, den ich je gesehen hatte, noch besser aussehend als Malcolm. Dieser hatte seinen eigenen Körper mit der distanzierten Sorglosigkeit behandelt, die Leuten eigen ist, welche geistige Arbeiten leisten und darin aufgehen. Er hatte weder auf seine Haltung noch auf sein Gewicht geachtet. Gabriel hingegen, als er noch im Besitz seiner Geisteskräfte gewesen war, mußte seinen Körper angebetet haben – wie Narcissus. Ich bin überzeugt, daß er sich selbst die größte Aufmerksamkeit geschenkt und mit subtilen Mazdaznan-Übungen, welche die Muskeln glatt lassen, während sie sie entwickeln, zur Erhaltung seiner Kondition gesorgt hatte. Trotz seines geistigen Zusammenbruches hatte sein Körper nicht gelitten. Unterbewußt – wenn er ein Unterbewußtsein hatte, was ich bezweifelte – ging er noch immer so, als ob er dafür trainiert hätte.

Helga wollte, daß er in ihr aufginge, aber dies konnte er nicht, weil er ein Idiot war. Er konnte nicht aufgerüttelt werden. Ich fragte mich, ob es nicht Helgas mehr oder weniger unterbewußter Wunsch war, Gabriel als Mann und Geliebten zu sehen. O'Brian mußte an diese Möglichkeit gedacht haben, da er ein Analytiker war, ein Schüler Freuds, der alle Gemütsbewegungen auf die Libido zurückführt. Es soll Männer geben, die an Tuberkulose sterben und mit erigiertem Phallus im Leichenschauhaus liegen. In der Städtischen Klinik hatten sie eine Putzfrau entlassen, die einen dieser Leichname mißbraucht hatte, wie das Gerücht wissen wollte. Aber wenn es zutraf, dann konnte als feststehend angesehen werden, daß der betreffende Mann mit funktionsfähigem Geist gestorben war.

Um von meinen beunruhigenden Gedanken loszukommen, zog ich eine Idee aus dem Labyrinth der Probleme, das ich in meinem Verstand gespeichert hatte.

Nach dem Alter von fünfunddreißig ist es schwierig, den Geist von eingeführten Denkmustern freizumachen. Es ist kein Zufall, daß die meisten neuen Entdeckungen von Menschen unterhalb dieses Alters gemacht werden. Beim Älteren ist die Theorie so gut eingeführt, daß neue Wege der Forschung ihm für alle Zeit verschlossen bleiben. In seinem Denken führen sie in eine Sackgasse. Nur der junge Verstand ist in der Lage, die Mauer künstlicher Barrieren zu durchbrechen.

Ich bin vierundvierzig. Dennoch ist mein Verstand so flexibel und neugierig wie er es war, als ich die Dreißig noch nicht erreicht hatte. In meinen Annäherungsmethoden an neue Probleme bin ich unorthodox. Ich lege mir vorsätzlich Hindernisse in den Weg, um scheinbar unmögliche Herausforderungen zu schaffen. Dann versuche ich sie zu überwinden. Je unlösbarer sie erscheinen, desto vollkommener die Lösung.

Wenn ich elektronische Schaltkreise ätzen könnte, indem ich die Bahnen der Elektronen um den Atomkern nutze, könnte die Miniaturisierung auf ein Maß zurückgeführt werden, das sich nur noch durch das Elektronenmikroskop beobachten ließe.

Größe und Kleinheit sind von Menschen erfundene Begriffe. Die Natur kennt sie nicht, und der Mensch sollte sie nicht akzeptieren.

Ich schaltete die Verstärkung ein. Augenblicklich lösten sich die Wände des Schlafzimmers auf, und ich sah nur graue Leere. Mein Körper war steif und verkrampft vor Angst. Sie verhinderte, daß ich mich bewegte, eine abgrundtiefe wilde Angst, die elende körperliche Erwartung des Sterbens. Es war nicht die Furcht vor Schmerzen oder einem bevorstehenden Unheil, vielmehr eine Mischung von Bewußtsein, Wachsamkeit und verzweifelter Verteidigungsbereitschaft, überlagert von Orientierungslosigkeit und einer lähmenden, niederdrückenden Angst vor der Nähe übermächtiger Feinde und dem sofortigen Tod.

Ich versuchte mich zu bewegen und spürte die gespannten Muskeln und Bänder in meinem Körper wie Bogensehnen.

Dann hörte ich den Ruf; ein leises fernes Heulen, das wellenförmig in ein japsendes Bellen überging. Kaum war es verklungen, da wiederholte es sich aus allen Himmelsrichtungen der Wüste. Die langgezogenen Modulationen und das bellende Stakkato waren wie Signale einer Sprache, deren Kode nur einer Art zugedacht und verständlich war.

Diese fernen Rufe waren ermutigend und stärkend. Ich war nicht allein. Diese Rufe kündeten von Zufluchtsorten, vom Ende der Angst, von einem Miteinander, das nur die eigene Art einbezog – mich.

Jetzt konnte ich mich bewegen und sehen.

Die Welt schwankte, aber das Haus war da, die Bäume und der Zaun, jenseits von ihnen die Wüste. Aber es war Nacht, und das Bild hatte keine Farbe, nur Abstufungen von Schwarz und Weiß. Ein dunkler Himmel, dunkle Bäume, einen Zaun, der mit schwarzen Pinselstrichen skizziert war.

Kleine Geräusche drangen von überall an mein Ohr, halbe und Vierteltöne, wie die tremolierenden Bogenstriche einer Zigeunergeige, ein Tumult von Insektengezirp. Das Piepsen von Mäusen, Orientierungsschreie von Fledermäusen, in Frequenzen, die dem menschlichen Ohr unzugänglich waren, Nachtschwalben, deren reißender Flug als feines Zischen weithin hörbar war. Die Atmosphäre vibrierte von polyphonen Tönen und Geräuschen im Ultrakurzwellenbereich. Alle waren scharf definiert und mühelos bestimmbar, obwohl das Potpourri von einem unübersehbaren Orchester winziger Holzbläser, Streicher und Kesselpauken überall gleichzeitig gespielt wurde.

Der Vollmond stand hoch im Himmel und tauchte die Wüste in weißes Licht.

Aber die Angst wollte nicht weichen. Ich war ein Gefangener, obwohl der Käfig keine Tür hatte. Ich konnte fortlaufen, aber das mochte eine Falle sein, ein Trick, mich zu verleiten und zu töten. Dies war kein Ort, wo ich je gewesen war. Ich war überflutet von Witterungen, die allesamt bedrohlich und mörderisch waren.

Dann mußte der Koyote losgerannt sein, denn das Haus verschwand und die Straße raste auf mich zu.

Das mehrstimmige Heulen und Kläffen in der Ferne, als ob Bauchredner Stimmübungen machten, blieb immer voraus, lockende, einladende Kommunikation.

Ich mußte schnell laufen, hinfliegen zu dem Ort, wo dieses Bellen und Locken herkam. Der Tod mußte mir direkt auf den Fersen sein. Es war nicht möglich, ein Versteck zu suchen; alles kam darauf an, so schnell wie möglich von diesen bedrohlichen Todesgerüchen wegzukommen.

In seinem wilden Lauf beantwortete der Koyote bellend die Rufe, die ihn suchten. Meine Trommelfelle waren wie betäubt, als dieses gellend scharfe Kläffen in meinem Schädel widerhallte, vermischt mit japsenden Atemzügen und Obertönen, die den ganzen Umfang der achromatischen Tonleiter abdeckten. Der Mond, direkt über mir, sank plötzlich außer Sicht, als hätte er an einem Faden gehangen, der plötzlich gerissen war.

Die Jagd ging weiter, in weiten Sätzen durch Stecheichendickicht, über Gestrüpp, Kakteen und vorbei an Wüstenbäumen, fliegend, springend, hetzend, während die von tausend Witterungen und Geräuschen erfüllte Nacht vorbeizischte.

Der Schrecken saß mir im Genick, bohrte seine Krallen in mich wie der Riese, der Sindbad den Seefahrer bedrängt hatte. Überall war die Witterung von Beute, von Kräutern, von Tieren, die man töten konnte oder vor denen man fliehen mußte. Jede einzelne dieser winzigen Geruchsspuren hatte ihre scharf ausgeprägte Eigentümlichkeit, und obwohl sie in diesem rasenden Lauf nur für Sekundenbruchteile wahrnehmbar blieb, konnte ich sie identifizieren und ihre Richtung bestimmen.

Antwortende Stimmen kamen aus der Ferne, wiesen den Weg wie hörbare Radarstrahlen. Dort, woher sie kamen, gab es Sicherheit, Baue im Sand, Höhlen unter den Felsen, Erdlöcher unter Josuabäumen, und die sichere Gesellschaft der Rufer.

Aber die Angst, dieses furchtbare Entsetzen, ließ sich nicht abschütteln. Was war zu tun, wo gab es ein Versteck, wie konnte man schneller laufen? Der Feind war überall ringsum und ließ sich nicht abschütteln.

Das Tier machte halt und stand hechelnd, während ein dünner Speichelfaden von den Lefzen troff. Die nächtliche Welt wurde unscharf, drohte sich zu verdoppeln. Das Nembutal wirkte noch immer auf den Kreislauf des Koyoten, stumpfte seine scharfen Sinne ab und beeinträchtigte seine Leistung. Er hob den Kopf und sog witternd die Luft ein – ich wußte es, weil mich ein Strom von Gerüchen durchfloß –, dann kläffte er wieder und rannte etwas weniger gehetzt weiter.

Das dunkle Band der Fernstraße erstreckte sich zu den Stimmen, die von fern kamen. Es war leicht, auf dieser ebenen, von Hindernissen freien Bahn dahinzufliegen, obwohl die angestrengten Lungen zu schmerzen anfingen.

Dann kam es, dieses hochaufragende Ding, von rückwärts kam es und warf ein langes Licht und grotesk verlängerte Schatten auf den Asphalt. Die Schatten waren die eines rennenden Koyoten, dreißig Meter lang, so daß der Körper mit der Dunkelheit eins wurde. Das Licht war ein weißer Tunnel, die Nacht zu beiden Seiten eine Wand, die nicht übersprungen werden konnte. Die Beine, springende Schatten auf der Straße, jetzt scharf und ohne diffuse Ränder bewegten sich schneller und schneller.

Lichter, weiß und kalt, rasten näher. Kein Entkommen war möglich. Das Dröhnen des Motors schwoll zu donnerndem Brüllen an.

Auf einmal wußte ich, daß ich sterben würde, und der kreischende Schrecken des Todes tobte mir durch den Kopf und warf meine Gedanken aus der Bahn.

Ich versuchte die Empfänger von meinen Schläfen zu reißen, aber meine Hände tasteten ohne Koordination.

Es gab einen dumpfen, furchtbaren Aufprall. Ein Sichüberschlagen und Davonfliegen ohne Flügel. Ein Brennen kam von den Lungen, ein feuriger Strom von grauem Schleim, eine Entleerung des Magens, die sauren Säfte halbverdauter Nahrung.

Das Licht verging langsam, verschwand in schwarzer Leere, die weich war, und alles umschließend. Alle Geräusche erstarben. Es blieb nur Dunkelheit.

9

Die Decke mit dem dünnen, unregelmäßigen Riß, in dem man mit etwas Phantasie die gefiederte Schlange der aztektischen Mythologie sehen konnte, war mir vertraut. Diese Schlange war monatelang meine Gefährtin gewesen, als ich mich der Gesichtsoperation unterzogen hatte.

Ich war wieder in Brentwood House, im selben Raum.

Obwohl ich einen gewaltsamen Tod mit seinen Eindrükken von Todesangst und dem Erlöschen in Dunkelheit erfahren hatte, war ich nicht gestorben. Aber ich verstand nun, warum Helga Coleman schreiend durch den Korridor im Städtischen Krankenhaus gelaufen war.

Der Koyote war von einem Wagen erfaßt und in das Gestrüpp neben der Straße geschleudert worden, um zu sterben. Ich war Zeuge seines Todes gewesen.

Meine Experimente mit Tieren mußten aufhören. Ich hätte O'Brians Anregung nicht folgen sollen. Die feinen Nervenfasern der Neutronen, durch deren Vernetzungen Erregungszustände zum Gehirn geleitet werden und die gemeinsam eine bestimmte Ordnung im Nervensystem aufrecht erhalten, die auf ein inneres Gleichgewicht ausgerichtet ist, sind nicht für Schockerlebnisse gemacht, wie ich sie gehabt hatte. Man kann eine Spannung von zehntausend Volt nur durch Hochspannungskabel schicken. Ich durfte von Glück sagen, daß ich überlebt hatte. Der dumpfe Schmerz in meinem Gesicht erinnerte mich, daß mein Nervensystem wieder seine Funktionen übernommen hatte.

Um auf realistischer Basis systematische Versuche durchzuführen, mußte ich ein Nervensystem finden, das dem meinigen glich. Einen menschlichen Körper. Sie hatten mich in ein Krankenhausnachthemd gesteckt, das die Vorderseite anständig bedeckte, hinten aber in peinlicher Weise offen klaffte. Meine Kleider hingen in einem Spind. Jemand hatte mein Waschzeug und die Medikamente geholt, die ich immer bei mir trage, in jedem Raum und sogar im Handschuhfach meines Wagens verwahre.

Das unzerbrechliche Fenster war geschlossen. Das dünne Stahlnetz, als zusätzlicher Schutz in Scharniere eingehängt, war unzerreißbar und federte jeden Faustschlag ab. Der Versuch, das Fenster einzuschlagen und zu fliehen, war das erste, was die zwangsweise eingelieferten Insassen der Anstalt versuchten. Daß das Fenster wie ein gewöhnliches aussah, war das humanitäre Merkmal meines Gefängnisses.

Ich setzte mich auf und schwang die Beine vom Bett. Sofort begann sich alles um mich zu drehen, und ich mußte mich wieder hinlegen.

Jemand ging an meiner Tür vorbei, blieb stehen und ging dann rasch weiter, bevor ich den Kopf heben und sehen konnte, wer es war.

Wie war ich nach Brentwood House gekommen? In meinem Gedächtnis war kein Bild, nicht einmal der Schatten einer Erinnerung dessen, was geschehen war.

Wieder näherten sich Schritte, die eines Mannes und einer Frau. Zwei Gesichter beugten sich über mich. Eins gehörte Helga Coleman, das andere Mullford, dem Chemiker.

»Fühlen Sie sich besser, Dr. Cory?« sagte Helga. Ich sah

sie aus jener eigentümlichen Perspektive, wie man sie aus Fernsehfilmen kennt, die in Krankenhäusern spielen. Große Gesichter, die sich besorgt über einen unsichtbaren Patienten beugen.

»Ich habe keine Schmerzen, das heißt, daß es mir gut geht«, sagte ich angestrengt.

»Kann ich Ihnen etwas bringen?« fragte Mullford.

»Meine Gesichtsmaske, bitte.« Ohne meine Maske fühlte ich mich nackt. »Wie bin ich hierher gekommen?« fragte ich Helga.

Ihr Blick zu Mullford war wie ein Morsezeichen. Der Chemiker ging.

»Dr. O'Brian wird gleich hier sein«, sagte sie und schüttelte wie eine gute Krankenschwester meine Kissen auf, um mir das Liegen bequemer zu machen.

»Helfen Sie mir aus dem Bett!« Ich war auf einmal ungeduldig. Man braucht Ärzte, ein Virus zu bekämpfen oder einen Knochenbruch zu richten. Als Chirurgen sind sie nützlich. Doch solange der Körper nur mit seinen Nerven fertig werden muß, braucht er nicht das Verhätscheln der Mediziner. Ich hatte mich erzogen, nervöse Anfälle ohne Medikamente zu überwinden. Trotz des Schwindelgefühls setzte ich mich wieder auf und sie stopfte mir das Kissen hinter den Rücken.

»Bitte bleiben Sie, bis Dr. O'Brian Sie gesehen hat.«

»Wie werden Sie mit zwei Privatpatienten fertig?« fragte ich, dankbar für den Aufschub, der mir half, meine Kräfte zurückzugewinnen. Gern hätte ich ihr zugelächelt. Wie sehr vermißte ich das einfachste Mienenspiel, wie es jedermann, selbst Schwachsinnigen zugänglich ist! Ich sollte meine Worte einleiten mit: »Dies wird mit einem Lächeln gesagt«, oder »Dies sage ich im Zorn«. Wie sollten die Leute es sonst wissen? Wie wenig können Worte ohne Betonung und Klangfarbe, ohne begleitendes Mienenspiel ausdrücken.

»Ich habe Zeit. Gabriel schläft noch.« Sie setzte sich, sah mich an und wartete. »Er schläft bis drei, dann gehen wir spazieren.«

»Geht er gern spazieren?« fragte ich. »Weiß er, ob er in seinem Zimmer oder draußen ist?«

»Er geht gern spazieren«, sagte sie. »Natürlich weiß er es.«

Er war ein Roboter, gleichwohl hatte sie die Hoffnung nicht aufgegeben, daß er durch irgendein Wunder seine Denkfähigkeit zurückgewinnen möchte. Ich wußte, daß sie mit mir über Gabriel sprechen wollte. Je weniger ich seinen Namen erwähnte, desto eifriger würde sie bemüht sein, meine Aufmerksamkeit auf ihn zu lenken. Ich handelte nach meinem Plan.

»Wie bin ich hierher gekommen?« fragte ich, obwohl es nicht schwierig zu erraten war.

»Kaweah rief an und sagte Dr. O'Brian, Sie seien krank. Er fuhr zu Ihrem Haus und fand Sie bewußtlos.«

»Waren Sie dabei?«

»Ja. Ich packte ein paar Sachen ein, die Sie brauchen würden. Ich konnte Ihre Schlafanzüge nicht finden. Aber ich packte Ihr Waschzeug ein.«

»Danke«, sagte ich. »Sie hätten Kaweah fragen sollen. Sie kennt sich aus. Ich weiß auch nicht, wo sie meine Pyjamas versteckt.«

Wieder stellte sich eine Pause ein; die vielen unausgesprochenen Worte, die sie über Gabriel hören wollte.

»Sie sind schon drei Tage hier«, sagte sie endlich. »Wir sind froh, daß alles in Ordnung ist. Wir waren sehr in Sorge. Jimmy – Dr. O'Brian weiß noch immer nicht, was mit Ihnen geschehen ist.«

Gleich darauf trat O'Brian ein, und sie stand rasch auf und ging wortlos hinaus. O'Brian setzte sich auf denselben Stuhl. Er betrachtete mich mit dem Mitleid, das ich in der Kinderstation in seinen Zügen gesehen hatte.

»Ich wußte, daß du heute aufwachen würdest, Patrick«, sagte er. »Die Spritzen, die ich dir verpaßte, waren danach berechnet.«

»Du hast mich betäubt?« fragte ich. Er hätte mir etwas Belebendes geben sollen, statt mich noch tiefer in Bewußtlosigkeit zu stoßen. Man braucht einem Arzt nur eine Spritze in die Hand zu geben und er macht Gebrauch davon. Der Chiropraktiker schwört auf die Bearbeitung der Wirbelsäule, der Masseur sieht das Heil im Kneten von Bindegewebe und der Praktiker der Christlichen Wissenschaft im Gebet und dem Glauben, daß Krankheit und Tod unwirklich seien. Jeder Beruf kennt nur seine eigene Abhilfe.

»Chloropromin«, sagte er. »Die Franzosen haben es herausgebracht. Sie versetzen damit Leute in Winterschlaf. Das gibt Körper und Geist eine Ruhepause. Man könnte Leute jahrelang schlafen lassen, wenn man sie dabei künstlich ernährt, ohne schädliche Nachwirkungen befürchten zu müssen. In Fällen von Gewalttätigkeit mache ich davon Gebrauch.«

»War ich gewalttätig?« fragte ich erstaunt.

»Nein. Aber dein Gehirn braucht Ruhe. Wäre es nach mir gegangen, so hätte ich dich für ein paar Wochen schlafen lassen. Ausgezeichnete Therapie. Du wärst zu den Mahlzeiten aufgewacht, hättest wieder eine Kurzzeitspritze bekommen und wärst wieder eingeschlafen. Nein, gewalttätig warst du nicht; du hast sogar zusammenhängend gesprochen. Aber ich weiß, du erinnerst dich nicht. So eine Ruhekur wirkt bei Leuten wie dir Wunder.«

»Was für eine Zeitverschwendung!«

Er lächelte.

»So rasch hättest du dich allein nicht erholt. Ich glaube, ich habe meine Sache gut gemacht. Laß mich den Puls prüfen!«

Er nahm mein Handgelenk wie ein Hausarzt und blickte auf seine Armbanduhr. Er schien zufrieden.

»Zuerst befürchtete ich, du hättest eine Koronarthrombose. Du bist ein Dummkopf, Patrick! Warum willst du dich umbringen?«

»Ich habe nicht die Absicht, das zu tun«, sagte ich. Er hatte die herablassende Einstellung des Arztes. Der Patient ist immer in einer schwächeren Position als der Mediziner.

»Viel hat nicht gefehlt«, sagte er. »Du zeigtest Merkmale,

die auf nichts anwendbar waren, was ich über Herzanfälle und dergleichen weiß. Ich dachte schon an Gehirnhautentzündung, aber als ich diese zwei Dinger an deinen Schläfen sah, diese Elektroden, wurde mir klar, daß es eine Reaktion auf ein Experiment sein könnte.«

»Was hast du mit ihnen gemacht?« fragte ich besorgt.

»Ich ließ sie in deinem Labor«, antwortete er. »Du hattest irgendein Experiment ausgeführt, Patrick. Was war es?«

Ich traute seiner wohlwollenden Neugier nicht und hätte ihm auch dann keine Information gegeben, wenn er mich auf eine Streckbank gespannt hätte.

»Geht dich nichts an«, sagte ich.

Er ließ nicht locker, wie ich erwartet hatte.

»Ich konnte das zweite Paar Elektroden nicht finden, das du an deinem Medium verwendest. Wer war diesmal das Versuchskaninchen?«

»Ich werde dir nichts sagen Jimmy. Danke, daß du mich hierher gebracht hast, aber nun möchte ich fort.«

Ich versuchte aufzustehen, und wieder drehte sich der Raum um mich. O'Brian beobachtete mich in stoischer Ruhe.

»Kaweah fand dich bewußtlos auf deinem Bett. Sie hatte sich für den Notfall meine Telefonnummer notiert. Als ich sie fragte, warum sie Schwierigkeiten erwartet habe, sagte sie nichts mehr. Und aus ihrem Mann ist auch nichts herauszukriegen. Hast du ihnen gesagt, daß sie nicht reden sollen?«

»Sie hatten nichts zu erzählen«, sagte ich. Glaubte er wirklich, die Indianer würden über etwas sprechen, was in meinem Haus geschah? O'Brian war der Fremde, und der Fremde war der Feind.

Er musterte mich mit der forschenden Neugierde, die sonst seinen geisteskranken Patienten vorbehalten blieb. Gewöhnlich gelang es ihm, sich ein Biild von ihnen zu machen – eine kleine Gebärde, ein richtungsloser Blick, eine Reaktion, die Furcht verrät, dies alles gab ihm die Hinweise, nach denen er Ausschau hielt. Er hatte viele Jahre in der staatlichen Nervenheilanstalt für kriminelle Geisteskranke gearbeitet und war die Verhaltensweisen von Paranoikern gewohnt. Jetzt hatte er dieses Wissen wieder ausgegraben, um es auf mich anzuwenden.

»Am ersten Tag habe ich ein Enzephalogramm von dir aufgenommen, Patrick«, sagte er. »Das Muster ist ziemlich gestört. Ich befürchtete, du hättest eine Gehirnverletzung. Du solltest von nun an besser vorsichtig sein, sonst bringst du dich in ernste Schwierigkeiten.«

Seine Worte erschreckten mich. Es macht mir nichts aus, ein Gesicht oder ein Bein zu verlieren. Damit kann ich zurecht kommen, so lange mein Gehirn nicht beeinträchtigt ist. Ich verlasse mich auf nichts anderes. Wir sind geistig gesund, solange wir die Ereignisse leidenschaftslos sehen können. Aber jede subjektive Betrachtungsweise, wie sie ein geschädigter Geist automatisch erzeugen wird, verwischt die Logik. Wenn ich meinem Gehirn nicht mehr trauen könnte, wäre ich als Wissenschaftler erledigt.

»Einverstanden, ich werde ein paar Tage bleiben«, willigte ich ein.

»Warum läßt du dir nicht helfen?« fragte O'Brian. »Ich habe dir oft genug gesagt, daß deinen Versuchen ein Element der Gefahr innewohnt, das man nicht ignorieren kann.«

»Natürlich könntest du mir helfen, und ich habe dir das schon gesagt«, sagte ich. »Ich brauche menschliche Versuchskaninchen. Du hast sie hier zu Hunderten. Würde es deiner Forschung nicht weiterhelfen, wenn du wüßtest, wie deine Patienten auf Gedankenübertragung reagieren? Ich könnte ihre Gehirne beeinflussen, neue Denkmuster in ihre grauen Zellen pflanzen. Es könnte sogar gelingen, neue Denkprozesse zu schaffen, neue Nervenbahnen. Wer weiß? Wenn jemand einen Herzinfarkt hat und nicht daran stirbt, bildet sein Körper neue Gefäße für den Blutkreislauf; gleiches könnte mit deinen Insassen geschehen. Versuche könnten die Dinge jedenfalls nicht schlechter machen. In diesen Gehirnen kann man nichts mehr kaputtmachen.«

Er war zwischen seiner wissenschaftlichen Neugier und seinem bürokratischen Denken hin und her gerissen.

»Du sagst mir nichts Neues. Ich habe darüber nachgedacht, seit du mich letztes Mal fragtest. Aber wie ich dir damals schon erklärte, habe ich meine Pflichten und kann ohne Genehmigung nichts machen. Warum nicht ein paar Psychologen der Regierung beiziehen? Führe ihnen deine Methode vor, und sie werden dir grünes Licht geben. Ich bin überzeugt, sie werden dir alle notwendigen Einrichtungen zur Verfügung stellen.«

»Ich weiß von einem Fall, wo der Erfinder seiner Entdekkung beraubt wurde, Jimmy. Und von wem? Von der Regierung! Wissenschaft scheint eine zu ernste Sache zu sein, als daß man sie den Wissenschaftlern überlassen könnte. Die Verwaltung muß sich einmischen. Sie drückten einen ›Streng geheim‹-Stempel darauf, und mein Freund hatte nichts mehr zu sagen, nicht in der Frage der Entwicklung noch in der ihrer Anwendung. Wie sich herausstellte, wurde die Erfindung unmoralisch verwendet. Sie gaben ihm eine Medaille und legten ihn auf Eis.«

O'Brian zuckte die Achseln.

»Du bist zu argwöhnisch, Patrick. Und blind. Sie werden dir deine Erfindung nicht lassen, sobald sie davon wissen. Sie ist zu gefährlich. Warum kannst du der Wirklichkeit nicht ins Auge sehen?«

»Lieber würde ich meine Aufzeichnungen und Geräte zerstören als mich irgendeiner Überwachung zu unterwerfen«, sagte ich.

»Eine vollkommene Lösung. Ich wüßte keine bessere.« An der Art, wie er plötzlich aufstand, erkannte ich seine Verärgerung. »Wenn diese Sache jemals außer Kontrolle geraten sollte, würde ich mich verantwortlich fühlen, weil ich dich nicht gehindert habe.«

»Du brauchst dich für mich und mein Tun und Lassen nicht verantwortlich zu fühlen«, versetzte ich. »Warum bleibst du nicht bei deinen Problemen?«

»Patrick! Wenn jemand eine Atombombe in seinem Garten hätte, würdest du empfehlen, daß sie ihm weggenommen werde?«

»Du bringst deine Analogien durcheinander. Dies ist keine Atombombe. Aber merk dir eins: Ich werde niemals mit Leuten arbeiten, die ich nicht selbst auswähle. Niemals!«

Er war an der Tür.

»Ich nehme an, dies ist dein letztes Wort«, sagte er.

»Geh zum Teufel!« antwortete ich und drehte mich zur Wand.

Er schloß die Tür.

Ich zweifelte nicht daran, daß er seine Vertrauensleute auf mich hetzen würde. Sie waren imstande, mich hinter Gitter zu bringen. O'Brian brauchte nur einen Bericht zu schreiben und darzulegen, daß ich irrational sei, um es milde auszudrücken. Ich selbst könnte eine solche Einschätzung von mir begründen, indem ich ausgewählte Tatsachen aneinander reihte. Man kann das mit beinahe allen machen, am leichtesten aber mit Leuten, die auf abstrakten Wissenschaftsgebieten arbeiten.

Ein Frösteln überkam mich. Ich erkannte, daß ich handeln mußte.

Ich mußte fort von hier, aber ich hatte keinen Wagen.

Ein paar Tage schlief ich beinahe ununterbrochen und erholte mich von meiner geistigen Erschöpfung. Jeden Tag kam O'Brian, ein paar bedeutungslose Worte auszutauschen. Wir sprachen nicht mehr über unsere Meinungsverschiedenheit, aber die Reibung zwischen uns war beinahe körperlich. Er bemühte sich weiterhin, ein tüchtiger Arzt zu sein, indem er mir eigens zubereitete Mahlzeiten bringen ließ, die meinen Appetit anregen sollten, aber der war verschwunden. Das einzige, was ich mit Genuß aß, war Beefsteak Tartar. Danach gierte ich wie eine Schwangere, die außerhalb der Saison Heidelbeeren verlangt.

Hatte mein Geschmack sich dem eines Koyoten anverwandelt? Kam die Begierde nach rohem Fleisch daher? Es mochte sein, daß meine Neuronen, den sensorischen Impulsen des Koyoten unterworfen, noch Nachwirkungen zeigten. Aber diese Phänomene würden mit der Zeit vergehen. Nach dem Experiment mit dem Stier hatte ich keine Begierde nach Heu verspürt.

Vom Menschen zum Stier, zum Koyoten, zur Katze, zum Delphin – welche erheiternden und faszinierenden Möglichkeiten!

Ich schüttelte den Gedanken ab, da ich in Selbstachtung eine Form von Wahnsinn sah, und zudem befürchtete, eine Idee dieser Art könnte von mir Besitz ergreifen, und ich würde wieder mit neuen Experimenten und Versuchen anfangen. Zweifellos ließen sich durch das Eindringen menschlichen Forschergeistes in das Bewußtsein eines Tieres hochinteressante und bedeutsame Einsichten gewinnen, aber ich war weder Zoologe noch Verhaltensforscher. Der Gewinn, den ich aus solchen Erfahrungen ziehen konnte, war begrenzt.

Oder steckten noch mehr Möglichkeiten darin? Konnte auf diesem Weg im Menschen eine außerordentliche Sehkraft wie die eines Adlers entwickelt werden, ein Geruchssinn gleich dem eines Hundes, das Gehör eines Pferdes? Aber dazu kann man sich auch handlicher Instrumente bedienen. Erkenntnis sollte das erste Ziel des Menschen bleiben.

Ich konnte jetzt ohne Schwindelgefühl aufstehen. Auf meinen langen Spaziergängen mied ich das Verwaltungsgebäude. Ebenso mied ich die übrigen Häuser der Anstalt mit ihren kranken Insassen. Nach Sonnenuntergang durchwanderte ich die Alleen und Verbindungswege auf dem Gelände. Ich dachte nicht daran, O'Brian in seinem Privathaus zu besuchen.

Ich hielt nach Helga Coleman Ausschau.

Kurz vor Dunkelwerden führte sie Gabriel aus. Dabei sprach sie zu ihm, als ob er verstehen könnte, und er lächelte sein immerwährendes männliches Mona-Lisa-Lächeln, das keine Bedeutung hatte, aber anzeigen mochte, daß sein Stuhlgang gut funktionierte. Ein paar Tage nickte ich ihr bloß im Vorbeigehen zu. Dann tauschten wir ein paar Bemerkungen aus, deren Dauer ich sorgsam kontrollierte und die im Unverbindlichen blieben, um meiner Annäherung jeden Anschein zielbewußter Planung zu nehmen. Eines Abends ging ich dann ein Stück mit ihr.

Es war unheimlich, diesen hochgewachsenen jungen Mann zwischen uns zu haben, der nie ein Wort sagte, dessen eleganter Körperrhythmus wie der eines Tänzers war, angenehm zu betrachten. Helga lenkte ihn wie eine Marionette, zog ihn bald nach links, bald nach rechts, führte ihn geradeaus. Er wäre in eine Wand hineinmarschiert, hätte sie ihn nicht zur Seite gelenkt.

»Sie lieben ihn«, sagte ich zu Helga, »weil er nicht erreichbar ist. Ich frage mich, wie Sie reagieren würden, wenn er normal wäre, denken könnte und Gefühle und Gemütsbewegungen zeigte. Und natürlich Wünsche hätte.«

Sie ging weiter, den Blick auf ihren weißen Wildlederschuhen; das Nylonkleid schmiegte sich anmutig um ihre schmalen Hüften.

»Ich wünschte, er wäre wie andere Leute«, sagte sie. »Aber dann hätte ich ihn wahrscheinlich nicht kennengelernt.«

»Sollte er sich je erholen, würde er Sie sicherlich verlassen«, sagte ich.

»Nein, das würde er nicht tun. Die fundamentale Wahrheit über Liebe ist, daß sie immer Gegenliebe erzeugt. Das versagt nie.«

Ich ließ das dahingestellt sein und fragte, fasziniert von ihrer Aufrichtigkeit: »Sie meinen, Sie könnten ihn allein durch Ihre Liebe halten?« Überzeugung ist Energie, und Energie ist Macht.

»Die Wahrheit über Liebe«, sagte sie und nahm Gabriel bei der Hand, »zeigt sich in der Reihenfolge, in welcher Religion ihren Eingang in die Welt gefunden hat. Zuerst kam die Religion der Macht, dann kam die Religion des Wissens, und zuletzt kam die Religion der Liebe. Warum in dieser

Reihenfolge? Weil Liebe ohne die vorausgegangenen Qualitäten gefährlich ist. Macht allein oder Wissen allein ist weniger gefährlich als Liebe allein. Gott schuf die weniger gefährlichen Kräfte zuerst und sparte die Liebe bis zuletzt auf.«

Sie blickte zu Gabriel auf, als suche sie bei ihm Bestätigung. Die eigenartige Kombination der Typen fesselte mich durch ihre Gegensätzlichkeit: ein Mann ohne Verstand, geliebt von einem Mädchen, das seine Liebe zu Gott bekannte und in seiner religiösen Erziehung eine Grundlage für sein Gefühlsleben gefunden hatte. Und ich, ein Mann ohne Gesicht, der unfähig war, etwas so Nebelhaftes wie Liebe als Grundlage der Existenz zu begreifen.

»Glauben Sie, es hat ihm genützt, daß Sie ihn lieben?« fragte ich.

Sie war unempfindlich für meinen Sarkasmus.

»Natürlich, er weiß, daß ich ihn liebe. Ich kann von niemandem verletzt werden, Dr. Cory. Wahre Liebende sind unverwundbar gegen alles, was von anderen als der geliebten Person kommt.«

Sie verfügte über ein Arsenal von Waffen, die ihr offenbar niemals ausgingen.

»Es könnte möglich sein, ihm zu helfen«, begann ich meinen Angriff.

Sie blieb stehen, und ich sah sie trotz des goldenen Widerscheins, den das Abendrot über ihr Antlitz breitete, erbleichen.

»Das ist nicht Ihr Ernst!«

Ich wies auf eine Bank unter einer Baumgruppe. Behutsam führte sie Gabriel hin, und er setzte sich wie ein gutausgebildetes Tier – einen Schäferhund vielleicht –, das durch Zeichen gelenkt werden kann.

»Ich habe nachgedacht und, wie ich glaube, einen Weg gefunden«, sagte ich, ohne ihr Gesicht aus den Augen zu lassen. »Bisher ist es nur Theorie. Natürlich gibt es viele Hürden zu überwinden. Es ist ein unbekanntes Territorium.«

»Ich weiß«, antwortete sie. »Aber daß Sie eine Möglichkeit gefunden haben ...«

»Es ist nicht uneigennützig«, sagte ich. »Es würde mir in meiner Forschung helfen, wenn ich eine Verbesserung in ihm herbeiführen könnte. Aber haben Sie bedacht, daß Gabriel so, wie er ist, durchaus glücklich sein mag? Weil Sie unglücklich sind, wollen Sie ihn verändern, daß er zu Ihnen paßt.«

Das erschreckte sie, und sie dachte darüber nach. Ich wollte wissen, wie weit ich mich bloßstellen mußte, um ihre Mitarbeit und Loyalität zu gewinnen. Denn um erfolgreich arbeiten zu können, mußte ich O'Brian vollständig aus der Sache heraushalten.

»Ich tue es für ihn.« Sie hatte die Antwort gefunden, die ihr paßte. »Zu lieben heißt, die Wünsche der geliebten Person erraten, bevor sie ihr selbst bewußt werden. Ich kenne Gabriel besser, als er sich selbst kannte, bevor er krank wurde.«

»Und wenn er nicht so hübsch wäre, Helga?« Es war die dynamitgeladene Frage. »Meinen Sie, daß Sie auch dann soviel Zeit und Mühe aufgewendet haben würden, um ihm zu helfen?«

»Da ich ihn liebe, will ich, daß er vollkommen ist«, sagte sie. »Sie würden sicherlich nicht müßig abseits stehen, wenn Sie die Möglichkeit hätten, Unvollkommenheiten in einem geliebten Menschen zu verbessern, nicht wahr?«

Wir standen auf und gingen weiter, Gabriel zwischen uns.

»Helga«, sagte ich, »ich möchte nicht, daß jemand von unserem Gespräch erfährt. Das muß klar sein.«

»Sie meinen, ich sollte Jimmy nichts davon sagen«, sagte sie nüchtern. »Ich werde es nicht tun.«

»Er ist strikt gegen irgendwelche Experimente an seinen Patienten.«

»Ja. Aber er ist nicht gegen Sie. Er würde Ihnen sehr gern helfen, doch kann er die Verantwortung nicht übernehmen.«

»Er ist ein Bürokrat und hält sich an den Vorschriften fest«, sagte ich.

»Bitte seien Sie nicht verbittert, Dr. Cory«, sagte sie. »Ich verstehe seine Lage so gut wie die Ihre. Jimmy muß tun, was er tut, sonst würde er seinen Posten verlieren. Brentwood House hat zweitausendfünfhundert Insassen und neunhundert Beschäftigte. Da kann er sich auf keine Glücksspiele einlassen. Und Sie wollen sich keinerlei Aufsicht unterwerfen. Auch das kann ich verstehen. Sie sind ein Genie, und Genies kann man nicht mit den gewöhnlichen Maßstäben messen, die wir anderen auf unser Leben anwenden. Sie haben Ihre eigenen Wertvorstellungen, sonst würden Sie nicht Dr. Cory sein.«

»Nun, Sie sehen die Kluft, die Engel und Teufel voneinander trennt«, sagte ich und lachte. Ich wollte vermeiden, daß unser Gespräch sich allzu ernsthaft anhörte.

»Ich werde tun, was Sie sagen, Dr. Cory«, sagte sie und betrachtete Gabriel mit Blicken, die vor Mitleid schmolzen.

»Selbst wenn es bedeuten sollte, daß Sie mir heimlich helfen?«

Sie nickte.

»Ich kann Geheimnisse bewahren, und ich werde nicht wieder schreiend davonlaufen. Ich habe mich entschieden.«

Wir kamen zum Verwaltungsgebäude und blieben wieder stehen.

Sie legte die Hand auf den Arm des Idioten. »Gabriel ist müde. Ich muß ihn zu Bett bringen.«

Ich spielte meine wichtigste Karte aus. »Leider kann ich Gabriel nicht hier in der Anstalt behandeln«, sagte ich.

Sie blickte forschend von mir zu dem gutaussehenden Hohlkopf, in sein feingeschnittenes Gesicht mit dem immer gleichen Lächeln und zum ungebärdigen schwarzen Haar, dem einzigen Teil von ihm, der noch einen eigenen Willen zu haben schien.

»Ich weiß«, sagte sie. »Wir werden ihn von hier fortbringen.«

10

Nach meiner Rückkehr nach Desert Rock erwartete ich Einmischungen von O'Brian und seinen Kohorten und bereitete mit der Präzision wissenschaftlicher Forschung einen Plan vor.

Der erste Schritt war der Erwerb eines Zufluchtsortes, wo man mich nicht leicht würde finden können. Eine große Stadt ist das beste Versteck.

Ich rief einen Immobilienmakler in Los Angeles an und beauftragte ihn, in den Hügeln von Hollywood ein Haus mit drei Schlafzimmern und einem kleinen Chauffeurhaus zu suchen. Es gibt noch immer abgelegene Flecken abseits der Hauptstraßen, Flecken, die noch nicht zu Vorortlandschaften verkommen und mit Eigenheimen vollgestopft sind, die den billigen Fähnchen in einem Textilgeschäft gleichen – das gleiche Muster, nur in anderen Farben.

Der Mann am anderen Ende der Leitung war mißtrauisch. Zuest erkundigte er sich nach einer Empfehlung. Ich sagte ihm, daß ich seinen Namen aus den gelben Seiten herausgesucht hätte. Er hatte noch nie gehört, daß jemand telefonisch ein Haus kauft. Zum Beweis, daß es mir ernst war, schickte ich ihm einen Scheck, und er sandte mir ein Bündel Fotografien von Häusern, die zum Verkauf standen. Geld ist die Sprache, die keiner Übersetzung bedarf.

Ich wählte ein Anwesen am oberen Ende des Mulholland Drive, an einer kleinen Privatstraße, die von der Hauptstraße abzweigte. Das Grundstück war mit einer Mauer umgeben, das Haus lag hoch am Hang und überblickte Tal und Berge. Es war von der Straße nicht einzusehen.

Kaweah und José hatten den Stier und den Koyoten nicht erwähnt, als O'Brian sie hatte ausfragen wollen. Ihr Wissen war naturgemäß spärlich, aber O'Brian wäre es wahrscheinlich gelungen, sich aus den wenigen Fakten ein Bild zu machen und zu einer beunruhigenden Schlußfolgerung zu kommen.

Es ist sicherer, die Intelligenz eines Feindes zu überschätzen als an ihr zu zweifeln. O'Brian war der Feind, den es zu beobachten galt.

Wie würde er reagieren, wenn Helga und ihr Schützling verschwanden? Einer seiner Patienten entführt? Er würde Helga die Polizei an den Hals hetzen, und natürlich mir, da auch ich verschwunden sein würde.

Ich mußte zusehen, daß ich so wenige Hinweise wie möglich zurückließ.

Wie jeden Tag, kam Kaweah zur Arbeit. Auch José war gekommen, den Zaun zu reparieren, im Garten Ordnung zu schaffen und Arbeiten zu verrichten, die sie ihm auftrug.

Ich rief sie ins Wohnzimmer und fragte sie, ob sie für ein paar Monate mit mir nach Hollywood kommen würden.

Sofort sah ich Furcht in Kaweahs Augen. Sie hatte das Reservat nie verlassen. José war ruhig und ausgefuchst. Er fragte mich gleich, wieviel ich zahlen würde. Da er Kontakt mit der Außenwelt gehabt hatte, kannte er ihre allein am Geld orientierte Wertskala.

Die von mir erwähnte Summe verblüffte ihn. Ich hatte sie absichtlich hoch angesetzt, um ihn durch den Schock zur Annahme des Angebots zu bewegen. Ich konnte sie beide gut gebrauchen, José als Fahrer des Wagens und um einkaufen zu gehen. Kaweah für den Haushalt. Sie konnten im Pförtnerhaus wohnen und würden mir nicht im Weg sein.

Ich erzählte José von dem Besitz, den ich erworben hatte, und schickte ihn nach Los Angeles, das Haus zu öffnen.

Wie viele Dinge wollten in so kurzer Zeit bedacht sein! Die Zeit wurde knapp. Täglich rechnete ich mit dem Besuch von O'Brians Parteigängern.

Glücklicherweise leben wir in einer Welt, die es den Wohlhabenden leicht macht.

Eine Ausstattungsfirma in Los Angeles übernahm die Einrichtung des Hauses. Ich sagte den Leuten, was ich wollte, einschließlich des Raumes, den ich als Labor zu benutzen gedachte. Sie hatten vorher schon mit Exzentrikern zu tun gehabt und waren nicht überrascht, zumal der Scheck, den ich ihnen zustellte, ohne Rückfrage gutgeschrieben wurde.

Helga rief mich aus Mojave City an. Sie hatte Bedenken, ein Anstaltstelefon zu benutzen und war fünfzig Meilen weit gefahren, um ohne die Besorgnis, mitgehört zu werden, zu mir zu sprechen.

Wie rasch hatte sie ihre Loyalität von O'Brian auf mich übertragen! Sie konnte es nicht erwarten, mit ihrem Liebhaber ins Bett zu gehen – nachdem er hergerichtet und imstande wäre, ein Gespräch zu führen.

Sie mußte geglaubt haben, daß sie ihr Leben lang keusch gewesen sei, weil sie sich geschlechtlicher Beziehungen enthalten hatte. Aber Enthaltsamkeit ist eine Sache des Geistes wie der Organe. Ich bin überzeugt, daß sie sich jede Nacht, die sie allein in ihrem Bett verbrachte, in Gabriels Armen vorstellte, eines Gabriel mit Feuer in Augen und Lenden, eines Gabriel, der zärtliche Worte flüsterte.

Die Keuschheit des Geistes ist wenigen von Natur aus gegeben. Helga hatte sie nicht. Was sie hatte, waren Verteidigungswälle, ihr religiöser Fanatismus, ihre Selbstaufopferung als Krankenschwester. Nun war sie bereit, die Waffen zu strecken.

Blaubart und La Belle Dame sind nur die männlichen und weiblichen Aspekte derselben Psychologie. Sie sind wegen unerwiderter Leidenschaft von Hoffnungslosigkeit erfüllt. Charles Perraults berühmter Unhold tötete seine Frauen und verwahrte ihre Leichen in einem Zimmer. La Belle Dame hängte die bleichen Köpfe ihrer ermordeten Liebhaber in ihrer Höhle auf. Beide suchten vergeblich nach Erfüllung ihres leidenschaftlichen Verlangens.

Helga suchte nach der gleichen Erfüllung, ohne zu wissen, daß Erfüllung und Tod gleichbedeutend sind.

»Jimmy wird Sie heute nachmittag besuchen«, sagte sie mit dem Genuß eines Informanten, der sich im Besitz eines wichtigen Geheimnisses weiß. Ich wünschte, sie hätte Schuld statt Erregung verspürt. Schuld hätte mehr Glieder an die Kette geschmiedet, mit der ich sie gefangen hielt. Am Ende der Kette hing Gabriel.

»Ich werde ein Getränk für ihn bereit halten«, sagte ich.

»Er bringt zwei Leute vom FBI mit«, fuhr sie in ihrem verschwörerischen Ton fort.

»Dann will ich lieber Kaffeewasser auf den Herd stellen. Danke für die Warnung«, sagte ich. »Jetzt ist es Zeit zu verschwinden. Schreiben Sie folgende Adresse auf: Sumac Drive zweitausendzweihundert. Das ist das Haus, das ich gekauft habe. Holen Sie Gabriel aus der Anstalt und fahren Sie nach Hollywood! José wird dort sein. Rufen Sie mich nicht an! Ich werde kommen, sobald ich kann.«

Ängstliche Stille am anderen Ende der Leitung. Auf einmal sah sie sich nicht mehr bloßen Absichten gegenüber, sondern der Notwendigkeit des Handelns.

»Soll ich seine und meine Sachen einpacken?« fragte sie.

»Nein. Wir werden besorgen, was wir brauchen. Lassen Sie Ihren Wagen in der Garage im Hollywood-Haus und schließen Sie die Tür! Wenn sie etwas besorgen müssen, schicken Sie José! Er hat genug Geld.«

Plötzlich sehnte ich mich danach, aus der Wüste wegzukommen, aus dieser einkerkernden Einsamkeit, dieser höllischen Hitze, die jedes Gehirn austrocknet.

»Und wenn sie Gabriel und mich finden?« fragte sie.

»Sie begehen kein Verbrechen! Gabriel ist die Antwort. Wenn wir ihn wieder denkend machen, werden wir einen Unheilbaren geheilt haben. Dafür wird man uns nicht bestrafen. Sie konnten nicht erwarten, ihm zu helfen. Jetzt haben Sie die Gelegenheit. Es ist ein Unterschied zwischen beten und handeln, Helga. Es ist einfach zu beten und den Rest den Engeln zu überlassen.«

»Sie haben recht«, sagte sie kleinlaut. Ich hatte die Tür hinter ihr zugeschlagen. Sie konnte nicht mehr dorthin zurück, von wo sie gekommen war.

Wie sich herausstellte, hatte sie keinen Augenblick zu früh angerufen. Als ich den Hörer auflegte, läutete das Telefon wieder. O'Brian war am Apparat.

»Seit zehn Minuten versuche ich dich zu erreichen«, sagte er. »Ich dachte, du telefoniertest nie. Ich rief sogar die Störungsstelle an, um zu erfahren, ob ein Leitungsdefekt vorliegt.«

Mich überlief ein Frösteln. Geheimnisse am Telefon zu besprechen ist Tollheit. Es gibt immer Leute, die mithören, Techniker, Vermittler, zufällige Fehlverbindungen. Mich schauderte, als ich an die Möglichkeit dachte, O'Brian könnte Ohrenzeuge unserer Verschwörung gewesen sein. »Nun hast du mich«, versuchte ich in sorglosem Ton zu sagen.

»Wie fühlst du dich?« fragte der Arzt.

»Ich habe mich nie besser gefühlt. Es war entspannend unter deinen Insassen. Du weißt, daß ich mich mit Vibrationen beschäftige. Die in Brentwood House sind nicht stark genug, um meine zu spüren.«

»Aber sie sind im Enzephalogramm zu sehen.« O'Brian machte Konversation, bevor er zur Sache kam. Ich wurde ungeduldig.

»Was verschafft mir die Ehre deines Anrufs?«

»Ich wollte für ein paar Minuten vorbeikommen. Da sind ein paar Leute, die du kennenlernen solltest.«

Es wäre ihm möglicherweise unangenehm gewesen, wenn er unangemeldet gekommen wäre.

»Von der Regierung?« Ich machte es ihm leicht.

»Nun ja. Würdest du mit ihnen sprechen?«

»Wie du willst, Jimmy«, sagte ich zu seiner Überraschung. »Wenn es dir so sehr am Herzen liegt, dann werde ich es natürlich tun.«

Er lachte. »Du wirst mürbe, alter Freund.«

Nachdem ich aufgelegt hatte, sah ich noch einmal meine Geräte und Ausrüstungen durch. Die Zeitwahl war richtig: O'Brians Abwesenheit würde Helga Zeit lassen, mit Gabriel zu verschwinden. Niemand würde sie beachten. Und ich konnte O'Brian hier festhalten, bis sie einen guten Vorsprung hätte. Wenn er nach Brentwood House zurückkehrte, konnte sie schon nahe der kalifornischen Grenze sein.

Der größte Teil meiner Arbeitsmaterialien war von José zum neuen Haus geschafft worden. Was blieb, war untauglich, überflüssig, oder veraltet.

Obwohl ich überzeugt war, daß sie aus Kaweah nichts herausbringen würden, wollte ich vermeiden, daß sie einem Verhör unterzogen würde, das sie in Aufregung versetzen könnte. Ich schickte sie heim zu ihrer Hütte im Reservat.

Kaum eine Stunde später fuhren zwei Wagen vor. Um meine Besucher nicht zu erschrecken, legte ich die Gesichtsmaske an.

O'Brian hatte zwei Männer mitgebracht. Einer war kahlköpfig, mit teigigem breiten Gesicht, der andere war noch jung, Ende zwanzig vielleicht, dünn, knochig und schlaksig. Sie arbeiten immer zu zweit, einer spricht, der andere beobachtet. Nun, von mir sollten sie nur die Maske zu sehen bekommen.

O'Brian machte uns bekannt. »Dr. Merriam, Dr. Hausdorffer, Dr. Cory.« Er mußte sie gut instruiert haben, da sie kein Erstaunen über eine Gestalt zeigten, deren Gesicht wie das eines zum Galgen geführten Verurteilten verhüllt war.

O'Brian warf seine vergilbte Mütze schwungvoll auf einen Stuhl und gab damit zu verstehen, daß er sich in meinem Haus daheim fühlte. Wir führten ein Stück der Commedia dell'Arte auf, wo die Wendungen der Geschichte und die Darstellung der Schauspieler so traditionell sind, daß die Zuschauer jede Bewegung im voraus kennen.

»Dr. Merriam arbeitet für die Regierung«, sagte O'Brian doppelsinnig, als wir zum Wohnzimmer gingen. Wahrscheinlich war ihm in seiner Rolle als Denunziant jämmerlich zumute.

Merriam lachte mit der gezügelten Jovialität des berufsmäßigen Ermittlers.

»Irgendwie arbeiten wir alle für die Regierung«, sagte er zu meiner Beruhigung.

»Kaffee? Ich könnte auch etwas Stärkeres anbieten«, sagte ich, bevor die Inquisition begann.

»Später vielleicht«, murmelte Merriam wie ich erwartet

hatte. Etwas anzunehmen, könnte passiver Bestechung gleichkommen.

Hausdorffer setzte sich, wo er mich im Auge behalten konnte, ohne von mir gesehen zu werden. Er war der Beobachter und hatte meine Reaktionen auf Merriams Fragen festzuhalten. Aber ein schwarzes Stück Stoff hat keinen Ausdruck. Ich nahm es ab, um Hausdorffer nicht Gelegenheit zu geben, in seinen Bericht zu schreiben, daß ich mein Gesicht vorsätzlich und arglistig verhüllt hätte.

Plötzlich mit meinem entstellten Antlitz konfrontiert, erbleichte Hausdorffer. Während er unfähig schien, den Blick von meinem zerstörten Gesicht abzuwenden, begann er zu würgen. Nacktes Entsetzen hat einen hypnotischen Effekt. Es fixiert den Blick, bis das Gehirn sich umnebelt und in eine Ohnmacht rettet.

»Fühlst du dich nicht wohler mit der Maske?« fragte O'Brian, in Sorge, daß Hausdorffer vom Stuhl sinken könnte.

»Ich bin sicher, daß du diese Herren auf mein Aussehen vorbereitet hast.« Ich wandte mich zu dem jungen Mann. »Das Badezimmer ist auf der anderen Seite des Korridors, falls Sie sich erfrischen möchten.« Er eilte hinaus; ich hörte ihn erbrechen und die Toilette spülen. Er kam erst nach längerer Zeit wieder zum Vorschein.

»Felix ist diese Hitze nicht gewohnt«, sagte Merriam lahm. »Sie schafft ihn.«

Ich wartete ab, wie Merriam sich seines Auftrags entledigen würde. Ich dachte nicht daran, ihm das Verhör durch Entgegenkommen zu erleichtern.

»Dr. O'Brian informierte uns über Ihre Arbeit, Dr. Cory, und wir sind sehr interessiert, wie sich denken läßt.«

»Er hat es ihnen gegen meinen Willen gesagt«, erwiderte ich. »Und ich weiß noch immer nicht, welche Behörde ›wir‹ verkörpert. Soll das eine Abkürzung für ›Wissenschaft, Immoralität und Radikalismus‹ sein?«

Merriam lachte. Wie bei vielen Menschen, die gewaltsam lachen, war sein Ausdruck der eines Schurken.

»Keine besondere Abteilung. Wir arbeiten alle zusammen, das Außenministerium, das FBI, die CIA und viele andere Abkürzungen. Aber das hat nichts zu sagen. Dr. O'Brian glaubt, daß Ihre Entdeckung für die Regierung wichtig sei. Ich wünschte, Sie hätten uns von sich aus verständigt, Dr. Cory.«

Die Toilettenspülung betonte mit ihrem Rauschen seinen Tadel. Hausdorffer kam wieder herein, aber ich dachte nicht daran, mit Rücksicht auf seine Empfindlichkeit, die Gesichtsmaske anzulegen.

»Wenn ich gegen ein Gesetz verstoßen haben sollte, sagen Sie es mir bitte!« erwiderte ich.

Merriam lachte laut, als ob ich einen Witz gerissen hätte.

»Für Männer wie Sie, Dr. Cory, würden wir ein besonderes Gesetz schaffen müssen. Aber es ist nicht eine Frage von Gesetzen, sondern eine der öffentlichen Sicherheit.«

Ich trug meinen Teil dazu bei, daß dieser lächerliche Dialog in die Länge gezogen wurde, um Helga Zeit zur Flucht zu geben. Auf ihrer Fahrt nach Kalifornien mußte sie Desert Rock passieren. Es gab keine andere Fernstraße. Ich mußte verhüten, daß O'Brian ihr unterwegs begegnete.

»Sind Sie Physiker, Dr. Merriam?« fragte ich.

»Ja, aber nicht in Ihrer Klasse, Dr. Cory«, antwortete er. »Verglichen mit Ihnen bin ich ein Anfänger. Könnten Sie uns etwas über Ihre Arbeit sagen?« Er hatte die Höflichkeit eines Scharfrichters, der dem Verurteilten stolz das Henkerbeil vor die Augen hält.

»Ich glaube nicht, daß ich das tun werde«, sagte ich.

Er sah mich mit dem angemessenen Erstaunen an, gemischt mit einem Anflug von Befremden.

»Ich sehe den Grund Ihrer Verweigerung nicht.«

O'Brian rückte auf seinem Stuhl. »Du sagtest mir, du würdest kooperieren, Patrick!«

Es hörte sich an wie ein Verhör vor dem Ausschuß für Unamerikanische Aktivitäten zur Zeit des Kalten Krieges. Das Wort ›kooperieren‹ hatte den Sinngehalt eines Schuldgeständnisses.

»Ich teile Dr. Merriams Besorgnis, Jimmy. Er mag mein Haus durchsuchen und alle Materialien beschlagnahmen, die ihm verdächtig erscheinen; ich werde ihn nicht daran hindern. Ich werde nicht einmal nach einem Durchsuchungsbefehl fragen, den er sicherlich bei sich haben wird. Er mag meine Sachen mit Lastwagen abtransportieren. Das wird alles innerhalb des gesetzlichen Rahmens sein, vermute ich. Aber er kann mich nicht zwingen, ihm irgendwelche Informationen zu geben.«

»Aber Sie werden es von sich aus tun, nicht wahr?« fragte Merriam mit öliger Stimme.

»Nein.«

»Dann erlauben Sie, daß ich durch Ihr Haus gehe?« Er stand auf und ich hörte, wie Hausdorffer schräg hinter mir gleichzeitig aufstand.

»Tun Sie, was Ihnen beliebt!« sagte ich ohne Groll.

O'Brian machte ein unglückliches Gesicht. Er hatte diese Entwicklung, die, wie er sagte, sein Gewissen diktiert hatte, nicht erwartet.

»Warum es schwierig machen?« fragte er.

»Schwierig?« Ich tat erstaunt. »Du weißt, daß ich jede Reglementierung meiner Arbeit ablehne.« Ich wandte mich zu Hausdorffer um, der die Schlafzimmertür geöffnet hatte. »Das Laboratorium ist gegenüber vom Wohnzimmer.« Ohne mich anzusehen, deutete er eine Verbeugung an. Ich wußte, daß mein Gesicht ihm bis zum Ende seiner Tage in den Träumen erscheinen würde. Manche Leute haben einen irrationalen Horror vor Mißgestaltungen oder extremer Häßlichkeit. Das ist eine Phobie, die sie in ihrer Arbeit verletztlich macht. Ich hätte ihn wirklich sehr gern einmal durch Brentwood House geführt. Die Erfahrung hätte ihn kastriert.

Ich folgte ihm und Merriam. O'Brian blieb zurück; er ging zur Hausbar und schenkte sich ein Glas ein. Ich hatte ihn für kaltblütiger gehalten. Er brauchte Tröstung.

Merriam fand gleich die Elektroden in ihrem kleinen Behälter. Es waren die ersten, die Malcolm gebastelt hatte, übergroß im Vergleich zu meinen letzten Modellen. Merriam untersuchte sie in offenbarer Kenntnis dessen, was er vor sich hatte.

»Eine solche Miniaturisierung von Schaltkreisen habe ich nie gesehen, Dr. Cory.« In seiner Stimme klang aufrichtige Bewunderung an. »Gedankenübertragung! Sie sind fähig, durch künstliche Mittel Gedanken in anderer Leute Bewußtsein zu projizieren? Das ist eine enorme Leistung, und Sie dürfen mir glauben, daß ich nicht locker lassen werde, bis ich weiß, wie Sie es machen!«

Leute wie Merriam könnten ausgebildet werden, indem man ihrem Gedächtnis vorher zusammengestelltes Material einprägte. Oft genug auf Band wiederholt, würden die Informationen sich dauerhaft den Neuronen des Gehirns einprägen. Eine Art Programmierung. In Zukunft würden die Menschen nicht mehr zu denken brauchen; das programmierte Wissen würde ihnen abrufbereit zur Verfügung stehen. Außerdem würde keine besondere Intelligenz und kein hohes Ausbildungsniveau erforderlich sein. Jeder Schwachsinnige ließe sich in dieser Weise programmieren. Vielleicht waren Schwachsinnige sogar besser geeignet als Leute von einiger Intelligenz, da man ihnen nur bestimmte notwendige Programme eingeben würde. Merriam, so vermutete ich, war sich des Ausmaßes dieser Möglichkeiten bewußt. Jede Regierungsbehörde würde nur zu glücklich sein, über solch eine Methode zu verfügen.

»Sie arbeiteten mit Isotopen als Energiequelle«, sagte er unvermittelt. »Wo verwahren Sie sie?«

Die Isotopen! Ich hatte die Behälter mit José nach Hollywood geschickt.

»Woher wissen Sie das?« fragte ich, um Zeit zum Ausdenken einer guten Erklärung zu finden.

»Sie haben welche aus Oak Ridge bezogen. Sie stehen dort im Abnehmerverzeichnis, Dr. Cory. Die Isotopen wurden Ihnen in von Ihnen selbst entworfenen Behältern zugestellt. Dank Ihren Bemühungen verwendet man jetzt ausschließlich diese Art von Behältern.«

Er versuchte alle seine Fragen mit Puderzucker zu bestreuen.

»Warum hat man Ihnen in Oak Ridge nicht gesagt, daß ich das radioaktive Material zurückgeschickt habe?« sagte ich.

Ehe er die Wahrheit herausbringen könnte, würde ich sechshundert Meilen westlich von Desert Rock sein. Glücklicherweise gab er sich mit meiner Erklärung zufrieden.

»Das haben Sie getan?« sagte er. Darauf führte er einen bösartigen persönlichen Angriff. Zu seinen Ermittlungsmethoden gehörte das Erschrecken und Einschüchtern des Gegenspielers.

»Ich wünschte, Sie würden uns helfen, Dr. Cory. Ich hatte gehofft, in Ihnen einen Patrioten zu finden.«

»Einen Patrioten? Da kann ich Ihnen nicht helfen. Ich lese keine Zeitungen, sehe nicht fern und bekomme keine Flugschriften, weder von der Rechten, noch von der Mitte oder der Linken.«

»Ich verstehe Sie nicht«, sagte er verblüfft. »Die Definition eines Patrioten ist klar.«

»Durch Regierungsverordnung? Die Deutschen waren unsere Feinde, ebenso die Japaner, und die Russen und Chinesen unsere Freunde; dann wurden die Deutschen unsere Freunde und die Japaner auch. Die Chinesen und die Russen aber wurden unsere Feinde. Indonesier sind Feinde, Malaysier Freunde, Kongo-Brazzaville ist ein Feind, Kongo-Kinschasa ist ein Freund, eine Insel ist dies, die andere das. Tut mir leid, Dr. Merriam, ich bin nicht auf dem neuesten Stand. Ich arbeite in einem Hinterzimmer und bin in Unkenntnis, wen ich schätzen und wen ich hassen sollte.«

Ich sah den professionellen Agentenjäger hinter seiner freundlichen Maske.

»Wen schätzen Sie?« fragte er.

»Meine Freunde«, sagte ich.

Inzwischen sollte Helga die kalifornische Grenze erreicht haben.

Merriams verbindliche Haltung floß von ihm ab wie Seifenschaum unter einer Dusche.

»Tut mir leid, aber ich muß Sie bitten, nichts aus diesem Haus zu entfernen«, sagte er.

»Bin ich festgenommen?« fragte ich. Das würde meinen Zeitplan durcheinander bringen.

»Experten werden Ihr Material überprüfen müssen. Ich bin keiner. Aber ich würde es begrüßen, wenn Sie da blieben.« Dann goß er wieder das Öl auf die Wogen. »Warum arbeiten Sie nicht mit uns zusammen, Dr. Cory? Nutzen Sie die enormen Vorteile, die staatliche Mittel und Einrichtungen Ihrer Arbeit bringen können. Die Zeiten sind vorbei, da ein Erfinder ganz allein arbeiten konnte.«

»Keine Zusammenarbeit von meiner Seite, Dr. Merriam«, sagte ich.

»Dann wird Dr. Hausdorffer bis zum Eintreffen der Untersuchungskommission bei Ihnen bleiben. Ich hoffe, Sie haben keine Einwände.«

Er funkelte mich an, um seine schwache Rechtsposition wettzumachen.

»Selbstverständlich nicht«, sagte ich. »Ich werde gut für ihn sorgen.«

Merriam ging hinaus und Hausdorffer folgte ihm.

»Patrick«, flüsterte O'Brian neben mir. »Du hast etwas von deinem Material entfernt.«

»Warum gehst du dann nicht hin und sagst es ihnen?«

Er zuckte verwirrt die Achseln.

»Als Judas«, sagte ich, »sind Sie ein Versager.«

11

Seit ich in meinem neuen Haus in den Hügeln von Hollywood lebte, hatte O'Brian, selbst mit der Hilfe der Polizei und der abgekürzten Dienststellen nur geringe Chancen, mich zu finden. Hausdorffer, mein Gefängniswärter, war höflich und von berufsmäßiger Liebenswürdigkeit gewesen.

Als Entgelt hatte ich meine Gesichtsmaske umgebunden. Wir hatten zusammen zu Abend gegessen, wobei ich zum erstenmal vernahm, daß Kaweahs Tamales vorzüglich seien. Sie waren seit Monaten mein Hauptnahrungsmittel gewesen.

Hausdorffer hatte jahrelang in der Forschungsabteilung bei General Electric gearbeitet, Merriam war Dozent am Massachusetts Institute of Technology gewesen. Sie waren gut ausgebildete Akademiker, sonst hätte das FBI sie nicht mit dieser Mission beauftragt. Als Merriam anrief, daß die Untersuchungskommission am folgenden Vormittag in Desert Rock sein würde, wußte ich, daß ich verschwinden mußte.

Hausdorffer konnte seine Tätigkeit in Regierungsdiensten nicht erörtern, also sprach er von seiner alten Stellung. Nachdem er ein paar Gläser getrunken hatte, vertraute er mir seine Kümmernisse an und beklagte sich über den Bürokratismus bei General Electric und wie er um Beförderung habe Schlange stehen müssen, und warten, daß jemand mit längerer Betriebszugehörigkeit und vorrangigen Ansprüchen ausschied oder starb. Außerdem hätten die Leute in seiner Abteilung ihn nicht hochkommen lassen. Es sei eine Verschwörung gewesen. Sie hätten sogar seine Ideen als ihre eigenen ausgegeben. Als Hausdorffer eine Gelegenheit gehabt hatte, einen »interessanteren Job« zu bekommen, hatte er gekündigt und war der Ermittler geworden, als der er vor mir saß.

Er war verbittert wie jeder, der nicht genug Widerstandskraft und Ausdauer hat, sich im Mißgeschick zu behaupten. Solch ein Mann gibt niemals sich selbst die Schuld, nur anderen, und Systemen, die Verschwörungen gegen den Staat sind – schwarze Teufel, die heimtückisch im Dunkeln arbeiten. Wie die Hydra, der für jeden abgeschlagenen Kopf drei neue wuchsen, infiltrierten ihre verderblichen Kräfte die Regierung bis zur Spitze.

Das Grundmuster war klar, er konnte nur leben, wenn er hassen konnte. Haß ist eine Verteidigung, eine Vergeltung.

Zuerst muß jemand handeln. Haß ist eine Gegenreaktion. Haß kann auch entschuldigt werden, da er nur wiedergewinnen möchte, was gestohlen oder geraubt worden ist: Selbstachtung, Stolz, Hoffnungen, aber auch greifbare Werte wie Frauen oder Geld.

Hausdorffer haßte Leute wie mich, die ihre eigenen Ideen ausführten, ohne Verbeugungen vor Vorgesetzten und frei von bürokratischen Beschränkungen. Es war möglich, daß er in seiner Stellung nicht zurückgesetzt worden war; sein fehlender Antrieb mochte seinem Erfolg im Wege gestanden haben. So oder so, sein Dilemma konnte mir gleichgültig sein.

Als Detektiv für eine mächtige und geheime Regierungsbehörde hatte er jetzt eine Möglichkeit zurückzuschlagen, Leute wie mich einzuschüchtern, die sich nicht wie er verkauft hatten. Vermutlich gehörten solche Leute seiner Ansicht nach in Ketten gelegt – Ketten, die er bereitwillig für sich selbst geschmiedet hatte.

Ich war noch in dem Paradies, das er verloren hatte. Jeder Adam mußte von ihm daraus vertrieben werden.

Am Abend hatte er sich mit teutonischer Gründlichkeit ans Trinken gemacht. Dabei ließ er keine äußeren Zeichen von Trunkenheit erkennen. Zwar können die Nieren nur fünfundvierzig Gramm Alkohol pro Stunde absorbieren, doch schienen seine besonders aufnahmefähig zu sein. Aber in dem Maße, wie der Flüssigkeitsspiegel in der Flasche sank, verengten sich seine Toleranzgrenzen mehr und mehr. Zuletzt erzählte er mir von Merriam, seinem Chef. Merriam brüstete sich damit, daß er Lesage erledigt hatte, einen der herausragendsten Wissenschaftler des Jahrzehnts. Nicht daß Lesage außerordentlich erfinderisch gewesen wäre, aber er war wie der Dirigent eines großen Orchesters, der jedes Instrument kannte und alle leitete und zu einem symphonischen Meisterwerk verschmolz. Er hatte die Erforschung der äußeren Atmosphäre weiter vorangebracht als irgendeiner seiner Zeitgenossen. Geistig überragte er Merriam wie ein Wolkenkratzer eine Hütte. Merriam hatte diesen Riesen gefällt, indem er jahrelang Zitate aus seinen Reden gesammelt, in Lesages Privatleben geschnüffelt und ihn durch seinen Umgang mit Leuten, die als unerwünscht gebrandmarkt waren, schuldig gemacht hatte. Er gemahnte mich an das Bild des kleinen Menschen, der mit seiner langen Säge auf dem Stamm einer riesigen Sequoia stand. Dieser Baum hatte den Stürmen und Widrigkeiten der Welt viertausend Jahre lang getrotzt und war nun von einem Zwerg gefällt worden, der beweisen wollte, daß er dieses Naturwunder, das bereits zweitausend Jahre alt gewesen war, als Christus geboren wurde, zu Boden bringen konnte. Dieser Akt von Vandalismus machte den Mann in seinen eigenen Augen mächtiger als den Baum.

Meine Abneigung gegen Hausdorffer vertiefte sich, während ich mit der Hoffnung, er werde zusammenbrechen, immer wieder sein Glas füllte. Aber er tat mir den Gefallen nicht. Wie in einem altmodischen Melodrama schmuggelte ich schließlich ein paar Tropfen Nembutal in seinen Schlummertrunk und hoffte, die Kombination von Alkohol und Barbiturat würde ihn nicht umbringen. Sie tat es nicht; als Kaweah kurz nach Mitternacht kam, schnarchte er auf der Couch.

Kaweah und ich fuhren mit meinem Chrysler los. Ich zeigte ihr, wie man mit der Getriebeautomatik umging, da der alte Buick noch Knüppelschaltung hatte. Sie lernte rasch. Wenn wir tanken mußten, versteckte ich mich auf der hinteren Sitzbank unter einer Decke und tat als ob ich schliefe. Kaweah ließ Benzin einfüllen und bezahlte. Niemand sah mein Gesicht, ein Gesicht, das man nicht vergißt.

Bei Tagesanbruch trafen wir in Hollywood ein. José und Helga erwarteten uns bereits. In meiner Maske kam ich mir vor wie der einsame Steppenreiter.

Die Ausstattung des Hauses am Sumac Drive kündete von der seelenlosen Tüchtigkeit eines Sachverständigen für Inneneinrichtungen, der überzeugt ist zu wissen, was die Leute mögen. Da gab es die Pflanzen in mexikanischen Tontöpfen, die hochglanzpolierten Teakmöbel im Stil der skandinavischen Moderne, die bedruckten Vorhänge, die Drucke von Utrillo und Picasso, und als Ausrufungszeichen und Blickfang die eine ganze Wand bedeckende Reproduktion eines Jackson Pollock, die sich in meinen Augen wie die vergrößerte Aufnahme einer Atomfusion ausnahm. Die Bücherregale waren leer.

Mein Zimmer, mit elfenbeinfarbenen Wänden, einem einfachen Bett und sparsamer Möblierung überblickte das Tal. Vormittags stieg der Smog wie graugelber Nebel auf, zog mit der zunehmenden Sonnenwärme höher und höher, bis er die Gebirgskette jenseits des Tales einhüllte, aber niemals erreichte er den Kamm unseres Hügels.

Ich verbrachte den größten Teil meiner Zeit im Laboratorium, wo ich den neuen Miniatur-Senderempfänger entwickelte, der, klein wie eine Bohne, die zum Verstärken und Senden der Gehirnströme benötige Energie enthielt. Beruhend auf dem Prinzip des Enzephalographen, formte er die elektrischen Impulse der Scheitellappen des Gehirns, welche seine wichtigste Empfangsebene sind, in übermittelbare Frequenzen um. Aber er konnte auch Impulse empfangen und in sensorische Wahrnehmungen umwandeln. Malcolms Überlegungen folgend, hatte ich die Systeme vollständig ausgearbeitet. Als er sie skizziert hatte, waren sie noch abstrakte Konzepte gewesen. Jetzt konnte ich sie in verfeinerter Form praktisch verwirklichen.

In ihrem kleinen Pförtnerhaus lebten José und Kaweah in nie erträumtem Luxus. Kaweah konnte sich über die Geschirrspülmaschine nicht genug wundern; sie verstaute ihre Töpfe und Pfannen darin. Ihr Badezimmer hatte eine eingebaute Wanne, und sie bewunderte die vielen Haushaltsgeräte, ohne sie jemals zu benutzen. Gleichwohl blühte sie wieder auf. Sie ähnelte der Wüste, wo sie geboren worden war und die sie früher nie verlassen hatte; wie die scheinbar unfruchtbare Einöde sich nach einem der seltenen Regengüsse mit Blüten und Gräsern bedeckte, so wirkte auch sie verjüngt und erfüllt von neuer Lebensfreude. José saß gern hinter dem Pförtnerhaus, wo niemand ihn sehen konnte, blickte über das Tal hinaus und beobachtete die winzigen Fahrzeuge, die tief unten dahinkrochen. Beide zeigten wenig Neigung, zum Zeitvertreib nach Thousand Oaks zu fahren, der ausufernden Gemeinde am Talende des Mulholland Drive. Für sie hatte das Leben wieder seinen Gleichgewichtszustand gefunden.

Ich hatte die Frage, wie wir uns von unseren Verfolgern verborgen halten konnten, zur Zufriedenheit gelöst. José durfte nicht mit dem Lieferwagen oder einem unserer Wagen fahren, da wir befürchten mußten, daß die Polizei ihre Kennzeichen bekanntgemacht hatte. Ich ließ José einen Lambretta-Motorroller kaufen, mit dem er in die Stadt fahren konnte. Helga kaufte gegen Barzahlung einen kleinen Sportwagen und meldete ihn unter einem erfundenen Namen an. Einer Laune folgend, entschied sie sich für Gabriel Hyde. Die Nummernschilder dieses Wagens dienten nun abwechselnd für unsere übrigen Fahrzeuge, meine Limousine, Helgas Rambler, Josés Pritschenwagen und den neuen kleinen Sunbeam Alpine. Wäre einer der Wagen je in einen Unfall verwickelt worden oder hätte er auch nur ein Strafmandat bekommen, unser Abenteuer hätte ein jähes Ende gefunden.

Die immerfort verstreichende Zeit ist der Feind des Menschen. Mag ihr Fluß ihm auch Gelegenheit geben, dem Leben abzugewinnen, was er wünscht, so ist ihm doch nur eine begrenzte Zahl von Stunden gewährt.

Helga machte sich keine Gedanken um das Verstreichen der Zeit. Sie hatte auch keine Gewissensbisse, daß sie ihren unbeseelten Geliebten entführt hatte, der nun mit seinem immerwährenden Lächeln im Garten saß, ins Tal blickte, ohne es zu sehen, zu Helga, die er nicht erkannte, oder zu mir, wenn ich vor ihn hintrat. Ich glaube nicht, daß es ihr etwas ausgemacht hätte, wenn dieses Leben für alle Zeit so weitergegangen wäre. Sie wußte, daß ich an dem Problem arbeitete, Gabriel zum Leben zu erwecken, und das genügte ihr. Sie ergab sich dem süßen Nichtstun.

Vor dem Verlassen meines Hauses hatte ich der Bank in

Mojave City Auftrag gegeben, Geld von meinem Konto in bar als versichertes Wertpaket zum Postamt zu schicken. Der Geschäftsführer der Bankfiliale rief mich alarmiert an, da er noch nie von einem solchen Ansinnen gehört hatte. Ich bestand darauf und Kaweah holte das Paket mit einer Ermächtigung vom Postamt ab.

Der Zugang zu reichlich Geld – meinem Geld – verleitete Helga zu verschwenderischen Ausgaben. Da ich die Banknoten in einer Schublade aufbewahrte, zu der sie einen Schlüssel hatte, nahm sie heraus, was sie wollte. Mir machte es nichts aus. Geld, das Symbol des Austausches, hat keine Bedeutung für mich. Außerdem kamen jeden Monat neue Mittel herein. Industrien in allen Teilen der Welt arbeiten mit meinen Patenten. Ein Anwaltsbüro in New York kümmerte sich um das Inkasso. Ich wollte mit diesen Dingen nicht behelligt werden.

Helga fuhr beinahe täglich nach Thousand Oaks, um für sich und Gabriel einzukaufen. Um in der Anstalt keine unliebsame Aufmerksamkeit auf sich zu lenken, hatte sie vor der Entführung keine Kleider eingepackt und mitgenommen. Nun mußte sie sich neu einkleiden und war in den unvertrauten Sachen erfreulich anzuschauen. Die Schwesternuniform hatte ihrem täglichen Leben eine eigene Haltung aufgeprägt. Nun hatte sie mit dieser sterilen weißen Tracht die entsprechende Geisteshaltung aufopfernder Hingabe an einer Sache abgelegt. Sie verzichtete sogar darauf, ihre religiösen Überzeugungen zur Schau zu stellen. Sie war ganz mit Gabriel beschäftigt.

Als seine Betreuerin kannte sie Gabriels Schuh- und Kleidergrößen auswendig und kaufte Anzüge, Schuhe, Krawatten, Socken und Hemden für ihn und verbrachte ungezählte Stunden damit, ihre Kleiderpuppe herauszuputzen, das dichte schwarze Haar zu bürsten, die Nägel zu schneiden, ihn zu waschen und allmorgendlich elektrisch zu rasieren. Wenn ich im Laboratorium das Summen des Elektrorasierers hörte, wußte ich, daß sie wieder mit ihrer lebensgroßen Puppe beschäftigt war.

Niemand hatte je eine Puppe wie die ihre gehabt, schön und geduldig, als ob sie künstlich wäre. Eine Puppe, die, wenngleich sie nicht sprechen konnte, alle anderen Handlungen verrichtete, die Kinder von ihren Puppen erwarten. Wieviel Vergnügen muß ihr diese Riesenmarionette bereitet haben, die sie nach Belieben an- und ausziehen und abends zu Bett bringen konnte.

Was konnte idealer für sie sein? Sie konnte Liebe spielen. Es gab keinen Verstand und keine Persönlichkeit, die sich ihr hätten entgegenstellen können, keinen Streit, keine Meinungsverschiedenheit, keine Reibungen. Sie konnte mit dem Teufel spielen, ohne Gefahr zu laufen, in der Hölle zu landen.

Sie hatte ihren Liebhaber und bewahrte doch ihre Jungfräulichkeit. Wenn es jemals eine Person gegeben hat, die ihren Kuchen haben und gleichzeitig essen konnte, dann war es Helga. Sie kümmerte sich nicht um das Haus noch um etwas anderes. Wie ein autistisches Kind, das nicht zwischen einem lebenden und einem unbelebten Objekt unterscheiden kann, war sie ausschließlich auf Gabriel fixiert.

Wir glichen einer Comic-Serie von Ungeheuern: eine schweigsame Indianerfrau, ihr ebenso schweigsamer, in sich gekehrter Mann, ein männlicher Roboter, ein fanatisch religiöses Mädchen, das in den Roboter verliebt war, und ich, der Mann ohne Gesicht. Allesamt gesucht von der Polizei und einer Anstalt für Geistesgestörte.

Wenn José mit seinem kleinen Roller von Thousand Oaks zurückkehrte, brachte er außer den Lebensmitteln und sonstigen Einkäufen Zeitungen mit. Keine enthielt Meldungen über Gabriels Entführung oder den verrückten Wissenschaftler, der mit seiner gefährlichen Erfindung untergetaucht war. Aber das konnte mich nicht täuschen; es bestärkte mich nur in meiner Überzeugung, daß Merriam und seine Abteilung fieberhaft nach uns suchten.

Menschen verstecken sich, um sich selbst zu entfliehen. Eremiten sind der Gipfel der Selbstsucht. Sie wollen nicht teilen. Keiner von uns wollte teilen, was er oder sie an Lebensgenuß für sich gewinnen konnte. Jeder von uns lebte in seinem kleinen Kreis, stagnierend, allein von dem Gedanken bei Bewußtsein gehalten, daß etwas geschehen könnte, daß ein Gewittersturm losbrechen, ein Erdbeben wüten oder ein anderes Unheil über uns kommen könnte. Aber das war weit weg, wie die Wolken am Horizont, die sich verziehen mochten.

Helga hatte ihr Zimmer neben Gabriels. Bei Nacht ließ sie die Verbindungstür angelehnt. Es war wie die Verlobung zweier keuscher und jungfräulicher Personen, die eines Tages heiraten würden. Helga mußte in dieser rein abstrakten Irrealität seit langem zu Hause sein. Ich weiß nicht, ob sie sich zu irgendeiner Zeit Gedanken darüber machte, was geschehen würde, wenn er seine Persönlichkeit und sein Bewußtsein wiedererlangt hätte und aus eigenem Willen handeln könnte. Ihre Träume waren der Ersatz für ihr Verlangen. Sie waren in einer Weise meinen Alpträumen ähnlich: daß die Explosion nicht geschehen wäre, daß Malcolm lebte, daß ich mein ursprüngliches Gesicht hätte.

In ihrem Fall mochte sie träumen, Gabriels Frau zu sein, mit all den wilden Ekstasen, die nur eine Jungfrau sich ausdenken kann. Vielleicht glich sie mir auch darin, daß sie aus diesen Träumen nicht aufwachen wollte. Der schwerwiegende Unterschied war, daß der Traum, so angenehm er sich anließ, immer nur ein Abspulen jenes furchtbaren, vernichtenden Unfalls war. Sie erlebte das Gegenteil: obgleich ihr Geliebter in Fleisch und Blut gegenwärtig war, konnten ihre Empfindungen nur im Traum Erfüllung finden.

Die Nacht hatte die Luft abgekühlt, und der Smog war wieder zu Boden gesunken, als ich die Arbeit beendete. Das erste Tageslicht lag wie ein Hauch auf den Bergkämmen gegenüber, während es in den Tälern noch Nacht war.

Ich ging in Gabriels Schlafzimmer, zwei von meinen Senderempfängern der dritten Generation in der Hand. Sie waren flach und klein wie Bohnen. Das frühe Licht ließ sein schlafendes Gesicht weiß erscheinen. Er sah friedlich aus.

Es gab keinen Gedanken, der ihn hätte beunruhigen können. Vielleicht hatte die Atrophie seines Gehirns bereits eingesetzt.

Ich setzte mich zu ihm auf einen Stuhl. Die Decke war halb von seinem Körper geglitten, sein ockerfarbener Seidenpyjama gab gebräunte Haut und eine haarige Brust frei. Er atmete tief und regelmäßig, und beim Atmen war sein Zwerchfell wie bei einem Athleten mit in Tätigkeit; die Bauchmuskeln arbeiteten im Gleichklang mit dem Heben und Senken des Brustkorbs. Ein blauschwarzer Schatten deutete auf starken Bartwuchs hin. Die Wangen waren unter den Backenknochen eingesunken. Dünne feine Haut schuf dort Höhlungen, in denen Schatten lagen. Die langen Augenwimpern lagen auf dem Gesicht, tiefschwarz wie angemalt. Er schnarchte ein wenig. Das ewige Lächeln lag auf seinen Lippen, die Mundwinkel waren dünn ausgezogen und ein wenig aufwärts gebogen. Der Mund verlieh dem Gesicht seinen eigentümlich anziehenden Ausdruck. Seine Hände waren lang und kräftig wie die eines Tennisspielers, die Finger liefen spitz zu, die runden Nägel waren sorgfältig manikürt und zartrosa lackiert. Helga hatte ihre Puppe weibisch gemacht. Auch die Zehennägel seines unter der Decke hervorschauenden Fußes waren lackiert. Die Zehen waren sonderbar geformt, wie verkürzte Finger.

Ich befestigte den Senderempfänger mit Klebeband hinter seinen Ohren unter dem schimmernden Haar, das sich weich anfühlte und nach Parfüm duftete. Helga mußte sie am Abend zuvor mit Shampoo gewaschen haben. Was tat sie sonst noch, wenn sie tagelang mit ihm allein war? Sie hatte ihn zu dem Vorstellungsbild gemacht, das sie von dem Mann hatte, wie er ihr als Wunschtraum vorschwebte: gepflegt, künstlich, süß duftend, geziert, edel – ungefähr so, wie ein Mann gern eine exquisite Hure im Bett hat.

Ich spähte in Helgas Zimmer. Sie schlief, ihr Gesicht war abgewandt, und sie hatte die Beine angezogen wie ein Embryo im Mutterleib. Dorthin wollte sie zurück, in die von allen Pflichten freie Geborgenheit.

Ich ging zum Laboratorium zurück und sprach ein paar Worte auf Band. Der erste Versuch mit Gabriel konnte beginnen.

12

Die Tage folgten aufeinander, und das neue Leben geriet zur Routine. Kaweah stand jeden Morgen um fünf auf, wie sie es gewohnt war. José schlief bis Viertel vor sechs, dann machte er sich an die Gartenarbeit. Der Steilhang hinter dem Haus war ein Meer von Wildblumen, blühenden Kräutern und würzig duftendem Gestrüpp. Um acht Uhr, nach einstündiger Morgentoilette war auch Helga bereit für den Tag. Sie kleidete sich immer wie für eine Modenschau. Niemals sah ich sie mit Lockenwicklern oder ohne sorgfältig aufgetragenes Make-up. Und um acht Uhr begann sie Gabriels Tag hinter verschlossenen Türen.

Gabriel wurde in verschiedenen Verkleidungen zur Schau gestellt: als ein Mandarin in einem geblümten chinesischen Seidengewand, als feiner Herr in Nadelstreifen, sportlich in einem seidenen Overall mit breitem Gürtel und verzierter Schnalle, in kurzen Hosen mit bloßen Knien und Tennisschuhen, als wollte sie mit ihm zum Sportplatz. Eines Tages hatte sie ihn als Reiter zurecht gemacht, komplett mit Stiefeln und Sporen.

Sie achtete nicht darauf, wieviel sie für ihn oder sich selbst ausgab. Jeden Tag kaufte sie ihm ein Geschenk: einen Schlips, einen Strohhut, seidene Shorts mit seinen Initialen. Eines Tages sah ich eine Patek-Philippe-Armbanduhr an seinem Handgelenk.

Ich ließ ihr diese Zerstreuungen, da ich nicht wollte, daß sie unruhig, nachdenklich oder reumütig würde. Sie hatte alle ihre früheren Tabus verletzt. Sie war mit Gabriel, den man ihrer Pflege anvertraut hatte, davongelaufen, sie verbarg sich vor der Polizei und hatte O'Brians Vertrauen mißbraucht. Eine Rechtfertigung ihres Handelns war nur möglich, wenn es gelang, Gabriels Zustand merklich zu bessern.

Sie glich einem Spieler, der sein ganzes Geld beim Roulette auf eine Nummer setzt. Die Kugel war schon geworfen und kreiste im Rad. Für Helga gab es keinen Zweifel daran, daß die Kugel in das Fach mit ihrer Nummer fallen würde.

Ich verließ kaum mein Laboratorium. Es ist erstaunlich, wie rasch ein Raum den Charakter seines Bewohners annimmt. Elektronische Geräte sind von seelenloser Abstraktion, aber dies war meine Welt, in der ich mich wohl fühlte, eine Welt von Mikrochips, Verstärkern, Energiezellen, winzigen Verdrahtungen, Kunststoff und Edelstahl. In gewisser Weise war das Labor ein Symbol meiner selbst.

Als ich die Frühstücksecke passierte, sah ich Gabriel, wie er von Helga gefüttert wurde. Das periphere Nervensystem wirkt als ein äußerer Spiegel für die physikalische Welt, deren Eindrücke an das zentrale Nervensystem weitergeleitet werden, wo sie die notwendigen sofortigen Anpassungen oder Reflexhandlungen auslösen. Gabriels niedere Gehirnfunktionen waren nicht vollständig zerstört. Die mit dem Blutkreislauf, der Atmung, Verdauung und dem Bewegungsapparat zusammenhängenden Steuerungszentren arbeiteten noch, sonst wäre er nicht am Leben. Die mechanischen Funktionen des Essens und Schlafens, und sogar die Gewohnheit der Toilettenbenutzung waren durch seine Krankheit nie beeinträchtigt gewesen.

Aber er hatte kein Erinnerungsvermögen, eine Erscheinung, die häufig auch bei alten Leuten zu beobachten ist, deren vom Willen gesteuerten Teile des Nervensystems durch Verkalkung ausfallen. Ich hatte einmal zwei alte Männer im Korridor eines Krankenhauses beobachtet, die sich gemeinsam darüber klarzuwerden versuchten, ob sie zum Speisesaal gingen, ihr Mittagessen einzunehmen, oder ob sie gerade von dort kamen. Sie mochten sich an jede noch so unbedeutende Episode erinnern, die sie vor fünfzig Jahren durchlebt hatten, die Merkfähigkeit aber war verlorengegangen.

Ich war bereit für meinen ersten Versuch mit Gabriel. Ich konnte seinen Erfolg oder Mißerfolg nicht durch unmittelbare Beobachtung prüfen, war aber keinen Augenblick im Zweifel, daß ich davon hören würde.

Ich steckte die zuvor aufgenommene Bandkassette in das Gerät und schaltete es ein. Es war der gleiche Versuch, den ich mit Kaweah vorgenommen hatte. Im nächsten Moment hörte ich Helgas Aufschrei. Sie sprang aus der Frühstücksecke, stürzte durch das Wohnzimmer, wo sie einen Sessel umwarf und schrie: »Dr. Cory! Dr. Cory!«

Gleich darauf erschien sie im Eingang zum Laboratorium. Eine Haarsträhne hing ihr ins Gesicht, die aufgerissenen Augen blickten wild, und sie hatte ihren sorgfältig aufgetragenen Lippenstift verschmiert.

»Er hat gesprochen!« schrie sie mir zu, als ob ich eine Meile entfernt wäre. »Gabriel hat gesprochen!«

»Gut, das erwartete ich.«

Sie hörte nicht auf mich.

»Er sagte: ›Helga, bitte mehr Kaffee‹! Er sagte es ganz deutlich! Und dann sprach er weiter ... vielleicht redet er noch!«

Jetzt erst erkannte ich den Ausdruck in ihren Augen als Entsetzen.

»Sind Sie nicht erfreut?« fragte ich.

»Ja«, rief sie, kam endlich zu sich und strich die mutwillige Haarsträhne zurück. »Es ... es war solch ein Schreck ... Ich saß da, und plötzlich redete er!«

»Das war doch, was Sie wollten, nicht?« sagte ich, während ich das Band zurücklaufen und von neuem anfangen ließ. Ich hatte eine halbe Minute unbesprochenes Band vorgeschaltet, um mir Zeit zu geben, zu ihm zu gehen.

Gabriel saß aufrecht und lächelnd hinter seiner Kaffeetasse. Er trug ein Sporthemd, aus dessen offenem Kragen schwarzes Haar lugte. In seinen großen violettblauen Augen war kein Ausdruck. Aber nun öffnete er den Mund, und seine weißen Zähne blitzten.

»Helga«, sagte er, »bitte mehr Kaffee, und etwas von der

Hafergrütze. Nein, keinen Zucker, keine Sahne, nur Hafergrütze und Kaffee.«

Es war keine Hafergrütze auf dem Tisch.

Seine Stimme war wohlklingend, gut moduliert und hatte die sinnlichen kehligen Anlaute, die Männer in den Stimmen anderer Männer nicht ausstehen können. Die Stimme paßte zu seinem Aussehen und mußte einmal Teil seines unbezwinglichen Charmes gewesen sein.

Kaweah erschien in der Türöffnung, erschrocken, eine Pfanne in der Hand. Als sie meinen Blick auffing, verschwand sie so rasch, wie sie erschienen war. Vermutlich lief sie zu José, um ihm zu erzählen, daß der stumme Idiot seine Stimme wiedergefunden habe.

»Helga, bitte mehr Kaffee, und etwas von der Hafergrütze. Nein, keinen Zucker, keine Sahne, nur Hafergrütze und Kaffee«, sagte er wieder. Das Band lief aus. Er blieb still.

Helga lehnte an der Wand, sichtlich verwirrt und betroffen. Sie war so bleich, daß ihr Make-up deutlich hervortrat.

»Er spricht wieder, Sie haben es gehört«, murmelte sie, unfähig, dieses Wunder zu begreifen.

»Ich brachte ihn zum Sprechen, Helga«, sagte ich.

Sie blickte mich verwirrt an. »Sie brachten ihn zum Sprechen«, sagte sie, als erwache sie aus dem Traum, der an dem Tag begonnen hatte, da sie mit Gabriel fortgelaufen war. »Wie haben Sie es gemacht?«

»Es ist eine mechanische Reaktion, erzeugt durch einen Reiz der niederen Gehirnfunktionen. Er wird alles sagen, was ich ihm eingebe, solange er diese Dinger trägt ...«

Ich trat näher und entfernte die winzigen Senderempfänger, die ich hinter seinen Ohren befestigt hatte.

Sie starrte mit großen Augen auf die bohnenähnlichen Elemente auf meiner Handfläche. Ihre Stimme war heiser vor Furcht. Sie mußte sich an ihren Schock im Krankenhaus erinnert haben, als ich mit ihr experimentiert hatte.

»Schrecklich«, sagte sie, ging rasch hinüber zu Gabriel und berührte mitleidig sein Gesicht, wie ich es oft in Brentwood House gesehen hatte.

»Sie haben ihn nicht verletzt?« fragte sie.

»Natürlich nicht. Der Versuch ist mit keinerlei Schmerzempfindung verbunden. Das sollten Sie wissen, Helga.«

Sie schauderte. »Kein Schmerz, ja, nur Schock und Angst.«

»Aber Gabriel reagiert nicht wie ein denkender Mensch«, erwiderte ich. »Noch nicht. Ich werde erreichen, daß er geht, sich ankleidet, liest. Zwar ist nicht zu erreichen, daß er versteht, aber ich könnte ihn alles mögliche tun und sagen lassen.«

Sie sah ihn an, und ihre Augen umwölkten sich. Ich konnte mir denken, woran sie dachte: ihre unschuldigen Flitterwochen näherten sich dem Ende.

»Und er würde Sie benötigen, um all das zu tun?« fragte sie.

»Nein. Aber wir werden seine Reaktion durch Stimulierung seiner Reflexe, der assoziativen und willkürlichen Aktivitäten trainieren müssen. Meine Theorie ist, daß sie durch seine Krankheit lahmgelegt worden sind, und zwar infolge einer chronischen Verkrampfung. Wenn diese Spannung gelöst werden könnte, hätte er eine Chance, wiederhergestellt zu werden. Es ist keineswegs eine ausgemachte Sache, daß seine Gehirnzellen zerstört sind. Die Diagnose hängt von den Theorien ab, die sich in der Lehre durchsetzen. Enzephalitis ist lange Zeit die Privatdomäne der Epidemologen gewesen. Sie könnten sich allesamt im Irrtum befinden. Seine Heilung könnte in den Bereich von technisch orientierten Forschern wie mir gehören.«

Sie sperrte vor Staunen den Mund auf. »Sie meinen, Sie könnten seine nervösen Reaktionen durch künstliche Reize stärken?« fragte sie. »Wie beim Training der Polio-Patienten? Dabei handelt es sich ja ebenfalls um eine Erkrankung der Nerven.«

Sie begann mir zu glauben. Meine Heilmethode sank von der Ebene des Wundersamen zu derjenigen einer Therapie ab, wo sie sich zu Hause fühlte.

»Sie haben gerade gehört, daß ich ihn zum Sprechen

bringen kann.« Ich öffnete die Hand mit den Senderempfängern. »Wenn ich diese nahe seinem Stammhirn in die Haut einpflanze, vor allem aber nahe den Nervenbahnen, die schnabelförmig zusammenlaufend die verschiedenen Stränge sensorischer Wahrnehmung umfassen, könnte er seinen Verstand wiedergewinnen. Nicht zwangsläufig auch sein Gedächtnis, aber er würde sich seiner Umgebung bewußt und in der Lage sein, nach seinem eigenen Willen zu handeln.«

Sie nickte. Die Erklärung hatte ihr eingeleuchtet.

»Ja. Wir bekamen Reaktionen von autistischen Kindern, wenn wir Befehle mit leichten Elektroschocks koppelten. Wir erzielten sogar Heilungen.«

»Leichte Stromstöße durch die bloßen Füße«, sagte ich. »O'Brian zeigte mir ein paar Fälle, und ich nahm an einer Behandlung teil. Das brachte mich auf die Idee, Helga. Leichte Stromstöße durch den Thalamus würden paralysierte Nerven zur Tätigkeit anreizen.«

Sie schlüpfte wieder in die Rolle der Krankenschwester. »Wie würden Sie das anfangen?«

»Die letzten Wochen habe ich an Miniaturgeräten gearbeitet, die unter seiner Haut eingepflanzt werden können. Sie erzeugen ihre eigene Energie. Werden Sie mir bei der Einpflanzung assistieren?«

»Sie brauchen mich als Schwester«, sagte sie und lächelte mir zu, während sie Gabriel flüchtig über das Haar strich.

Ich war froh, daß meine Stimme keine Klangfarbe hatte, sonst wäre sie womöglich darauf gekommen, daß ich sie vorsätzlich getäuscht hatte.

Ich war nicht bereit, meine Geheimnisse preiszugeben. Es traf zu, daß ich ihn zum Leben erwecken und erreichen konnte, daß er zusammenhängend und vernünftig sprach. Ich konnte ihm Gefühle geben, ihn wieder zum Menschen machen.

Dies alles konnte ich – indem ich ihm meine Persönlichkeit lieh.

13

In der folgenden Nacht litt ich unter Schmerzen, die heftiger waren als alles, was ich bis dahin erlebt hatte.

Das Leiden vergeht, aber das Bewußtsein, es durchgemacht zu haben, bleibt für immer ins Gedächtnis eingegraben. Das Medium der Sprache bewahrt etwas vom Zusammenhang zwischen körperlichen Schmerzen und menschlicher Existenz. Das Wort ›Pein‹ ist vom lateinischen ›poena‹ abgeleitet, was Bestrafung bedeutet. Schmerz ist böse. Er ist der Schatten des Todes. Tod ist ein Ende ohne Bedeutung. Er läßt sich mit dem Leben nicht in Harmonie bringen, so sehr die Religionen sich auch darum bemühen mögen. Schmerz ist die Zerstörung des Selbst in der Gestalt der Qual.

Aber mich konnte der Schmerz nicht mehr erreichen. Ich hatte entdeckt, wie ich ihm entkommen, wie ich ihn spurlos auslöschen konnte. Zwar mochte er dennoch meinen Körper peinigen, er vermochte aber nicht in mein Bewußtsein vorzudringen.

Wir hatten Gabriel ins Laboratorium geführt. Ich rasierte ihm das Nackenhaar aus, und anästhesierte eine Stelle unterhalb des zweiten Halswirbels. Dem Sterilisierungsapparat entnahm ich meine neuesten Senderempfänger. Ich hatte sie auf die Größe von Reiskörnern verkleinert.

Helga assistierte mir. Zuerst sterilisierte sie mit übertriebener Sorgfalt den ›OP‹ – einen Teil meines Laboratoriums. Das kleine Skalpell hatte sie eine Stunde lang gekocht. Sie bestand darauf, daß ich Chirurgenhandschuhe benutzte, obwohl all diese Vorkehrungen kaum notwendig waren. Ich tat ihr den Gefallen, um ihre Besorgnis im Hinblick auf meine Geschicklichkeit als Chirurg zu zerstreuen. Als Operation war der Eingriff weniger kompliziert als die Entfernung eines Splitters, aber Helga benahm sich, als handele es sich um ein riskantes chirurgisches Experiment.

Nur ein paar Blutstropfen sickerten aus den zwei winzigen Einschnitten, die ich gemacht hatte. Sie waren so unbedeutend, daß ich nach dem Einsetzen der Implantate auf das Zunähen verzichten konnte und mich mit einem Antibiotikum und Heftpflaster begnügte. Innerhalb weniger Tage würden die Schnitte verheilt und wieder vom Haar überwachsen sein. Niemand würde je auf den Gedanken kommen, daß Gabriel Deepings Handlungen durch zwei winzige Empfänger ferngesteuert waren.

Helga war dieses Verfahren zu prosaisch, und so legte sie ihm zur Sicherheit noch einen Halsverband an und brachte ihn zu Bett, damit er von dieser schweren Prüfung ausruhe.

Ich erwartete, daß sie anschließend zurückkehren würde, aber sie kam nicht. Interessierte sie nicht, was von nun an mit Gabriel geschehen sollte? Oder fürchtete sie sich davor? Ich hatte die Antworten auf ihre Fragen parat.

An diesem Abend schlug der Schmerz wieder zu.

Ich habe Leute gesehen, die Injektionen ins Auge erhielten, um ein Glaukom am weiteren Wachstum zu hindern. Trotz der Anästhesie ist der Schmerz fast unerträglich. Benommen vom durchbohrenden Schmerz, schreit kein Patient auf. Sie haben keine Zeit zu einer Reaktion, da die Qual so rasch vorüber ist wie sie eingesetzt hat. Manche, die das Erlebnis schon einmal gehabt haben, lachen. Der Schmerz scheint ihnen in seiner Ungeheuerlichkeit und seinem raschen Verschwinden in einer morbiden Art und Weise komisch.

Der Schmerz, der mich befallen hatte, aber blieb. Meine Haut brannte wie von rotglühenden Nadeln, krampfhafte Nervenschmerzen benahmen mir den Atem und Angstgefühle verstärkten meine Qual.

Ich fiel zu Boden und krallte wie blind herum, ohne zu wissen, wie ich mich von diesem wütenden Anfall befreien könnte.

Als ich wankend wieder auf die Füße kam, die vorbereitete Spritze zu suchen, die mir Erleichterung verschaffen würde, konnte ich sie nicht finden. Der Schmerz war so intensiv, daß ich kaum sehen und mich nicht erinnern konnte, wo ich sie hingelegt hatte. In meiner Hilflosigkeit wollte ich sogar Helga rufen, aber nur ein krächzender Laut kam mir über die Lippen.

Umhertastend, fand ich die zwei Senderempfänger, die mich mit Gabriel verbinden konnten. Ich drückte sie gegen meine Schläfen.

Der neuralgische Schmerz war plötzlich verflogen, alle mit ihm verbundenen Beeinträchtigungen verschwunden, und eine schwarze Leere senkte sich beruhigend und alles umhüllend auf mich herab. Ich schien in Dunkelheit und Stille zu schweben. Zum ersten Mal seit vielen Wochen – vielleicht seit dem Tag, als ich mit Helga experimentiert hatte – fühlte ich mich ruhig und entspannt, mein Bewußtsein erlosch. Ich war eingeschlafen.

Als ich erwachte, sah ich rosigen Lichtschein durch die Augenlider. Ich befand mich in einem euphorischen Schwebezustand und rührte mich nicht, um dieses Wohlbefinden nicht vorzeitig zu beenden. Dann hörte ich, wie leise eine Tür geöffnet wurde und leichte Schritte näher kamen.

Helga stand in einem durchscheinenden Negligé vor mir. Das spitzenbesetzte dünne Material hüllte ihren Körper wie mit Nebelschleiern ein. Es war enthüllend, gab dem Auge jedoch nichts Bestimmtes zu sehen. Ich wußte nicht, wo sie es her hatte. Ganz gewiß hatte sie es nicht in Thousand Oaks gekauft, diesem Vorortanhängsel von Los Angeles. Es kam aus einem sehr teuren Geschäft, soviel war sicher.

Dieser Morgenrock war der Höhepunkt schüchterner Verlockung und jungfräulicher Provokation, ein Schild aus zartem Chiffon. Um an ihren Körper heranzukommen, mußte es zerstört werden. Sie war gekleidet wie eine Braut für die Hochzeitsnacht. Ein weicher Kern in einer weichen Schale ...

Die Picassodrucke aus seiner Blauen Periode an der Wand, die blauen Clowns, der blaue Absinthtrinker mit seinem ausgemergelten Gesicht und den langen knochigen

Händen, blaue Blumen auf der Anrichte, blaue Vorhänge – ich war in Gabriels Zimmer.

Ich war Gabriel!

Er regte sich nicht, gab durch nichts zu erkennen, daß er sie sah.

»Gabriel«, flüsterte sie. »Du bist wach!«

Spärliches Licht drang durch die Vorhänge. Es war kurz nach Tagesanbruch, die Sonne war noch nicht aufgegangen.

Sie setzte sich zu ihm aufs Bett.

»Wirst du mich verlassen?« Sie hauchte die Worte nur. Ihre Hand liebkoste seine Wange, glitt zum Hals und berührte den Verband, um auf seiner Brust zur Ruhe zu kommen. Sie seufzte aus Furcht vor den Ungewißheiten der Zukunft und möglicher Trennung. Sie spürte, daß unruhige Zeiten bevorstanden, aber ihr Verstand konnte die Dunkelheit nicht durchdringen.

Sie mußte jeden Tag in sein Zimmer gekommen sein, während alles noch schlief, denn zu dieser Stunde war keine Störung zu befürchten. Sie erhob sich und bewegte sich, umwallt von dem feinen Gewebe, wie eine Geistererscheinung zur Tür, die sie als zusätzliche Vorsichtsmaßnahme zusperrte.

Dann kam sie wieder zum Bett, schlug vorsichtig die Decke zurück und legte sich neben ihm nieder.

Sie nahm seine Hand und legte sie auf ihre Augen, die sich heiß anfühlten, wie mit Tränen gefüllt, die keine Befreiung finden konnten. Dann ließ sie seine Handfläche über ihren Mund gleiten, atmete hinein und ihre Zunge fuhr seine Handlinien nach.

»Was wird aus uns werden?« wisperte sie.

Alles war still bis auf das einförmige dumpfe Rauschen des entfernten Verkehrs. Sie wandte das Gesicht Gabriel zu und führte seine Hand an ihre Brust, deren kleine Warze hart wurde, und ein leidenschaftlicher Schauder überlief sie. Sie wälzte sich herum und drängte ihren Körper an den seinigen, und ihre Hand glitt in sein Pyjamaoberteil und knöpfte es auf.

»Gabriel!« hauchte sie an seiner Brust. »Warum? Warum?«

Das war ein Rätsel, das sie nicht lösen konnte, da sie unfähig war, die Ursache ihrer Furcht in ihr Bewußtsein zu heben. Jeder Psychoanalytiker hätte ihr die Antwort bei der ersten Sitzung geben können. Ihre schmale Hand wanderte über seinen Körper, den gespannten Magen, den harten Solarplexus, und das Andrängen ihres Körpers wurde heftiger und fordernder. Gleichzeitig bedeckte sie ihn in einer plötzlichen Aufwallung mit Küssen.

Gabriel rührte sich nicht. Seine weit geöffneten Augen starrten ihr ins Gesicht. Sie zog den Morgenrock hoch und legte ihr Bein über ihn, um ihm noch näher zu sein, und mit einem leisen Stöhnen preßte sie Gesicht und Mund an seine haarige Brust, als wollte sie mit ihm eins werden. Sie fing an, das Becken in einem gespannten, gequälten Rhythmus gegen ihn zu bewegen, wälzte sich ganz auf seinen wie leblos liegenden Körper und bearbeitete ihn mit immer heftigeren Serien von Kontraktionen, warf den Kopf zurück und biß sich auf die kleine Unterlippe.

Auf einmal zog sie sich mit einem Schreckenslaut zurück, rollte vom Bett, fiel zu Boden, kam aber schnell wieder auf die Füße. Entsetzt starrte sie auf seinen Unterleib. Sie hatte das Anschwellen gefühlt, ein unvermutet erwachendes Leben in ihm, wo sie sicher gewesen war, daß nichts erweckt werden könne.

Sie schlug beide Hände vor den Mund und unterdrückte einen Schrei. Die gleiche kopflose Angst, die damals im Krankenhaus Besitz von ihr ergriffen hatte, kam abermals über sie, und sie rannte blindlings hinaus. Die Tür krachte zu, der Schlüssel drehte sich im Schloß, als ob sie befürchtete, er werde ihr folgen.

Ich war wieder im Laboratorium, die Senderempfänger in der Hand. Ein dumpfer Schmerz, Nachhall des Wirbelsturms, der über mich hinweggegangen war, verebbte allmählich. Der Angriff der quälenden Neuralgie war vorüber.

Ich stand vorsichtig auf, in Sorge, eine jähe Bewegung könne die Revolte meiner gequälten Nerven erneuern, ging in mein Schlafzimmer und fiel aufs Bett, ohne mich zu entkleiden. Aber ich konnte nicht schlafen. Hatte ich die Ebene erreicht, wo nichts wichtig war außer dieses Hochgefühl von Leben und Jugend? Ich war aus meinem alternden, gequälten Körper geschlüpft, hatte meine Sinne, mein Gehirn und meine Empfindungen mitgenommen und hatte sie, wie ich zuvor in die Nervensysteme des Stiers und des Koyoten eingedrungen war, in die Schale eines anderen Körpers übertragen, dem Einsiedlerkrebs gleich, der ein neues Gehäuse für seinen weichen, verwundbaren Körper sucht und findet.

Der weiche Körper in der harten Schale!

Mein Versuch war abgeschlossen. Hier sollte er ein Ende finden. Ich hatte erreicht, was Malcolm und ich begonnen hatten. Ich hatte den empirischen Beweis geführt. Wahrnehmungen und Gefühle konnten übertragen werden. Man konnte sie nach Belieben ein- und ausschalten. Wer im Besitz der technischen Hilfsmittel war, konnte den Empfängerkörper beherrschen. Ihm war es möglich, in jedem Körper zu leben, den er wählte; der Körper war dagegen machtlos.

Das war das Haltezeichen in meiner Forschung. Nun sollte ich zur nächsten Phase übergehen, der Verbreitung und Erweiterung meiner Ideen, der nutzbringenden Anwendung. Meine Entdeckung konnte Gehirne lehren, Empfindungen anzunehmen, die hervorzubringen sie selbst unfähig waren. Sie konnte von Leuten wie O'Brian auf zurückgebliebene Kinder angewendet werden, sie möglicherweise heilen, und durch sie eröffnete sich die Möglichkeit, Geistesgestörte zur Erfahrung verschütteter Gefühle zu zwingen. Sie konnte auch gefühlskalte Männer und Frauen heilen. Ihre Anwendung war grenzenlos und wohltätig.

Aber wie könnte ich mich aus freien Stücken in meine halbzerbrochene alte Schale zurückziehen und mich masochistisch bis zum Ende meiner Tage dem Leiden unterwerfen? Es gab einen Körper, in dem ich leben konnte, gesund, kräftig, zwanzig Jahre jünger als der meinige.

Er gehörte mir, wenn ich es wünschte.

Meine Entscheidung mußte sorgfältig abgewogen werden. Sobald die wissenschaftliche Welt im allgemeinen und meine Fachkollegen im besonderen aufmerksam gemacht wären, würde es kein Zurück geben. Von dem Augenblick an würden sie mich überwachen. Ich würde im Rampenlicht stehen und keinen Schritt mehr unbeobachtet tun können. Es würde auf eine besondere Form von Einzelhaft hinauslaufen.

Hatte nicht auch ich ein Recht, wenigstens noch ein paar Jahre zu leben?

Ich, Gabriel!

14

Kaweah klopfte an meine Schlafzimmertür. Sie war beunruhigt. Der Tag hatte nicht mit der gewohnten Routine begonnen. Als sie mich angekleidet sah, war sie sichtlich erleichtert. Entgegen meiner Gewohnheit hatte auch ich verschlafen.

Sie sagte mir, daß Helga sehr früh mit dem Sportwagen davongefahren sei, ohne sich um Gabriel zu kümmern, der noch im Bett liege, ungewaschen und ungefüttert.

Ich ging zu ihm. Er lag wach und starrte blicklos zum Fenster. Seine langbewimperten violettblauen Augen zeigten nicht die Spur eines Ausdrucks, als ich in ihre Blickrichtung trat.

Helga war geflohen, um sich von ihrem Schock zu erholen. Der Teufel, von dessen Existenz sie wußte, ohne ihm jemals gegenüber gestanden zu sein, war ihr plötzlich erschienen, seine höllische Lanze schwingend. Sie konnte sehr gut theoretisch darlegen, wie andere sich an ihre Lebensweise und ihre undifferenzierte, zweckbestimmte Religiosität halten sollten. Aber die Wirklichkeit entsetzte sie.

Sie hatte ihren Schützling hilflos und allein zurückgelassen.

Auch ich war hilflos. Wie sollte ich diesen schweren Körper aus dem Bett bringen? Würde er aufstehen, wenn ich ihn am Arm zöge? Und was dann? Sollte ich ihn zur Toilette führen?

Ich war keine Krankenschwester, aber ich hatte eine Idee, wie die Situation zu bewältigen wäre. Außerdem würde es Teil des Experiments sein. Ich ging zurück in mein Laboratorium, sperrte die Tür ab und befestigte die Senderempfänger an meinen Schläfen.

Die Laboratoriumseinrichtung löste sich auf, und ich sah Gabriels Schlafzimmer. Es kam darauf an, ihn durch Gedankensignale zu steuern, wie man seine eigenen Bewegungen und Verrichtungen steuert. Aber ich mußte dabei bewußt an jede einzelne Bewegung denken, da ihm nichts von selbst einfiel: das Ausstrecken der Hände, das Zurückschlagen der Decke, das Bewegen der Füße und Beine, das Aufstehen, tief atmen und gähnen, wie man es nach einem gesunden Nachtschlaf tut. Ich wollte, daß er sich vollständig natürlich verhielt.

Ich erfreute mich des Wohlbefindens seines muskulösen Körpers, der gebändigten Energie seiner jungen Muskeln. Er ging ins Bad, zog den Schlafanzug aus, öffnete die Tür zum Duschkabinett, drehte an den Hähnen und probierte die Temperatur. Als er sie richtig fand, trat er hinein und seifte sich ab. Er summte eine Melodie. Männer und Vögel fangen oft zu singen an, wenn sie das Geräusch fließenden Wassers hören. Die Muskeln seines wohlproportionierten Körpers bewegten sich glatt und geschmeidig unter der weichen Haut. Das lange Haar fiel ihm ins Gesicht, und er warf es mit einem Sprühregen von Wassertropfen zurück. Dann verließ er die Dusche, drehte das Wasser ab, was er zuerst vergessen hatte und hüllte sich in seinen Bademantel aus Frottee. Nachdem er sich mit energischen Bewegungen das Haar getrocknet hatte, steckte er das Kabel des Rasierapparates in die Steckdose und betrachtete sein Gesicht im Spiegel, während er seinen bläulich-schwarzen Bartwuchs bearbeitete. Er grinste sich an, er verzog das Gesicht, um dem Scherkopf eine glatte Fläche zu bieten, begutachtete seine Zunge und die Zähne.

Darauf warf er den Bademantel ab, tappte nackt ins Schlafzimmer und öffnete den großen Schrank, um einen Anzug, das passende Hemd dazu und Socken auszuwählen.

Es war an der Zeit, mit Helgas Maskeraden Schluß zu machen. Er legte einen Flanellanzug, den einzigen, den er besaß, aufs Bett, und ich dachte daran, ihm Kleider zu besorgen, die nicht so bunt und aufgeputzt wären, wie die grellfarbig bedruckten Hawaiihemden, oder so auffallend wie die englische Reitkleidung mit ihren Stiefeln und silbernen Sporen.

Er wußte nicht, wie er sein Haar scheiteln sollte – das war etwas, was ich nicht tat –, und er kämmte es schließlich glatt zurück. Helga mochte es lang. Er hatte einen Haarschnitt nötig.

Noch immer nackt, bewunderte er sich selbst im Spiegel; den athletischen, dichtbehaarten Oberkörper, die langen, muskulösen Schenkel und Beine des Tänzers. Dann sah er Helga hinter sich im Spiegel. Sie beobachtete ihn starr, mit dem ungläubigen Staunen eines Menschen, der sich von undurchschaubaren Zaubertricks getäuscht weiß. Sie scheinen geheimnisvoll, obwohl sie offensichtlich auf Fingerfertigkeit und Schnelligkeit beruhen, unerklärlich für die Laien, bis sie erläutert werden.

Ich weiß nicht, wo sie gewesen war. Vielleicht im hügeligen Waldgelände über unserem Haus, bemüht, ihre Gedanken zu entwirren.

Ein Bekannter von mir, von Beruf Bildhauer, hatte sich einmal eine lebensgroße Gummipuppe gemacht, mit allen Feinheiten eines menschlichen Körpers. Aber er hatte seine Schöpfung unbefriedigend gefunden. Sie hatte »keine vaginale Wärme« gehabt, wie er mir mit einem Lachen erzählt hatte, hinter dem Enttäuschung verborgen gewesen war. Er hatte eine schöne Geliebte gewollt, fügsam und ohne eigenen Willen – eine Olympia aus *Hoffmanns Erzählungen*. Aber die vollkommene Form reichte nicht aus; es mußte auch die lebendige Haut zu fühlen sein, unter der das Blut pulsierte.

Helga hatte eine Gliederpuppe geliebt, aber diese war unvermittelt zum Leben erwacht und hatte Gefühle gezeigt. Darauf war sie in Panik geraten – die natürliche Reaktion einer intakten Jungfrau. Vor diesem Zwischenfall hatte sie die Wahl der Annäherung an ihren inaktiven Partner gehabt und nach Belieben mit ihm umspringen können. Doch wie konnte sie nun wissen, ob diese Puppe sie nicht unversehens mit einer dem unbelebten Hirn entsprungenen Kraft in den muskulösen Armen erdrücken würde?

Gabriel gab nicht zu erkennen, daß er sie sah. Wie besessen von einem pathologischen Reinigungsdrang – der in Wahrheit meine momentane Unschlüssigkeit zu überdekken hatte –, bespritzte er Gesicht und Achselhöhlen mit Rasierwasser, das er kräftig auf seiner Haut verrieb. Hingegen ließ er die Puderquaste in ihrem mit Treibarbeit verzierten Kästchen – eines von Helgas Geschenken – unbeachtet.

Er stand da wie ein römischer Gladiator, gebräunt und haarig. Schließlich, nachdem er sie mit Mißfallen betrachtet hatte, zog er eine rosafarbene Unterhose an – Helga hatte sie gekauft –, nahm die Flanellhose vom Bett und stieg hinein. Dabei summte er unbekümmert vor sich hin. Als Helga zögernd nähertrat, ging er an ihr vorbei, das Hemd an sich zu nehmen. Sein Blick streifte sie, ohne sie zu erkennen und immer noch summend, wandte er sich zur Seite, einen Schlips von der Stange zu ziehen.

»Gabriel«, sagte sie heiser, »bitte sieh mich an!«

Er hörte nicht auf sie, und als sie die Hand ausstreckte, ging er an ihr vorbei zum Schuhschrank. Sie versuchte ihn am Hemdsärmel zurückzuhalten, aber er ging weiter und entzog sich ihrem halbherzigen Zugriff.

Auf einmal brach ein Schluchzen wie ein Schmerzenslaut

aus ihr hervor. Sie schlug wie ein Kind die Hände vors Gesicht und brach in Tränen aus. Gabriel ging hin und her, als wäre sie Luft, pfiff und summte, band sich den Schlips und zog in der täglich wiederkehrenden Gewohnheit morgendlicher Verrichtungen die Schuhe an.

Tränen strömten ihr über die Wangen, und plötzlich rannte sie hinaus.

Ich war auf sie vorbereitet, als sie an meine Tür klopfte. Ich ließ die Senderempfänger zurück und trat ins Wohnzimmer. Sie sah mich mit verweinten Augen an. Sie suchte mein Mitgefühl, aber ich hatte kein Bedauern für sie. Sie war ein hysterisches Mädchen, das zusammenbrach, wenn die Welt nicht wie gewünscht auf ihre Selbstsucht reagierte.

Ich arbeite gern mit Meerschweinchen, weil ihr Seelenleben mich nicht bekümmert. Aber hier hatte ich mit menschlichen Elementen zu tun.

»Was ist los?« fragte ich. Sie spürte, daß ich ärgerlich war, obwohl ich keine Gemütsbewegungen ausdrücken konnte.

»Gabriel hat sich heute ohne meine Hilfe angezogen«, sagte sie, noch immer ungläubig und schockiert.

»Sie haben ihn nicht angezogen? Warum nicht?«

Sie antwortete nicht.

»Ich dachte, es sei Ihre Pflicht, für ihn zu sorgen«, sagte ich. »Sie wollten, daß er seinen Verstand zurückerhält. Und nun, wo die ersten Ansätze dazu gemacht werden, rennen Sie fort. Ich hatte Ihnen mehr Disziplin zugetraut.«

»Er weiß nicht, daß ich da bin«, schluchzte sie. »Er schaute mich an und sah mich nicht! Er schaute mir in die Augen, ohne mich zu sehen!«

»Was hatten Sie erwartet?« fragte ich. »Eine vollständige Heilung?«

Ich konnte sie nicht mehr gebrauchen. Sie hatte mich gezwungen, diese schöne gesunde Schale aufzugeben und in meinen eigenen Körper zurückzukehren. Sie hatte in meinem Spiel ebenso wenig eine Funktion mehr wie eine vom Brett genommene Schachfigur.

»Warum erkannte er mich nicht?« fragte sie, bestürzt über

den Verlust ihres Spielzeugs. Es war bequem gewesen, solange sie es wegpacken oder als Zeitvertreib hatte benutzen können. Jetzt waren seine mechanischen Eingeweide defekt geworden. Die Feder des Uhrwerks hatte sich selbst aufgezogen.

»Ich weiß nicht. Könnte sein, daß er wie eines der autistischen Kinder handelt, die nur erkennen, was sie sehen wollen, und nur gebrauchen, was ihnen nützlich erscheint. Geben Sie mir Zeit.«

»Ihnen Zeit geben?« Sie sah mich wachsam und mit plötzlich erwachtem Argwohn an.

»Ja, mir. Bisher ist es mir nur gelungen, sein motorisches Nervensystem zu stimulieren, und nur Teile seiner Erinnerung. Er entsinnt sich jetzt der automatischen Bewegungen und Verrichtungen, die mit dem Aufstehen und Ankleiden verbunden sind. Schon als er noch in Ihrer Obhut war, erinnerte er sich, wie man ißt und sich auf der Toilette entleert, nicht wahr? Empfindungen und Gefühle hat er noch nicht. Oder doch?«

Sie schlug verlegen den Blick nieder. Ohne Zweifel dachte sie an den Schock, als die Puppe im Bett körperlich reagiert hatte. Ich fragte mich, ob sie den Mut haben würde, darüber zu sprechen. Sie überraschte mich.

»Ja, er hatte«, sagte sie, nachdem sie entschieden hatte, daß es keine Ausflüchte geben dürfte; wir beide waren um Gabriel besorgt. »Ich berührte ihn, und er reagierte – wie ein Mann.«

»Das ist immerhin ein Fortschritt«, sagte ich. »Und es ist, was Sie wollten, nicht wahr? Der nächste Schritt könnte sein, daß er Sie erkennt und sich in Sie verliebt.«

Mein Sarkasmus entging ihr. Während ihrer morgendlichen Wallfahrt in die Hügel hatte sie das Problem analysiert, dem sie sich gegenübersah. Und sie hatte die Zugbrücke hochgezogen und war in ihre Festung zurückgekehrt. Ihr Ausfall in feindliches Territorium war zu Ende.

»Ich habe darüber nachgedacht, Dr. Cory. Ihr Experiment ist gegen den Willen Gottes.« Sie war wieder in ihrer religiösen Schale. Ich bedauerte, daß Gabriel sie nicht vergewaltigt hatte. Das hätte sie vielleicht menschlich gemacht.

»Sie setzen mich in Erstaunen«, sagte ich. »Solange Gabriel eine Gliederpuppe war, waren Sie glücklich und zufrieden. Jetzt, da er wieder ein Mensch geworden ist, können Sie es nicht ertragen. Warum nicht?«

»Ich ging fort, um zu beten«, sagte sie abweisend. »Ich habe meine Gedanken und Gefühle formuliert. Ich habe gesündigt. Ich hatte unreine Begierden und habe meine Demut verloren.«

»In Ordnung«, sagte ich. »Demut ist notwendig. Das verstehe ich. Aber sie muß von Toleranz begleitet sein. Und was Sie tolerieren, sind nur Sie selbst.«

»Nein!« Ihr blasses und ziemlich mitgenommenes Gesicht war wieder durchglüht von jener entsagenden inneren Distanz, die mir bei unserer ersten Begegnung aufgefallen war. »Das ist nicht wahr!«

»Wirklich nicht? Der Wille Gottes! Was für eine einfache Lösung, der Verantwortlichkeit auszuweichen! Folget mir, und ihr werdet mich verlieren; folget euch selbst, und ihr werdet beides finden – mich und euch selbst! Ende des Zitats von Miß Coleman! Sie sagten mir, daß Sie ihn lieben und daß Liebe Liebe erzeugt. Sie waren davon überzeugt. Was ist geschehen? Er kehrt aus seinem geistigen Vakuum in die Welt zurück. Sie aber laufen davon. Warum?«

»Ich weiß es nicht«, sagte sie verzweifelt. »Ich weiß es nicht!«

»Selbstverständlich wissen Sie es. Nun, da er nehmen könnte, was Sie noch vor ein paar Tagen ihm zu geben bereit zu sein glaubten, sind Sie entsetzt. Warum schlafen Sie nicht mit ihm? Das könnte die richtige Therapie für ihn sein. Aber für Sie ist körperliche Jungfräulichkeit wie ein Abzeichen. Für ein paar Dollar, bezahlt für eine Heiratslizenz, würden Sie all Ihre Skrupel verlieren, nicht wahr?«

»Sie sind grausam«, wimmerte sie wie ein erschöpftes, gequältes Kind. »Wie grausam Sie sein können!«

Sollte sie mich ruhig verabscheuen. Dann würde sie fortlaufen, sogar ohne Gabriel.

»Ich will Ihnen sagen, was Sie tun können, Ihre lilienweiße Seele zu retten«, sagte ich. »Kehren Sie zurück zu Jimmy! Er betet Sie an. Sie würden ein feines Paar abgeben, eine humanitäre Gemeinschaft. Sie könnten Gutes tun, ohne Ihr Gewissen in Gefahr zu bringen. Gehen Sie zu ihm! In der Zwischenzeit werde ich Gabriel seinen Verstand zurückgeben.«

Sie starrte aus dem Fenster.

»Das könnte ich nicht«, sagte sie mit der Aufrichtigkeit einer Frau, die sich nicht darauf versteht, Kompromisse zu schließen.

»Man wird Sie nicht ins Gefängnis werfen«, sagte ich. »Erzählen Sie, daß es Gabriel besser geht, daß er vielleicht geheilt werden kann. Ich brauche noch ein paar Monate, um ihn wiederherzustellen. Völlig wiederherzustellen. Sie könnten helfen, indem Sie ihn mir überlassen.«

Sie ging zur Tür.

»An dem Tag, als Sie mir sagten, ich solle mit Gabriel fortlaufen, betete ich. In meinem Gebet glaubte ich die rechte Antwort vernommen zu haben. Jetzt bin ich verloren.«

»Dann gehen Sie wieder hinauf in die Hügel und formulieren Sie Ihre Gedanken und Ihre Gefühle von neuem. Ich kann Ihnen nicht helfen, Miß Coleman!«

Sie ging hinaus und schloß mit Entschiedenheit die Tür. Ich war neugierig, was sie tun würde – mich verraten und Gabriel zurückschicken lassen, den Status quo wiederherstellen, das Liebesspiel am Morgen, die Eigentümerschaft an der Gliederpuppe, das unbekümmerte, glückliche Leben, das ihr zu der Einbildung verhalf, daß sie die Jeanne d'Arc von Brentwood House sei? Vielleicht O'Brian heiraten, wie ich vorgeschlagen hatte, und nebenbei über diesen Liebhaber verfügen, eine Madame Bovary ohne den Makel einer unerlaubten Affäre?

Ich war überzeugt, daß sie Gabriel niemals aufgeben würde.

»Dr. Cory! Dr. Cory!« kreischte sie aus Gabriels Zimmer. Ich wußte, warum sie erschrocken war. Gabriel war in seinen teilnahmslosen Zustand zurückgesunken, war wieder zur Puppe geworden, weil ich die Kontakte von meinen Schläfen entfernt hatte.

15

Gabriel fuhr den Sunbeam Alpine nach Beverly Hills. Er kannte das Haus seiner Eltern nicht, nur die Anschrift.

Er mußte mit einer Vergangenheit zurechtkommen, die ihm unbekannt war. Das Gesicht seiner Mutter war ihm bekannt, ebenso das seiner Verlobten, Mercedes. Und er hatte von einem Stiefvater gehört. Damit endete das Wissen um seine Vergangenheit. Wer waren seine Freunde? Welches College hatte er besucht? War er Mitglied von Klubs, ein Golfspieler, ein Tennismeister, konnte er schwimmen, tanzen?

Ich sah mich einer äußerst schwierigen Aufgabe gegenüber. Die Vergangenheit eines Menschen ist wie eine komplizierte Maschine, die aus Millionen von Teilen besteht. Für einen Außenseiter ist es unmöglich, die vielfältigen Verflechtungen eines anderen Menschen Leben zu entwirren. Wie kann er die Bedeutung eines Lächelns erkennen, einer geheimen Sehnsucht, des Tonfalls einer Stimme, der menschliche Beziehungen knüpft oder abbricht, halbe Andeutungen, die nur langjährig Vertraute verstehen können, scheinbar flüchtige Bemerkungen, die den Gang des Lebens zu ändern vermögen? Es sind nicht nur Tatsachen, die entscheiden, sondern auch Beziehungen zu anderen, die ebenso feinen wie dauerhaften Vernetzungen von Zuneigungen und Abneigungen, Abhängigkeiten und Verpflichtungen – ein vielschichtiges, tausendfältig verknüpftes Gewebe aus Ursachen und Wirkungen, die einen Charakter formen und in sein Umfeld einbetten.

Von Gabriel wußte ich außer seiner Fallgeschichte nichts, und sie machte nur eine halbe Seite medizinisch-neurologischer Fakten aus. Er kam aus einer reichen Familie, hatte eine gute Ausbildung genossen, niemals einen Unfall gehabt und war bis zu seiner Enzephalitis gesund gewesen. Das war alles, was ich wußte.

Bei Tagesanbruch betrat Helga sein Zimmer, wie sie es immer getan hatte. Gabriel erwachte, als sie in einem Morgenmantel vor seinem Bett stand. Das Haar fiel ihr lose über die Schultern und rahmte ihr blasses ängstliches Gesicht ein, dessen Züge von Entschlossenheit verhärtet schienen. Vielleicht hatte sie die ganze Nacht nicht geschlafen und über ihre Probleme nachgedacht. Sie betrafen nur sie selbst, ihre Beziehung zu Gabriel, ihre Einstellung zu ihm, ihre Macht über ihn. Sie glaubte die Antwort gefunden zu haben. Für sie war es eine verzweifelte Entscheidung.

»Gabriel?« sagte sie mit zögernder, leiser Stimme.

Er, flach auf dem Rücken liegend, wandte den Kopf und sah sie ohne Wiedererkennen an. Aber sie war ermutigt, daß er auf ihre Stimme reagiert hatte.

Sie öffnete ihren Morgenmantel und ließ ihn zu Boden gleiten. Sie war nackt. Ohne die Augen von ihm abzuwenden, hob sie die Arme und strich ihr Haar zurück. Ihre jugendlichen, hochangesetzten Brüste hoben sich, und über den Hüften spannte sich die Haut und ließ den Solarplexus klar hervortreten. Ihre Haut war sehr schön und makellos, und auf seinem rundlichen Hügel schimmerte das blonde Schamhaar. Sie stand still und schaute ihn unverwandt an, versuchte eine Reaktion in seinen Zügen zu finden.

In der Furcht, ihn zu verlieren, hatte sie alles auf ein verzweifeltes Spiel gesetzt. Welchen Einfluß würde sie noch auf ihn haben, sollte er wieder ganz gesunden? Nachdem ihre Zärtlichkeiten schon seine körperliche Reaktion geweckt hatten, würden sie vielleicht auch sein Gedächtnis wachrufen können. Durch ihre Hingabe würde sie ihren Einfluß auf ihn endgültig festigen, denn von da an würden sie etwas gemeinsam haben, was schwerer wog als ihre einseitige Liebe.

Der Orgasmus ist ein Schock für das Nervensystem, wie in der Natur kein anderer von dieser Größenordnung und Intensität existiert. Sie glaubte ihn mit ihrem Opfer kaufen zu können.

Sie beugte sich über ihn, daß ihr langes Haar sein Gesicht einhüllte, und ließ den angehaltenen Atem mit einem Seufzer entweichen. Den Mund leicht geöffnet, küßte sie ihn. Ihrem Kuß war eine eigentümlich sondierende, flatterhafte Bewegung eigen, die ihr vielleicht von einer Lesbierin beigebracht worden war. Dann legte sie ihre Stirn an die seine.

»Weißt du, warum ich hier bin?« fragte sie in einem Ton verzweifelter Dringlichkeit. Sie blickte ihm unverwandt in die Augen. Gabriel rührte sich nicht. Sie schlug die Decke zurück und knöpfte ihm den Pyjama auf, schnell und mit geübten Fingern, dann legte sie sich zu ihm und führte seine Hand zur Höhlung ihres Kreuzes, wie sie es früher schon oft getan hatte. Langsam zog sie seine Hand über ihren elfenbeinglatten Bauch und führte sie nach leichtem Zögern weiter abwärts. Sie erschauerte, und ihre Zähne schlugen zusammen. Nachdem sie eine plötzliche Schüchternheit überwunden hatte, berührte sie seine Brust und bewegte die Hand über seinen Magen, bis sie sein Organ fühlte. Seine Reaktion vermittelte ihr ein Gefühl von Macht und Siegesgewißheit.

Aber sie war nicht erfahren. Sie mochte Aufklärungsbücher über die ideale Ehe, über Psychologie und Technik des Geschlechtslebens gelesen und sich in medizinische Werke vertieft haben, dennoch war sie unvorbereitet. Sie wußte nur, wie sie ihre eigene Befriedigung erlangen konnte. Ohne eine Spur ihrer früheren Sittsamkeit kniete sie in stürmischer Leidenschaft über ihm und versuchte ihm und sich selbst mit wilder Heftigkeit und wellenförmigen Bewegungen Erfüllung zu verschaffen. Ihr heißer Atem schlug in sein Gesicht, trug ihm Liebesworte, Flehen und Schmeicheleien zu, bis ihre Erregung den Höhepunkt erreichte und sie ihren Mund in seinem vergrub und in langer Ekstase pulsierte.

Dann ließ sie erschöpft den Kopf auf seiner Brust ruhen, und die Feuchtigkeit ihres Körpers vermischte sich mit seiner. Schließlich wälzte sie sich von ihm, ohne ihr eigentliches Ziel erreicht zu haben. Mit einer kindlichen Gebärde berührte sie ihn wieder, forschend.

Als er keine Reaktion zeigte, legte sie den Kopf an seine Schulter und weinte, nicht wegen einer verlorenen Jungfräulichkeit, sondern weil es ihr nicht gelungen war, sie zu verlieren. Sie hatte ein verzweifeltes Spiel gewagt und verloren.

Nach einer Weile setzte sie sich aufrecht. Die Tränen tropften ihr auf die im Schoß zusammengelegten Hände.

Gabriel schien zu schlafen; sein Gesicht war zur Seite gedreht, so daß sie es nicht sehen konnte.

Sie stand auf und ließ sich mit leisem Stöhnen wieder auf die Bettkante niedersinken, die Hände zwischen den Schenkeln. Ihre Entschlossenheit hatte zu nichts geführt. Die Entscheidung, sich Gabriel hinzugeben, die Befürchtungen und Zweifel, selbst ihre Gebete, der Todesmarsch zu seinem Bett, eingehüllt nur in den Morgenmantel, die vorbereitende Entkleidung und die Erwartung der Reue, die sich am nächsten Tag unweigerlich einstellen würde – all diese Qual war umsonst gewesen.

Sie wandte sich zu ihm um, streichelte sein abgewandtes Gesicht, dann erhob sie sich mit einem tiefen Seufzer, hob ihren Morgenmantel auf und schlüpfte hinein. Sie stand noch eine Weile und beobachtete ihn, lauschte seinem leichten Atem, der den verlangsamten Rhythmus ruhigen Schlafes hatte. Dann ging sie hinüber in ihr Zimmer.

Jetzt erst dämmerte mir, daß ich einen nicht wiedergutzumachenden Fehler begangen hatte. Ich hatte ihre kaltblütige Entschlossenheit, sich Gabriel hinzugeben, nicht vorausgesehen, eine Entscheidung, die das Ergebnis nüchterner Planung gewesen sein mußte. Nun, da ihr eine vollständige Vereinigung mit ihm nicht gelungen war, würde sie vor nichts haltmachen, um ihren Wunsch zu erfüllen. Frauen haben kein Verständnis für bestimmte Vorstellungen von Ethik. Ich habe Mütter gekannt, die ihre eigenen Kinder zu Drogenabhängigen machten, um ihren Einfluß auf sie zu behalten. In der Therapie bedauerten sie nur sich selbst, nicht aber, was sie ihren Sprößlingen angetan hatten. In bestimmten Aspekten fehlt ihnen eine gewöhnliche Anständigkeit, die dem männlichen Teil angeboren ist. Sie sind angetrieben von fixen Ideen und bekämpfen rücksichtslos, was ihnen im Weg steht. Sie stürzen Könige von ihren Thronen, zerstören bedenkenlos festgefügte Familien, um ihr Ziel zu erreichen, ohne jemals fähig zu sein, das Ausmaß ihrer Unmoral zu begreifen.

Helga hatte sich Gabriel in den Kopf gesetzt. Ihr Verführungsversuch war gescheitert, und nun konnte nichts als der Tod sie an dem Versuch hindern, ihre Niederlage ungeschehen zu machen.

Sie mußte aus ihrer Liebe zu ihm geschockt werden, einer Liebe, die bewußt war, nicht instinktiv oder rein emotional. Bewußte Liebe hängt ab von Bemühen und Intelligenz und hat als Grundlage keine Chemie. Sie liebte Gabriel mit Herz und Verstand.

Es könnte notwendig werden, ihn ins Ausland zu schikken, einen Ozean zwischen die beiden zu legen, um sie aus seinem Leben zu entfernen.

Ich hatte Gabriel sehr leise aufstehen lassen. Er zog sich an, verzichtete aber aufs Rasieren, damit das Summen des Elektrorasierers sie nicht aufweckte. Bald war er fertig, das Haus zu verlassen. Seine Habseligkeiten brauchte er nicht mitzunehmen.

Aber die Wagenschlüssel! Sie hatte die Schlüssel in ihrem Zimmer!

Leise drückte Gabriel die Tür auf. Helga schlief. Das lange Haar war wirr über das Kissen hingebreitet, die schmale Gestalt lag auf der Seite, die Arme vor dem Gesicht, die Beine halb angezogen. Gabriel sah sich nach der Handtasche um, in der die Wagenschlüssel waren. Sie stand, ein teures Stück aus Krokodilleder, auf der Frisierkommode. Er nahm sie an sich und schlüpfte hinaus, um ihren Inhalt auf sein Bett zu entleeren. Eine Geldbörse, ein Make-up-Etui und ein Lippenstift fielen heraus, und ein Schlüsselring. Es war eine sehr ordentliche Handtasche, ohne das Durcheinander, das die meisten Frauen darin herumtragen.

Als Gabriel durch die bis zum Boden reichenden Flügelfenster sein Zimmer verließ und in den Garten hinausging, kam José gerade mit einer Schaufel in der Hand aus dem Pförtnerhaus. Er blieb verblüfft stehen, als Gabriel an ihm vorbeiging, den Sportwagen aus der Garage fuhr, das Tor öffnete und mit der größten Selbstverständlichkeit auf die Straße hinausfuhr.

Wenige Augenblicke später klopfte José an meine Schlafzimmertür, aber ich konnte sie nicht öffnen. Wenn ich die Senderempfänger ausschaltete, würde Gabriel in den nächstbesten Wagen oder die nächste Hauswand krachen, oder über die Böschung rollen und den Steilhang ins Tal hinabstürzen.

Hier begann das komplizierte Zusammenwirken von mir und Gabriel. Wenn er aktiv war, mußte ich mich einschließen und jede Störung fernhalten. Kehrte ich zu meiner eigenen Existenz zurück, wurde Gabriel wieder zur hirnlosen Gliederpuppe, bar jeden Denkprozesses.

Schließlich gab José seine Versuche, mich zu wecken, auf und ging fort. Ich ließ Gabriel in eine ungeteerte schmale Seitenstraße abbiegen. Dort, hinter Bäumen verborgen, ließ ich ihn anhalten. Ich war ziemlich sicher, daß niemand ihn dort sehen oder stören würde. Er lehnte sich zurück und schloß die Augen, um zu schlafen. Das war einstweilen die beste Lösung, solange ich mein eigenes Leben lebte und meine eigenen Gedanken dachte.

Ich ging hinaus.

José und Kaweah waren in der Küche, aufgeregt und verwirrt.

»Gabriel ist mit dem kleinen Wagen weggefahren«, berichtete José, »und Miß Coleman schläft noch. Ich wollte sie nicht wecken.« Er hatte ein feines Gespür, und seine Loyalität zu mir hatte ihn veranlaßt, die richtige Entscheidung zu treffen.

»Ja, lassen wir sie ruhig schlafen«, sagte ich. »Gabriel fehlt nichts.«

Ich war nicht daran interessiert, nähere Erklärungen zu geben oder ihre Besorgnis zu beschwichtigen. Beide hatten Gabriel aus dem Haus gehen und wie einen Mann, der im vollen Besitz seiner geistigen Kräfte ist, davonfahren sehen. José war ein sehr guter Zeuge für den Fall, daß Merriam oder O'Brian mein Versteck ausfindig machten.

José und Kaweah spielten keine Rolle in meinem Plan. Ich wollte, daß sie sich auch weiterhin an ihre Pflichten hielten. Leute, die für mich arbeiten, sind Zahnräder im Getriebe, denen bestimmte Aufgaben zugewiesen sind. Mehr konnte ich ihnen nicht erlauben; vor allem konnte ich keine Übergriffe in meine eigene Domäne dulden.

Ich ging zum Laboratorium, hatte das Haus aber kaum betreten, als ich Helga ins Wohnzimmer kommen hörte. Ich mußte sie in die Schranken weisen. Außerdem machten sich meine nervösen Gesichtsschmerzen wieder bemerkbar, die mich, wenn ich nichts dagegen unternahm, um den Verstand bringen konnten. Ich wünschte in den Körper zurückzukehren, der mich schützte.

Helga sah übernächtig und blaß aus, das Haar ohne Glanz. Nachdem sie ihr mythisches Land ewiger Jugend und Schönheit verloren hatte, war ihr auch die Frische abhanden gekommen.

»Gabriel ist fort«, sagte sie. Wieder war sie zu mir gelaufen, als ob ich die Schlüssel zu allen verschlossenen Türen hätte.

»Ich weiß«, sagte ich. »Ich hörte ihn den Wagen aus der Garage fahren. Machen Sie sich keine Sorgen.«

Das war ihr keine ausreichende Erklärung. Ihr Verstand war schwerfällig, gelähmt von zu vielen ungelösten Problemen.

»Sorgen?« erwiderte sie. »Warum machen Sie sich keine? Was tun die Empfänger, die Sie ihm eingepflanzt haben?«

»Das Gehirn reaktivieren«, sagte ich unbestimmt.

»Wohin ist er gefahren?« fragte sie. Alles mußte nach ihrem Willen gehen. Sie verstand nicht, sich mit Mißgeschick abzufinden.

»Zu seiner Mutter, ganz bestimmt. Dort wird er sicher sein. Sie wird niemanden an ihn heranlassen – eine Hyäne, die ihr Junges verteidigt. Dort gehört er hin, meinen Sie nicht?«

Sie mußte an die vergangene Nacht zurückgedacht haben, denn sie sagte: »Und was ist mit mir? Er kann nicht einfach aus meinem Leben verschwinden. Was soll ich tun?«

»Zu Jimmy zurückgehen. Ich verspreche Ihnen, daß Gabriel an Ihre Tür klopfen wird«, sagte ich. »Ich bin überzeugt, daß er sein Gedächtnis wiederfinden und sich Ihrer erinnern wird, und wie nahe Sie ihm gestanden haben.«

Ihre Augen wurden schmal und nachdenklich. Mein Wissen von ihr und Gabriel war ihr ein finsteres Geheimnis. »Es besteht keine Notwendigkeit, Jimmy oder sonst jemandem etwas über Gabriel und seinen Aufenthalt zu erzählen, außer daß man ihn in Ruhe lassen sollte. Andernfalls könnte er einen Rückfall erleiden«, sagte ich.

Wenn sie O'Brian verriet, was sie wußte, würde er seine Verstärkungen rufen und mit großem Aufgebot über mich herfallen. Andererseits wußte ich nicht, wie ich sie ohne Gewaltanwendung zurückhalten sollte, und die war gegen meine Natur. Mein Ungestüm erstreckte sich nur auf Ideen und Theorien, nicht auf körperliche Aggression.

Sie sah mich forschend an, wie es ihre Art war. Ich merkte, daß sie sich mir anvertrauen wollte, es aber nicht wagte. Irgendwo in ihrer sehnsüchtigen und eigennützigen Seele hatte sie ein Element unerschütterlicher Aufrichtigkeit. Sie war unbestechlich. Da sie aber schon einmal ihr Liebesspiel mit Gabriel angedeutet hatte, mochte sie sogar kühn genug sein, ihren vergeblichen Beitrag zu seiner Gesundung zu bekennen. In menschlichen Angelegenheiten werden ausgefallene Ideen oftmals als einfache Lösungen betrachtet. Die Leute verlieren ihre Perspektive, sehen nur das eigene Ziel und nicht die schwierige, gewundene Straße, die zu ihm führt.

Dieser Gedanke, auf mich selbst angewendet, verschaffte mir wieder einen klaren Blick, und ich sah meine eigene Situation in diesem Wettbewerb um Gabriels Körper. Ich hatte aufgehört, der reine Wissenschaftler zu sein; auch ich ließ mich in meinem Handeln von Wünschen und Egoismus leiten. Ich wußte, was ich tat, war aber in der Beurteilung meines Handelns nicht vorsichtig genug.

Sie hatte ihre Entscheidung getroffen. »Ich werde nicht zu Jimmy zurückkehren.«

»Was haben Sie vor?«

»Ich werde zu ihm gehen«, sagte sie. »Er braucht mich, Dr. Cory.«

Der Gedanke gefiel mir. Solange sie bei Gabriel war, konnte ich sie im Auge behalten.

16

Ich schloß mich im Labor ein, um die Verbindung mit Gabriel wiederherzustellen. Er mußte noch in der Seitenstraße des Mulholland Drive im Wagen schlafen.

Welche Reichweite hatte meine Gedankenübertragung? Würde sie trotz meines Verstärkers allmählich schwächer und sich schließlich wie die Aussendung einer Rundfunkstation ganz verlieren, oder glich ihre Fortpflanzung derjenigen der Lichtwellen im Raum, deren Reichweite unbegrenzt ist?

Ich hatte Gabriels Leben einem ernsten Risiko ausgesetzt. Eine Unterbrechung von Sekunden hätte ausgereicht, und er wäre wie ein am Lenkrad einschlafender Fahrer verunglückt. Zweck meines Experiments war, ihn weiterfahren zu lassen und zurückzurufen, sobald die Signale schwächer wurden.

Auf einmal fühlte ich mich meiner Sache nicht mehr sicher. War ich auf dem richtigen Weg, oder hatte ich mich wie schon so viele Male während meiner Arbeit in eine Sackgasse verrannt? Selbstzweifel regten sich. Der Glaube an uns selbst bedarf wie jeder Glaube der Bestätigung und des Zuspruchs von außen. Und ich arbeitete weiterhin allein. Wieder wanderten meine Gedanken unwillkürlich zurück zu Malcolm. Er hatte klar geurteilt, wo ich unsicher geworden war. Aber wenn er nach neuen Zugängen zur Lösung unserer Probleme gesucht hatte, war er mit sich unzufrieden gewesen und hatte sein Denken der Schwerfälligkeit bezichtigt. Schwerfälligkeit des Denkens ist nicht immer ein Mangel an Intelligenz. Oft verbirgt sich dahinter Furcht vor dem Vordringen ins Ungewisse.

Mir schien auf einmal, daß ich den Weg verloren hatte, der durch meine Forschung nur undeutlich markiert gewesen war. Zwar war es mir gelungen, mein Bewußtsein nach Belieben in einen anderen Körper zu übertragen, doch mochte ich eines Tages unfähig sein, diesen Körper wieder zu verlassen, unfähig, die Verbindung zu unterbrechen, wie es in dem Fall geschehen war, als der Koyote überfahren worden war.

Jedesmal, wenn ich mich diesem Experiment unterzog, setzte ich mein Leben aufs Spiel.

Doch der Punkt, an dem es noch ein Zurück gegeben hätte, war längst überschritten. Ich konnte nur noch vorwärtsgehen. Wie eine Katze, in der durch künstliche Stimulation der entsprechenden Gehirnregionen angenehme Empfindungen geweckt werden, immer wieder zu neuen elektrischen Reizungen zurückkehrt, obwohl ihr Gehirn allmählich ausbrennt, konnte ich mich nicht enthalten, die Senderempfänger anzubringen und in Gabriels Körper zu schlüpfen.

Ein paar Sekunden später blickte ich durch seine Augen.

Ein Polizist stand mit ratloser Miene neben dem Sportwagen. Er war jung, ein Anfänger, der sich noch vom Polizeihandbuch leiten ließ und dem eigenen Urteil nicht traute. Aber sein Begleiter saß im Streifenwagen und beriet über Sprechfunk mit dem Hauptquartier. Die beiden mußten den abgestellten Wagen erspäht, nachgesehen und einen bewußtlosen Mann darin gefunden haben, mit dem sich nichts anfangen ließ.

Der jüngere Polizist leuchtete mit einer Taschenlampe in Gabriels Augen. Wenn die Pupillen geweitet blieben, hatte er einen Rauschgiftsüchtigen gefunden. Aber sie zogen sich zusammen. Kein Heroin!

Auf einmal erwachte Gabriel zum Leben. Seine toten Augen blickten umher, er richtete sich auf und fing an zu reden.

»Tut mir leid«, sagte er. »Ich muß eingeschlafen sein. Ich fühlte mich müde, fuhr hier herein und hielt für ein Weilchen an.«

Die Geläufigkeit seiner Sprache, der jähe Wechsel von offensichtlicher Besinnungslosigkeit zu völlig vernünftigem Verhalten erschreckte den Polizisten.

»Sie haben nicht geschlafen, Sie waren bewußtlos«, sagte er. »Ich schüttelte Sie, aber Sie sahen mich nur wie betäubt an. Was haben Sie genommen?«

»Genommen? Nichts«, sagte Gabriel. »Ich habe einen sehr festen Schlaf.« Er grinste dem Polizisten freundschaftlich zu. »Sagen Sie, ist es gegen das Gesetz, in einem abgestellten Wagen abseits der Straße zu schlafen?«

Der zweite Beamte gesellte sich zu seinem jüngeren Kollegen. Er war älter und er verstand seine Autorität zur Geltung zu bringen.

»Ihren Führerschein«, sagte er.

Gabriel befühlte der Form halber seine Jackentaschen. Er hatte keine Papiere bei sich. Ich hatte sie vergessen.

»Muß meine Brieftasche liegengelassen haben. Tut mir leid. Ich hatte eine lange Nacht. Sie wollte mich nicht nach Hause lassen«, sagte er mit versteckter Anspielung, um die beiden in sein angebliches Abenteuer mit einzuschließen.

Es gibt kaum einen unbefangenen Augenblick zwischen einem Bürger und der Polizei. Uniformen haben etwas Lächerliches und zugleich Einschüchterndes. In Friedenszeiten überwiegt das erstere; selbst Generäle sehen komisch aus, wenn keine Kugeln fliegen. In Deutschland gilt die Uniform nach wie vor unterschiedslos als Kennzeichen einer Respektsperson. Ein Mann in Uniform ist ein höheres menschliches Wesen, auch wenn er nur Bahnbeamter oder Postbote ist. In England, wo die Polizei traditionell unbewaffnet ist, steht sie auf einer Stufe mit den Bürgern. Aber das Verhältnis der US-Polizisten mit ihren Gummiknüppeln und griffbereiten Revolvern zu den Bürgern ist hoffnungslos verkrampft. Zwar sind sie zur Höflichkeit angehalten, aber in dieser Höflichkeit schwingen allzu oft Überheblichkeit und Herablassung mit, die den Bürger erbittern.

»Ihren Namen und Ihre Anschrift, bitte«, sagte der ältere Beamte und zog Schreibblock und Bleistift aus der Tasche.

»Gabriel Deeping, zwölf zwanzig Bel Air Lane«, sagte Gabriel. Ich kannte die Adresse.

Da Bel Air ein Wohnort der Reichen ist, wurde der Polizist noch höflicher.

»Ist das Ihr Wagen?« fragte er.

Die Vorschriften sind ein Spinnennetz, das seine Beute umgarnt. Der Wagen war auf einen erfundenen Namen zugelassen. Meine Anschrift stand auf der Zulassungsplakette. Die Schale meiner Anonymität hatte einen Riß bekommen. Da sie hinter jedem ungewöhnlichen Umstand eine kriminelle Handlung argwöhnt, würde die Gesetzesmaschinerie in Bewegung geraten. Gab es eine Vorschrift, die das Zulassen eines Fahrzeugs auf den Namen einer nicht existenten Person verbot? Ich wußte es nicht.

Der Polizist zog die an der Sonnenblende befestigte Zulassungsplakette hervor.

»Sumac Drive zweitausendzweihundert«, las er und machte eine Notiz. »Gleicher Vorname, wie?« Sein Bleistift kratzte weiter.

»So steht es da«, bestätigte Gabriel.

Der Polizist musterte ihn. Gabriel war gepflegt, seine Kleidung teuer, aber er hatte sich nicht rasiert. Blauschwarze Stoppeln bedeckten Wangen und Kinn.

»Sie müssen irgend etwas haben, womit Sie sich ausweisen können«, sagte er. »Eine Kreditkarte meinetwegen.«

Gabriel hatte keine.

»Ich sagte Ihnen, daß ich meine Brieftasche liegengelassen habe«, sagte er, aber das befriedigte den Polizisten nicht.

Die Beamten tauschten einen Blick aus. Hier war ein Verdächtiger. Er hatte keine Papiere. Der Mensch ist nur ein Anhängsel offizieller Papiere.

»Besser, wir nehmen ihn mit«, entschied der ältere Polizist. Wenn er Gabriel auf dem Revier ablieferte, handelte er korrekt und brauchte keine Verantwortlichkeit zu fürchten.

»Was liegt gegen mich vor?« fragte Gabriel indigniert. »Ist schlafen ein Vergehen geworden?«

»Spielen Sie sich nicht auf!« sagte der Polizist. »Wir haben Sie betäubt in einem Wagen gefunden, der Ihnen nicht gehört. Er könnte gestohlen sein. Sie haben keine Papiere, keinen Führerschein, nichts; das ist ziemlich viel auf einmal, Freundchen!«

»Ich war nicht betäubt und bin es auch jetzt nicht.«

»Das können Sie auf dem Revier zu Protokoll geben.« Der Ältere der beiden führte das Gespräch. Der Jüngere hörte zu, um zu lernen. »Und keine Sorge wegen des Wagens. Wir werden ihn abschleppen lassen. Wird den Eigentümer eine Kleinigkeit kosten.« Er öffnete den Schlag und winkte Gabriel heraus.

Gabriel folgte der Aufforderung. Er ging mit seiner tänzerischen Anmut, und das Lächeln in seinem hübschen Gesicht verstärkte sich, als ob er seinen Spaß an der Sache hätte. Seine Willfährigkeit und das Geheimnis seines Lächelns, als hätte er eine Waffe, von der die Polizei nichts wußte, machte sie noch mißtrauischer. Sie durchsuchten ihn, und als sie ihn zum Streifenwagen führten, ging einer an seiner Seite, der andere hinter ihm, auf alles gefaßt.

Als sie ihn in den Streifenwagen verluden, geschah es unter den neugierigen Blicken der Insassen eines halben Dutzends Wagen, die gehalten hatten, das kostenlose Schauspiel zu sehen.

Sobald Gabriel im Wagen saß, nahm ich die Senderempfänger ab und ließ ihn in Idiotie zurückfallen. Daß sie plötzlich einen Vollidioten in ihrem Wagen hatten, würde die Gesetzeshüter sicherlich in Verwirrung bringen.

Ich sah mich beinahe unüberwindlichen Schwierigkeiten gegenüber. Es würde mir niemals möglich sein, vollständig mit Gabriel zu verschmelzen. Wann immer ich für mich selbst denken oder handeln mußte, war ich gezwungen, zu mir zurückzukehren. Was sollte Gabriel während dieser Zeit tun? Käme es in seinem Elternhaus zu Rückfällen in seinen Zustand von Idiotie, würde seine Mutter sicherlich Ärzte kommen lassen. Sie würde sich mit O'Brian in Verbindung setzen. Wenn ich Gabriel leben wollte, mußte ich in eine andere Stadt gehen, ein anderes Land vielleicht, und ein neues Leben um ihn und mich aufbauen.

Als ich die Verbindung mit Gabriel wiederherstellte, saß er bewegungslos in einem kleinen kahlen Raum des Polizeireviers. Sie hatten ihm den Oberkörper freigemacht, und ein Polizeiarzt war bei ihm, ein alter, sehr nüchterner Mann, der alle menschlichen Schwächen gesehen hatte, alle Krankheiten der Menschheit kannte und in jeden Abgrund menschlicher Existenz geblickt hatte. Nichts konnte ihn mehr überraschen. Aber ein Fall wie Gabriels war ihm noch nicht vorgekommen.

»Dieser Mann ist ein Idiot«, sagte er zu dem Polizeileutnant, einem untersetzten Mann, der wie ein Ringer aussah. »Daran ist nicht zu zweifeln. Er hat einen Intelligenzquotienten von fünf, wenn es hoch kommt. Wie konnten sie ihn festnehmen?«

Der Leutnant wandte sich den zwei Streifenpolizisten zu, die hinter ihm standen, sprachlos über die Diagnose des Arztes.

»Aber er sprach mit uns«, sagte der ältere Polizist. »Und völlig vernünftig. Er hatte auch den Wagen gefahren, das sagte er mir selbst. Außerdem nannte er seine Anschrift und erwähnte sogar ein Mädchen, bei dem er die letzte Nacht zugebracht haben wollte. Sie müssen sich irren, Doktor!«

»Dieser Mann könnte keinen Wagen fahren, und wenn es um sein Leben ginge. Er würde nicht wissen, was er mit einem Mädchen anfangen soll, und wenn er mit ihr zehn Jahre auf einer Insel leben müßte. Ich kann mir keinen Reim darauf machen. Es ergibt einfach keinen Sinn«, sagte der Arzt zum Leutnant, welcher schon wußte, wem er glauben sollte.

»Er simuliert, dieser Kerl«, sagte der ältere Polizist und baute sich vor Gabriel auf. Mit einem Ruck riß er ihn vom Stuhl hoch. »Raus mit der Sprache, Freundchen! Uns kannst du nichts vormachen. Wir haben deine Fingerabdrücke. In der Stadt ist ein Computer, der uns deine Lebensgeschichte erzählen wird, wenn du es nicht tust.«

Gabriel reagierte nicht, und der Polizist wandte sich hilflos zum Arzt. »Aber ich sage Ihnen, er hat geredet. Gibt es denn keinen Fall, wo ein Idiot plötzlich reden konnte? So was muß doch vorkommen, wie?«

Der Arzt zuckte die Achseln.

»Gewiß, ja«, sagte er. »Es gibt den gelehrten Idioten, den Schwachsinnigen, der geistiger Leistungen fähig ist, die uns unmöglich wären. Ich kenne einen mit einem Intelligenzquotienten von dreißig, der seinen Namen nicht behalten konnte, aber wenn man ihn einen vorbeifahrenden Güterzug anschauen ließ, konnte er sich nachher an die Nummern sämtlicher Waggons erinnern und sie noch nach vierundzwanzig Stunden wiederholen. Fünfzig Nummern oder mehr, alle in der richtigen Reihenfolge. Dann vergaß er sie wieder. Und dieser Spezialist für elisabethanische Geschichte, der fließend lesen konnte und alle Daten im Kopf hatte und sogar Briefe auswendig wußte, die Elisabeth I. geschrieben hatte. Aber es war unmöglich, ihn zur Sauberkeit zu erziehen. Wie auch immer, das sind keine Parallelen zu diesem Mann hier.«

Der Leutnant musterte Gabriel mit dem Argwohn, der zu seinem Beruf gehörte.

»Ich habe die angegebene Adresse angerufen«, sagte er. »Sie ist richtig, es gibt dort eine Familie Deeping. Ein Mann meldete sich. Sagte, es sei ausgeschlossen, daß sein Sohn mit dem Wagen unterwegs sein könnte. Er könne überhaupt nicht fahren. Gabriel Deeping ist ein Insasse von Brentwood House, der Anstalt für Geisteskranke. Er hatte eine Krankheit, die ihn zum Idioten gemacht hat. Es kann nicht derselbe Mann sein.«

»Natürlich ist er es nicht! Dieser Bursche hier kennt Gabriel Deeping. Vielleicht arbeitet er in der Anstalt. Und jetzt spielt er den Idioten«, erklärte der ältere Streifenpolizist mit triumphierender Stimme. Er hatte das Problem auf seine Weise gelöst. »Vorwärts, du Simulant, raus mit der Sprache!«

Und er stieß Gabriel mit drei steifen Fingern hart unter die letzte Rippe.

Darauf geschah etwas, worauf ich nicht vorbereitet war. Es war nicht mein Werk. Gabriels Arm schoß blitzschnell heraus und die Handkante traf die Kehle des Polizisten, der sofort zusammenbrach. Der Leutnant hatte kaum Zeit, die Arme hochzureißen, als Gabriel wieselflink herumfuhr und ihm das Knie in den Unterleib stieß. Der massige Mann sackte gegen den Wand und schlug mit dem Kopf gegen eine Stuhllehne. Der dritte Polizist versuchte noch seinen Revolver zu ziehen, als Gabriel ihn schon am Handgelenk hatte und über die Schulter warf.

Entsetzt unterbrach ich die Verbindung. Ohne Gedankenübertragung mochte Gabriels Raserei aufhören. Ich saß eine Weile wie betäubt und versuchte meine Gedanken zu sammeln. Aber ich konnte meinen zweiten Körper nicht im Stich lassen.

Sofort schossen mir unbekannte Schmerzen durch den Körper, meine Bauchmuskeln waren verkrampft, als hätten sie einen Fußtritt erhalten, Schultern und Kopf schienen unter mörderischen Schlägen aus den Fugen zu gehen. Der ganze Raum war voller Uniformierter, zwei hielten Gabriels erschlafften Körper aufrecht, ein dritter schlug mit dem Gummiknüppel auf ihn ein. Alle brüllten durcheinander und versuchten Tritte und Schläge anzubringen. Gabriel wurde erbarmungslos zusammengeschlagen, und ich war machtlos.

Die Szene verschwamm vor seinen Augen. Dunkelheit drang von den Rändern her in sein Gesichtsfeld vor und füllte es aus. Er mußte die Besinnung verloren haben. Ich konnte nicht mehr zu ihm durchdringen.

Mit zitternden Händen unterbrach ich die Verbindung. Gabriel hatte aus eigenem Antrieb gehandelt! Er hatte auf einen äußeren Reiz reagiert, den Stoß in seine Magengrube. Der Schmerz hatte eine Reaktion in ihm wachgerufen, das Echo seines gefährdeten Körpers. Vielleicht hatte ein plötzlicher Ausstoß von Adrenalin diese heftige Reaktion ausgelöst, aber seine Abwehr war koordiniert, bösartig und gewandt gewesen. Wenn mich nicht alles täuschte, hatte er sich mit Karate zur Wehr gesetzt. Als junger Mann hatte ich selbst einmal Unterricht in dieser Kampftechnik genommen, aber er hatte es darin zur Meisterschaft gebracht. Es mochte sein, daß seine tänzerische Leichtigkeit eine Folge jahrelangen Trainings war. Vielleicht hatte er Karate ursprünglich als Hobby betrieben; es war eine Zeitlang Mode unter den jungen Leuten gewesen, welche die Mühe ständigen Übens nicht scheuten.

Gab es noch menschliche Empfindungen in ihm, verschüttet in seinem betäubten Nervensystem? War es möglich, daß die ihm eingepflanzten Impulsgeber und Elektronen sein atrophiertes Gehirn angeregt hatten?

Jeder Vorstoß ins Unbekannte öffnet der Empirik neue Wege. Ich hatte geglaubt, mein Prozeß der Gedankenübertragung sei ein mechanischer Vorgang, der das Gehirn selbst nicht beeinflusse. Konnte er abgestorbene Zellen reaktivieren, wie ich vor Helga und O'Brian leichtfertig erklärt hatte? Geschädigte Denkprozesse wiederherstellen? Oder aus Idioten tobende Ungeheuer machen? Wenn das der Fall war, konnte ich seiner Reaktion niemals sicher sein.

Wie immer die Antwort lautete, ich, Patrick Cory, war verantwortlich für Gabriels Leiden. Ich hatte ihn im Stich gelassen. Wenigstens hätte ich versuchen sollen, die Schmerzen der grausamen Prügel zu lindern. Da er unter den Schlägen bewußtlos geworden war, mußte er reagiert haben, wenn sein stumpfes Gehirn auch nicht imstande gewesen war, zu begreifen, was um ihn vorging. Hinter dem beschlagenen Glas seines Bewußtseins gab es kein Verstehen. Als ein Mann, der an Schmerz als einen ständigen Begleiter gewohnt war, hätte ich für ihn leiden müssen.

Schmerzen – meine eigenen – fuhren wie eine Ahle durch die Nervenfasern und nähten mein Gesicht zusammen. Zum erstenmal seit Jahren nahm ich eine kräftige Dosis Codein, um die Revolte meiner Nerven zu betäuben und mich vor dem Leiden zu schützen.

Die Polizei hatte Gabriel in eine Arrestzelle gesteckt. Er saß im Halbdunkel auf einer Bank, das Gesicht blutig, die Augen gedankenleer. Auf seinen aufgeplatzten und geschwollenen Lippen lag jenes Faultierlächeln, das nichts zu bedeuten hatte. Im Gang wurde Licht eingeschaltet und fiel durch Lüftungsschlitze in den kahlen kleinen Raum. Gabriels eleganter seidener Fallschirmspringeranzug war aufgerissen und blutbesudelt. Hinter einer Hülle abgestumpfter Empfindlichkeit rumorte noch Schmerz, gedämpft von dem Codein, das ich geschluckt hatte.

Die Tür ging auf, und helles Licht strahlte herab. In der Öffnung stand Phyllis Deeping, neben ihr ein Mann. Sie waren in Begleitung des Polizeileutnants, dessen Gesicht im kalten Schein der Deckenbeleuchtung grau und teigig aussah, des Polizeiarztes und zweier Beamter mit Gummiknüppeln.

»Kennen Sie diesen Mann?« fragte der Leutnant.

Phyllis Deeping starrte Gabriel in ungläubigem Entsetzen an.

»Gabriel«, flüsterte sie, »was haben sie dir angetan?«

Der Leutnant bemühte sich, seine Enttäuschung zu verbergen. Er hätte gern gehört, daß Gabriel ein Betrüger sei.

Damit wären weitere Schwierigkeiten vermieden worden, und der Fall hätte zu den Akten gelegt werden können.

»Es ist unser Sohn«, sagte der Mann neben Phyllis Deeping. »Was um Himmels willen ist mit ihm geschehen?«

Phyllis kniete auf dem grauen Betonboden nieder und nahm Gabriels Kopf zwischen die Hände. Sie sprach halblaut auf ihn ein, wie sie es in seiner Kindheit getan haben mochte, wenn er aus einem Angsttraum erwacht war.

»Er geriet in eine Schlägerei«, sagte der Polizeileutnant unbestimmt. Seine fleischigen Wangen zitterten, als wären ihm verräterische Worte auf die Zunge geraten und im letzten Augenblick von den Zähnen aufgehalten und in die Kehle zurückgescheucht worden.

»Ausgeschlossen!« rief Mr. Deeping aus.

»Er wurde gewalttätig, schlug mich und ein paar Beamte. Sechs Mann waren nötig, ihn zu bändigen«, erwiderte der Polizeileutnant mit stirnrunzelnder Strenge.

Der Polizeiarzt sah Gabriel noch immer mit großen Augen an.

»Sie haben ihn geschlagen!« Die bebende Wut in Phyllis Deepings Stimme grenzte an Hysterie. »Sie! Sie haben Gabriel *geschlagen!*«

»Wir hatten keine andere Wahl, Mrs. Deeping«, sagte der Leutnant in einem Tonfall, dem kein Zorn anzumerken war. »Er hätte das ganze Revier kurz und klein geschlagen. Die Wachstube, wo wir ihn vernehmen wollten, hat er auf den Kopf gestellt.«

»Lügner!« sagte Phyllis Deeping in einer tonlosen Stimme, die bedrohlicher wirkte, als wenn sie geschrien hätte. »Sie haben mein Kind geschlagen! Er hat niemand angegriffen. Er konnte es überhaupt nicht!« Auf einmal aber ging ihr auf, daß etwas Wunderbares geschehen sein mußte, sollte der Polizeioffizier die Wahrheit gesagt haben: Gabriel war zum Leben erwacht! Sie wollte das Wunder bestätigt haben.

»Wer hat gesehen, daß Sie von Gabriel geschlagen wurden, wer?« sagte sie, und ihr starres Gesicht wurde so blaß, daß die feinen Narben zu sehen waren, die das Skalpell des Schönheitschirurgen hinterlassen hatte.

»Ich war dabei, Madam«, sagte der Arzt. »Aber nachdem ich Ihren Sohn beobachtet habe, bin ich nicht sicher, ob er nicht simuliert.«

Ich war es, der den Idioten spielte. Und ich konnte einen Kenner nicht lange täuschen. Gabriels Pupillen mochten reagiert, ein flüchtiger Ausdruck von Verstehen seine Züge verändert haben. Ich weiß nicht, was den Arzt mißtrauisch machte. Ich hätte mich sofort zurückziehen sollen, aber ich blieb, um den weiteren Verlauf des Dramas zu sehen.

Der Polizeileutnant reagierte wie erwartet. Hätte er einen Hilflosen festgenommen und auf dem Revier verprügeln lassen, so wäre er in einen Skandal verwickelt worden. Nun aber hatte er in dem Arzt, dessen Verdacht seine Version bestätigte, einen Verbündeten gefunden.

Er hob in dramatischer Drohgebärde den Finger und verkündete: »Ich werde gegen diesen Mann Strafantrag wegen Körperverletzung, Widerstandes gegen die Staatsgewalt und Sachbeschädigung stellen.«

Phyllis Deeping ergriff Gabriels Hand. »Er wird mit mir nach Haus fahren!« Ihre Hände waren schmal und trocken, ihre Finger ungewöhnlich lang und kräftig.

»Sie werden nichts dergleichen tun!« sagte der Leutnant. »Dieser Mann hat sich strafbar gemacht.«

»Es gibt so etwas wie eine Kaution«, sagte Mr. Deeping. »Wie der Zufall es will, bin ich von Beruf Anwalt. Und dieser Fall wird Ihnen nicht gut tun, Leutnant. Gabriel ist Insasse einer Anstalt für geistig Behinderte. Eine Krankheit hat sein Gehirn in Mitleidenschaft gezogen. Er kann weder sprechen noch verstehen, was um ihn vorgeht. Wie könnte er Sie geschlagen haben?«

»Erzählen Sie das dem Richter«, höhnte der Leutnant. »Ihr Sohn redete vernünftig, nicht nur zu einem, sondern zu zweien meiner Beamten.«

»Haben Sie ihn sprechen gehört?« Deeping schien im Begriff, ein Kreuzverhör zu beginnen. »Haben Sie, Leutnant?«

»Nein, aber meine Leute. Es steht in ihrem Bericht«, erwiderte der Polizeioffizier. »Meine Leute sind Zeugen. Sie haben aufgeschrieben, was er sagte.«

»Hast du das gehört, Vernon?« rief Phyllis Deeping aus. »Er hat gesprochen, er hat vernünftig gesprochen?«

»Laß von diesen Leuten keine falschen Hoffnungen in dir wecken, Phyllis. Eine medizinische Untersuchung wird darüber Aufschluß geben, nicht ihr Bericht.«

»Dieser Bursche ist ein Schwindler. Er fuhr einen Wagen. Wie könnte er einen Wagen lenken, wenn er nicht wüßte, was vorgeht?« sagte der Leutnant.

»Ein Auto!« Phyllis Deeping schlug die Hände zusammen. »Gabriel hat einen Wagen gefahren! Gabriel – sag mir, hast du wirklich einen Wagen gefahren?«

Ihre Stimme brach, als sie ihr Gesicht dem seinigen näherte. Der Blick ihrer großen violettblauen Augen ging ruhelos über sein Gesicht, unfähig sich zu konzentrieren. Ihr Parfümduft war überwältigend.

»Bitte«, sagte Deeping. »Bitte, Phyllis! Reg dich nicht so auf! Was in diesem Polizeibericht steht, kann nicht der Wahrheit entsprechen.«

»Er hat gesprochen – einen Wagen gefahren«, wiederholte sie, ohne auf ihren Mann zu achten. Vielleicht hörte sie nicht einmal ihre eigene Stimme. »Sprich zu mir, Gabriel, sprich, mein Gabriel!«

»Ich kann mir nicht vorstellen, wie er aus der Anstalt herausgekommen sein könnte, wenn er ein Idiot ist«, sagte der Arzt. »Jemand muß ihn herausgebracht haben.«

»Vielleicht gaben sie ihm eine Schockbehandlung, die ihn vorübergehend aufweckte. Es könnte sein«, sagte der Polizeileutnant. »Nein – es kann nicht sein. Dieser Mann hier ist ein Schwindler, ich habe es in seinen Augen gesehen. Aber vor einer Stunde war er es nicht ... Erstaunlich!«

»Ich werde mich mit O'Brian von Brentwood House in Verbindung setzen.« Deeping ging wie ein Strafverteidiger an die Sache heran.

Alle redeten, ohne miteinander zu sprechen. Es war wie

am Turm zu Babel, wo jeder eine Sprache sprach, die nur er verstand.

»Wenn das der Fall ist, dann sollte Mrs. Deeping ihren Sohn mit nach Hause nehmen.« Der Leutnant bezog sich auf etwas, was jemand vor einer Weile gesagt haben mußte. Er wollte aus dieser verwirrenden Geschichte herauskommen.

Der ältere Polizist hatte eine positive Idee. »Wir wollten ihn zum Krankenzimmer bringen«, sagte er. »Dort können wir ihn säubern, und Sie können ihn noch einmal in Augenschein nehmen, Doktor.«

»Ich bin überzeugt, daß er simuliert«, sagte der Arzt. »Ich wette meinen letzten Dollar. Niemand kann längere Zeit Idiotie vortäuschen.«

»Ich habe ihn sprechen gehört«, bekräftigte der Polizist und nahm Gabriel beim Arm. Gabriel stand folgsam auf.

»Heute abend wirst du daheim sein, mein Gabriel«, sagte Phyllis Deeping. »Was sie auch sagen, du wirst daheim sein, in deinem Heim!«

Sie wollte den Streifenpolizisten folgen, wurde jedoch vom Leutnant zurückgehalten.

Ich unterbrach die Verbindung zu Gabriel. Er wurde wieder der Idiot. Der Arzt würde einen Befund über ihn ausfertigen. Gabriel Deeping hatte vorübergehend vernünftig gehandelt, nur um dann wieder im Treibsand des Schwachsinns unterzugehen – ein Fall, dem kein Psychiater Glaubwürdigkeit zubilligen konnte. Ein plötzliches Aufflackern von Intelligenz in einer leblosen Großhirnrinde, gefolgt von einem Rückfall in die Finsternis der Idiotie, war für die Medizin ein Ding der Unmöglichkeit.

17

José kam ins Wohnzimmer, einen Ausdruck von Anspannung und Sorge im knochigen Antlitz. Er sagte mir, daß er mit Kaweah fortgehen wolle. Ich hatte nichts anderes erwartet. Zu viele Zwischenfälle hatten ihr ruhiges Dasein aufgestört. Helga war ausgezogen, ohne Kaweah zu sagen, wo sie erreicht werden konnte. Gabriel hatte auf unerklärliche Weise den Sportwagen aus der Garage geholt und war verschwunden. Und schließlich hatte es den Zwischenfall mit der Polizei gegeben.

Eines Morgens war ein Streifenwagen vorgefahren, und einer der Polizisten hatte José ausgefragt. Er hatte Josés Führerschein sehen wollen. Aber weder er noch sein Kollege hatten mich zu sprechen verlangt.

Die Ursache ihrer Neugierde war leicht zu folgern: Die Zulassungsplakette von Helgas Sportwagen hatte meine Anschrift ausgewiesen. Die Zulassung selbst war auf den Namen Gabriel Hyde erfolgt. Helgas alberner Scherz hatte sich als Rohrkrepierer erwiesen. José hatte gesagt, er kenne keinen Mr. Hyde, noch wisse er etwas von einem Sportwagen.

Unwissenheit ist die beste Verteidigung. Ich war einmal ins Reservat gefahren, um Kaweah zu sprechen. Das war lange vor dem Unfall. Der Eigentümer des Gemischtwarenladens in Desert Rock hatte sie als ruhig und verläßlich empfohlen. Auf der Fahrt zum Reservat war mir eine Frau in einem alten Wagen entgegengekommen; ich hatte sie nach dem Weg zu Kaweahs Haus gefragt. Die Fahrerin hatte erklärt, die Gesuchte nicht zu kennen, dabei war sie selbst Kaweah gewesen. Der Fremde ist der Feind.

Ein paar Tage später war sie gekommen und hatte die Arbeit angenommen. Daß wir uns schon einmal begegnet waren, wurde nie erwähnt.

Nun wollten sie zurück ins Reservat. Es war sinnlos, sie

zurückzuhalten. José mochte sich bereiterklären zu bleiben, weil eine direkte Ablehnung unhöflich gewesen wäre; aber dann würden er und seine Frau ihre Sachen packen und heimlich fortgehen.

»Ich lasse Sie ungern gehen«, sagte ich zu José. »Ich hoffe, daß ich ohne Sie zurechtkommen kann, obwohl es nicht einfach sein wird.«

Es war sinnlos, an ihr Mitgefühl zu appellieren. Sie lebten in einer anderen Welt als ich, und das Wort ›Mitgefühl‹ hatte für sie eine andere Bedeutung. José wollte weiteren Verstrickungen mit der Polizei aus dem Wege gehen. Auch hatte er für mich gelogen, und das gefiel ihm nicht.

Ich zahlte ihn aus, und ohne weitere Verzögerung packten er und Kaweah ihre Sachen auf den Pritschenwagen und fuhren davon. Ich fragte mich, was ich tun sollte. Aber José hatte bereits daran gedacht. Ein Lebensmittelmarkt in Thousand Oaks rief an und erkundigte sich nach meinen Bestellungen. Man wollte alles heraufschicken, was ich benötigte. Der Mann am Telefon äußerte sein Bedauern, daß »Dr. Cory krank sei«. Er würde die gelieferten Lebensmittel in der Garage abstellen oder in die Küche bringen, wenn ich die Tür offen ließe. Niemand würde mich stören, sie würden die Rechnung per Post schicken.

José und Kaweah hatten vorgesorgt, daß ich ohne sie auskommen konnte.

Es mußte gehen. Außerdem zog ich das Alleinsein vor. Jahrelang hatte ich in Desert Rock allein gelebt. Nun war wieder die Zeit gekommen, mich vollständig von der Welt abzuschließen.

Und ich war nicht allein, wenn ich es nicht wollte. Ich konnte jederzeit auf Gabriels Leben umschalten. Wenn ich es wünschte, konnte ich ihn sprechen und ein aktives Leben mit allen Zerstreuungen und Vergnügungen eines reichen jungen Mannes führen lassen. Niemand würde argwöhnen, daß ich, Patrick Cory, durch seinen Mund sprach und durch seinen Körper lebte. Einstweilen aber beschloß ich, ihn ruhen zu lassen und keine Aktivität zu zeigen, die sein Leben, das seiner Angehörigen und mein eigenes unnötig komplizieren würde. Ich mußte ein paar Wochen oder Monate warten, bis der Schock, den sein plötzliches Erwachen auf dem Polizeirevier ausgelöst hat, abgeklungen wäre.

Gabriel lag in einem gut möblierten Zimmer im Bett. Ich ließ ihn, meine neuen fünf Sinne, leise aufstehen. Es war früher Morgen. Gabriel schaute in den Garten, dessen Blumenbeete man absichtlich hatte verwildern lassen, und der mit seinen alten Bäumen ein malerisches Bild ergab. Es war ganz still, nur in der Ferne rumpelte ein Wagen der Müllabfuhr, und die ersten Rufe der erwachenden Vögel erfüllten die Luft.

Es war ein für kalifornische Verhältnisse altes Haus, weitläufig und gepflegt, eingerichtet mit Möbeln und Antiquitäten, die über Generationen vererbt worden waren. Gabriel wandte sich vom Fenster ab und betrachtete sein Ebenbild in dem mannshohen Spiegel eines alten Kleiderschranks. Eine Standuhr schlug fünfmal, und die Gewichte kamen rasselnd zum Stillstand.

Von den brutalen Schlägen, die er im Polizeirevier bezogen hatte, war ihm nichts mehr anzusehen. Er holte tief Atem und streckte sich. Die Schlafanzugjacke war offen und ließ seine harten Bauchmuskeln sehen. Er fuhr sich über die behaarte Brust, wischte sich die langen schwarzen Haare aus der Stirn und untersuchte seine kräftigen Zähne. Darauf machte er eine Anzahl Karateübungen, die mir bekannt waren, die ich aber niemals so fachmännisch wie Gabriel hätte ausführen können: schnelle Fußstöße, das blitzartige Vorstoßen des ausgestreckten Armes, die Tritte und Fauststöße, welche die Übung zu einem äußerst präzisen Tanz machten, als ob er von Angreifern umringt wäre. Als nächstes stellte er sich wie ein Yogi auf den Kopf und krümmte sein biegsames Rückgrat wie ein Schlangenmensch. Er verfügte über eine erstaunliche Körperbeherrschung. Und mit seiner Beweglichkeit ging das Hochgefühl strahlender Gesundheit einher.

Auf Zehenspitzen schlich er in den Korridor und spähte in die Eingangshalle hinab. Eine Treppe führte im Bogen herauf zum Obergeschoß, wo er stand. An den hohen Wänden hingen Bilder des achtzehnten und neunzehnten Jahrhunderts: ein Clown von Juan Gris, ein Original, dessen Reproduktionen ich in Kunstzeitschriften gesehen hatte, und ein paar dunkle Landschaften von Ruisdael. Im Treppenhaus hing ein großes abstraktes Bild in schreienden Farben, das an ein Kliff über dem Ozean gemahnte, oder an die Malerei eines Geistesgestörten.

Geräuschlos ging Gabriel durch den Korridor zurück. Die Tür zum Nebenzimmer seines Schlafraums war angelehnt, und er drückte sie auf.

In einem großen Himmelbett saß Helga, hellwach, und starrte ihn an. Das Haar fiel ihr über die Schultern, und durch ihr dünnes Nachtgewand – ich kannte es bereits – zeichneten sich undeutlich die Konturen ihrer schmalen Gestalt ab. Sie mußte auf diesen Augenblick gewartet haben, denn Erlebnisse wie dieses waren ihr nicht mehr neu: als er beim Frühstück zu ihr gesprochen hatte, als sein Körper sich unter ihren Händen bewegt hatte. Sie kannte auch den Polizeibericht über seine Festnahme. Er war mit ihrem Wagen gefahren. Er trug auch die eingepflanzten Senderempfänger am Halswirbel, ein Geheimnis, das sie nicht verraten hatte. Und sie hatte einen leichten Schlaf; das Niedersinken einer Feder hätte sie geweckt.

Gabriel ging lächelnd auf sie zu. Als er am Bett stehen blieb, befeuchtete sie sich die bebenden Lippen, sagte aber nichts.

Wahrscheinlich war sie schon am Tag nach Gabriels Verschwinden im Haus der Deepings aufgetaucht und hatte sich als seine Privatpflegerin erbötig gemacht, ihren Dinest unter den veränderten äußeren Umständen wieder aufzunehmen. Und Phyllis Deeping mußte sie mit Freuden aufgenommen haben, denn alles, was Gabriel vertraut war, was ihn umgänglich machen und seinen Aufenthalt zu Hause unproblematisch gestalten konnte, war ihr willkommen. Von nun an wollte sie über seine Zukunft entscheiden, und die Anwesenheit einer ausgebildeten Pflegerin, die mit Gabriel umzugehen verstand, konnte ihre Position gegenüber allen Versuchen, ihn wieder in einer Anstalt unterzubringen, wirksam unterstützen. Phyllis Deeping glaubte, daß Helga ihrem Sohn helfen würde. Mir schien eher, daß sie den Bock zum Gärtner gemacht hatte.

Er setzte sich aufs Bett und nahm ihre Hand, die in der seinigen zitterte, sich aber nicht schloß. Als sie sich zu ihm bewegte, machte er eine fast unmerkliche Geste, daß er nicht berührt werden wollte, und sie hielt sofort inne. Das Verstehen zwischen ihnen bedurfte keiner Worte; es war eine Einheit der Gedanken, als ob sie beide eine esoterische Gesellschaft gegen die Drangsale ringsum bildeten. Ihre Einheit ging tiefer als jede einzelne Gemütsbewegung; sie war eine moralische Beziehung. Was immer geistigen, emotionalen und physischen Verderb nach sich zieht, wird unmoralisch genannt. Aber dieser Augenblick, als er wunschlos neben ihr saß, sich noch immer weigerte, sie zu berühren, war die Antwort auf all ihre Wünsche. Ihr Verhältnis zueinander war wieder keusch geworden. Vergessen und vergeben waren ihr heftiges eigennütziges Verlangen, die heimlichen Morgen, die zu nichts als Reue und Verzweiflung geführt hatten. Wo keine Versuchung ist, gibt es keinen Fall.

Er stand auf, um wieder in sein Zimmer zu gehen, und ließ das Geheimnis dieses stummen, völligen Verstehens bei ihr. Sie würde es niemandem mitteilen. Durch die Preisgabe dieses Geheimnisses würde sie eine hysterische Mutter und eine eifersüchtige Verlobte, die darauf wartete, Gabriel zu fassen zu kriegen, gegen sich aufbringen. Das Geheimnis seines stummen Erscheinens war eine Waffe, die Helga allein besaß.

Ich hatte eine Verbündete, die mich nicht verlassen würde.

Ich wußte, wie sie sich Gabriels Aktivitäten erklärte. Sie vermutete, daß meine Methode der Gedankenübertragung sein Gehirn zur Tätigkeit stimuliert hatte! Sie verstand nicht, daß Gabriel Deeping kein anderer war als ich, Patrick Cory. Was hätte sie getan, wenn sie dahinter gekommen wäre? Jemanden zu lieben, der Gabriels Körper hatte? Sie hatte es auf seinen Körper abgesehen, nicht auf seinen Geist, denn wer glaubte schon an diese himmlische Einheit, die ohne alle Fleischeslust auskommt? Würde sie sich widersetzt haben, wenn er die Arme um sie gelegt hätte? Würde sie nicht vielmehr nachgegeben und mitgewirkt haben, daß er sich in ihr verlieren könnte? Angst hatte sie schwierig gemacht. Ich mochte mich nicht der Mühe unterziehen, ihre wirklichen Wünsche und Hoffnungen ausfindig zu machen. Nachdem sie einmal an die Existenz von Himmel und Hölle geglaubt hatte, würde sie niemals fähig sein, sich von der niederdrückenden Verzweiflung der Schuld zu lösen – Freuden waren nur im künftigen Leben erlaubt.

Gabriel ging in sein Zimmer, setzte sich in einen Sessel und blickte in den Garten hinaus. Er genoß es, am Leben zu sein. Er war entspannt. Wenn es Glück gibt, wohnt es in der Stille eines neuen Tages.

Ich nahm die Senderempfänger ab und legte mich zum ersten Mal seit längerem ohne Schmerzen schlafen. Gabriels Nervenruhe war endlich auf mich übergegangen und hatte meine Qual ausgelöscht.

Eine längere Ruhepause war mir jedoch nicht vergönnt – am frühen Vormittag traf O'Brian bei mir ein.

18

Ohne sich die Mühe einer Begrüßung zu machen, kam O'Brian ins Haus marschiert. Er trug einen dunklen Anzug und einen neuen Strohhut, der ihn weniger bukolisch erscheinen ließ als seine alte Mütze. Auch die lockere Munterkeit des Auftretens, die er gewöhnlich zur Schau stellte, war abgefallen. Die widersprüchlichen Berichte über Gabriel mußten ihn verwirrt haben, und nun wußte er nicht, wie er dieses teils realistische, teils mystische Problem angehen sollte, mit dem er es zu tun hatte. Da es ihm an Einbildungskraft fehlte, wußte er mit Mystizismus nichts anzufangen. Auch schmerzte in Helgas Verrat, und ganz gewiß machte er dafür mich verantwortlich.

»Komm herein!« sagte ich, nachdem er bereits eingetreten war. Wie eine Katze, die man in ein neues Haus bringt, spähte er in die Küche und sogar in mein unaufgeräumtes Schlafzimmer, dessen Tür weit offen stand.

»Ich hatte dich erwartet«, sagte ich, um die Dinge für ihn noch geheimnisvoller zu machen und zu beweisen, daß ich ihm im Denken noch immer voraus war. »Siehst du – da steht der Kaffee und wartet auf dich. Du trinkst vormittags nicht, wie ich mich erinnere. Ist es nicht seltsam, daß das Wort ›trinken‹ in unserer puritanischen Gesellschaft nur auf alkoholische Getränke angewendet wird? Will man Wasser, muß man danach fragen. Aber wenn man sagt: ›Ich möchte etwas zu trinken‹, dann ist Alkoholisches damit gemeint. Die Erwähnung des Wortes Schnaps oder Alkohol ist jedoch tabu. So hat das Wort ›trinken‹ den Beigeschmack von Exzeß und Sünde angenommen. Oder man muß es ›gesellschaftliches Trinken‹ nennen, was bedeutet, daß die Zahl der Kubikzentimeter beschränkt ist. Mehr ist eine Waffe des Teufels zum Verderben der Menschheit.«

Er reagierte nicht auf meine höfliche Konversation. Vielleicht hatte er überhaupt nicht zugehört.

»Wie hast du mich gefunden?« fragte ich, und er richtete den verwaschenen Blick seiner blassen Augen auf mich. Sie waren von Schlaflosigkeit gezeichnet.

»Es ist schwierig, sich längere Zeit versteckt zu halten, Patrick«, sagte er ausweichend. Er wollte noch nicht zur Sache kommen.

»Ich hatte mich nicht versteckt«, sagte ich.

Er schenkte sich Kaffee ein. Offenbar bemühte er sich, ein Anwachsen der Spannung zwischen uns zu vermeiden.

»Du bist weggelaufen, nicht wahr?« sagte er vorwurfsvoll.

»Bin ich jemandem Auskunft schuldig, wohin ich gehen will?« fragte ich. »Dir, der Polizei, der CIA, dem FBI oder sonst jemandem?«

Er schlürfte seinen Kaffee und blickte auf der Suche nach Hinweisen auf die Geheimnisse, die ihn verwirrten, im Wohnzimmer umher.

»Du hast Gabriel entführen lassen«, sagte er. »Weißt du, was das für mich bedeutet, wenn einer meiner Patienten aus der Anstalt verschwindet? Übrigens ist es strafbar, die Grenze eines Bundesstaates mit einer entführten Person zu überqueren.«

»Ich kenne das Lindbergh-Gesetz. Man kommt auf den elektrischen Stuhl.«

»Helga hat ihn mitgenommen«, fuhr er fort, »aber ich mache dich verantwortlich. Du hast ihr diese Idee in den Kopf gesetzt. Ohne dich würde sie es nie getan haben.«

Seine Vorstellung von dem Mädchen war die eines Engels. Seiner Auffassung nach konnte sie denen, die ihr nahestanden, niemals Unrecht tun. Der Bursche mit den Hörnern und dem Schwanz verführt immer die Unschuldigen, bringt sie ab von dem geraden, wenn auch sehr schmalen Weg der Rechtschaffenheit. Offensichtlich glaubte er nicht an den freien Willen. Ich wünschte, er hätte dieses Mädchen mit dem Idioten im Bett gesehen, wie es versucht hatte, ihn zu verführen. Sexueller Mißbrauch von Schwachsinnigen ist auch ein Straftatbestand.

»Natürlich hätte sie es nicht getan, wenn ich sie nicht darum gebeten hätte. Aber anschließend blieb sie mit ihm hier in meinem Haus, das sollte genügen«, sagte ich.

Ich war Gabriel, als O'Brian bei Mrs. Deeping erschien. Nachdem die Polizei Gabriels IBM-Karte in den Computer gesteckt hatte, war die Antwort herausgekommen: Gabriel Deeping, schwachsinnig, gesucht von Heilanstalt Brentwood House. Nachrichten über Verbleib an James O'Brian, Direktor.

Nachdem er erfahren hatte, wo Gabriel zu finden war, hatte er sein Schlachtroß bestiegen und war geradewegs nach Bel Air geritten, um den Drachen zu stellen, der den Schatz bewachte. Er wußte natürlich, daß es ihm niemals gelingen würde, Gabriel nun, da sie ihn sicher zu Hause hatte, den Händen seiner Mutter zu entreißen. Das war genau, was ich gewollt hatte. Gabriel hätte hinter Gittern nicht sicherer sein können.

O'Brian hatte seine unvermeidliche Auseinandersetzung mit Phyllis Deeping. Ihre Stimme hallte durch das weitläufige Haus.

»Phyllis, bitte, es hat keinen Sinn zu schreien«, sagte Mr. Deeping. O'Brian bestand darauf, Gabriel ohne Phyllis Deeping zu sehen, und nachdem sie die Zusicherung erhalten hatte, daß ihr Sohn nicht würde nach Brentwood House zurückkehren müssen, willigte sie schließlich ein.

In Gabriels Zimmer sah O'Brian sich Helga gegenüber. Ich bewunderte ihre Ruhe, die einen Mangel an Ethik verriet. Sie mochte sich nicht einmal bewußt sein, wie tief sie den Mann, der sie liebte, verletzt hatte. Ihr Leben kreiste um Gabriel, alle anderen Dinge waren Anhängsel, Zutaten, die man je nach den Erfordernissen der Situation abschneiden und wegwerfen konnte. Auch O'Brian erschreckte das offensichtliche Fehlen jeglicher Reue in ihr.

»Du bist mit ihm fortgelaufen, Helga«, sagte er, da er nicht wagte, das Wort ›entführen‹ zu erwähnen, wie er es wenig später bei mir tun würde. Sie reagierte nicht auf seinen verletzten Ton.

»Sein Befinden hat sich sehr gebessert, Jimmy«, sagte sie als handle es sich darum, von Krankenschwester zu Arzt über einen Patienten zu sprechen. »In Brentwood House wäre es nie besser geworden.«

Es ist bemerkenswert, wie unser persönliches Verhalten sich dem Charakter anderer Leute anpaßt. Einigen erscheinen wir als gewaltige Riesen, anderen bieten wir ein Bild tiefsitzender Minderwertigkeitskomplexe. Uns selbst erscheinen wir im Umgang mit anderen bald ansehnlich und bald häßlich, bald klug und bald dumm, alt oder jung. Wie Chamäleons, deren Farbe sich der jeweiligen Umgebung anpaßt, verändert sich unser unbewußtes Verhalten mit jeder Person, die wir vor uns haben. Mir gegenüber benahm sich Helga wie eine intelligente Krankenschwester und Pflegerin, wenngleich in ihren persönlichen Überzeugungen voreingenommen. Dann fehlte ihr diese kindliche Koketterie und nachgiebige Abhängigkeit, die sie bei O'Brian wie Ektoplasma absonderte. War sie mit Gabriel allein, wurde sie das träumerische kleine Mädchen, wirklichkeitsfremd und bereit zu jedem Opfer, verlor jedes Gefühl für Ethik und sogar Scham. Vor O'Brian spielte sie das hilflose Kätzchen, das niemals die Krallen zeigte. Vielleicht wußte er nicht einmal, daß sie Krallen hatte. Die Obertöne in ihrer Stimme wie in ihren Bewegungen waren Signale aufblühender Weiblichkeit, die nach Erfüllung suchte, wohl wissend, daß O'Brian sie nicht zu bieten vermochte. Auch hätte sie nicht reagiert, außer vielleicht auf dem legalen Weg der Eheschließung. Dennoch gab es eine Affinität zwischen ihnen, die ihrem gegenseitigen Verständnis diente. Selbst nachdem sie sein Vertrauen mißbraucht hatte, wußte sie, daß diese Beziehung unverändert bestand.

»Die Polizei sagte mir, daß er sprechen könne«, sagte O'Brian mit der leisen Stimme, die er im Umgang mit ihr gebrauchte – ein Spion, der von einer Mission zurückgekehrt war. »Hast du ihn sprechen hören?«

Sie nickte.

»Hier, in diesem Haus?« fragte O'Brian erstaunt.

»In Corys«, sagte sie.

Ich hatte sehr darauf geachtet, Gabriel nach dem Vorfall am Frühstückstisch nicht mehr sprechen zu lassen, ausgenommen natürlich in der Zwangslage seiner Festnahme durch die Polizei. Helga konnte O'Brian nicht sagen, daß Gabriel aus sich heraus gehandelt hatte und in ihrem Zimmer gewesen war. Noch konnte sie über ihre Besuche im Morgengrauen sprechen.

»Was sagte er zu dir?«

»Nicht zu mir – es war Gedankenübertragung«, sagte Helga. »Es war nicht er selbst. Es war Cory.«

O'Brian seufzte erleichtert. Eines der Geheimnisse war aufgeklärt. Er ging hinüber zu Gabriel, der ihm unverändert schien. Es war dieselbe fügsame Leblosigkeit an ihm, der geistlose Ausdruck.

»Was hat Cory mit ihm gemacht?«

Sie schüttelte den Kopf. Hätte sie ihm von der Einpflanzung meiner Impulsgeber erzählt, die Mauern meiner Festung wären eingestürzt.

O'Brian brachte eine kleine Tasche mit Stethoskop und dem unvermeidlichen Blutdruckmesser zum Vorschein. »Bitte zieh ihm die Schlafanzugjacke aus!«

Ich mußte Gabriel verlassen, dann würde O'Brian einen Idioten untersuchen, eine Aufgabe, für die er hervorragend geeignet war.

»Was hast du über ihn erfahren?« fragte ich O'Brian.

Er sah mich neugierig an. Manchmal verwirrt er mich mit seinen Blicken, hinter denen Gedanken wohnen, die ich nicht leicht deuten kann. In meiner Frage war keine Kontinuität.

»Was erfahren?« fragte er.

»Du mußt Gabriel untersucht haben. Als erstes horcht ihr Ärzte den Patienten ab und meßt seinen Blutdruck.«

Er kniff die Augen zusammen und füllte seine Kaffeetasse auf. Seine Ruhe war beachtlich. Für mich, der seine gegensätzlichen Reaktionen gewohnt war, lag darin der Beweis, daß er aufgeregt war.

»Ich werde noch ein paar Enzephalogramme aufnehmen müssen. Du hast natürlich an ihm gearbeitet«, sagte er fast beiläufig. Aber ich wußte, daß er die weite Fahrt von Arizona auf sich genommen hatte, um meine Antwort darauf zu hören.

»Ich brachte ihn zum Sprechen, wie ich es mit Kaweah probiert hatte. Er sprach zu Helga.«

»Das war alles?« sagte er ungläubig.

»Frag sie selbst, sie war die ganze Zeit bei ihm.«

»Die Polizei fand ihn schlafend in einem Wagen. Nach ihrem Bericht sprach er vernünftig. Er soll auch den Wagen gefahren haben. Mit einer Bandaufnahme im Kopf?«

Ich lachte.

»Das alles haben wir schon einmal durchgemacht, Dr. O'Brian, nicht wahr? Ich gab dir Auskunft, und was geschah? Du setztest mir die Leute vom FBI ins Genick. Jetzt fragst du wieder. Ganz gleich, was ich sage, es würde dich nicht zufriedenstellen.«

»Was hast du mit ihm gemacht?« Seine Stimme war tonlos und unpersönlich.

»Ich nehme das Recht auf Zeugnisverweigerung in Anspruch«, sagte ich.

»Du weißt, wozu du mich zwingst.«

Seine Stimme klang unglücklich. Es war wie die Wiederholung eines unerfreulichen Traumes. Wir hatten die gleiche Szene schon einmal durchgespielt. Manchmal können wir zwischen Vergangenheit und Gegenwart nicht unterscheiden. Aber diesmal wußte ich nur zu gut, wie es weitergegangen war.

»Ich habe gegen kein Gesetz verstoßen.«

»Du weißt, wenn die Regierung jemanden fassen möchte, läßt sie etwas ausarbeiten und bringt dich zu Fall. Immer. Man wird dich zur Beantwortung von Fragen zwingen, und wenn du dich weigerst, wird man dich wegen Mißachtung eines von der Regierung eingesetzten Untersuchungsausschusses verurteilen. Ausschüsse haben sie genug und wenn nicht, schaffen sie einen eigens für dich, Patrick. Was stellst du dir eigentlich vor?«

Er verlor die Politur, die seine Gemütsbewegungen getarnt hatte. Das Miterleben so vieler Gemütsbewegungen in seinen Patienten und den Angehörigen, die ihre mongoloiden und wasserköpfigen Kinder brachten, ihre Fälle von Epilepsie und Enzephalitis, hatte ihn undurchdringlich wie einen glatten Stein werden lassen. Würde auch er schwach, so müßte die unglückliche Welt um ihn zusammenbrechen. Nun hatte er zum ersten Mal seit ich ihn kannte, diese sorgsam gewahrte Unerschütterlichkeit eingebüßt.

»Was es auch sein mag«, fuhr er fort, »ich werde dahinterkommen. Sollte es wirklich ein Wiedererwachen von Gabriels Gehirn geben, wäre es kriminell, wenn du dieses Wissen nicht mit mir teilen wolltest. Du kannst es selbst nicht gebrauchen.«

Als ob plötzlich ein Lichtstrahl in die Dunkelheit gedrungen wäre, in der er umhertastete, starrte er mich verblüfft an. »Oder kannst du?« fragte er.

»Du willst nur, daß ich Ausverkauf halte. Du hilfst mir nicht, obwohl ich dich darum gebeten habe. Du bist nicht bereit, dich für irgend etwas zu exponieren.«

»Du hast diese beiden Regierungsvertreter belogen«, sagte er, nachdem er mir mit ernster Miene zugehört hatte. »Du sagtest ihnen, du hättest die Isotope nach Oak Ridge zurückgeschickt, was nicht der Wahrheit entspricht. Mehr brauchen sie nicht, um dich an den Haken zu nehmen. Dann setztest du Hausdorffer unter Drogen, er schlief zehn Stunden durch. Das ist Nummer zwei. Du tauchtest unter, obwohl sie dich baten, zu bleiben. Das ist Nummer drei. Du hast offensichtlich eine Erfindung oder Entdeckung gemacht, die eine Bedrohung der öffentlichen Sicherheit darstellt. Nummer vier. Du könntest dich jetzt noch aus der Affäre ziehen, indem du ein paar Zugeständnisse machst, die nicht wirkliche Zugeständnisse sind, sondern gesunder Menschenverstand.«

»Sollen sie mich doch hinter Gitter bringen«, sagte ich.

»Das werden sie tun!« Er stand auf, langsam, gebeugt. »Und glaube nicht, daß dein Zustand sie daran hindern werde. Willst du mir jetzt nicht sagen, was du mit Gabriel gemacht hast, daß er vernünftig reden und einen Wagen fahren konnte?«

»Nein. Das ist mein letztes Wort, Dr. O'Brian«, sagte ich. Mir war jetzt klar, daß ich mit Gabriel so schnell wie möglich verschwinden mußte. Aber wie schwierig war es, sich selbst in einem Land von der Größe eines Kontinents zu verstecken.

»Was machte ihn so gewalttätig, Patrick?« bohrte O'Brian weiter. »Du weißt, daß Gewalttätigkeit ein spontaner Ausbruch ist. Warum wurde er gewalttätig, und ausgerechnet der Polizei gegenüber, wenn du in der Lage warst, ihn zu steuern?«

»Davon habe ich nichts gehört«, sagte ich und stand auf.

»Du hast eine Zündschnur angesteckt. Die Bombe wird dir selbst ins Gesicht explodieren.«

»Das ist mir schon einmal passiert«, versetzte ich. »Ich überlebte es das erste Mal, ich werde auch ein zweites Mal damit fertig.«

Er schaute mich mitleidig an, als fühle er sich gedrängt, mir zu helfen und mich vor fataler Torheit zu bewahren. Aber ich wußte, mochte er es in diesem Augenblick auch ehrlich meinen, daß sein bürokratischer Verstand mich abermals verraten würde, sobald er in der Routine der täglichen Arbeit zur Ruhe gekommen wäre.

»Du brauchst mich nicht zum Wagen zu begleiten«, sagte er.

Eine Minute später fuhr er weg.

Die Nervenschmerzen in meinem Gesicht drängten mir ins Bewußtsein. Ich sehnte mich danach, in Gabriels Körper Erleichterung zu finden. In einem Körper, der mit sich und der Welt in Frieden lebte.

19

Ich wußte, warum ich so gut ausgeruht war: ich erfreute mich Gabriels gesunden Schlafs. Beim Erwachen hörte ich die mühsam gedämpften Stimmen zweier streitender Frauen. Mercedes, Gabriels Verlobte, funkelte Helga mit schlangengleich glitzerndem Blick an, und selbst ihre Stimme hatte einen zischenden Klang.

»Sie haben sich hier eingeschlichen«, sagte sie, »und Phyllis fiel natürlich darauf herein. Sie weiß nicht, was Sie vor haben, aber ich weiß es um so besser. Ich habe Sie im Krankenhaus beobachtet. Sie benahmen sich wirklich nicht wie eine Krankenschwester!«

Helgas blondes Haar war makellos frisiert, ihre Züge ruhig und gefaßt. Sie beherrschte ihre Stimme und brachte sogar jenen besänftigenden Tonfall hinein, den Schwestern gebrauchen, wenn sie mit Schwerkranken sprechen.

»Mrs. Deeping hat mich eingestellt«, sagte sie. »Ich bin ganz sicher, Miß Cordoba, daß unsere Diskussion sinnlos ist.«

»Es hat nichts mit Phyllis zu tun«, antwortete die Schlangendame. »Es handelt sich um etwas zwischen uns beiden.«

»Und ich habe mit Ihnen nichts zu tun«, sagte Helga. »Macht es Ihnen etwas aus, wenn ich in meiner Arbeit fortfahre?«

Sofort setzte Mercedes sich auf Gabriels Bett und versperrte Helga den Zugang. Sie war ein selbstbewußtes Mädchen mit gemessenen Bewegungen und einem sportlich durchtrainierten Körper. Ihr teures, obgleich sehr einfach geschnittenes schwarzes Kleid hatte als einzigen Luxus einen tiefen Ausschnitt, der in scharfem Gegensatz zu ihrem schwarzglänzenden Haar und den großen dunklen Augen eine schimmernde Fläche weißer Haut zur Schau stellte. Sie war von verführerischer Sinnlichkeit, auf dem Gipfelpunkt ihrer Schönheit – eine Königin der Nacht, die ihre erstaunliche Schönheit für kurze Zeit wunderbar entfaltet.

Plötzlich erklärte Mercedes in einem Ton, wie man ihn für selbstverständliche Tatsachen anschlägt und dessen Wirkung stärker war als wenn sie geschrien hätte: »Sie schlafen mit Gabriel.«

Helga lachte ohne Heiterkeit. »Das ist absurd.« Sie zeigte keine Bestürzung über die schockierende Beschuldigung. Beide waren ungefähr im gleichen Alter, Mercedes vielleicht ein oder zwei Jahre älter, und ihre Gedankengänge arbeiteten in ähnlichen Progressionen. Zudem war ihre Einfühlung ähnlich und beiderseitig; Mercedes faßte Helgas Reaktion als Bestätigung auf.

»Ich habe Sie beobachtet. Die Art und Weise, wie Sie ihn in Besitz nehmen, hat nichts mit der Arbeit einer Krankenpflegerin zu tun. So verhält sich nur ein Mädchen, das ein

Verhältnis hat. Sie können mich nicht täuschen. Ihre Beziehung zu ihm ist alles andere als beruflicher Natur.«

Wo es um die Liebe zu einem Mann geht, haben Frauen einen sechsten Sinn, der Rivalinnen hinter verschlossenen Türen ausmachen kann.

»Sie sind aufgeregt, sonst würden Sie mir nicht einen solchen Bruch der Berufsethik unterstellen, Miß Cordoba«, sagte Helga. Nichts in ihrer Stimme verriet Gemütsbewegung. Wenn Frauen im Mittelalter als Hexen angeklagt und gefoltert wurden, sollen sie selten geständig gewesen sein und in den meisten Fällen die ihnen zur Last gelegte Hexerei bestritten und bis zum Tode ihre Unschuld beteuert haben. Männer haben diese unbedingte Widerstandskraft nicht. Die Entschlossenheit der Frau läßt schwächenden Schuldgefühlen kein Schlupfloch.

»Ich wünsche nicht, daß Sie neben seinem Zimmer schlafen«, sagte Mercedes entschlossen. »Sie werden diese Stellung aufgeben, die Ihnen nur als ein Vorwand dient, Flitterwochen zu machen.«

»Es tut mir leid. Ich werde nicht auf Sie hören, Miß Cordoba. Außerdem ist es nicht an Ihnen, mich zu entlassen«, sagte Helga. Ihre Ruhe drückte Überlegenheit aus – die Überlegenheit einer Schwester, die gezwungen ist, mit einer gestörten Patientin zu streiten.

»Phyllis wird es tun, wenn ich es sage«, sagte Mercedes.

»Ich habe Mrs. Deepings volles Vertrauen, und Ihre unanständigen Unterstellungen könnten Ihnen selbst viel schaden.«

»Was Sie nicht sagen.« Mercedes legte ihre kühle Hand auf Gabriels Stirn. »Dann muß ich wohl ins Detail gehen. Sie sind in ihn verliebt. Daraus mache ich Ihnen keinen Vorwurf. Alle sind in ihn verliebt. Aber ich bin seine Verlobte, und ich werde ihn niemals aufgeben! Nun gut, er ist krank; aber was er mir gewesen ist, kann von keinem anderen Mann ersetzt werden. Ich hätte ihn geheiratet oder wäre unverheiratet geblieben. Liebe braucht keine Lizenz. Ich führe mein Leben, wie ich will. Gabriel ist ein Teil davon.«

»Niemand verlangt von Ihnen, daß Sie ihn aufgeben, Miß Cordoba«, sagte Helga geduldig. »Aber er wacht jetzt auf; würde es Ihnen etwas ausmachen, zu gehen? Ich muß ihn ankleiden.«

Mercedes rückte noch näher an Gabriel heran. »Wie hat er Brentwood House verlassen? Wie kam er in den Wagen und dorthin, wo die Polizei ihn fand? Und da Sie bezahlt wurden, auf ihn achtzugeben, wo waren Sie? Fuhren Sie ihn nach Los Angeles, und warum? Hielten Sie ihn während der Wochen, die er vermißt war, irgendwo versteckt? Nachdem Phyllis ihn heimbrachte, tauchten Sie prompt hier auf. Woher wußten Sie, daß er hier war? Beantworten Sie nur diese Fragen.«

»Ich muß Sie noch einmal bitten, jetzt zu gehen«, sagte Helga, »oder ich werde Mrs. Deeping rufen.«

»Ich gebe Ihnen eine Chance«, sagte Mercedes. »Sie können aus dieser unwürdigen Situation herauskommen. Kündigen Sie!«

Helga setzte sich, den Blick niedergeschlagen, und biß sich auf die Lippe. Sie war gezwungen, einen Pakt mit ihrer Feindin zu schließen, um sie loszuwerden, und Anschuldigungen zu entgehen, auf die sie nicht antworten konnte.

»Ich werde Ihnen etwas verraten, was ich nicht sagen sollte«, sagte sie in einem halblauten, verschwörerischen Ton. »Gabriel hat eine Chance, gesund zu werden. Er erhält eine Therapie, die er in Brentwood House nicht bekommen konnte.«

»Und die bekommt er hier, von Ihnen?« sagte Mercedes geringschätzig. Aber Helgas Enthüllung hatte sie unsicher gemacht.

»Dr. O'Brian erprobt eine neue Zugangsweise. Ich weiß beinahe nichts darüber. Aber er könnte es Ihnen sagen.«

Sie gebrauchte O'Brian als Schutzschild. Meinen Namen konnte sie nicht erwähnen, nicht etwa, weil sie loyal gewesen wäre, sondern weil sie eigennützig dachte. O'Brians Erwähnung bedeutete einen Aufschub, erzählte sie Mercedes jedoch von mir, so würde sie Gabriel verlieren. Der wahre Kampf um Gabriel würde erst beginnen, wenn sein Zustand sich tatsächlich besserte. Ich hatte keine Ahnung, worauf sich ihre Siegesgewißheit gründete. Mercedes sah zweifellos besser aus, hatte Gabriel vor seiner Krankheit gekannt und mußte Intimitäten mit ihm geteilt haben. Helga hingegen, die aus einer anderen Gesellschaftsklasse kam, hatte mit Gabriel Deeping nichts gemeinsam. Sie würde niemals imstande sein, ihn zu ihren religiösen Überzeugungen zu bekehren. Mercedes entstammte seiner gesellschaftlichen Schicht. Sie war kenntnisreich und nicht frustriert wie Helga, die der Affinität, die zwischen Gabriel und Mercedes bestanden hatte, nichts entgegenzusetzen hatte.

Aber sie hatte das richtige Gift gemischt, um Mercedes momentan zu betäuben.

»Warum sollte es ein Geheimnis sein?« fragte Mercedes. »Wenn es eine Therapie gibt, sollte offen darüber gesprochen werden. Wozu die Geheimniskrämerei?«

»Dr. O'Brian würde die Zustimmung der Gesundheitsbehörde benötigen, und er befürchtet, daß es dadurch zu Verzögerungen, Rückfragen und womöglich einem ablehnenden Bescheid kommen könnte.«

Mercedes stand widerwillig auf. Gabriels Augen waren weit offen, doch schien er sie nicht zu erkennen.

»Wenn Sie lügen, werde ich dafür sorgen, daß Ihnen Ihr hübsches Schwesternabzeichen weggenommen wird.« Sie konnte nicht umhin, der anderen noch einen Hieb zu versetzen, da sie wußte, daß sie Gabriel in Helgas Händen zurücklassen mußte.

Helga schlüpfte wieder in die Rolle der nüchternen und selbstlosen Pflegerin. »Wenn Sie ihn wirklich lieben, dann üben Sie sich bitte in Geduld. Natürlich werde ich Ihre Anschuldigungen vergessen. Sie waren aufgeregt. Ich frage mich, was ich tun würde, wenn ich ihn einst geliebt hätte. Gabriel hat eine gute Chance. Sie werden nicht wollen, daß sie gefährdet oder zerstört wird.«

»Aber um welche Art von Behandlung handelt es sich?« beharrte Mercedes. »Sagen Sie mir etwas darüber.«

»Dr. O'Brian glaubt, er könne Gabriels Gehirn reaktivieren. Er könnte ihm ein Gefühl von Gegenwart zurückgeben, so drückte er es mir gegenüber aus.«

»Von Gegenwart? Wird er sich auch an die Vergangenheit erinnern?« fragte Mercedes. »Wenn nicht, wird er sich auch meiner nicht erinnern können.«

»Das kann ich nicht beantworten«, sagte Helga. »Wir werden abwarten und zusehen müssen.«

Die zwei Schlangen blickten einander ins Auge, eine gebissene, die andere mit einer ruhigen, mitfühlenden Miene, hinter der sie ihren Triumph verbarg.

Mercedes ging, und Helga sperrte die Tür hinter ihr zu. Sobald sie allein war, sah sie ziemlich hager und verwirrt aus.

Ich mußte Gabriel von seiner Vergangenheit lösen, oder mein Ziel, meinen Körper mit dem seinigen zu vertauschen, würde für immer unerreichbar bleiben. Ich mußte ihn ganz dem Zugriff dieser raubgierigen Frauen entziehen. Phyllis Deeping hatte ihn im Gefängnis ihres Hauses und machte sich nicht viel aus Mercedes' Besitzgier. Sie hatte sich seit Jahren daran gewöhnt und wußte damit fertig zu werden. Aber Mercedes wartete auf ihre Chance. Für Helga gab es nur einen Weg, wenn sie Gabriel für sich haben wollte: sie mußte mit ihm fortlaufen und sich verstecken. Das war ihr aber ohne meine Hilfe nicht möglich. Ich besaß den Schlüssel zu seiner Wiederherstellung. Sie hing geistig und finanziell von mir ab. Und meinen Interessen war nicht damit gedient, daß zwei eifersüchtige Frauen einander belauerten und Gabriels Nähe suchten; wie sollte ich unter diesen Umständen mit ihm arbeiten? Ich mußte Gabriel aus dieser Umgebung entfernen.

Helga setzte sich. Die Auseinandersetzung mit Mercedes hatte sie erschöpft. Sie wußte nicht, wohin sie sich wenden sollte. Ich wollte es ihr zeigen.

Langsam richtete Gabriel sich zu sitzender Haltung auf. Helga merkte es und beobachtete ihn mit allen Zeichen von Besorgnis und Hoffnung. Seine Bewegungen waren nicht von der Art, die sie kannte. Sein Blick ging in ihre Richtung und ruhte auf ihr.

Das war nicht der Gabriel, den sie bei der Hand geführt und der ihren Signalen folgsam wie ein Schäferhund gehorcht hatte, noch war es Gabriel, der am Frühstückstisch wie ein Papagei gesprochen hatte. Das immerwährende Idiotenlächeln war verschwunden, und er sah sie mit nachdenklichem Ausdruck an. Ihr war bewußt, daß sein Gehirn arbeitete, und sie saß wie versteinert. Als er in der vorausgegangenen Nacht zu ihr gekommen war, hatte sie auch gewußt, daß er fähig war zu denken. Aber er hatte nicht gesprochen. Jetzt tat er es.

»Wir müssen fort von hier«, sagte er fast unhörbar.

Sie rührte sich noch immer nicht. Der Übergang war zu plötzlich gewesen, obwohl sie geglaubt hatte, darauf vorbereitet zu sein. Sie fragte nicht, wie dieses Wunder geschehen war, und akzeptierte einfach die Tatsache, daß er sprechen konnte.

»Ich ziehe mich jetzt an«, fuhr er fort. »Du führst mich zu einem Spaziergang in den Garten. Sollten wir Phyllis begegnen, sagst du ihr, daß ich Bewegung brauche. Du weißt, was zu sagen ist. Wir werden durch die kleine Gartenpforte hinausgehen und ein Taxi nehmen. Fahren wir mit einem der Wagen, werden sie uns auf die Spur kommen.«

Sie versuchte zu reagieren, brachte aber nur einen kleinen Seufzer über die Lippen. Seit sie seine Pflegerin geworden war, hatte sie ihm gewünscht, daß er wieder werde denken und sprechen können. Nun, da es geschehen war, war sie entsetzt.

Er stand auf. »Ich weiß, daß Mercedes gerade gegangen ist«, sagte er. »Sie wird mich nicht in Ruhe lassen und Phyllis erst recht nicht. Ich möchte nicht in mein altes Leben zurückkehren.«

Er ging an eine Kommode und zog ein Hemd aus der Schublade.

»Wo sind die Manschettenknöpfe?« fragte er.

»In derselben Schublade«, sagte Helga. Sie hätte keine

Frage außer einer alltäglichen beantworten können. Sie brachte seinen grauen Anzug aus dem Kleiderschrank und nahm ihn vom Bügel, dann wählte sie einen Schlips aus. Beinahe in Trance wiederholte sie vertraute Bewegungen, die kein Denken erforderten.

»Ich habe dich und Mercedes und Phyllis seit Tagen beobachtet«, sagte er und warf die Schlafanzugjacke auf den Boden. »Manchmal ist mein Kopf stundenlang klar. Aber dann schlafe ich plötzlich. Es ist wie ein Licht, das ausgeschaltet wird. Ich sehe nichts, oder vielleicht erinnere ich mich nur nicht daran. Jedenfalls habe ich keine Ahnung, wo ich war und was ich getan habe. Zu anderen Zeiten wieder bin ich hellwach. Ich hätte vorhin schon sprechen können, ließ es aber sein. Ich mußte selbst herausbringen, was in mir vorgeht. Und um mich her. Letzte Nacht war ich in deinem Zimmer, daran erinnere ich mich. Wenn ich bei klarem Verstand bin, erkenne ich dich.«

»Wirklich?« rief sie aus. »Immer?«

Er zog sich mit den gewohnheitsmäßigen Bewegungen eines Mannes die Unterhose an, der es Tausende von Malen getan hat, und trat einen langen Schritt auf sie zu. Dann blickte er auf ihren blonden Kopf herab.

»Natürlich«, sagte er. »Es gab einen Augenblick, als du mich in den Armen hieltest. Aber das war nicht hier. Oder doch?«

»Nein – nicht hier«, stieß sie hervor.

Als er noch näher trat, wich sie einen kleinen Schritt zurück. Sie hatte es auf einmal mit einem Gabriel zu tun, der aus eigenem Antrieb handeln konnte und sich nicht mit einer Handbewegung oder einem kurzen Befehl lenken ließ; so waren die Mauern ihrer Angst rasch wieder aufgerichtet.

»Es war in einem Bett«, sagte er mit der dreisten Selbstsicherheit eines Mannes, der sich seines guten Aussehens bewußt ist und glaubt, daß er nur die Arme auszustrecken braucht, um ein Mädchen hineinsinken zu sehen. »Da war ein Bett – war es deins oder meins? Wir fingen etwas an, was wir hätten vollenden sollen!«

Helga war schockiert, doch drang der Schock nicht als etwas in ihr Bewußtsein ein, was sie ihr Leben lang gehaßt und verabscheut hatte – dieses oberflächliche Spiel mit sexuellen Anzüglichkeiten, die scherzhafte Behandlung von Gefühlen, deren Tiefe und Ehrfurcht einer intimen Vereinigung zweier Körper Würde verleihen sollten, um sie vom Paarungsverhalten der Hunde, Katzen und Kaninchen zu unterscheiden. Die Verkörperung der Sünde stand vor ihr. Ihre Reaktion war fast automatisch und artgemäß.

»Ich erinnere mich nicht, nein ... Wirklich nicht.« Sie wich weiter zurück. Es war nicht das erste Mal, daß sie sich in einer Situation befand, wo sie mehr oder weniger eindeutig körperlich bedroht gewesen war. Aber die anderen Male war es in ihrer Eigenschaft als Schwester geschehen, und ihre eigenen Gefühle hatten dabei keine Rolle gespielt. Hier aber war ein Mann zum Leben erwacht, den sie begehrt und für den sich aufzuopfern sie bereit gewesen war. Nun hatte diese Situation Wirklichkeitscharakter angenommen, aber sie war nicht bereit. Sie mochte es niemals sein.

Jede Form von Handgreiflichkeit hieße sie für immer zu verlieren.

Gabriel lachte leise. Sein bloßer Oberkörper war mit schwarzem Haar wie mit einem feinen Fell bedeckt. Dieses seidige Haar deutete Animalismus und eine brutale Sinnlichkeit und rohe Fühllosigkeit an, die ihr aufs Äußerste zuwider war.

Wo war der parfümierte, folgsame Liebhaber, für den sie sich so überlegt und geschickt hergerichtet hatte? Hier war ein übermächtiger haariger Lümmel, ein gewaltsamer Affe. Er konnte sie in seinen muskulösen Armen erdrücken, sie ohne Freundlichkeit besitzen, nur der Befriedigung seiner eigenen niederen Triebe verpflichtet. Das war nicht der Mann, dem zuliebe sie ihre Überzeugungen und sorgsam gepflegten Moralvorstellungen über Bord geworfen hatte.

»Nicht!« Sie ging wieder einen Schritt zurück, aber seine Arme schlossen sich in schnellem Zugriff um sie. »Nicht hier ...« Ihre Stimme versagte.

»Du hast die Tür abgeschlossen.« Sie fühlte seinen heißen kurzen Atem im Gesicht, dann zwang er ihr den Mund auf und küßte sie. Sie biß die Zähne zusammen und versuchte, die Arme zu befreien, die er in seiner Umarmung festhielt. Ihre weit offenen Augen waren schreckerfüllt. Sie wollte nicht gezwungen sein. Was immer sie wünschte, es mußte zu ihren Bedingungen geschehen, zu einer Zeit, die sie bestimmte.

»Nicht jetzt«, keuchte sie. »Heute abend.«

»Es gibt kein heute abend«, sagte er und warf sie aufs Bett, faßte nach ihren Brüsten, die er mit beiden Händen drückte. Er versuchte ihr absichtlich weh zu tun. Aus Angst, Phyllis Deeping herbeizurufen, wagte sie nicht zu schreien. Sie versuchte es mit einem ihrer Judo-Abwehrtricks, aber er lachte nur und hielt ihre Beine mit seinen nieder. Sein großer Mund, die breit auseinandergezogenen Lippen grinsten, als er wieder ihren Mund suchte. Sie ächzte in Panik, als er ihr die Beine auseinanderzwang. Ihr enger weißer Rock riß auf, das dünne Nylon ihrer Schwesternuniform, dieses Abzeichens von Abgeschlossenheit.

Das Blut war ihr aus dem Gesicht gewichen. Er zwang ihr die Arme auf den Rücken, wo er sie mit einer Hand festhielt, hatte sie vollständig in seiner Gewalt. Jede Bewegung schmerzte sie. Sie fühlte seine Erektion zwischen ihren geöffneten Schenkeln und starrte ihn mit zusammengebissenen Zähnen an, in denen sie all ihre verbliebene Stärke zusammenfaßte, um ihn abzuhalten.

Als er diesem Blick begegnete, kam wieder der spöttische Glanz in seine Augen, und, noch über ihr, zwischen ihren Beinen, ließ er sie langsam los.

Sie war frei, wagte aber nicht, sich zu bewegen.

Nun richtete er sich auf und trat lachend zurück. Er hob seine Hose vom Boden auf und stieg hinein. Sie zog ihren aufgerissenen Rock zu den Knien und setzte sich auf.

Sie war entkommen, aber es gab keinen Weg zurück zu ihm. Obwohl sie gewonnen zu haben glaubte, hatte Gabriel sich aus dem Netz befreit, das sie um ihn gesponnen hatte.

»Meinetwegen, wenn das deine Gefühle für mich sind«, sagte er und fuhr in sein Hemd. Sobald der haarige Oberkörper verdeckt war, schien die unmittelbare Bedrohung verschwunden zu sein. Helga stand auf und besah den zerrissenen Rock.

»Ich muß mich umziehen«, sagte sie. Sobald der Wirbelsturm abgezogen ist, gilt die erste Sorge einer Frau ihrem Aussehen.

»Ja, sieh zu, daß du die Anstaltsklamotten los wirst«, antwortete er. »Ich bin nicht mehr der Patient. Du bist es von nun an. Und laß uns von hier verschwinden!«

»Wohin sollen wir gehen?«

Sie ging rasch zur Tür und sperrte sie auf.

»Zu Cory«, sagte er.

»Cory?« Sie schien erschrocken. »Was weißt du von ihm?«

Er lachte sein leises, einschmeichelnd-spöttisches Lachen.

»Alles – nun zieh dich um und hol mich ab! Ich warte hier auf dich. Wir werden nie wieder hierher zurückkommen.«

»Werden wir in Corys Haus wohnen?«

»Du wirst bei mir sein, ist das nicht genug Information?« sagte er.

Sie zögerte. Die ungewohnte Umkehrung des Abhängigkeitsverhältnisses war ihr zuwider. Außerdem fürchtete sie ihn.

»Ich kenne dich nicht, Gabriel«, sagte sie schließlich.

»Du wirst«, sagte er lachend und ging auf sie zu. Sofort riß sie die Tür auf und spähte ängstlich hinaus, wie ein Mädchen, das den Liebhaber in seinem Hotelzimmer besucht hat. Ehe er sie erreichen konnte, schlüpfte sie hinaus und schloß hastig die Tür hinter sich.

Ich ließ Gabriel niedersitzen.

Um meine Situation einzuschätzen, die immer verzwickter wurde, brauchte ich ein paar Minuten ungestörten Nachdenkens. Ich hatte das Gegenmittel brutaler Aggressivität gebrauchen müssen, um Helga abzuschrecken. Nie wieder würde sie sich Gabriels Aggressivität aussetzen. Von nun an würde er in seinem Bett ungestört bleiben. Für sie hatte das Liebesspiel der jungen Leute, gekennzeichnet durch den aggressiven, ungeduldigen Partner und die abwehrende Partnerin, die nicht im Sturm genommen, sondern umworben sein will, keinen Reiz. Gewöhnlich enden solche Spannungen im Einklang, doch für Helga war animalische Brutalität im Liebesakt eine qualvolle Vorstellung. Liebe, wie sie ihr vorschwebte, war die Berührung zweier Engel im Äther, der Atemhauch körperloser weißer Astralleiber, die samtene Berührung von Schmetterlingsflügeln – oder der geheime Gebrauch von Gabriels bewußtlosem Körper zur Befriedigung ihres eigenen Verlangens. Ihre Ekstase durfte keine anderen Zeugen oder Erinnerungen als ihre eigenen haben.

Ich konnte ihr Gabriel getrost überlassen. Sie würde zu mir ins Haus kommen – mit einem Idioten. Die Frage war, wie lange sie die ständigen, unberechenbaren Veränderungen in ihm würde ertragen können. Sie mochte, wie ein Pawlowscher Hund, der mit bedingten Reflexen auf Signale antwortete, neurotisch und unausgeglichen werden, da die Signale nicht zum erwarteten Ergebnis führten.

Mein mathematisch geschulter Verstand ist in der Lage, bestimmte Entwicklungen vorauszusehen und damit die Zukunft zu beeinflussen. Aber Frauen besitzen einen »X-Faktor«, der veränderlich und unberechenbar ist. Ich hatte nicht in Betracht gezogen, daß Helga ihren einstigen Schützling verraten würde.

20

Ich hatte die Limousine in einer kaum befahrenen Sackgasse im Hidden Valley abgestellt. Im Kofferraum befand sich an Kleidungsstücken und Wäsche, was Gabriel und ich für eine längere Reise benötigten.

In einer ebenso unerwarteten wie verwunderlichen Anwandlung von Anständigkeit hatte O'Brian den Behörden mein Versteck nicht verraten. Sie suchten mich noch immer. Alles, was die Polizei in der Hand hatte, war die falsche Adresse eines Gabriel Hyde, der nicht existierte. José hatte sie irregeführt. Aber ich stand auf der Fahndungsliste, war vielleicht in den Postämtern des ganzen Landes zusammen mit Mördern und Rauschgifthändlern und Geldfälschern auf Suchplakaten abgebildet. Vielleicht hatte man sogar Fotos von Gabriel und mir durch Satellitenfunk über die ganze Welt verbreitet. Phyllis Deeping würde die Kosten nicht scheuen, um ihren geliebten Sohn wiederzugewinnen. Mein Gesicht war leicht zu behalten, eine bloße Beschreibung reichte aus. Ein gesichtsloser Mann, der in Gesellschaft eines auffallend gutaussehenden Begleiters in einer Chrysler-Limousine reiste. Mehr war als Personenbeschreibung nicht notwendig.

Um sicher zu gehen, daß sie mich nicht finden würden, mußte ich mich so bald wie möglich des Wagens entledigen. Ich hatte ein örtliches Anzeigenblatt bei mir, in dem es eine Rubrik für Gebrauchtwagenverkäufe gab. Es schien mir eine gute Lösung, einen Wagen aus Privathand zu kaufen, bar zu bezahlen und mit den bisherigen Zulassungspapieren und Kennzeichen weiterzufahren. Dann würde die Polizei keinen Hinweis haben. Den Chrysler könnte ich in einem Parkhaus oder auf einem Parkplatz abstellen. Schließlich konnte ich bei Nacht fahren und die Tage in Motels verbringen, was die Fahndung nach mir und Gabriel zusätzlich erschweren würde.

Ich hatte unsere Flucht bis ins letzte ausgearbeitet.

Ich besaß genug Bargeld.

Meine wissenschaftliche Neugierde, die Hingabe an meinen Beruf waren immer ein wichtiger Teil meines Lebens gewesen. Noch wichtiger aber war das Weiterleben ohne Schmerz. Darum hatte ich beschlossen, die wissenschaftliche Neugierde und die damit untrennbar verbundenen körperlichen Leiden gegen Gesundheit und Wohlbefinden in Gabriels Körper einzutauschen.

Ich begehrte nichts weiter als durch Gabriel zu leben.

Wie viele Menschen wünschten wieder jung zu sein, das Leben neu zu beginnen! Si la jeunesse savait et si l'âge pouvait – wenn die Jugend wüßte und wenn das Alter könnte ... Ich sah mich in der glücklichen Lage, meine Lebenserfahrung und mein Wissen in den Körper eines jungen Menschen einzubringen.

Niemand war in der Nähe, als ich den Wagen am Ende der Sackgasse außerhalb des Bebauungsgebietes anhielt. Die Reifenspuren von Wendemanövern ließen auf nächtlichen Verkehr schließen. Vor mir lag eines der jungfräulichen Seitentäler von Beverly Hills – jener überraschende Teil der Stadt, wo sich unberührte Wildnis mit den teuersten und luxuriösesten Wohnhäusern mischt – eine Wildnis, die noch immer von Schlangen und Füchsen, Waschbären und Schalenwild bewohnt ist. Hier endete die ungeteerte Straße in einer kleinen, mit weggeworfenen Bierdosen, Halbliterflaschen und verräterischen Zeichen unerlaubter Liebesbeziehungen übersäter Wendefläche.

Ich ließ ein paar Dollar auf dem Fahrersitz, stieg in den Fond des Wagens und brachte die Kontakte an, um Gabriel zu werden.

Er war noch in seinem Zimmer und saß in dem Sessel, wo ich ihn verlassen hatte. Die Tür war offen, das Haus in Aufruhr.

»Ich habe sie nicht weggehen sehen!« rief Phyllis Deeping aufgeregt. »Hast du sie nicht gesehen?«

»Bestimmt wird sie in ein paar Minuten wiederkommen«, versuchte Mr. Deeping sie zu beruhigen.

»Aber sie wird dafür bezahlt, daß sie auf Gabriel acht gibt«, rief Phyllis Deeping empört. »Wie konnte sie weggehen, ohne mir ein Wort zu sagen?«

»Sie wird bald zurück sein«, variierte Mr. Deeping seine Aussage.

Dann stürzte Phyllis in Gabriels Zimmer. Sie lebte für Aufregungen, wartete auf Katastrophen, um ihr Leben zu steigern.

»Sie hat ihn zum Ausgang angezogen«, rief sie durch die offene Tür. »Es ist Zeit für seinen täglichen Spaziergang. Ich werde sie entlassen!«

»Bring ihn in den Garten!« schlug Deeping vor, der nun auch das Zimmer seines Sohnes betrat. Er hatte sich mit einer Philosophie gewappnet, um Phyllis' ständige Erregtheiten ertragen zu können. Dazu gehörte der sorgfältig beobachtete Grundsatz, sich niemals in die Angelegenheiten hineinziehen zu lassen, die seine Frau beschäftigten. Dieser Weisheit verdankte er die Fähigkeit, ein halbwegs normales Leben zu führen.

»Geh du mit ihm!« sagte Phyllis. »Ich werde beim Arbeitsamt anrufen und eine andere Pflegerin kommen lassen! Die Unverfrorenheit dieses Mädchens! Mercedes hatte mich gewarnt. Ich hätte eine Arbeit wie diese niemals einem jungen Mädchen anvertrauen dürfen. Sie vernachlässigen alle ihre Pflicht!«

»Ja, Liebes«, sagte Deeping. Ihre Stimme war ohne ein Echo durch ihn hindurch gegangen. Er war wie ein Tauber, der sein Hörgerät ausschalten konnte, um sich von seiner Umgebung loszulösen.

Widerwillig nahm er Gabriel beim Arm. Er hatte ihn sonst nie angerührt und wußte nicht recht, wie er es machen sollte. Aber Gabriel stand sofort auf. Sie gingen Hand in Hand die Treppe hinunter, während Phyllis ins Telefon schrie.

Deeping führte Gabriel zu einer Gartenbank und ließ ihn niedersitzen, wie er es bei Helga gesehen hatte. Gabriel folgte dem leichten Druck der väterlichen Hand allzu rasch, und das überraschte Deeping. Er blieb ein paar Augenblicke stehen und beobachtete Gabriel. Dann schüttelte er verwirrt den Kopf und ging.

Am Ende des Gartens führte eine kleine Pforte zu einem unbefestigten Fahrweg hinaus. Sobald er allein war, stand Gabriel auf und ging im Schatten der Bäume rasch auf diese Pforte zu. Sie war nicht zugesperrt. Er verließ das Grundstück und wanderte den Fahrweg abwärts zum Bel Air Hotel.

Ein Wagen hielt, und ein junger Mann erbot sich, Gabriel

mitzunehmen. Ein gutgekleideter Fußgänger kann in dieser Gegend, wo es keinen öffentlichen Nahverkehr gibt, stets auf Mitfahrgelegenheit zählen. Am Hotel nahm Gabriel ein Taxi und war wenige Minuten später unterwegs zu mir. Das Geheimnis seines Verschwindens ließ er hinter sich zurück. Die Suche nach ihm mochte Phyllis Deeping in erneuerte Aufgeregtheit stürzen, und dem armen Deeping, der seine Pflicht vernachlässigt hatte, würde es schlecht ergehen.

Das Taxi fuhr den Coldwater Canyon hinauf und bog in die Hidden Valley Road. Als er das letzte Haus passiert hatte, hielt der Fahrer an.

»Da gibt es kein Haus mehr«, sagte er, aber Gabriel hieß ihn weiterfahren. Er fand den Chrysler, nahm das Geld, das ich auf dem Sitz liegen gelassen hatte, und entlohnte den Taxifahrer.

Ich ließ ihn einsteigen, und er fuhr durch die Schlucht hinaus und ins Tal hinunter. Jetzt waren alle Spuren von uns verwischt, der einzige Zeuge war der Taxifahrer, aber seine Angaben konnten nur sehr allgemein sein – ein Mann, auf den Gabriels Beschreibung zutraf, bestieg sein Taxi vor dem Hotel und verließ es ein paar Meilen weiter in einer ungeteerten Seitenstraße.

Ich verbarg mich im Fond des Wagens, als wir den Ventura Boulevard entlangfuhren. Gabriel nahm zwei Zimmer in einem modernen Motel und trug sich unter einem erfundenen Namen ein. Als ich ein paar Minuten später am Büro vorbeiging, hob die Frau am Schreibtisch den Kopf. Sie hatte erwartet, daß Gabriel in Begleitung eines Mädchens sein würde. Da es aber ein Mann war, der sein Gesicht verbarg, zuckte sie die Achseln. Hauptsache, die Zimmer waren im voraus bezahlt.

Im Haus der Deepings mußte es unterdessen zugehen, wie in einem Ameisenhaufen. Zuerst war Helga verschwunden – ich wußte nicht, wohin sie gegangen war, und es interessierte mich nicht im mindesten. Dann war auch Gabriel verschwunden. Ich konnte mir vorstellen, wie Phyllis Deeping die Polizei von Los Angeles in Aufruhr versetzte und ihrem geliebten Sohn Privatdetektive nachschickte. Vielleicht hatte sie auch O'Brian angerufen. Aber das waren Mutmaßungen, die mich nur am Rande beschäftigten.

Bei mir war mein zweites Paar Augen und Ohren, mein Alter ego, mein Doppelgänger, der nicht mir glich, sondern dem Erzengel Luzifer vor dem Fall. Ich hatte mich daran gewöhnt, durch Gabriel zu leben – schmerzfrei, tatkräftig, lebensfroh. Jeder Augenblick, den ich zu mir selbst zurückkehren mußte, war qualvoll. Ich aß und trank ungern, weil es erforderte, daß ich die Verbindung unterbrach. Es ist Tatsache, daß man sich an Luxus sehr rasch gewöhnen kann. Mein Luxus war die Erfahrung eines vollkommenen und gesunden Körpers. Ich hatte mich geradezu in Gabriels Körper verliebt, vielleicht so, wie er vor seiner Krankheit in seinen Körper verliebt gewesen war. O'Brian freilich hätte solche Empfindungen einen Beweis meiner Bipolarität genannt. Aber ich war überzeugt, daß es sich nicht so verhielt; vielmehr war es eine Flucht aus dem Fegefeuer in himmlische Sphären.

Das Motel war im Stil eines schlecht nachgemachten polynesischen Dorfes angelegt, mit großen Götterstatuen, die aus den haarigen Stämmen von Palmen geschnitzt waren. Farbige Lichter spielten auf Wasserfällen und Sturzbächen, die in einem großen nierenförmigen Becken zusammenflossen. Die Hütten öffneten sich dort auf einen weitläufigen Innenhof, wo ständig Musik erklang und mit Stimmen und anderer Musik verschiedener Radio- und Fernsehprogramme aus dem Inneren der Räume zu einer Kakophonie verschmolz, deren Mischung nicht einmal unangenehm war, weil alle Musik mit dem gleichen Rhythmus unterlegt war.

Unsere Hütte, angebaut an eine andere, hatte ein Schlafzimmer mit einem Bett von königlichen Dimensionen und ein Wohnzimmer. Ein Balkon überblickte den Innenhof. Gabriel lag auf dem Bett. Er hatte das Hemd ausgezogen, seine breite haarige Brust hob und senkte sich im Rhythmus eines schlafenden Tieres. Unter den Kleidern, die ich für ihn mitgenommen hatte, waren bunte Badehosen und ausgefallene tibetantische Sandalen – Proben von Helgas Geschmack.

Ich ließ eine Mahlzeit vom Restaurant kommen. Als der Kellner klopfte, wies ich ihn an, das Tablett vor der Tür zu lassen.

Nachdem der Mann gegangen war, holte ich das Essen herein, setzte mich ins Wohnzimmer und aß eilig. Schmerzen begleiteten meine Mahlzeit. Schmerzen und Essen wurden für mich gleichbedeutend. Nachdem ich ein paar Brocken hinuntergewürgt hatte, wandte ich mich zu Gabriel. Ich ließ ihn aufstehen, befahl ihm zu essen, lenkte und beobachtete ihn.

War das die Art und Weise, wie ich den Rest meines Lebens verbringen sollte, Kinderschwester meiner anderen Hälfte, die wie ein siamesischer Zwilling an mir hing? Wie lang konnte eine solche Beziehung dauern? Angenommen, ich wurde krank? Angenommen, er wurde krank? Ein Unfall, alles, was geeignet wäre, den Gleichklang unseres gegenseitig angepaßten Lebens zu stören, würde unüberwindliche Hindernisse aufrichten. Es war eine Art von Beziehung, wie sie seit der Evolution des Homo sapiens niemals existiert hatte.

Die Sonne war am Untergehen, aber die Hitze des Tages hing noch wie eine Segeltuchplane über dem Tal. Die farbigen Lichter, welche das Becken, die Springbrunnen und künstlichen Wasserfälle anstrahlten, gewannen an Kraft, und der Lärm der Badenden und das musikalische Durcheinander nahmen zu, als die Dunkelheit herabsank. Ich beobachtete das Becken von meinem Balkon und fragte mich, wie es sein würde, sich unter diesen jungen Leuten zu bewegen. Ich glaube nicht, daß ich in den letzten zwanzig Jahren, seit ich meinen Doktortitel erhalten und mich in die Abgeschiedenheit des Forschungslaboratoriums zurückgezogen hatte, in einer größeren Gesellschaft gewesen war. Auch meine Liebesaffären waren spärlich, verstohlen und unwichtig gewesen. Ich hatte niemals eine Frau umworben, weil ich von jeher das Balzverhalten verabscheut hatte, das Menschen und Tiere als Vorspiel zur Paarung zeigen. In den Tieren haben diese Rituale einen Zweck. Sie verhindern das Zustandekommen von Paarungen außerhalb der eigenen Art. Der Erpel tanzt um die Ente, schlägt mit den Flügeln, hebt den Kopf, taucht in einem bestimmten Augenblick des Balztanzes unter Wasser. Ist er von einer anderen Art, weicht sein Balztanz vom vorgegebenen Muster ab, und von diesem Augenblick an läßt die Ente keine weitere Annäherung durch den Erpel zu. Er ist nicht von ihrer Art. Die Natur ist gegen Rassenmischung.

Die Menschen vollführen ähnliche Rituale. Die Mädchen erregen die Gefühle junger Männer durch die Herausforderung ihrer engen Shorts, der nackten Schenkel, der Kriegsbemalung, des Parfüms, des Hüftschwungs beim Gehen, der Schaustellung ihrer Körper in spärlichen Bikinis, die keinen Teil ihrer Anatomie der Phantasie überlassen – und die jungen Männer suchen ihrerseits durch Haartracht und modische Kleidung, durch Betonung der athletischen Aspekte, durch schnelle Wagen und donnernde Motorräder – vergleichbar der Farbenpracht des Vogelmännchens oder auch dem brünstigen Röhren des Hirsches – das andere Geschlecht anzulocken. Die lauten, Aufmerksamkeit erzwingenden Stimmen, die Prahlerei, das Stolzieren und Schäkern, das Kichern und Kreischen, dies alles ist nichts als die Einleitung zu der einen und immer gleichen Sache: der Umarmung im Dunkeln. Die aus jedem Musikautomaten und Radio von Liebe und Sex heulenden und stöhnenden Stimmen, der Mond, das Herz, der Kuß, nur du, der Kummer des Wartens, der Schmerz der Verlassenen – alles Anstrengungen eines vermarkteten Naturtriebes, der letzten Endes nur auf eines abzielt: Fortpflanzung. Die Verfasser von Liedtexten für die moderne Schlagerindustrie kommen mit einem Vokabular von zweihundert Wörtern aus.

Fortpflanzung und Überleben sind die einzigen Ziele der Natur. Sobald ein Tier nicht mehr fortpflanzungsfähig ist, ist sein Nutzen für das Überleben der Art erschöpft, und es stirbt bald. Sobald der Mensch Kinder aufgezogen hat, sind seine Pflichten auf Erden erfüllt. Den Rest seines Lebens verbringt er damit, daß er sich auf seine Weise vergnügt. Ist er reich, mag er sich dem Lustgewinn verschreiben und die besten Speisen und teuersten menschlichen Körper kaufen. Oder er entwickelt ein soziales Gewissen, verbringt seine Tage als Wohltäter für andere, stolz auf seine angenommene Nützlichkeit, oder er gibt sich bescheiden darüber, was die größere Eitelkeit ist. Oder er wird ein Wissenschaftler wie ich und versucht den Kode der Geheimnisse der Natur zu knacken. Zu welchem Zweck? Selbstbefriedigung und Eitelkeit, die der Unterhaltung des Ego dienen. Der Mensch lebt weiter, ohne den Zweck, den die Natur verlangt.

An Sinnenfreuden war mir nie gelegen. Essen ist für mich nur eine Notwendigkeit. Freuden, wie sie von den Troubadouren besungen wurden, habe ich bei keiner Frau gefunden, geschweige denn geteilt. Teilen ist der Austausch von Gemütsbewegungen. Ich bin immer allein gegangen, ausgenommen vielleicht in meiner Arbeit mit Malcolm. Malcolm und ich hatten über seine sexuellen Abenteuer gesprochen, und er hatte mir von bestimmten Eigentümlichkeiten bei Frauen und ihren unterschiedlichen Reaktionen auf seine Bemühungen erzählt. In meinen Ohren hatte sich das wie die Beschreibung bestimmter Züchtungen von Hunden und Pferden angehört. Der Hund ist ein Wächter, das Pferd kann einen Wagen ziehen oder einen Reiter befördern. Diese Tiere werden für nützliche Zwecke gezüchtet.

Aber nun hatte ich einen Körper, durch den ich etwas über jene Freuden erfahren konnte, die dem Menschen so teuer sind.

Ich weckte Gabriel. Er zog sich für das Schwimmbecken um. Sein Körper war prachtvoll – Menschen sind konditioniert, die Form eines anderen menschlichen Körpers zu bewundern. Tiere sehen vermutlich keine Schönheit in etwas, doch des Menschen Auge kennt diese Abweichung. Menschliche Schönheit besitzt an sich keinen Nützlichkeitswert, außer dem, daß sie in anderen Menschen sexuelles Verlangen weckt. Für ein Tier ist jedes Weibchen der eigenen Art nur begehrenswert, wenn es brünstig oder läufig ist. Der Mensch in seiner ständigen Brünstigkeit benötigt den Anreiz bestimmter Formen, die er ›Schönheit‹ nennt.

Gabriel warf sich ein großes Handtuch über die Schultern. Je größer die Handtücher, desto besser die Qualität des Hotels. Dann ging er hinaus in den Innenhof. Die bunte Badehose, die er anhatte, vermochte das Bild seiner gladiatorenhaften Nacktheit kaum zu beeinträchtigen. Breitschultrig und schmalhüftig, ging er in seinem tänzerischen Schritt zum Becken. Eine jähe Stille senkte sich über die Gruppe der am Becken sich vergnügenden jungen Leute, die eben noch gekreischt und gelacht, einander ins Wasser gestoßen oder umarmt hatten.

Gabriel ließ das Handtuch fallen, tauchte mit elegantem Kopfsprung ins Becken, ließ sich zum Grund hinabsinken und kam wasserspeiend wie ein Triton wieder hoch. Nachdem er sein schwarzes Haar, einen Schauer feiner Wassertropfen verspritzend, zurückgeworfen hatte, schwamm er mit ein paar kräftigen Zügen zum Beckenrand und schwang sich heraus. Die Nässe glänzte auf seinem gebräunten Körper, und es sah wie der Sprung einer großen Katze aus. Er landete nahe bei der Gruppe junger Leute. Dort setzte er sich, das wohlbekannte abwesende Lächeln auf seinem breiten Mund. Er spürte die Aufregung der kichernden Mädchen. Sie veranstalteten augenblicklich ihr mehr oder minder unbewußtes Paarungsritual, nicht anders als balzende Vögel, die zirpen, trillern, sich verneigen, aufplustern und hin und her wenden, um Aufmerksamkeit auf sich zu ziehen. Als er wieder ins gechlorte Wasser tauchte, sprangen ihm ein paar Mädchen nach und ließen ihre Verehrer am Beckenrand zurück.

Nahe bei Gabriel durchbrach ein Kopf die Wasseroberfläche, eine Masse dunklen Haares schwamm wie glänzende Seide, Augen funkelten, die grellrot geschminkten Lippen öffneten sich und zeigten weiße Zähne wie in einer Anzeige für Zahnpasta.

»Kennen wir uns nicht?« rief die Najade. Jemand zog ihren schreienden Kopf unter Wasser. Ein anderer Kopf stieß an seine Schulter, und ein zweites glattes Gesicht tauchte vor ihm auf.

Bald nachdem sie heiraten, gehen diese glatten Gesichter und hübschen Figuren aus den Fugen, ihre feinen Knochen scheinen derber zu werden, die flachen Bäuche setzen Fett an. Der zarte Staub der Schmetterlingsflügel, dessen Schmelz den Partner anzieht, löst sich ab und verweht im Wind. Man kann sich unmöglich vorstellen, daß unförmige Matronen jemals schlanke Sirenen gewesen sind. Eine Zeitlang kämpfen sie gegen die langweilige Plackerei der alltäglichen Arbeit, dann suchen sie Trost in Speisen, die ihre Körper aufschwemmen.

»Ich wette, Sie sind beim Fernsehen.« Das hübsche Gesicht lächelte Gabriel an. »Wie heißen Sie?«

Plötzlich schoß das verdrießliche Gesicht eines jungen Mannes zwischen Gabriel und der Najade aus dem Wasser und zog sie eifersüchtig fort. Unter Protestrufen der Najaden sprang Gabriel aus dem Becken auf die Steinplatten, nahm sein Handtuch auf und ging zurück zu mir. Die Schwimmbecken-Nymphen blieben mit ihrer Enttäuschung allein.

Denke ich an jenen Abend zurück, so wird mir klar, daß es die einzigen Augenblicke von Zufriedenheit waren, an die ich mich erinnern kann. Ich hatte mich in das Leben der unbestimmbaren, gesichtslosen Menge gestürzt, und es hatte mir gefallen.

Im Vorortgürtel einer Großstadt könnten zehntausend auswechselbare junge Männer zehntausend Mädchen heiraten; das gleiche Produkt würde aus dieser Verschmelzung hervorgehen, die gleiche Menge von Glück und Verdruß. Ihre Kinder würden einander irgendwie ähnlich sehen, ihre Häuser würden ungefähr im gleichen Stil möbliert sein, die Frauen würden Stretchhosen tragen, wenn sie in Mode kämen, weite Seglerhosen, wenn sie gefragt wären, oder Shorts, wenn diese in Mode kämen. Auch die ehelichen

Schwierigkeiten würden praktisch die gleichen sein. Bald schon würden die schlanken jungen Männer untersetzt und füllig wirken und mehr und mehr die Gesellschaft ihrer Geschlechtsgenossen suchen. Bei Parties würden Männer und Frauen sich wie Wasser und Öl trennen, auf einer Seite die Männer unter sich, auf der anderen die Frauen. Mit der Eheschließung hatte die Jagd nach dem anderen Geschlecht aufgehört. Jeder Mann, der sich unter verheiratete Frauen mischte, war verdächtig.

Aber dieser Abend im Motel mit dem geräuschvollen Liebesvorspiel hatte in mir eine Erregung erzeugt, angereizt, des war ich sicher, von meinen so lange vernachlässigten Drüsen. Durch Gabriel war ich angeregt worden. Ich begann sogar Tagträumereien nachzuhängen, was ich seit meiner Jugend nicht mehr getan hatte.

Gabriel kam ins Schlafzimmer, legte sich nieder und schlief bald ein. Ich beobachtete den gebräunten, kräftigen Körper neben mir – meine zweite Heimstatt. Wäre ich nicht gezwungen, mich mit ihm zu verstecken, ich könnte ein neues Leben beginnen.

Ich könnte an einer ausländischen Universität studieren, wo niemand Gabriel kennen würde. An der Sorbonne, wo O'Brian die besten Jahre seines Lebens verbracht hatte, in Oxford oder Wien, Bologna oder Bonn – unter jungen Leuten sein, ihre Hoffnungen und Wünsche, ihre Freuden und nichtigen Verzweiflungen teilen.

Der Verfall der Geisteskräfte begleitet das Altern des Körpers. Da Gabriel zwanzig Jahre jünger war als ich, würde ich meiner Lebensspanne zwanzig Jahre Jugend hinzufügen. Ich könnte auch versuchen, ein gewöhnliches Leben zu führen, zu heiraten, ein Heim zu haben, Freunde, mit denen ich müßige Konversation treiben könnte. Ein solches Leben brächte eine angenehme Abstumpfung des Geistes mit sich, und ich könnte mich ohne innere Qualen und Zerrissenheiten durch die Jahre dahintreiben lassen.

Wo aber sollte ich meinen Körper verstecken? In einem Raum in Gabriels Wohnung? In einem Hotel? Ich, eine lebendige kybernetische Maschine, die ernährt werden mußte und durch Körperfunktionen kompliziert war?

Mit einem Leben solcher Art würde ich niemals zufrieden sein – mein Traum paßte nicht zu meiner Persönlichkeit. Er war undurchführbar. Ich begriff, daß meine Beziehung zu Gabriel ein Ende finden mußte. Das Geflecht der Wahrscheinlichkeiten, in welchem wir beide uns verstricken konnten, war so fein gewirkt, daß es sich sogar der Analyse entzog.

Eines Tages mochte außergewöhnlichen Gehirnen erlaubt sein, gesunde Körper zu leihen, die sonst nutzlos wären. Es ist viel von der Aufbewahrung des Spermas bedeutender Menschen gesprochen worden. Warum teilt man ihnen nicht junge Körper zu? Mein Experiment war seiner Zeit voraus.

21

Am Morgen hob ich die Zeitung auf, die unentgeltlich unter den Türen der Motelgäste durchgeschoben wurde, vielleicht als Aufmerksamkeit, vielleicht als eine Erinnerung, daß die Nirwana-Atmosphäre von Musik und farbiger Beleuchtung nur für Eskapisten war.

Auf der Titelseite war Gabriels Gesicht abgebildet, daneben das meinige, wie es vor dem Unfall ausgesehen hatte. Weder die Zeitung noch die Polizei hatten andere, aktuellere Aufnahmen von mir.

Sofort warf ich unsere Habseligkeiten in die zwei Koffer und stahl mich mit Gabriel in die Tiefgarage. Ein paar Minuten später waren wir unterwegs.

»Geheimnisvolles Verschwinden berühmter Wissenschaftler.« All die Kriege, die in verschiedenen Teilen der Welt ausgefochten wurden, die Regierungskrisen, die Wirbelstürme und Katastrophen kamen erst an zweiter Stelle.

»Der bekannte Wissenschaftler Patrick Cory und Gabriel

Deeping, sein hilfloses Werkzeug.« Brentwood House blieb unerwähnt. Ich wurde als der Unhold dargestellt, der die Macht hatte, mit seiner schlimmen geheimen Erfindung die Zivilisation zu zerstören. Um welche Art von Erfindung es sich handelte, blieb ebenfalls ungesagt. Aber mein verbranntes Gesicht wurde beschrieben. Das ergab ein besseres Bild als jede Fotografie zeigen konnte.

Ich war Jean Valjean, der Elende, der mit Cosette – in diesem Fall Gabriel – reiste und vom Detektiv Javert verfolgt wurde. Javert war diesmal die vereinten Kräfte von Polizei, Sheriff und Verkehrsstreife.

Für meine Festnahme und die Rückführung Gabriel Deepings war eine Belohnung von zehntausend Dollar ausgesetzt. Von nun an würde jeder Motelangestellte, jede Person an den Fernstraßen und in den Restaurants nach uns Ausschau halten. Ich fragte mich, wer die Belohnung ausgesetzt haben mochte, die Behörden oder Phyllis Deeping. Sie würde das Konto ihres Mannes nicht schonen, um ihren geliebten Sohn zurückzuerhalten. Ich war umgeben von Millionen Informanten. Ohne Zweifel würde man unsere Porträts auch im Fernsehen zeigen.

In Canoga Park hielt ich am Rand einer Seitenstraße, unweit von einem Haus, wo ein relativ neuer Ford per Inserat zum Verkauf angeboten worden war. Gabriel kaufte den Wagen vom Eigentümer und bezahlte zu dessen angenehmer Überraschung in bar. Ich ließ den Chrysler am Straßenrand stehen. In ein paar Tagen würden sie ihn vielleicht finden.

Ich hatte Gabriel mit einer Sonnenbrille versehen, und er war unrasiert. Er hielt sich an die Geschwindigkeitsbegrenzungen. Die Verkehrsstreife würde keinen Grund haben, uns anzuhalten.

Die Frage war, wohin wir uns wenden sollten. Mexiko war zu gefährlich. Obwohl für den Grenzübertritt kein Paß erforderlich war, würde die mexikanische Polizei jeden Ausländer im Auge behalten.

Wir könnten nach Kanada fahren. Dort könnte ich irgendwo ein Haus an einem See kaufen, hundert Meilen nördlich von Toronto. Dort konnte man lange ungestört leben.

Ich ließ die Tagträumerei sein. Meine Ideen waren praktisch nicht ausführbar. Die erste Aufregung der Suche mußte sich bald legen. Es kam nur darauf an, einstweilen untergetaucht zu bleiben. Aber wo?

Wir fuhren die Bundesstraße 99 entlang und hielten bei einer Tankstelle, der ein Restaurant angeschlossen war. Ich blieb im Wagen, während Gabriel essen ging. Die Hälfte seiner Mahlzeit ließ er »für Bowser«, seinen Hund, einwickeln. Ich war Bowser. Die Kellnerin, die mit dem unrasierten Gabriel flirtete, wollte ihm gefällig sein und packte noch Speisereste von anderen Tellern dazu.

Wir fuhren weiter. Ein Wagen der Verkehrsstreife überholte uns, hielt aber nicht an. Schließlich bog er ab.

Auf einmal war ich todmüde. Die Anstrengung, Straße und Verkehrsgeschehen vom Rücksitz zu beobachten und Gabriel anzuleiten, hatte meine Widerstandskraft erschöpft. Wir hielten am Rand einer Straßenfront. Ich nahm die Kontakte ab und schloß die Augen. Schmerzen bohrten in meinem Schädel. Gabriels letztes Abenteuer mit der Polizei war mir noch in frischer Erinnerung, und ich wagte nicht zu schlafen. Es war besser, irgendwo in einem kleinen Motel auszuruhen. Außerdem war ich hungrig und durstig. Die Hitze schlug aus einem schwefelgelben Himmel herab. Das ausgedörrte San-Joaquin-Tal erstreckte sich endlos. Das schnurgerade Band der Straße verschmolz mit dem flirrender Horizont. War sie anders als die Straße von Desert Rock nach Brentwood House? Was hatte ich außer ein paar Stunden Schmerzverschonung gewonnen?

Ich übernahm das Steuer und ließ den empfindungslosen Gabriel im Fond sitzen. Der Schmerz hielt mich wach, schärfte meinen Verstand und verscheuchte gefährliche und unrealistische Illusionen. Sollte ich jemals in der Art und Weise an ein wissenschaftliches Problem herangehen, würde es sicherlich mit einem Fehlschlag enden.

›12 Dollar für zwei‹ stand an der Aushängetafel eines schäbigen Motels an einer staubigen Seitenstraße. Darunter las ich: ›Luftgekühlt‹.

Es besteht ein Unterschied zwischen ›luftgekühlt‹ und ›klimatisiert‹. Luftkühlung wird mit Wasser bewerkstelligt, und die Luftfeuchtigkeit in diesen Räumen ist unangenehm. Ich hatte keine andere Wahl und fuhr den Wagen an die Reihe der winzigen Bungalows, die nicht größer waren als Eselställe.

Gabriel ging zum ›Büro‹ und trug sich ein. Die junge Frau, deren gefärbtes rotes Haar schwarze Wurzeln zeigte, lächelte ihn an. In ihren Zügen war der Abglanz einer Schönheit, die sie noch vor ein paar Jahren besessen haben mochte, bevor die Einsamkeit und die Hitze dieser baufälligen Zwischenstation mitten im Nirgendwo ihre Lebensgeister abgetötet hatten. Sie führte Gabriel zu einer der Hütten. Als sie einen zweiten Mann in seinem Wagen sitzen sah, spähte sie zu mir herüber. Sicherlich hatte sie erwartet, daß ein gutausehender Mann wie Gabriel in Begleitung einer Frau reisen würde.

Ich wartete, bis sie wieder gegangen war, dann ging ich rasch hinüber zur Hütte. Sie hatte zwei schmale Betten und eine Duschkabine. Die Luftkühlung vollführte einen betäubenden Lärm.

Als ich die mit Fliegendreck gesprenkelte Jalousie herunterzog, sah ich die Frau draußen stehen und herüberstarren. Ich war nicht sicher, ob sie mich durch die Jalousie sehen konnte. Aber ich entwickelte einen Verfolgungswahn, argwöhnte Denunzianten und Spione in allen, denen wir begegneten.

Wir streckten uns auf den Betten aus, und ich nahm die Kontakte ab, um nachzudenken. Es war ein Fehler, sich in kleinen Motels zu verstecken. Nur eine Großstadt konnte uns Schutz bieten. Warum nicht eine Hotelsuite in San Francisco nehmen? Es war einfacher, sich unter einer Million Leute zu verstecken als in einer Hütte, die von einer gelangweilten, neugierigen Frau bewacht wurde.

Kaum war ich eingeschlafen, klopfte jemand. Die Polizei?

»Wer ist da?« rief ich durch den Lärm der Luftkühlung.

»Ich habe Eiswasser für Sie«, sagte die Stimme der Frau.

»Wir brauchen keins, danke.« Ich ging zurück zum Bett und setzte mich kräftig darauf, um es knarren zu machen. Dann schlich ich zum Fenster und beobachtete, wie sie unschlüssig dastand, einen Wasserkrug in der Hand. Sie hatte sich das Haar frisiert und eine andere Bluse zu ihrem Rock angezogen. Auch hatte sie neues Make-up über das alte geschmiert. Anscheinend hatte sie Gabriel aus der Hütte locken wollen. Aber mir mißfiel, wie sie den Wagen beäugte.

Ich ärgerte mich über meine Nervosität. Valjean auf der Flucht vor Javert, der ihn in der Maske einer rothaarigen Schlampe belauerte ...

Konnten die Morgenzeitungen bereits diesen gottverlassenen Flecken abseits der Fernstraße erreicht haben? Ich blickte umher. Da war eine Fernsehantenne, und ganz sicher gab es ein Radio!

Ich weckte Gabriel, und wir fuhren weiter. Ich wußte nicht genau, ob die Frau meine Zulassungsnummer notiert hatte.

Während ich fuhr, behielt ich die Straße hinter mir durch den Rückspiegel im Auge. Eine Zeitlang folgte uns ein Wagen. Ein Mann saß drin. Vor Bakersfield hielt ich an und er überholte uns, mit einem neugierigen Blick auf meine grüne Sonnenbrille und den breitkrempigen Schlapphut, der mein Gesicht beschirmte.

Wieder Javert!

Auf der Strecke nach Paso Robles folgte uns der Wagen eines Sheriffs. In den Cholame-Hügeln hielt er an. Ein anderer übernahm auf der Staatsstraße 101. Wurden wir beschattet? Hatte man die Polizeidienststellen weiter voraus bereits über Funk benachrichtigt? Aber warum wurden wir dann nicht angehalten?

Man braucht nur auf ein neues Wort aus dem Lexikon aufmerksam gemacht zu werden, und schon begegnet man ihm allenthalben in Lektüre und Konversation. Ähnlich verhält es sich mit der Polizei: ist man einmal auf sie aufmerksam geworden, erscheint sie an jeder Kreuzung.

Ich versuchte der vermuteten Überwachung auszuweichen, indem ich auf die Staatsstraße 1 überwechselte, die dem Küstenverlauf folgt. Von Big Sur bis Sante Cruz stellten sie uns eine Ehrenwache, die ich schließlich im dichten Verkehr nach San José abschüttelte.

Dort ließ ich wieder Gabriel ans Steuer. Meine großen grünen Brillengläser und mein Schlapphut waren zu auffällig. Nun saß ich vorgebeugt in seinem Rücken, das Gesicht nahe seinem Ohr, und dirigierte ihn.

Ich fragte mich, wie lange er noch würde fahren können. Würde er schließlich zusammenbrechen, oder würde die ihm durch Gedankenübertragung hinzugefügte Energie ihn wie ein Perpetuum mobile unbegrenzt in Bewegung halten? Bestand die Gefahr, daß er aus Übermüdung Fehler machen würde, ehe ich etwas bemerkte?

Ich hatte beobachtet, daß er nach Mahlzeiten und Schlafperioden rascher reagierte und gegen Abend langsamer wurde. Helga wußte, wann seine Schlafenszeit war. Ich hatte solchen Details außerhalb meines Arbeitsbereiches keine Beachtung geschenkt. Um so besser kannte ich seine sensorischen Reaktionen. Meine Geschmacksknospen hatten teil an seinen kulinarischen Genüssen, aber das Essen ging in seinen Magen und nicht in meinen. Ich hätte verhungern und mich gleichzeitig des Geschmacks der Speisen erfreuen können, die er kaute. Welche angenehme Schlankheitskur! Sie eröffnete den Fettleibigen völlig neue Aussichten.

In San Francisco angekommen, wählte ich das neue Atlantis Hotel am Lafayette Square, wo ich schon einmal gewohnt hatte. Dort gab es automatische Aufzüge, die von der Tiefgarage ausgingen. Einer war ein Schnellaufzug direkt zum Dachgeschoß. So konnte ich ungesehen dorthin gelangen. Gabriel fuhr den Wagen in eine Box, dann ging er hinauf in die Halle und mietete die Dachgeschoßwohnung, zwei Zimmer, Wohnraum, Bar, Dachgarten. Der Empfangschef beschleunigte eilfertig die Formalitäten, als Gabriel Ungeduld zu erkennen gab. Gäste, die für ihre Unterbringung dreihundert Doller pro Tag bezahlen, sind selten. Er läutete dem Hausdiener.

»Danke, ich habe nur leichtes Gepäck«, sagte Gabriel. »Ich werde es selbst hinaufbringen.«

Der Empfangschef blickte auf die Eintragung im Gästebuch.

Malcolm Unwin, stand dort. Malcolm war tot, sein Name nur auf einem kleinen Grabstein auf dem Friedhof von Mojave City zu finden. Niemand würde sich seiner erinnern.

»Reisen Sie allein?« fragte der Empfangschef. Vielleicht gab es eine Frau, die der Gast zu verbergen wünschte.

»Mein Vater ist bei mir«, antwortete Gabriel. »Er fühlt sich nicht gut. Wir möchten nicht gestört sein. Geben Sie mir einfach den Schlüssel. Ich kenne das Hotel.«

»Selbstverständlich, Sir.« Der andere übergab ihm den Schlüssel. »Der Schnellaufzug bringt Sie von der Garage direkt hinauf.«

»Ich weiß.« Gabriel ging. Ich hatte es für die beste Lösung gehalten, mich als Angehörigen auszugeben. Das würde alle Neugierde zum Erlöschen bringen.

Gabriel kehrte zurück in die Tiefgarage. Kein Hausdiener war in Sicht. Ich belud mich mit den beiden Koffern, und wir nahmen den Schnellaufzug zum obersten Stockwerk.

Ein kräftiger Wind blies um die Dachgeschoßwohnung. Die Türen standen offen, es roch nach frischer Farbe, ein paar Leitern standen herum, und Männer in Overalls waren mit Aufräumungsarbeiten beschäftigt.

Aus den Fenstern der Wohnung überblickte man die Bucht, Telegraph Hill und eine Anzahl Holzhäuser, Reste der Bebauung des 19. Jahrhunderts. Zwischen ihnen schossen Wolkenkratzer aus dem Boden, wie gedüngt durch ihren Verfall, vermischten sich mit ihnen, unvereinbar und widersinnig, umgeben von den Resten verwüsteter Gärten, armseligen Flecken verdorrten Grases, neuangelegten Straßen und sandigen Fußwegen, wo noch vor wenigen Jahren hundertjährige Bäume ihre Äste gebreitet hatten. San Francisco ist die einzige mir bekannte Großstadt in den Vereinigten Staaten, welche die Atmosphäre einer europäischen Stadt besitzt. Trotz ihres ständigen Wachstums hat sie diesen Charakter noch nicht verloren.

Wenige Jahre zuvor war in Desert Rock der alte Herbert gestorben, der Goldgräber. Er war das erste weiße Kind, das in diesem Landesteil geboren wurde. Vor ihm hatte es nur Indianer und einige weiße Einwanderer gegeben. Er war achtzig.

Vier Männer von Herberts Alter, jeder am Todestag seines Vorläufers geboren, würden die ganze geschichtliche Existenz dieser Stadt überdecken, und sie ist die älteste an der Pazifikküste. Fünfundzwanzig Herberts würden die Zeitspanne vom Jahr Eins bis zu diesem Augenblick umspannen, als ich im Dachgarten des Atlantis Hotels stand. Fünfzig Herberts würden in die Zeit der Pharaonen zurückreichen. Dreihundert in die Steinzeit!

Würde die Zeit seit der Entstehung dieses Planeten durch die Höhe des Hotels gemessen, so würde das Auftreten des Menschen nicht mehr Raum einnehmen als die Stärke eines Blattes Papier. Ich maß die Kürze menschlicher Zeit an meiner Ungeduld.

Ich, der mein ganzes Leben geplant hatte und niemals einen Schritt unternommen hatte, ohne ihn wie ein mathematisches Problem zu durchdenken, blickte vom Dachgarten eines Hauses, wo ich nicht sein wollte, auf eine Stadt, die ich nicht zu besuchen wünschte, in eine Zukunft, die keinen Horizont und keine Landmarken hatte.

Helga hatte nach ihrem Lebensziel gesucht und geglaubt, es gefunden zu haben, ebenso O'Brian, José und Kaweah. Nur ein Ziel zu haben, begrenzt die Existenz. Bisher hatte ich gedacht, daß meine Geisteskraft die Antworten auf alle ungelösten Fragen hervorbringen würde.

Die Griechen des sechsten vorchristlichen Jahrhunderts glaubten, daß der Mensch alle Rätsel der Natur lösen könne.

Das ›Ent‹ oder das Existierende, ist: das ›Nicht-Ent‹ ist nicht. Die Suche des Menschen besteht darin, daß sie zwischen den beiden zu unterscheiden trachtet. Aber später verlor der Mensch seinen Mut und wandte sich mehr und mehr Gott zu, damit dieser für ihn tue, was für sich selbst zu tun er sich nicht mehr fähig fühlte. Er umgab seine Neugierde mit Mauern der Feigheit. Nun, nach zweitausendfünfhundert Jahren dieser Finsternis des Geistes war eine neue Art zu ihrem Recht gekommen, eine Art, die von den Herrschenden jahrhundertelang eingekerkert, gefoltert und auf dem Scheiterhaufen verbrannt worden war: der Wissenschaftler. Er glaubt nicht an die Stabilität, wie zweitausendfünfhundert Jahre es getan haben. Seine Beherrschung der Technik wird durch seine Weisheit beschränkt und gemäßigt und wird die Welt nicht mit starren Konzeptionen versklaven. Doch sollte er je seinen Mut verlieren, wird die Menschheit wieder durch Tabus und Dogmen in Ketten gelegt werden, durch Kriege und Haß, wie es immer wieder der Fall gewesen ist, seit sie die Ideen der aufgeklärten Griechen zugunsten orientalischer Heilslehren aufgab. Ein neuer Glaube wird vom wissenschaftlichen Denken geschaffen, ein auf Logik beruhender Glaube, der sich nicht auf das Geheimnisvolle, Nebelhafte und Transzendentale des ›Nicht-Ent‹ stützt, sondern auf das ›Ent‹.

Es ist nutzlos, die Umrisse kommender Dinge vorauszusagen. Das Urteil muß von Tag zu Tag gefällt werden. Alle Propheten sind mit dem Alten Testament gestorben.

Für einen Augenblick war ich ins Wanken geraten, hatte gezweifelt, ob ich nach meinen besten Fähigkeiten von meinem Leben Gebrauch machen sollte, ungestört von Konventionen, Gesetzen und Hindernissen, welche die O'Brians und Merriams mir in den Weg zu legen suchten. Ich mußte das Beste aus meinen Möglichkeiten machen.

Und plötzlich wurde mir klar, wie ich mit den destruktiven Kräften fertig werden konnte, die eine Welt, welche das Beständige schätzte und daher zum Untergang verurteilt war, auf mich losgelassen hatte.

Der Teufel würde Dr. Faust in die Hölle hinabziehen, sobald Faust sich in sein Schicksal fügte.

Ich beschloß, Mercedes Cordoba zu rufen.

22

Abgerissene Musikfetzen wehten zur Dachgeschoßwohnung herauf. Es war später Nachmittag, wir hatten gut gegessen und uns in unserem luxuriösen Quartier eingerichtet. Ich hatte bereits entschieden, einige Zeit zu bleiben.

Wie in den meisten modernen Hotels war die Bar unter dem Dach, der Speisesaal im zweiten Stock, die Läden im Erdgeschoß. Die Architekten legten ihren Plänen ein einheitliches Konzept zugrunde, um den Gästen das Zurechtfinden zu erleichtern. Reisende, die in verschiedenen Städten oder Ländern Hotels derselben Kette besuchen, sollen überall die gleichen, nach kurzer Zeit schon vertrauten Merkmale vorfinden.

Vom Schlafzimmer aus beobachtete ich Gabriel, wie er umherging, allem Anschein nach gesund und in der Blüte seiner Männlichkeit. Durch Fernsteuerung würde ich mich bald auch aller Annehmlichkeiten erfreuen, die ein Mann sich nur wünschen konnte. Und als zusätzliches Kronjuwel besaß ich meinen eigenen gereiften Verstand.

Zwei Kellner kamen und füllten unter Gabriels Aufsicht den Kühlschrank mit Champagner und Weißweinen, das Regal mit Rotweinen. Wie er angeordnet hatte, taten sie frische Blumen in die Vasen.

Wenn ich dieses üppige Leben beibehielt, würde mein Bargeld bald zur Neige gehen. Doch in ein paar Tagen, falls sich alles entwickelte, wie ich geplant hatte, könnte ich mehr Geld anfordern.

Ich hatte Mercedes ausfindig gemacht. Sie wohnte in Newport bei Los Angeles. Die Auskunft hatte mir ihre Telefonnummer gegeben. Da die Dachterrassenwohnung einen eigenen Fernanschluß hatte, konnte ich direkt durchwählen, ohne die Hotelvermittlung einzuschalten. Mein Anruf würde sich nicht überprüfen lassen.

Ich schickte Gabriel zum Einkaufszentrum. Dort kaufte er einen weißen Smoking, ein seidenes Frackhemd, Schuhe und Socken. Nachdem er ohne Helga, die seine Kammerzofe und Friseuse gewesen war, hatte reisen müssen, bedurfte er dringend eines Haarschnitts und einer Maniküre.

Die Art und Weise, wie die Frau im Manikürsalon seine Hand hielt – eine kräftige Hand, auf deren Rücken schwarze Haare wuchsen – und ihn ansah, war ein weiterer Beweis seiner Attraktivität. Sie machte oberflächliche Konversation und bewegte sich ruckartig und geschäftig, wie Mädchen es tun, die Aufmerksamkeit auf sich lenken wollen. Gabriel, dessen Gesicht unter heißen Handtüchern war, sagte nichts. Sie werde zur Maniküre gern auch in sein Hotelzimmer kommen, sagte sie, jederzeit, wenn er sie brauche, selbst am Abend. Ihre Annäherungsversuche waren ziemlich plump. Sie hatte ihr Haar bläulich gefärbt, den großen Mund grell geschminkt und zeigte zu oft zu viele schimmernde Zähne. Wiederholt streifte sie bei der Arbeit wie zufällig mit der Brust seine Hand, vielleicht um ihn fühlen zu lassen, daß sie keinen Büstenhalter trug.

Der Friseur nahm die Handtücher weg und lächelte Gabriel im Spiegel zu.

»Sie müssen ihr Typ sein«, sagte er. »Marianne flirtet mit niemandem, nicht einmal mit mir.«

Das Mädchen lachte und drückte Gabriel die Hand.

Nach seiner Rückkehr ließ ich ihn sich niederlegen und rief Mercedes an.

Es war ungefähr neunzehn Uhr. Sie meldete sich sofort, als hätte sie den Tag am Telefon verbracht und auf den Anruf gewartet.

»Miß Cordoba?« fragte ich. Meine brüchige Stimme mußte sich angehört haben, als ob ich sie verstellte oder durch ein Tuch spräche.

»Ja, bitte?« Ich hörte sie in Erwartung und Furcht vor schlechten Nachrichten schwer atmen.

»Ich rufe wegen Gabriel an«, sagte ich.

Eine Pause spannungsvoller Erwartung.

»Wo ist er?« fragte sie schließlich.

»Er möchte nicht, daß Sie die Polizei verständigen«, sagte ich, überrascht, daß ich Spaß an diesem Spiel hatte. Ein Entführer muß diese prickelnde Erregung spüren, wenn er über das Lösegeld spricht.

»Ist er wohlauf?«

Ich blickte zu dem Idioten hin, der bewegungslos auf der Couch lag, zu der ich ihn geführt hatte. Sein lackschwarzes Haar, frisch geschnitten und frisiert, schimmerte im Lampenschein, die polierten und zugefeilten Nägel an den dikken Händen glänzten.

»Es könnte ihm nicht besser gehen. Aber er will weder seine Mutter noch O'Brian oder sonst jemand. Er möchte Sie sprechen.«

»Mich sprechen!« rief sie aus. »Hat er das gesagt?«

»Ja, das hat er«, sagte ich. Dies machte ihr klar, daß Gabriel denken konnte. Das langsam wirkende Gift, das ich injiziert hatte, tat seine Wirkung und machte sie folgsam.

»Sind Sie Dr. Cory?« fragte sie.

Ich antwortete nicht.

»Er möchte, daß Sie zum Dachgarten des Hotels Atlantis in San Francisco kommen. Aber wenn Sie jemandem davon erzählen, wird er nicht dort sein. Ist das klar?«

Sie bejahte kleinlaut.

»Morgen abend um achtzehn Uhr.«

Ich legte auf. Da sie befürchten mußte, daß Phyllis ihren Gabriel mit Beschlag belegen würde, war ich überzeugt, daß sie den Mund halten würde. Sollte sie im Atlantis anrufen und nach Gabriel Deeping oder mir fragen, würde niemand etwas wissen. Noch konnte sie mein Ferngespräch nachprüfen lassen.

Mir gefiel ihre kehlige Stimme, dieses tiefe Schnurren, das sie sich bei einem Stimmbildner angeeignet haben oder das einem sinnlichen Mädchen wie ihr von der Natur gegeben sein mochte.

Ich lag auf dem richtigen Kurs, hatte wieder die richtige Frequenz gefunden, die Wellenlänge des Erfolgs.

Viele Jahre lang hatte ich mich mit den Riten der katholischen Kirche beschäftigt, wie sie in Italien und Spanien praktiziert werden, wo die Priester den Teufel mit lateinischen Anrufungen und Weihwasserwedeln austreiben. Es heißt, daß ›Besessene‹ mit dieser Methode überraschend oft geheilt werden. Der Teufel ist die Verkörperung des Unglücks und kann ausgetrieben werden. Was ist der Hintergrund von Wahrsagerei und Astrologie, die so alt wie die Menschheit sind und schon darum ein Körnchen Wahrheit enthalten müssen?

›Glück‹ ist sicherlich eine subjektive Empfindung des Gemüts. Da es mir gelungen war, Gemütsbewegungen instrumentell nachzuspüren, könnte es mir ebenso gelingen, die Frequenzen auszumachen, auf denen erfreuliche Ereignisse registriert und in Glücksgefühle umgesetzt werden. Dann könnte ich diese Signale verstärken, aufzeichnen und nach Belieben freisetzen, um den menschlichen Geist auf die schwer faßbare Bandbreite zu lenken, die er als Glück begreift. Da sogar Pharmakonzerne Biochemiker und Ethnologen in entlegene Gegenden schicken, um unter den Naturvölkern neue Heilmittel zu finden und die Arzneien und Behandlungsmethoden von Medizinmännern und Schamanen zu studieren, bin ich überzeugt, daß sich im Aberglauben der Menschen Mittel und Wege verbergen, die den exakten Wissenschaften erlauben würden, die Zeit glücklicher Ereignisse zu bestimmen. Man sagt oft: »Es war nicht mein Glückstag. Die Sterne waren gegen mich.« Hinter solchen Redensarten verbergen sich verschüttete Erkenntnisse. Die protestantischen Prediger führen die Gläubigen mit ihrer Salbaderei zurück auf die Wellenlänge des ›Erfolgs‹ und der nüchternen Lebensrezepte, in denen für die zarte und flüchtige Intuition wenig Platz ist.

Meine Idee, Emanationen nachzuspüren, welche Irrtümer

in der Zeitwahl ausschließen und wichtigen Entscheidungen glückverheißende Frequenzen hinzufügen, hat unbegrenzte Möglichkeiten. Die Welt, die ihren Schwierigkeiten elektronisch auf den Grund geht, würde die richtigen Abhilfen finden und ihre Koferenzen für den Zeitpunkt planen, wo der Erfolg ihnen gewiß ist. Die Welt würde ›glücklich‹ werden.

Wäre ich auf diese Idee gestoßen, als Malcolm noch lebte, hätten wir diese geheimnisvolle Wellenlänge entdecken, zähmen und künstliches ›Glück‹ schaffen können.

Die Explosion, die ihn – und einen Teil von mir – zerstörte, wäre nie geschehen!

23

Die Dachgarten-Bar, eine Etage unter unserer Dachterrassenwohnung, war übervoll, und auf einer winzigen Fläche tanzten Gäste zur Musik einer kleinen Kapelle. Die Stadt, tief unten, war in bläulichen Dunst gehüllt; Abgase und Staub sanken mit der abkühlenden Luft zu Boden und entschleierten den Himmel.

Gabriel saß an einem kleinen Tisch, halbversteckt hinter einem mächtigen Philodendron. Er trug den weißen Smoking, der sein gebräuntes Gesicht noch dunkler machte. Die Haut, straff über Backenknochen und Wangen gespannt, glänzte, als wäre sie mit einem Pferdeknochen poliert worden, und die violettblauen Augen hatten das irisierende Schillern von Tieraugen, die einen Lichtstrahl reflektierten.

Er hatte einen Martini vor sich stehen, den er nicht anrührte. Ich wußte nicht, wie er auf Alkohol reagieren würde.

Die Frauen in seinem Gesichtsfeld benahmen sich wie die Handpflegerin; ihre Stimmen wurden schriller, ihre Bewegungen übertrieben. Obwohl sie zu ihren Begleitern sprachen, schienen sie sich an Gabriel zu wenden. Wohin er auch sah, begegnete er dem auf ihn fixierten Blick eines Augenpaares. Das winzige Verweilen eines Blickes ist es, was Interesse an einer anderen Person verrät.

Ein Kellner übergab Gabriel eine zusammengefaltete Botschaft auf einem Tablett.

»Tanzen? Dritter Tisch rechts. Kommen Sie jederzeit auf ein Gläschen in Zimmer 226«, stand darauf zu lesen.

Es war das dritte Angebot, das Gabriel in der halben Stunde, die er auf Mercedes wartete, erhalten hatte.

Ich staunte über die Abgebrühtheit dieser gelangweilten Frauen. Entdeckten sie einen hübschen Mann, der ihnen zusagte, übersprangen sie alle einleitenden Schritte, stellten ihm eine Einladung zu und fingen mit dem letzten Akt des Liebesspiels an. Ein Mann würde sich an die Regeln der Werbung halten, der Frau ein Getränk bringen lassen, wenn er flegelhaft wäre, mit ihr tanzen, um sie für die Eroberung reif zu machen, und mehr oder weniger behutsam vorfühlen, ob sie willig wäre. Aber diese weiblichen Drohnen – wenn das widersprüchliche Bild gebraucht werden konnte – setzten als selbstverständlich voraus, daß jeder beliebige Mann ihnen jederzeit zur Verfügung stünde, wenn sie ihn wollten. Sie hätten es nicht mit solch grobschlächtiger Annäherung versucht, wenn die meisten Männer ihnen nicht nach der Pfeife tanzten.

Gabriel zerknüllte die Botschaft und warf sie in den Aschenbecher. Er beobachtete die Tür. Ich wußte nichts über seine Vergangenheit, seine Lebensphilosophie – wenn er eine hatte –, sein Temperament, seine Einstellung zu Frauen. War er ihnen gegenüber aggressiv gewesen? Oder ließ er sich gern verwöhnen, indem er an ihren Mutterinstinkt appellierte? Phyllis' Verhältnis zu ihm sprach dafür. War er gesprächig? In sich gekehrt? Intelligent? Langweilig? Eitel? Verließ er sich nur auf sein Aussehen?

Er war mir ein Fremder. Welches Verhalten würde Mercedes von ihm erwarten?

Um sicher zu gehen, mußte ich ihn geheimnisvoll tun lassen. Das würde sie akzeptieren, ohne mißtrauisch zu werden. Er war krank gewesen, und die Art seiner Krankheit würde solches Verhalten erklären.

Mercedes kam herein. Sie bewegte sich wie ein hochbezahltes Mannequin; jede Bewegung war darauf angelegt, Aufmerksamkeit auf sich zu ziehen. Die Einfachheit ihres Kleides betonte die rassigen Linien ihres Körpers. Sie trug Schwarz, was sie vorzuziehen schien, und die Seide ließ ihre weiße Haut leuchten. Als sie Gabriel entdeckte, hielt sie erschrocken inne, obwohl sie sich auf den Schock vorbereitet haben mußte. Dennoch war sie überwältigt, ihn ohne Pflegerin dasitzen zu sehen. Dann ging sie an den Tischen vorbei zu ihm.

Langsam richtete er den Blick seiner tiefliegenden Augen auf sie und betrachtete sie aufmerksam, als suche er sich zu erinnern. Er begrüßte sie nicht, als sie sich setzte.

»Champagner«, sagte er zu dem Kellner, der hinter ihr stand. »Und nehmen Sie dieses Glas weg.«

Der Kellner bot ihm die Weinkarte an.

»Irgendeinen«, sagte Gabriel, ohne den Blick, der neugierig und zugleich teilnahmslos war, von Mercedes abzuwenden.

Mercedes' Gesicht war womöglich noch weißer geworden, und auch die dunklen Augen hinter dem dichten Schleier der Wimpern schienen ihre Farbe vertieft zu haben. Er lächelte das Mona-Lisa-Lächeln, das sie so gut kannte, weil es ihm während seiner Krankheit geblieben war.

»Du bist Mercedes«, sagte er zögernd. »Ich weiß es.«

»Du erkennst mich?« Die Überraschung, ihn sprechen zu hören, war aus ihrer Stimme herauszuhören.

»Ich erinnere mich an dich und an ein paar weitere Gesichter. Sehr wenige – die meisten sind verschwommen. Aber deins nicht. Kannst du mir helfen, mich zu erinnern? Mein Gedächtnis ist nicht, was es sein sollte.«

Da sie gebeten wurde, etwas für ihn zu tun, gewann sie ihre Selbstsicherheit zurück. Sie lächelte ihm aufmunternd zu. »Ich werde dein Gedächtnis sein.«

Der Kellner brachte die Flasche und zeigte Gabriel das Etikett.

»Recht so, Sir?«

»Ja, ja«, antwortete Mercedes. In diesen Minuten gab es für eine dritte Person keinen Raum.

Diskret und fast geräuschlos entkorkte der Kellner die Flasche, füllte zwei Gläser und ging.

»Wer hat dich behandelt? Cory?« fragte sie.

Es war zu früh, um über mich zu sprechen. Gabriel ließ ihre Frage unbeantwortet und stand auf.

»Wollen wir tanzen?«

»Du erinnerst dich, wie man tanzt?« Sie erhob sich gleichfalls.

»Das nicht«, sagte er mit einer unbestimmten Bewegung zur Tanzfläche. »Ich habe zugesehen. Es scheint nicht schwierig zu sein.«

Er legte den Arm um sie. Sie war weich und geschmeidig, als ob sie keine Kleider trüge.

»Ich werde alles noch einmal lernen müssen«, sagte er, als sie sich unter die Tanzenden bewegten und die fremden Gesichter vorüberglitten.

»Ich werde es dich lehren.« Ihr Gesicht war beinahe in seiner Höhe. »Gabriel!« Nun, da sie sich ihm nahe fühlte, ließ ihre Spannung nach.

»Ich erinnere mich an Mutters Gesicht«, sagte er. »Und an meinen Vater. Und an ein blondes junges Mädchen ...« Er schaute sie fragend an.

»Deine Pflegerin, denke ich«, sagte Mercedes. »Aber sie hat dich verlassen.«

Sie steckte eine Voodoo-Nadel in die imaginäre Puppe ihrer Konkurrentin.

»Wirklich?« fragte er. »Ich habe die unbestimmte Erinnerung, daß sie ziemlich lange da war.«

»Du brauchst sie nicht mehr«, sagte sie. »Ich bin bei dir.«

Ich weiß nicht, wie lange ich dieses gefährliche Spiel fortsetzen konnte, ohne einen Fehler zu begehen. Aber sie mußte an einen neuen Gabriel gewöhnt werden.

»Bist du noch unter Therapie?« fragte sie, um das Gespräch wieder auf mich zu lenken.

»Nicht so, wie du denkst«, antwortete er geheimnisvoll. Sie versteifte sich in seinen Armen. Vielleicht spürte ihre Intuition, geschärft und verfeinert durch Liebe und ihre vergangene Beziehung, den fremden Kern in ihm.

Als die Musik aufhörte, gingen sie rasch zurück zu ihrem Tisch.

»Habe ich früher viel getanzt?« fragte Gabriel.

»Wir gewannen sogar ein paar Preise.« Sie zwang sich zur Munterkeit, bemüht, den grauen Schleier wegzuwischen, der zwischen ihr und ihrem Liebhaber zu hängen schien. »Einen in New Orleans, für unseren Tango. Und einen im Waldorf in New York. Erinnerst du dich nicht an das Gewitter?«

Er verneinte.

Sie legte ihre Hand auf die seine, aber er reagierte nicht.

»Es war im Terrassensaal. Ein Gewitter vermischte sich mit der Musik. Alle Türen waren offen, und die Vorhänge flatterten. Blitze zuckten um uns, als wir tanzten. Du machtest mir einen Heiratsantrag. Es war sehr romantisch. Erinnerst du dich nicht?«

»Nein«, sagte er. »Diese Nacht ist dazwischen.«

Sie nahm ihr Glas. Der Champagner war schal geworden. Trotzdem leerte sie ihn auf einen Zug, versuchte die Ungewißheit zu ertränken, die sie plötzlich überkommen hatte und für die sie keine Erklärung wußte. Auch Gabriel trank seinen Champagner.

»Eine lange, lange Nacht«, sagte sie. »Ich hätte dich gepflegt, aber deine Mutter ließ es nicht zu.«

»Meine Mutter«, sagte er.

»Sie behielt dich bei sich, bis dein Vater sie endlich überredete, dich nach Brentwood House zu schicken.«

»Was ist das?« fragte er.

Sie lachte hart. In diesem Lachen war ihre wahre Natur verborgen, die Natur einer entschlossenen Frau mit einem Anflug von Männlichkeit. Ich vermutete, daß sie auch in ihrem Verhältnis mit Gabriel der dominierende Partner gewesen war. Mehr und mehr von seinem Charakter wurde erkennbar, gespiegelt in den Einstellungen der Menschen um ihn. Seine betonte körperliche Männlichkeit war vielleicht die Überkompensation einer inneren Weichheit.

»Es hat keinen Sinn, darüber zu reden«, sagte sie rasch. »Laß uns diese Zeit ganz vergessen. Du hast gesagt, daß es eine Nacht gewesen sei, ein Traum, lassen wir es dabei. Tun wir so, als wären wir eingeschlafen und erst eben wieder erwacht. Ist das nicht das Beste?« Als er nicht antwortete, fügte sie hinzu: »Möchtest du wieder tanzen?«

»Nein.«

Der Kellner füllte die Gläser auf. Gabriel trank. Er fühlte sich ein wenig benommen, und die Probleme, denen er sich gegenübersah, schienen weniger unlösbar.

»Ich sah nicht ganz so aus wie jetzt«, fuhr Mercedes fort. »Ich war schlanker, viel schlanker. Damals war ich Fotomodell. Du nanntest mich ›meine Seemöwe‹. Ich war wie eine Seemöwe – immer hungrig. Du wolltest, daß ich zunähme, erinnerst du dich?«

Er schüttelte den Kopf.

Auf der verzweifelten Suche nach jener engen Verbindung, die einst zwischen ihnen bestanden hatte, sagte sie: »Aber man braucht keine Erinnerung, wenn es eine Zukunft gibt.«

Wenn er sich im Zusammenhang mit ihr an nichts erinnerte, dann würde er auch nicht fähig sein, sich der Enge ihrer Beziehung zu erinnern.

»In der Woche, als wir weglaufen wollten, von Phyllis weglaufen, wurdest du krank. Man sagt, es sei ein Moskitostich gewesen. Wir waren in Palm Springs gewesen, und du bekamst Fieber. Achtunddreißig Leute erkrankten an Enzephalitis. Als dein Zustand sich verschlechterte, ließ Phyllis dich nach Los Angeles bringen. Damals verlor ich dich.«

»Wann war das?«

»Vor fünf Jahren – beinahe ...« Zwei Falten erschienen in ihren Mundwinkeln. Ihre Lippen waren hellrosa geschminkt. Beinahe so hell wie ihre Haut.

»Und du wartetest all diese Zeit auf mich?« fragte er.

»Ja.«

Sie füllte die Gläser auf, bevor der Kellner zur Stelle sein konnte.

»Wieviel war zwischen uns?« fragte er plump. Dabei blickte er grüblerisch in die Blasen, die in seinem Glas aufstiegen, an der Oberfläche zerplatzten und winzige Tröpfchen in parabolförmigen Kurven verspritzten.

»Du erinnerst dich nicht?« Wieder lachte sie. »Na, dann könnten wir wieder von vorn anfangen – als zweite Flitterwochen!«

Sie hob den Blick von ihren Händen und sah ihn versonnen an. Ihre dunklen Augen waren sehr schön, mit einer großen ebenholzschwarzen Pupille, die im klaren Weiß des Auges schwamm, eingerahmt von sehr langen Wimpern. Sie waren nicht einmal angeklebt oder gefärbt. Vielleicht floß armenisches Blut in ihren Adern. Nur dieses Volk hat Augen, die erfüllt sind von Traurigkeit und einem eigenen Leben.

»Jetzt weiß ich mehr«, sagte Gabriel und trank die Hälfte seines Champagners. »Obwohl auch das meinem Gedächtnis entfallen war.«

»Wir brauchen nur über die Vergangenheit zu sprechen, und der Gesprächsstoff wird uns niemals ausgehen«, sagte sie, und in ihrer Fröhlichkeit zeigte sich ihre gute Erziehung. »Ich könnte dir jede Lügengeschichte erzählen, nur um dich bei Laune zu halten. Du siehst, du bist mir ausgeliefert!«

»Phyllis wird deine Geschichten verifizieren müssen«, sagte er.

»Wir werden sie nicht oft zu sehen bekommen. Das war früher nicht so, warum sollte es jetzt anders werden?«

Sie hatte sein Leben belagert und seine früheren Verbündeten einen nach dem anderen ausgeschaltet.

»Ja, ich möchte ein neues Leben führen«, sagte er. »Es ist die einzige Möglichkeit, weiter zu existieren – die einzige! Ich frage mich, ob du die Kraft haben wirst, mit mir zu leben.«

»Ich?« Sie sah ihn erstaunt an. »Welch eine Frage. Natürlich habe ich die Kraft.«

»Es wird nicht einfach sein«, sagte er und winkte dem Kellner.

»Du wohnst hier im Hotel?«

»Ja. Wollen wir gehen?«

»Bist du allein hier, oder mit Dr. Cory?« fragte sie. Er hatte es vermieden, über mich zu sprechen, und sein Ausweichen beunruhigte sie.

Gabriel stand auf. Da sie sah, wie viele Blicke sich auf ihn richteten, legte sie in einer halb unbewußten, besitzanzeigenden Gebärde die Hand auf seinen Arm.

»Ich weiß, wo er ist«, sagte Gabriel zweideutig. »Du brauchst dich nicht um ihn zu sorgen. Oder hast du Angst?«

»Angst?« Das Wort ließ sie aufmerken. »Es ist das zweite Mal, daß du mich fragst. Warum?«

Gabriel ging unmittelbar hinter ihr. In diesem Augenblick hörte die Musik auf, und ihr Abgang wurde von den Tänzern gedeckt, die zu ihren Tischen zurückkehrten. Sie verließen die Bar. Aus dem kleinen Raum, wo die Aufzüge hielten, führte ein Verbindungsgang zur Dachterrassenwohnung.

»Du wohnst hier oben in achtzehn-zwei?« sagte sie, nachdem sie das Hinweisschild neben der Tür gelesen hatte. »Dein Dr. Cory scheint gut bei Kasse zu sein.«

»Ist er«, sagte Gabriel.

Diese Antwort gefiel ihr. Offenbar hatte sie ihren Lebensunterhalt selbst verdienen müssen, und Geld beeindruckte sie.

»Ich weiß, daß sein Gesicht bei einem Unfall verbrannt ist«, sagte sie. »Deshalb versteckt er sich, nicht wahr? Er tut mir leid.«

Sie hatten die Tür zu unserer Suite erreicht.

»Du wirst dich an ihn gewöhnen«, sagte Gabriel.

Er öffnete die Tür. Das Wohnzimmer mit seinem Blumenarrangement war eindrucksvoll. Die bis zum Boden reichenden Fenster zur dunklen Terrasse standen offen, die Türen zu den Schlafzimmern waren geschlossen. Meine war zugesperrt.

Er schloß die Tür, und sie beobachtete ihn, als er den Kühlschrank öffnete und eine Flasche Champagner, gefrostete Gläser und ein kleines Tablett mit Gebäck herausnahm. Aber sie dachte noch immer über seinen Hinweis auf mich nach.

»Warum sagtest du, ich würde mich an ihn gewöhnen? Was haben wir mit ihm zu tun?«

»Ich könnte ohne ihn nicht leben«, antwortete Gabriel und lächelte sie an, um den Schlag für sie zu mildern. Sie erschrak, trat näher. Er entkorkte die Flasche und füllte die Gläser.

»Du kannst ohne ihn nicht leben?« fragte sie ungläubig. Er hielt ihr das Glas hin, sie aber nahm es nicht. »Wird er mit uns leben?«

»Du wirst ihn nicht sehen«, sagte Gabriel. »Aber ohne ihn könnte ich dich auch nicht heiraten. Es ist besser, ich sage es dir gleich.«

»Ich verstehe nicht, was du sagst, Gabriel.« Sie suchte nach Worten. Die Vorstellung, einen anderen Mann im Haus zu haben, erschien ihr unerhört. »Wir würden mit ihm leben müssen – immer? Was für einen Einfluß hat er auf dich?«

»Er erhält mich am Leben«, sagte Gabriel. »Ohne ihn würde ich wieder nach Brentwood House zurückkehren müssen.«

Er trank. Seine Hand zitterte. Die andere Hand hielt noch ihr Glas, das sie ihm nun schnell abnahm, bevor sein Inhalt vergossen wurde. Sie stellte es auf einen Tisch.

»Gabriel!«

Sie trat auf ihn zu und blickte ihm forschend in die Augen; der Drang zu verstehen, schob ihre Furcht in den Hintergrund. Er zuckte nicht mit der Wimper.

»Was siehst du?« fragte er, ihren Blick erwidernd.

»Warum bleibst du bei ihm?« verlangte sie zu wissen. »Warum?«

Seine Vergangenheit war mir ein verschlossenes Buch mit zusammengeklebten Seiten und unlesbarer Schrift. Ich hatte keine Ahnung, welche Geheimnisse Mercedes mit Gabriel teilte. Hatte er früher schon mit einem Mann gelebt, und befürchtete sie, diese Vergangenheit könnte sich wiederholen? Ich begann in aller Eile über seinen Reiz auf Männer und Frauen gleichermaßen nachzudenken, über die geheimnisvollen Ausstrahlungen sexueller Anziehung, die nicht erklärt werden können, die bestimmte Personen wie Ektoplasma umgeben, alles bezwingend, aber gleichwohl flüchtig, nicht faßbar.

»Ich brauche ihn, um zu leben. Ich habe es dir schon gesagt.«

»Aber du bist gesund!« rief sie. »Du kannst sprechen, du redest vernünftig, und dein Zustand wird sich mit jedem weiteren Tag bessern ...«

»Ich kann niemals geheilt werden«, sagte Gabriel.

Sie stand mit dem Rücken zur offenen Terrassentür. Ihr Gesicht war im vollen Lichtschein einer Stehlampe. Er war wie ein Leopard, anmutig aber gefährlich mit seinen kräftigen Muskeln und seiner Beweglichkeit, die selbst im Ruhestand verriet, wie schnell seine Energie sich entladen konnte. Seine Schönheit war eine Waffe, gegen die sie nicht kämpfen konnte.

»Aber du bist geheilt!« rief sie. »Du bist es!«

Sie legte ihm die Arme um den Hals.

»Sag, daß du gesund bist. Könnte ich dich umarmen, wenn du es nicht wärst?«

Sie wollte ihn küssen, aber er wandte das Gesicht zur Seite.

»Wir werden immer zusammen sein, Mercedes«, sagte er, das Gesicht nahe an ihrem. »Immer. Wenn du mich umarmst, werde ich es sein, Gabriel! Es wird mein Körper sein, niemandes sonst!«

Sie zog sich ein kleines Stück zurück. Zum ersten Mal mußte ihr der Gedanke durch den Sinn gegangen sein, daß er geisteskrank sei.

»Natürlich«, sagte sie, aber ihr Gesicht war wächsern, und sie stimmte zu, um ihn ruhig zu halten.

»Mein Verstand ist nicht mein eigener«, sagte Gabriel. »Wenn du das akzeptieren kannst, werden wir niemals irgendwelche Schwierigkeiten haben.«

Sie war auf der Hut, ging auf sein Spiel ein. Es war die für sie sicherste Reaktionsweise.

»Wessen Verstand ist es? Corys?«

»Ja.«

Sie trat zurück, als er näher kam.

»Ich möchte Dr. Cory kennenlernen«, sagte sie sachlich. »Ich bin überzeugt, er wird dir deinen Verstand zurückgeben können.«

»Meiner ist ausgebrannt, Mercedes. Aber du wirst mich haben«, sagte Gabriel. »Mich und Corys Verstand. Glaube nicht, daß ich verrückt sei. Du mußt glauben, was ich sage, oder wir können niemals zusammen sein.«

»Ja, ich glaube dir«, sagte sie. »Natürlich glaube ich dir.«

»Nein, nicht ganz«, widersprach er ihr. »Es ist mehr als Mut nötig, zu verstehen und zu akzeptieren.«

»Ich bin kein Feigling, ich kann akzeptieren«, sagte sie, um aus dieser Situation herauszukommen. Er trat so nahe an sie heran, daß er ihren Atem in seinem Gesicht fühlte. Ihr Atem ging stockend, bedrückt von ihrer Spannung und Furcht.

»Du liebst mich doch, nicht wahr? Du würdest jedes Opfer für mich bringen?«

Viele verwirrende Gedanken mußten ihr durch den Sinn gegangen sein. Sie hatte diesen folgsamen Idioten gekannt, und vorher den hübschen, leicht zu beeinflussenden jungen Mann. Beide waren kein Problem gewesen. Mercedes und Gabriel hatten zusammen gespielt, sich aneinander ohne Komplikationen erfreut, wie junge Leute es tun, die ein sorgenfreies Leben genießen dürfen. Aber nun erblickte sie ein düsteres Geheimnis, das wie ein Glaubenssatz akzeptiert werden mußte. Sie konnte nicht erraten, was er ihr damit sagen wollte. Es war allzu abstrakt, und zu unheimlich, als daß ein Verstand, der nicht wissenschaftlich ausgebildet war, damit hätte zurechtkommen können.

Sie beschloß Gabriel zu behandeln, wie sie es vor seiner Krankheit getan haben mußte – als einen nachgiebigen Jungen, der ihr Gefährte gewesen war.

»Was hast du, Gabriel?« fragte sie. »Laß uns gemeinsam lösen, was dich bedrückt.«

Ich glaube, es war der Alkohol in seinem Kreislauf, der meine Verbindung zu ihm beeinträchtigte. Er sprach nicht genau die Worte, die ich ihn sagen lassen wollte, und seine begleitenden Gesten waren sprunghaft und nicht von mir gesteuert. »Ich bin eine Hülse, Mercedes«, sagte er. »Ich werde von Dr. Corys Gedanken gelenkt, hier – fühlst du es?« Er nahm ihre Hand und führte sie zur Schädelbasis. »Diese zwei kleinen Knötchen empfangen Corys Anweisungen. Ohne sie könnte ich mich nicht bewegen.« Sie zog ihre Hand fort, als hätte sie heißes Eisen berührt. Nun begann sie zu verstehen.

»Du wirst mich immer haben, Mercedes, aber was du hören wirst, werden Corys Gedanken sein, nicht die meinigen. Meine existieren nicht mehr. Wenn du mich liebst, wirst du verstehen und mich akzeptieren, wie ich bin. Was könntest du mehr haben als meinen Körper und seinen Geist? Du wirst niemals wissen, daß er da ist. Du wirst ihn niemals sehen, wir werden die Mittel haben, um in Luxus zu leben. Und ich werde der Wissenschaftler werden, der Cory war und noch ist. Ich werde seine Forschung betreiben, werde berühmt sein. Und ich werde eine schöne Frau an meiner Seite haben. Der Mann, den du in den Armen hältst, werde ich sein, Gabriel; der Mann, zu dem du sprichst, Cory.«

»Nein!« schrie sie. »Er ist verrückt! Er hat dir diese irre Vorstellung in den Kopf gesetzt! Ich weiß nicht wie, aber er muß es getan haben!«

»Ich sage dir die Wahrheit«, sagte Gabriel ruhig. »Ich kann dir beweisen, was ich noch immer bin.«

Es gab keinen Ausweg. Ich mußte sie überzeugen oder verlieren. Wenn sie ihn liebte, würde sie ihn nehmen, wie er war.

Ich nahm die Senderempfänger ab. Im selben Augenblick mußte er wieder zum Idioten werden.

Niemand hatte je ein Leben geführt, wie es ihr geboten wurde. Wenn sie die Intelligenz hatte, diese Art von Leben anzunehmen, würde sie glücklich sein. Und bald würde sie vergessen, daß der Mann, der sie in den Armen hielt, nicht der oberflächliche, schwache Gabriel war, der ewige Jüngling, den sie gekannt hatte, sondern ein Mann mit seiner Schönheit und meinem Gehirn.

Ich hörte sie schreien und stellte die Verbindung rasch wieder her.

Gabriel stand vor ihr. Während der wenigen Augenblikke, in denen die Verbindung unterbrochen war, hatte er so dagestanden, mit leerem Blick und nichtssagendem Lächeln.

»Jetzt wirst du verstehen«, sagte Gabriel, als er wieder lebendig wurde. »Ich weiß, du bist stark genug, mich zu akzeptieren, wie ich bin. Wir können glücklich sein, Mercedes!«

»Nein!« schrie sie und floh vor ihm auf die Terrasse. Er versuchte sie zurückzuhalten. Als er sie hielt und an sich zog, fort vom Geländer, schlug sie ihm ins Gesicht.

Rückblickend kann ich den Zwischenfall nicht rekonstruieren. Wie schon einmal im Polizeirevier, mußte er wild geworden sein. Ich hörte diesen Schrei, der mir in den Ohren gellte, schwächer werden und in einem dumpfen Aufschlag enden.

Bis auf Gabriel war die Terrasse leer.

Ich nahm die Senderempfänger ab. Ein Unfall war geschehen. Ich hatte nichts damit zu tun. In diesem Augenblick konnte ich nur daran denken, daß ich vom Schauplatz dieser Tragödie verschwinden mußte. Meine Anwesenheit würde die Angelegenheit in einer Weise komplizieren, die kein Geschworenengericht jemals würde enträtseln können.

Ich warf meine wenigen Habseligkeiten in einen Koffer. Ich handelte mit klarsichtiger Schnelligkeit und Präzision.

Keine Spur meiner Anwesenheit blieb zurück. Niemand hatte mich im Hotel eintreffen sehen. Niemand sah mich abreisen.

Ich sperrte die Tür auf. Als ich durch das Wohnzimmer ging, stand Gabriel bewegungslos auf der Terrasse. Sein Gesicht war mir zugewandt, und er lächelte.

24

Der Korridor war menschenleer, und der Schnellaufzug brachte mich in die Tiefgarage. Ich stieg in den Wagen und fuhr rasch hinaus. In diesem Augenblick war es mir gleich, daß mein Gesicht nur durch die grüne Sonnenbrille getarnt war, und selbst diese nahm ich ab, sobald ich die Golden Gate-Brücke erreichte. Der abendliche Berufsverkehr war längst abgeflaut, und ich kam zügig voran. Ich passierte Oakland und nahm in Manteca die Fernstraße 99. Ich war unterwegs nach Desert Rock. Die Rückkehr zu meiner Einsiedelei in der Wüste schien die logische Wahl zu sein.

Es ging auf Mitternacht, als ich vor Bakersfield in eine Tankstelle fuhr. Der Tankwart schrak vor mir zurück; anscheinend wähnte er sich einem Gespenst gegenüber. Ich bezahlte, und er verschwand eilig in seiner Station und warf die Tür zu. Vielleicht um die Polizei anzurufen und mitzuteilen, daß er den fratzenhaften Wissenschaftler gesehen habe, der steckbrieflich gesucht wurde, wie er am Radio oder im Fernseher erfahren haben mochte. Und um die zehntausend Dollar zu kassieren.

Mir war es gleich, ob er mich erkannt hatte oder nicht. Früher oder später mußten sie mich finden. Sie wußten, wo sie mich zu suchen hatten.

Ich fuhr die dunkle Fernstraße entlang, auf der sich die riesigen Laster drängten, mit Lichtern besetzt wie Weihnachtsbäume. Die Fenster meines Wagens waren offen, und die warme Wüstenluft trocknete mein Gesicht aus. Schmerzen waren in mein Leben zurückgekehrt wie unwillkommene Familienmitglieder, die wieder einmal zu Besuch kommen. Sie mußten hingenommen werden, da es keinen anderen Ort gab, wohin ich sie hätte schicken können. Ich erlitt sie als eine Läuterung von meinen gescheiterten Hoffnungen und Wünschen.

Ich hatte den Fehler begangen zu glauben, daß andere Leute der Wissenschaft mit der gleichen Toleranz gegenüber stünden, wie ich selbst. Toleranz darf nicht nur mit revolutionären Gedanken geübt werden, auch menschliche Emotionen müssen sich neuen Ideen anpassen.

Hätte Mercedes mehr besessen als einen oberflächlichen Verstand, sie würde ein Leben akzeptiert haben, wie Gabriel oder vielmehr ich es ihr zugedacht hatte. Der Mensch sucht zu töten, was fremdartig und neu ist. Kämen Leute von einem Planet der Heiligen, um ihr Wissen zur Erde zu bringen und den Menschen mitzuteilen, ein Wissen, das der Mensch verzweifelt zu entdecken versucht, sie würden mit ihrem Leben dafür bezahlen.

Ich hatte versucht, die Zeit zusammenzudrängen, weil ich den langwierigen Reifungsprozeß meiner Ideen gescheut hatte. Aber Ideen sind wie Wein, der in Fässern ruhen muß, um zur Reife zu gelangen. Läßt man ihn zu lange lagern oder füllt man ihn zu früh ab, wird er zu Essig. Ich hatte meine Ideen zu früh auf die Menschheit losgelassen. Meine Ungeduld trug die Verantwortung; ich hatte ihnen keine Zeit zum Reifen gegeben.

War Mercedes in den Tod gesprungen, oder hatte Gabriel sie gestoßen? Ich kann mir nicht denken, daß er sie auch nur berührte. Aber ich vermag es nicht mit Gewißheit zu sagen. Meine Erinnerung läßt mich im Stich. Sie hatte ihm ins Gesicht geschlagen. Hatte dieser Schlag einen jähen Ausbruch von Gewalttätigkeit in ihm ausgelöst? Ich werde es niemals erfahren.

Wie würde das Gericht mein Verhalten in solch einem Geschehen beurteilen? Ich war fortgelaufen. Wäre ich geblieben, so hätte es auch nichts an der Situation geändert. Mercedes war tot. Inzwischen würde man Gabriel auf der Terrasse gefunden haben, einen lächelnden, folgsamen Idioten. Er konnte für nichts verantwortlich gemacht werden und würde den Weg zurück in die Anstalt gehen. Ich war nicht auf der Terrasse gewesen. Ich hatte Mercedes nicht einmal gesehen, geschweige denn ihren Tod herbeigewünscht. Von welcher Art die Anklage gegen mich auch sein konnte, kein Geschworenengericht würde sich jemals auf einen Schuldspruch einigen. Für diesen tragischen Vorfall würden erst neue Bestimmungen ins Strafrecht aufgenommen werden müssen.

Ich hätte die Senderempfänger anlegen können, um herauszubringen, wo Gabriel war und wie es ihm erging, doch wollte ich mich nicht in diese unglückselige Konfusion verstricken. Ich konnte ihm ohnehin nicht helfen. Meine Pflicht bestand darin, daß ich mich auf ein Leben ohne Gabriel einstellte. Meine Arbeit mußte fortgeführt werden. Da ich beinahe erfolgreich gewesen war, mußten meine Experimente unfallsicher gemacht werden. Ich glich einem Konstrukteur, der den Absturz seines neuesten Flugzeugs sieht und dessen erster Gedanke die Rückkehr zum Zeichenbrett ist, um seinen Fehler zu berichtigen. Er denkt nicht an den Piloten. Ein Pilot ist ebenso wie ein Versuchstier nur ein Teil der Maschinerie, die der Konstrukteur geschaffen hat. Vollkommenheit ist das Ziel, nicht der Zwischenfall eines Versagens.

Ich fuhr ohne Halt weiter bis Ludlow, wo ich eine offene Tankstelle fand und auftankte. Die Reaktion des Tankwartes, diesmal einer Frau, war die gleiche. Sie starrte mich mit dem lähmenden Entsetzen an, das ich schon in den Zügen des Mannes in Bakersfield gesehen hatte. Ich begann mich daran zu gewöhnen.

»Ich habe ein Brandunglück überlebt«, sagte ich, »und reise nur bei Nacht, um die Leute nicht zu erschrecken. Ich weiß, daß ich schrecklich aussehe, aber was kann ich daran ändern?«

Das weckte ihr Mitleid. Sie bot mir Kaffee an, den ich gierig trank, und legte eine Schachtel Kekse in den Wagen. Sie wollte kein Geld dafür nehmen.

Früh am Morgen traf ich in Desert Rock ein.

Während meiner Abwesenheit hatte es gestürmt, und die Türen meines Hauses waren durch Sandanwehungen blokkiert. Ich mußte den Vordereingang freischaufeln. Die abgestandene heiße Luft im Inneren traf mich wie ein körperlicher Schlag. In den ungelüfteten Räumen mußte es fünfzig Grad haben. Ich schaltete die Klimaanlage ein und stellte ein paar Ventilatoren in die Türöffnungen, um die erstikkende Hitze hinauszublasen. Innerhalb weniger Minuten war meine Kleidung durchnäßt. Der Kühlschrank enthielt Eis, das nach einer Zwiebel schmeckte, die Kaweah zurückgelassen hatte.

Dann ging ich in mein Labor.

Da die meisten meiner Geräte in dem Haus am Sumac Drive standen, war es beinahe leer. Die Schnüffler vom FBI hatten ein Fenster nicht geschlossen, und der Wind hatte Staub und feinen Sand über die Instrumente und Schaltungen geblasen. Es war, als hätte die Natur versucht, mein Werkzeug zu begraben.

In der Küche waren noch Konserven. Kaweah hatte sie hochgeschätzt. Für sie war Konservennahrung ein Luxus. Vielleicht hatte sie als Mädchen noch Mais und Getreide mahlen und in der Wüstenhitze im offenen Ofen backen müssen. Fleisch ließ sich nur wenige Stunden frisch halten. Gemüse und Obst waren rar, weil sie von fliegenden Händlern aus Mojave City zum Reservat gebracht werden mußten und unverhältnismäßig teuer waren. So mußte man sich mit dem begnügen, was die eigenen kleinen Flecken künstlich bewässerter Erde hergaben. Aber in diesen geschlossenen Blechdosen waren alle Genüsse, die sie sonst entbehren mußte.

Ich war nicht hungrig. Aber ich schenkte mir einen Bourbon ein und war O'Brian dankbar, daß er Whisky mochte, sonst hätte ich ihn nicht im Haus gehabt.

Dann setzte ich mich draußen in den Schatten zu meinem

vom Flugsand fast verschütteten Seerosenteich und wartete, daß Klimaanlage und Ventilatoren die Hitze aus dem Haus vertrieben.

Ich mußte meine Gedanken sammeln, meine ›Truppen‹, die in der verlorenen Schlacht versprengt worden waren. Der Sieg war in Reichweite gewesen, hatte sich mir jedoch in letzter Minute entzogen. Niemand hatte dieses seltsame Gefecht von Ideen gegen Konvention gewonnen. Alle hatten verloren.

Als ich so vor meinem Haus saß und den neuen Tag über den Horizont heraufkommen sah, das ewige, unveränderliche Verstreichen der Zeit, wußte ich nicht, wohin ich mich wenden sollte.

Allein durch den Gedanken kann der Mensch über den falschen Anschein seiner Sinne hinausgelangen und die fundamentale Wahrheit erkennen, daß am Ende alles eins ist. Das Emporsteigen der Sonne war das Symbol dieser alten griechischen Weisheit.

Um aber zu diesem Wissen zu gelangen, ist der Mensch unserer Zeit dazu verurteilt, die sogenannten Geheimnisse der Natur zu enträtseln. Am Ende, nachdem er sich selbst aufgeklärt hat, wird er wieder an dem Punkt stehen, von dem er ausgegangen ist.

Zwischen Wissen und Leben besteht eine Antithese. Die Wissenschaft scheint kaum imstande zu sein, die Fragen zu beantworten, die das Leben stellt.

Ich saß im Schatten meines Hauses und fühlte die Nichtigkeit und Hohlheit menschlichen Strebens.

25

Mehrmals versuchte ich mit Gabriel in Verbindung zu kommen. Aber die Empfänger konnten keine Signale auffangen. Es gelang mir nicht, ihn zu erreichen.

Nachdem ich zwei Tage geschlafen hatte, machte ich mich ans Säubern und Aufräumen des Hauses. Es war eine therapeutische Beschäftigung. Außerdem fertigte ich eine detaillierte Liste aller elektronischen Bauteile und Geräte an, die ich benötigte, und schmiedete Zukunftspläne. Im Grunde aber wußte ich, daß ich nur wartete, und daß meine Bemühungen lediglich dem Zeitvertreib dienten.

Das Wenige, was ich an Nahrung benötigte, gaben die Konserven her.

Das Telefon läutete verschiedentlich, aber ich nahm nicht ab. Ich wußte, daß es O'Brian war. Am dritten Tag kam er.

Er hatte seine alte Mütze auf, die er mit der wohlbekannten nachlässigen Geste auf einen Stuhl warf.

»Du bist seit Tagen zurück«, sagte er ohne Einleitung und in vorwurfsvollem Ton, als ob ich die Pflicht hätte, mich bei ihm zurückzumelden.

»So ist es«, sagte ich. »Aber bisher ist die Polizei noch nicht gekommen, nach mir zu sehen.«

»Sie wird nicht kommen«, sagte er.

Diese Feststellung überraschte mich, was seine Absicht gewesen zu sein schien. Wir waren im Wohnzimmer, und O'Brian setzte sich schwerfällig.

»Gabriel ist wieder in Brentwood House«, sagte er.

Wenn es sich so verhielt, dann war meine Verbindung mit ihm technisch unterbrochen. O'Brian mußte die Implantate in seinem Nacken gefunden haben. Nach dieser Folgerung war es nicht weiter verwunderlich, daß er eine kleine Schachtel aus der Tasche zog und die beiden winzigen Kapseln behutsam herausnahm.

»Das Corpus delicti«, sagte er und schob sie mir über den Tisch zu.

»Helga muß es dir gesagt haben«, sagte ich.

»Als sie es sagte, hatte ich die Dinger schon gefunden«, antwortete er.

Nachdem sie von Gabriel weggelaufen war, mußte sie geradewegs zu O'Brian gegangen sein und ihm alles erzählt haben, was sie wußte. Ich sagte nichts und ließ O'Brian reden, neugierig, seine Interpretation der Vorfälle zu hören. Sie mußte sich stark von der meinigen unterscheiden. Er schaute mich an, als erwarte er Antworten auf seine nicht gestellten Fragen. Wir sprachen über dies und das, was wir beide wußten und keiner Diskussion bedurfte. Aber im Laufe des Gesprächs erfuhr ich eine mir neue Tatsache.

»Übrigens habe ich ein Enzephalogramm von ihm aufgenommen. Möchtest du die Kurven sehen?«

Er nahm die Aufzeichnungen aus der Tasche und entfaltete die Papierstreifen.

»Hier sind seine alten und das ist das neue. Außer vielleicht einem weiteren Abbau, wie er dem krankheitsspezifischen Verlauf entspricht, hatten deine Empfänger keinen Einfluß auf sein Gehirn, Patrick. Sie stellen kein Heilmittel dar, noch wirken sie in irgendeiner Weise anregend. Du hättest sie in einen Besenstiel tun können, und sie hätten den gleichen Dienst getan.«

Seine ausgebleichten Augen sahen mich mit einem unangenehmen Ausdruck an. Er schien mich zu hassen. Ich ließ seinen albernen Vergleich unbeantwortet, und er berichtigte sich.

»Nein, nicht in einen Besenstiel. Ein Besen bewegt sich nicht von selbst, noch kann er sprechen. Auch hat er keine fünf Sinne, die für ein Experiment genutzt werden können. Ich bin ein bißchen langsam im Denken, aber ich glaube, ich bin Patrick Corys Geheimnis auf die Spur gekommen. Korrigiere mich, wenn ich mich irre.«

»Helga muß dir geholfen haben«, sagte ich.

»Ja, das hat sie getan, in ihrer Weise. Sie hat mir viel erzählt, mehr als ich wissen wollte.« Wieder bemerkte ich diese Kälte in seinen Augen. Er war verletzt. Wie beispiellos mein Anteil an ihrer Untreue auch gewesen sein mag, ich hatte, obschon unmittelbar beteiligt, schließlich nicht einmal ihre Hand berührt!

»Ich bin neugierig, was du herausgebracht hast«, sagte ich. »Ich bin selbst in Verlegenheit um eine Erklärung.«

Methodisch zählte er die Fakten auf: »Kaweah ist der Beweis, daß Gedankenübertragung möglich ist. Wenn du von dem Augenblick an gemeinsam mit anderen gearbeitet hättest, selbst wenn sie nichts Positives hätten beitragen können, so würden sie dich zumindest im Zaum gehalten haben.«

»Und das ist der wichtigste Punkt, der dir besonders am Herzen liegt«, sagte ich. Da meine Stimme notgedrungen monoton ist, wußte er nicht, ob ich ihn verspottete, mich ärgerte oder seinen Vorwurf akzeptierte.

»Ja. Du hast auch eine Möglichkeit gefunden, die Sinneswahrnehmungen anderer Leute auf dich zu übertragen. Ich sage absichtlich ›Lebewesen‹, da du auch Tierversuche gemacht haben mußt. Richtig?«

»Mit einem Stier und einem Koyoten.« Seine Folgerungen interessierten mich, und ich beschloß, ihm Hilfestellung zu geben.

»Ich bin froh, daß du es mir sagst«, antwortete er. »Ich kann nur vermuten und brauche Bestätigung. Nun kommen wir zum bedeutsamen Punkt: Gabriel.«

Wie zwei Diplomaten, die eine heikle Frage umgehen, ließen wir Helga unerwähnt. Er wußte, daß ich im Krankenhaus mit ihr experimentiert hatte, und daß sie in Gabriels Fall tiefer verstrickt war als gut für sie sein konnte.

»Ist dir das auch klar?« fragte ich.

»Ich hätte mehr Mut haben und dir helfen sollen, Laboratoriumsversuche an Menschen vorzunehmen«, sagte er. »Ich hätte es tun können, war aber zu vorsichtig. Und du warst zu ungeduldig. Wir haben beide falsch gehandelt.«

»Freut mich, daß du mir einen Teil dieser Schuld abnimmst.«

»Jeder darf einen Fehler machen. Meiner war von einem Mordskaliber. Da ich dich kannte, hätte ich weniger konservativ sein sollen, oder wie du meine Dummheit auch nennen magst. Ich hätte auch in Betracht ziehen müssen, daß für dich die Verlockung, durch Gabriel zu leben, unwiderstehlich war. Aber das spricht dich nicht von der Schuld frei, ein Verbrechen begangen zu haben!«

»Habe ich das?« fragte ich. »Auf welchen Paragraphen des Strafrechts beziehst du dich?«

»Totschlag«, sagte er.

»Wie kommst du zu diesem Schluß?«

»Da Gabriel unfähig ist, aus sich selbst zu handeln, warst du derjenige, der Miß Cordoba über das Terrassengeländer stieß. Du, Patrick! Nichts in seinem Gehirn läßt erkennen, daß er fähig wäre, aus eigenem Antrieb zu handeln. Nichts! Deine Gedanken leiteten ihn.«

»Habe ich auch die Polizisten geschlagen?«

»Ja«, sagte er trocken.

»Aber warum sollte ich? Ich bin doch nicht verrückt!« Dieses Wort nahm plötzlich monströse Nebenbedeutungen an. Wir beide waren uns dessen bewußt.

»Es gibt eine Bösartigkeit in dir, Patrick. Du hast den Instinkt eines Mörders. Im Leben ist er sublimiert. Aber auf der unterbewußten Ebene kam er in Gabriel zum Durchbruch. Natürlich wolltest du die Polizisten nicht schlagen. Dafür bist du zu klug. Noch wolltest du dieses arme Mädchen von der Terrasse stoßen.«

»Ich versuchte Gabriel zurückzuhalten. Tat es auch – aber irgendwie ist dieses Bild in mir verschwommen«, sagte ich.

Obwohl wir keine Zeugen unseres Gesprächs hatten, konnte er mir, wenn er so wollte, jedes Geständnis in den Mund legen. Er konnte zu mir gekommen sein, um über das Wetter zu sprechen, und dann einen ganzen Dialog zwischen uns erfinden. Die Geschworenen würden ihm glauben und nicht mir.

»Dein Unterbewußtsein gab ihm die stärkeren Befehle«, sagte der Psychiater. »Du mochtest Angst gehabt haben, daß Miß Cordoba zuviel wußte und wolltest sie darum los werden. Vielleicht hatte sie erraten, was mit Gabriel los ist. Hältst du das für möglich?«

Ich antwortete nicht. Er interpretierte meine Weigerung zu antworten als Bestätigung und sagte mit Nachdruck: »Sie wies nicht Gabriel zurück, sondern dich. Und das, Patrick, konntest du nicht ertragen, nicht wahr? Da hast du sie getötet.« Ich antwortete noch immer nicht und ließ ihn sich an seiner irrationalen Theorie weiden. Er fuhr fort: »Hier zeigt dein Experiment seinen gefährlichsten Fehler: die unterbewußten Persönlichkeitsstrukturen des Menschen, der als Sender fungiert, könnten die Oberhand gewinnen. In deinem Fall haben sie dich zum Mörder gemacht.«

»Du hast eine Vorliebe für starke Worte«, sagte ich, da ich merkte, daß er mich bestrafen wollte. »Wenn du deiner Sache so sicher bist, warum hast du mich nicht von der Polizei abholen lassen?«

Darauf ging er nicht ein. »Du wirst die Gelegenheit erhalten, deine Forschung weiterzuführen. Aber diesmal unter Aufsicht«, sagte er mit Genugtuung. »Forschung war dir immer wichtiger als jede menschliche Beziehung. Nun, da du Gabriel nicht haben kannst, nehme ich an, daß du nicht wie letztes Mal Schwierigkeiten machen wirst. Du brauchst Hilfe, Patrick. Du wirst diese Hilfe akzeptieren, oder du wirst für den Rest deines Lebens in einer Heilanstalt verschwinden.«

»Erpressung?« fragte ich.

»Mehr als das. Du hast keinen Ausweg. Ich habe mit Merriam gesprochen. Er stimmt mir zu. Man könnte Anklage gegen dich erheben. Es gibt genug Beweise. Aber Merriam ist gegen die öffentliche Enthüllung deiner Methoden der Gedankenübertragung. Er möchte sie als streng geheim behandelt wissen. Aber auch er würde nicht zögern, dich in eine Gummizelle zu stecken und dort verfaulen zu lassen, nur um dich am Reden zu hindern.«

Ich nahm die Kapseln auf. Diese glänzenden kleinen Dinger waren die Ursache meiner Schwierigkeiten und Hoffnungen.

»Warum hast du sie mir zurückgegeben? Du hättest sie der Regierung aushändigen können. Sie verfügt selbst über Spezialisten, die herausfinden könnten, wie die Dinger funktionieren. Sie würden mich nicht brauchen.«

»Du bist ein zu bedeutender Wissenschaftler, um durch ein Gesetz zerstört zu werden, das nicht in Betracht zieht, daß Männer wie du notwendigerweise außerhalb unserer Ethik stehen.« Er stand auf. Für ihn war der Fall abgeschlossen. Da er gewonnen hatte, fragte er mich nicht einmal nach meiner Zustimmung. Er nahm seine zerknautschte Mütze vom Stuhl und wandte sich mir mit der Freundlichkeit zu, die von Zeit zu Zeit seine Hartnäckigkeit durchbrach.

»Und was deine Leiden angeht – nimm sie als Gefährten an! Viele bedeutende Menschen waren ihr Leben lang von Schmerzen gequält und trugen dennoch Unermeßliches zum Fortschritt der Menschheit bei.«

26

Auf dem Anstaltsgelände von Brentwood House ist ein neuer Bungalow für mich errichtet worden. O'Brian möchte nicht, daß ich allein in Desert Rock lebe, und ich bin gleicher Meinung. Er schien unbegrenzte Geldmittel zur Verfügung zu haben, als es um die Einrichtung meines Laboratoriums ging. Der Bungalow hat ein Wohnzimmer und ein Schlafzimmer. Das Essen wird von der Kantine geliefert, oder ich kann selbst hingehen. Als Mitarbeiter stehen mir ein paar junge Chemiker zur Verfügung. Sie sind wachsam, scharfsinnig, unpersönlich, eine neue Rasse. Vielleicht arbeiten sie für die CIA oder eine andere Zweigstelle der Regierung. Wir haben wenig Kontakt zueinander, obwohl sie abends bisweilen zu mir kommen und wir abstrakte Probleme diskutieren, wie ich es mit Malcolm zu tun pflegte. Sie schreiben auch Berichte über unsere Arbeit, doch habe ich mir niemals die Mühe gemacht, den Empfänger in Erfahrung zu bringen. Eines Tages wird meine Arbeit zum Guten oder zum Bösen verwendet werden, wie ich vorausgesehen hatte. Aber gut und böse sind nur Worte, die ihre Bedeutung je nach den Bedürfnissen der Menschen wechseln.

Wenn ich über die Rasenfläche hinblicke, die sich vor mir

ausbreitet, bleibt mir der Anblick der Anstaltsinsassen erspart. Manchmal sehe ich Helga, die mit Gabriel spazieren geht. Sie promenieren wie ein Liebespaar. In ihrer ruhigen, unnachgiebigen Art hat sie erreicht, was sie sich so sehr wünschte, und ich vermute, daß sie wunschlos glücklich ist. Er hingegen hat einiges von seiner tänzerischen Leichtigkeit eingebüßt. Es mag daran liegen, daß sein Nervensystem abbaut. Sollte das wirklich der Fall sein, so hatte ich meine Entdeckung zu früh an einem Menschen erprobt. Was wäre geschehen, wenn mein Plan erfolgreich gewesen wäre und ich durch Gabriel mit Mercedes gelebt hätte – und wenn dann der langsame Verfall, der den Krankheitsverlauf der Enzephalitis begleitet, eingesetzt hätte? Ich frage mich, ob es Neid ist, was mich diese Möglichkeit erwägen läßt. Neid, daß Helga gewonnen und ihre Gliederpuppe wiederbekommen hat? Da wir Menschen sind, können wir uns nicht von unseren Gefühlsregungen lossagen, so sehr wir uns auch bemühen, sie mit Logik einzukerkern.

Der weiche Kern in der harten Schale!

Ich habe mich wieder der Arbeit und somit meinem Leben angepaßt. Unser Gesellschaftsgefüge beruht auf Glauben und Vertrauen. Auf diese psychologischen Merkmale gründend, ist die gesellschaftliche, die juristische und die politische Welt ihrem Wesen nach mystisch. Die Gesetze, Prinzipien und Verhältnisse sind nicht das Ergebnis von Beobachtungen. Die einzige Welt, die auf empirische Beweise gegründet ist und daher die Wahrheit enthält, ist diejenige des Wissenschaftlers. Seine Vitalität und Kraft werden in dem Maß zunehmen, wie uns bewußt wird, daß unser Leben und unser Suchen vorübergehend ist und nur für den flüchtigen Augenblick gelten, in dem wir leben. Wir werden für alle Zeit weiterexperimentieren müssen, wie die Natur Bedingungen ändert, um sie ihren Gesetzen anzupassen. Ihre Schöpfungen müssen sich verändern, oder sie werden aussterben wie die Dinosaurier. Der Mensch ist ein Geschöpf der Natur.

Nicht viele von den Werten, die wir heute kennen und

schätzen, werden uns erhalten bleiben. Aber der Mensch wird aus dem Zustand des Kokons, in welchem er seit Jahrtausenden gelebt hat, in denjenigen seiner höheren Form übergehen. Allerdings könnte er in den Qualen seines Wachsens den Kokon und damit die zukünftige Form seiner selbst zerstören.

Es ist die Pflicht der Wissenschaft, den Menschen durch diese dunkle Übergangsperiode ins Licht seiner künftigen Existenz zu führen.